UNA LLAMA EN LAS CENIZAS

UNA LLAMA EN LAS CENIZAS

SABAA TAHIR

Traducción de Raúl Rubiales

◐ UMBRIEL

Argentina • Chile • Colombia • España
Estados Unidos • México • Perú • Uruguay

Título original: *An Ember in the Ashes*
Editor original: Razorbill, una divisón de Penguin Young Readers Group
Traducción: Raúl Rubiales

1.ª edición: septiembre 2023

Copyright © 2015 by Sabaa Tahir
All Rights Reserved
© de la traducción 2023 *by* Raúl Rubiales
© 2023 *by* Urano World Spain, S.A.U.
Plaza de los Reyes Magos, 8, piso 1.º C y D – 28007 Madrid
www.umbrieleditores.com

ISBN: 978-84-19030-44-3
E-ISBN: 978-84-19497-72-7
Depósito legal: B-13.050-2023

Fotocomposición: Ediciones Urano, S.A.U.
Impreso por Romanyà Valls, S.A. – Verdaguer, 1 – 08786 Capellades (Barcelona)

Impreso en España – *Printed in Spain*

Para Kashi,
que me enseñó que mi espíritu
es más poderoso que mi miedo.

PRIMERA PARTE

LA REDADA

I: Laia

Mi hermano mayor llega a casa en las horas oscuras previas al amanecer, cuando incluso los fantasmas descansan. Huele a acero, carbón y fragua. Huele al enemigo.

Agacha su cuerpo de espantapájaros y se cuela por la ventana, sus pies descalzos caminan en silencio sobre los juncos. Detrás de él entra un aire caliente desértico que agita las cortinas. Se le cae el cuaderno de bocetos al suelo y lo empuja rápidamente con el pie hacia debajo de su catre, como si fuera una serpiente.

¿Dónde estabas, Darin? En mi cabeza tengo el coraje suficiente como para hacer la pregunta y Darin confía lo suficiente en mí como para responder. *¿Por qué desapareces? ¿Por qué, cuando Pop y Nan te necesitan? ¿Cuando yo te necesito?*

Cada noche durante dos años se lo he querido preguntar, pero todas las noches me ha faltado el coraje. Me queda solo un hermano. No quiero que me aparte de él como ha hecho con todos los demás.

Pero hoy es distinto. Sé lo que contiene su cuaderno. Sé lo que significa.

—No deberías estar despierta.

El susurro de Darin me saca de mis pensamientos de un sobresalto. Tiene un sentido gatuno para percibir las trampas, le viene de nuestra madre. Me incorporo en mi catre mientras él enciende la lámpara; de nada sirve pretender que estoy dormida.

—Es más tarde del toque de queda y ya han pasado tres patrullas. Estaba preocupada.

—Sé cómo esquivar a los soldados, Laia, tengo mucha práctica.

Apoya el mentón en mi catre y me mira con la sonrisa dulce y torcida de mi madre. Una expresión familiar: la que usa cuando me despierto por una pesadilla o nos quedamos sin grano. *Todo irá bien*, dice esa mirada.

Recoge el libro de mi cama y lee el título:

—*Congregación nocturna* —lee en voz alta—. Qué miedo. ¿De qué va?

—Lo acabo de empezar. Va sobre un genio... —Me detengo. Listo, muy listo. Le gusta oír historias tanto como a mí contarlas—. Olvídalo. ¿Dónde estabas? Pop tenía una docena de pacientes esta mañana.

Y te he sustituido porque no podía encargarse solo. Así que Nan ha tenido que embotellar la mermelada para el mercader ella sola y no le ha dado tiempo a acabar. Así que el mercader no nos pagará y nos moriremos de hambre este invierno, pero ¿por qué no te importa?

Digo estas palabras para mí. La sonrisa de Darin se ha desvanecido.

—No estoy hecho para curar —dice—. Pop lo sabe.

Quiero aflojar un poco, pero me viene la imagen de los hombros caídos de Pop esta mañana y del cuaderno.

—Tanto Pop como Nan dependen de ti. Al menos diles algo. Llevas meses sin hablar con ellos.

Espero que me diga que yo no lo entiendo, que lo deje en paz. Sin embargo, niega con la cabeza, se deja caer en su catre y cierra los ojos como si responderme le pareciera una molestia.

—He visto tus dibujos. —Las palabras me salen de golpe, y Darin se levanta al instante con la mirada pétrea—. No estaba espiando. Una de las páginas estaba suelta y esta mañana la he encontrado mientras cambiaba los juncos.

—¿Se lo has dicho a Nan y a Pop? ¿Los han visto?

—No, pero...

—Laia, escúchame. —Por los diez infiernos, no quiero escucharlo, no quiero oír sus excusas—. Lo que has visto es peligroso —continúa—. No se lo puedes decir a nadie. Jamás. No solo peligraría mi vida, sino también la de otros…

—¿Estás trabajando para el Imperio, Darin? ¿Trabajas para los marciales?

No pronuncia palabra. Creo ver la respuesta en sus ojos y me pongo mala. ¿Mi hermano ha traicionado a los suyos? ¿Mi hermano se ha aliado con el Imperio?

Si almacenara grano, vendiera libros o enseñara a los niños a leer, lo entendería. Estaría orgullosa de él por hacer las cosas que yo no tengo el valor de hacer.

El Imperio saquea, encarcela y mata por esos «delitos», pero enseñar a un niño de seis años a leer y escribir no es un acto malvado… Al menos no según el credo de los míos, los académicos.

Pero lo que ha hecho Darin es asqueroso. Es traición.

—El Imperio mató a nuestros padres —susurro—. A nuestra hermana.

Quiero gritarle, pero las palabras se me atascan. Los marciales conquistaron las tierras de los académicos hace quinientos años y, desde entonces, no han hecho más que oprimirnos y esclavizarnos. Tiempo atrás, el Imperio Académico albergaba las universidades más reputadas y las mejores bibliotecas del mundo. Ahora, la mayoría de los nuestros no sabe distinguir entre una escuela y una armería.

—¿Cómo te has podido aliar con los marciales? Dímelo, Darin.

—No es lo que crees, Laia. Te lo explicaré todo, pero…

De repente, guarda silencio y levanta la mano para pedirme que me calle cuando pregunto por la explicación que me ha prometido. Gira la cabeza hacia la ventana.

A través de las finas paredes, oigo los ronquidos de Pop, cómo se mueve Nan mientras duerme y el canturreo lastimero de una paloma. Sonidos familiares. Sonidos de casa.

Darin oye algo más. Se queda blanco como un fantasma y el terror se refleja en sus ojos.

—Laia —dice—. Redada.

—Pero si trabajas para el Imperio... —*Entonces, ¿por qué asaltan los soldados?*

—No trabajo para ellos —responde, tranquilo, mucho más tranquilo que yo—. Esconde el cuaderno. Eso es lo que quieren, por eso han venido.

Entonces sale por la puerta y me deja sola. Mis piernas desnudas se mueven igual de rápido que un caracol, y siento las manos como bloques de hormigón. *¡Deprisa, Laia!*

Normalmente, el Imperio hace las redadas durante el calor del día. Los soldados quieren que las madres y los niños académicos puedan verlo, quieren que los padres y los hermanos presencien cómo esclavizan a la familia de otro hombre. Esas redadas son horribles, pero las nocturnas son peores. Las redadas nocturnas ocurren cuando el Imperio no quiere testigos.

Me pregunto si estoy soñando o si esto es una pesadilla. *Es real, Laia. Muévete.*

Apunto hacia un seto fuera de la ventana y lanzo el cuaderno. Es un escondite mediocre, pero no me queda más tiempo. Nan entra cojeando en mi cuarto. Sus manos, tan firmes cuando remueve tinas de mermelada o trenza mi pelo, revolotean como pájaros agitados, desesperadas para que me mueva más rápido.

Me empuja al pasillo. Darin espera con Pop delante de la puerta trasera. El pelo blanco de mi abuelo está más revuelto que un pajar y su ropa está arrugada, pero en los profundos surcos de su rostro no hay señales de sueño. Le murmura algo a mi hermano y le entrega el cuchillo de cocina más grande de Nan. No sé por qué se molesta; contra el acero sérrico de una hoja marcial, el cuchillo se hará pedazos.

—Darin y tú tenéis que salir por el patio trasero —dice Nan, sin despegar la mirada de la ventana—. Todavía no han rodeado la casa.

No. No. No.

—Nan —digo en un susurro.

Trastabillo cuando me empuja hacia Pop.

—Escondeos en el extremo oriental del distrito...

Sus palabras se ahogan cuando mira por la ventana que tiene enfrente. A través de las cortinas andrajosas, vislumbro un rostro formado por plata líquida y el estómago se me encoge.

—Un máscara —dice Nan—. Han traído a un máscara. Vete, Laia, antes de que entre.

—¿Y tú? ¿Y Pop?

—Ganaremos tiempo. —Pop me empuja suavemente hacia la puerta—. Guarda bien tus secretos, cariño. Hazle caso a Darin, que él cuidará de ti. Marchaos.

La sombra delgada de Darin me cae encima y me agarra la mano mientras la puerta se cierra detrás de nosotros. Se encorva para camuflarse en la noche cálida y se mueve en silencio sobre la arena suelta del patio con una confianza que ya me gustaría a mí sentir. Aunque ya tengo diecisiete años y soy lo bastante mayor como para controlar mi miedo, me aferro a su mano como si no hubiera nada más en este mundo.

No trabajo para ellos, ha dicho Darin. Entonces, ¿para quién trabaja? De algún modo ha conseguido acercarse lo suficiente a las forjas de Serra para dibujar con detalle el proceso de creación del bien más preciado del Imperio: las cimitarras curvadas inquebrantables que pueden atravesar a tres hombres de una sola estocada.

Hace medio milenio, los marciales aplastaron a los académicos porque nuestras espadas no podían competir contra su superior acero. Desde entonces, no hemos aprendido nada del arte de la forja, ya que los marciales guardan sus secretos como un avaro su oro. Cualquiera que sea localizado cerca de las forjas de la ciudad sin una buena razón, ya sea académico o marcial, se arriesga a la ejecución.

Si Darin no está con el Imperio, ¿cómo ha conseguido acercarse a las forjas de Serra? ¿Cómo conocen los marciales la existencia de su cuaderno?

Al otro lado de la casa, un puño golpea la puerta principal. Se oyen botas que se arrastran y metal que tintinea. Miro a mi alrededor frenéticamente, esperando ver las armaduras de plata y las capas rojas de los legionarios del Imperio, pero el patio está tranquilo. El aire fresco de la noche no impide que se me deslice el sudor por el cuello. A lo lejos, oigo el ruido sordo de los tambores de Risco Negro, la escuela de entrenamiento de los máscaras. El sonido agudiza mi miedo hasta concentrarlo en mi interior. El Imperio no envía a esos monstruos de cara plateada a una redada cualquiera.

Vuelven a sonar golpes en la puerta.

—En el nombre del Imperio —dice una voz irritada—, exijo que abran la puerta.

Darin y yo nos quedamos paralizados a la vez.

—No suena como un máscara —susurra Darin.

Los máscaras hablan en voz baja, con palabras que cortan como una cimitarra. En lo que tarda un legionario en llamar a la puerta y dar una orden, un máscara ya estaría dentro de la casa y habría pasado por su acero a cualquiera que se interpusiera en su camino.

Darin me mira a los ojos, y sé que ambos estamos pensando lo mismo: si el máscara no está con los demás soldados delante de la puerta, ¿dónde está?

—No tengas miedo, Laia —dice Darin—, no permitiré que te pase nada.

Quiero creerlo, pero el miedo es como una marea que me tira de los tobillos y me arrastra hacia las profundidades. Pienso en la pareja que vivía al lado: hace tres semanas sufrieron una redada, los encarcelaron y los vendieron como esclavos. *Contrabandistas de libros*, dijeron los marciales. Cinco días después, uno de los pacientes más antiguos de Pop, un hombre de noventa y tres años que apenas podía andar, fue ejecutado en su propia casa; le rajaron el cuello de oreja a oreja. *Colaborador de la Resistencia.*

¿Qué les harán los soldados a Nan y a Pop? ¿Encarcelarlos? ¿Esclavizarlos? ¿Matarlos?

Llegamos a la verja trasera. Darin se pone de puntillas para abrir el pestillo cuando oímos un crujido en el callejón de detrás y se detiene en seco. Una brisa ligera nos envuelve y lanza una nube de polvo al aire.

Darin me empuja y me coloca detrás de él. Tiene los nudillos blancos alrededor del mango del cuchillo cuando la verja se abre con un chirrido. El terror me recorre la columna con un dedo helado. Miro por encima del hombro de mi hermano hacia el callejón.

No hay nada, aparte del movimiento silencioso de la arena. Nada salvo alguna ráfaga ocasional de viento y las ventanas cerradas de nuestros vecinos que duermen.

Suspiro por el alivio y rodeo a Darin.

Es entonces cuando el máscara emerge de la oscuridad y cruza la verja.

II: Elias

El desertor morirá antes del amanecer.

Su rastro zigzaguea por el polvo de las catacumbas de Serra como un ciervo al que le han disparado. Los túneles lo han superado. El aire caliente es demasiado pesado aquí abajo; el olor a muerte y podredumbre, demasiado intenso.

El rastro tiene más de una hora cuando lo veo. Los guardias ya perciben su olor, pobre idiota. Con suerte, morirá durante la persecución. Si no...

No pienses en ello. Esconde el paquete. Sal de aquí.

Los cráneos crujen bajo mis pies cuando meto el paquete lleno de agua y comida en la cripta de la pared. Helene me mataría si pudiera ver cómo trato a los muertos. Pero, vaya, si Helene descubriera el motivo por el que estoy aquí, la profanación sería lo que menos le importase.

No lo descubrirá. No hasta que ya sea demasiado tarde. La culpa me carcome, pero la alejo de un manotazo. Hel es la persona más fuerte que conozco. Sabrá apañárselas sin mí.

Miro por encima del hombro por enésima vez. El túnel está en silencio. El desertor ha conducido a los soldados en la dirección opuesta, pero la seguridad es una ilusión en la que sé que no debo confiar. Trabajo rápidamente, apilo los huesos de nuevo frente a la cripta para ocultar mi rastro mientras agudizo los sentidos para detectar cualquier cosa fuera de lo normal.

Un día más. Un día más de paranoia, de esconderme y mentir. Un día para mi graduación. Entonces seré libre.

Mientras recoloco las calaveras de la cripta, el aire caliente se mueve como un oso que despierta de la hibernación. El olor a hierba y nieve atraviesa el aliento fétido del túnel. Solo tengo dos segundos para apartarme de la cripta y arrodillarme como si examinara el suelo en busca de algún posible rastro. Entonces la tengo a la espalda.

—¿Elias? ¿Qué haces aquí?

—¿No lo has oído? Hay un desertor suelto.

Mantengo la vista clavada en el suelo polvoriento. Detrás de la máscara que me cubre el rostro de la frente a la mandíbula, mi cara debería ser inescrutable. Sin embargo, Helene Aquilla y yo hemos estado juntos prácticamente cada día durante los catorce años que hemos estado entrenando en la Academia Militar Risco Negro; es probable que pueda oír mis pensamientos.

Se acerca en silencio y levanto la vista para mirarla a los ojos, azules y claros como las aguas cálidas de las islas del sur. Mi máscara se posa sobre mi cara como algo ajeno y foráneo que me oculta tanto los rasgos como las emociones. Pero la máscara de Hel se adhiere a ella como una segunda piel de plata, así que puedo ver un ligero surco en su frente mientras baja la vista hacia mí. *Relájate, Elias*, me digo. *Solo estás buscando a un desertor.*

—No ha huido por aquí —dice Hel. Se pasa una mano por el pelo, trenzado como siempre en forma de corona rubia plateada—. Dex ha ido con una compañía auxiliar a la torre de vigilancia norte, y han entrado en el ramal este de los túneles. ¿Crees que lo atraparán?

Los soldados auxiliares, aunque no están tan bien entrenados como los legionarios y no tienen punto de comparación con los máscaras, siguen siendo unos cazadores despiadados.

—Claro que lo atraparán —respondo sin poder ocultar la amargura de mi voz, y Helene me responde con una mirada severa—. Esa escoria cobarde —añado—. De todos modos, ¿cómo es que estás despierta? Esta noche no tenías guardia.

Me aseguré de ello.

—Esos malditos tambores —responde Helene mientras mira alrededor del túnel—. Han despertado a todo el mundo.

Los tambores, por supuesto. *Desertor*, habían proclamado en medio de la guardia nocturna. *Todas las unidades activas, a las murallas.* Helene debe de haber decidido unirse a la caza. Dex, mi lugarteniente, le habrá dicho en qué dirección me había ido, sin sospechar nada.

—Creí que el desertor podría haber venido por aquí —contesto mientras le doy la espalda al paquete escondido para mirar hacia otro túnel—. Supongo que me habré equivocado. Debería alcanzar a Dex.

—Por más que deteste admitirlo, no sueles equivocarte.

Helene ladea la cabeza y me sonríe. Vuelvo a sentir esa culpa, dolorosa como un puñetazo en el estómago. Estará furiosa cuando sepa lo que he hecho. Jamás me lo perdonará.

No importa. Ya te has decidido. No puedes echarte atrás.

Hel examina el polvo del suelo con mano experta.

—No había visto antes este túnel.

Una gota de sudor se desliza por mi cuello, pero la ignoro.

—Hace calor y apesta —respondo—. Como todo aquí abajo.

Vámonos, quiero añadir. Pero hacerlo sería como tatuarme «estoy tramando algo» en la frente. Me quedo callado y me apoyo en la pared de la catacumba con los brazos cruzados.

El campo de batalla es mi templo. Es una expresión que mi abuelo me enseñó el día que me conoció, cuando yo tenía seis años. Insistió en que agudizara la mente de la misma manera que una piedra de afilar pule una hoja. *La punta de mi espada es mi sacerdote. La danza de la muerte es mi plegaria. El golpe de gracia es mi liberación.*

Helene examina mis huellas borradas y las sigue hasta el montón de calaveras apiladas y la cripta donde he guardado el paquete. Sospecha algo, la tensión se palpa en el aire.

Mierda.

Tengo que distraerla. Mientras alterna la mirada entre la cripta y yo, le hago un repaso de arriba abajo. Le faltan apenas unos centímetros para llegar al metro ochenta, unos veinte centímetros menos que yo. Es la única chica que estudia en Risco Negro; con las ropas negras ceñidas que llevan todos los estudiantes, su silueta esbelta y fuerte siempre ha atraído miradas de admiración. Pero no la mía. Hemos sido amigos durante demasiado tiempo para eso.

Vamos, date cuenta. Date cuenta de cómo te devoro con la mirada y cabréate conmigo.

Cuando la miro a los ojos, descarados como un marinero recién llegado a puerto, abre la boca como si fuera a insultarme, pero entonces devuelve la mirada a la cripta.

Si ve el paquete y deduce lo que estoy planeando, se acabó. Puede que detestase hacerlo, pero la ley del Imperio le exige que me denuncie, y Helene no ha infringido una ley en su vida.

—Elias...

Ideo mi mentira. *Solo quería alejarme un par de días, Hel. Necesitaba algo de tiempo a solas para pensar. No quería preocuparte.*

Bum, bum, bum.

Los tambores.

Sin pensarlo, traduzco los redobles dispares en el mensaje que quieren expresar. *Desertor atrapado. Todos los estudiantes deben acudir al patio inmediatamente.*

Se me encoge el estómago. Una parte de mí, ingenua, tenía la esperanza de que el desertor pudiera salir de la ciudad, al menos.

—No han tardado mucho —digo—, deberíamos irnos.

Me dirijo hacia el túnel principal. Helene me sigue, como ya anticipaba. Antes se apuñalaría un ojo que desobedecer una orden directa. Helene es una verdadera marcial, más leal al Imperio que a su propia madre. Como cualquier aprendiz de máscara, se toma el lema de Risco Negro al pie de la letra: *El deber primero, hasta la muerte.*

Me pregunto qué me diría si supiera lo que en realidad estaba haciendo yo en los túneles.

Me pregunto qué pensaría de mi odio hacia el Imperio.

Me pregunto qué haría si descubriera que su mejor amigo está planeando desertar.

III: *Laia*

El máscara entra despacio con las grandes manos relajadas a ambos lados del cuerpo. El extraño metal que le da nombre se aferra a él desde la frente hasta la mandíbula como si de pintura plateada se tratase, revelando cada facción de su cara, desde las cejas delgadas hasta sus pómulos angulados. La armadura revestida de cobre se amolda a sus músculos y enfatiza el poder de su cuerpo.

Una ráfaga de viento hace aletear su capa negra, y mira alrededor del patio como si acabara de llegar a una fiesta de postín. Sus ojos claros me localizan, me recorren el cuerpo y se detienen en mi rostro como si fuera un reptil.

—Eres un ejemplar muy bello —dice.

Tiro del dobladillo harapiento de mi camisón; desearía vestir la falda holgada que me llega hasta los tobillos y llevo puesta durante el día. El máscara ni se inmuta. Nada en su rostro puede darme una mínima idea de lo que está pensando, aunque me lo puedo imaginar.

Darin se pone delante de mí y mira hacia la verja, como si calculara el tiempo que tardaríamos en llegar hasta ella.

—Estoy solo, chico. —El máscara se dirige a Darin con la misma emoción que un cadáver—. Los demás hombres están en la casa. Puedes correr si quieres —añade mientras se aparta de la verja—, pero insisto en que dejes aquí a la chica.

Darin levanta el cuchillo.

—Qué caballeroso por tu parte —se mofa el máscara.

Entonces ataca, un destello de cobre y plata surgido de la nada. En lo que tardo en ahogar un grito, el máscara tiene la cara de mi hermano contra el suelo arenoso y sujeta su cuerpo, que no para de moverse, con la rodilla. El cuchillo de Nan cae al suelo.

Brota un chillido de mi interior, solitario en esta tranquila noche de verano. Segundos más tarde, la punta de una cimitarra me pincha el cuello. Ni siquiera he visto al máscara desenvainar el arma.

—Silencio —me ordena—. Las manos arriba. Ahora, entrad.

El máscara usa una mano para levantar a Darin por el cuello y la otra para empujarme con su cimitarra. Mi hermano cojea y tiene la cara ensangrentada y la mirada aturdida. Cuando forcejea como un pez en el anzuelo, el máscara lo sujeta más firmemente.

La puerta trasera de la casa se abre y un legionario con capa roja sale al patio.

—La casa está controlada, comandante.

El máscara lanza a Darin al soldado.

—Atadlo. Es fuerte.

Entonces me agarra del pelo y lo retuerce hasta que grito de dolor.

—Mmm… —murmura mientras se inclina y acerca el rostro a mi oreja. Siento un escalofrío, el terror se me aferra a la garganta—. Las morenas siempre han sido mis favoritas.

Me pregunto si tendrá alguna hermana, alguna esposa, alguna mujer. Pero daría igual: para él, no tengo familia. Solo soy un objeto al que someter, usar y desechar. El máscara me arrastra por el pasillo hasta el salón con la misma facilidad con que un cazador arrastra a su presa. *Lucha*, me digo. *Lucha.* Pero cuando percibe mis patéticos intentos de oponer resistencia, su mano tira más y el dolor me atraviesa el cráneo. Me dejo caer y me sigue arrastrando.

Los legionarios están hombro con hombro en el salón, entre muebles volcados y tarros de mermelada rotos. *Ahora sí que el mercader no se va a llevar nada.* Tantos días pasados entre calderos con el pelo y la piel oliendo a albaricoque y canela. Tantos tarros hervidos y secados, llenados y sellados. En vano. Todo en vano.

Las lámparas están encendidas, y tanto Nan como Pop están de rodillas en el centro de la habitación con las manos atadas a la espalda. El soldado que retiene a Darin lo empuja al suelo, a su lado.

—¿Ato también a la chica, señor?

Otro soldado señala la cuerda que lleva al cinturón, pero el máscara me deja entre dos legionarios fornidos.

—No va a causar ningún alboroto —dice mientras me clava la mirada—. ¿Verdad?

Niego con la cabeza y me encojo; me odio por ser tan cobarde. Busco con los dedos el brazalete desgastado de mi madre, el que llevo atado alrededor del bíceps, y toco el familiar grabado en busca de valor. No encuentro nada. Mi madre habría luchado, habría muerto antes que soportar esta humillación. Pero no consigo moverme, el miedo me tiene paralizada.

Un legionario entra en la habitación; su rostro muestra algo más que nerviosismo.

—No está aquí, comandante.

El máscara baja la vista hacia mi hermano.

—¿Dónde está el cuaderno?

Darin mira hacia el frente, mudo. Su respiración es baja y pausada, y ya no parece estar aturdido. De hecho, se le ve casi sereno.

El máscara hace un gesto, un movimiento sutil. Uno de los legionarios levanta a Nan por el cuello y estrella su frágil cuerpo contra la pared. Se muerde el labio y veo destellos azules en sus ojos. Darin intenta levantarse, pero otro soldado lo obliga a mantenerse de rodillas.

El máscara recoge una esquirla de cristal de uno de los tarros rotos y saca la lengua como una serpiente para probar la mermelada.

—Una pena que se vaya a desperdiciar toda —comenta. Después acaricia la cara de Nan con el filo de la esquirla—. Debías de ser preciosa en su día. Menudos ojos. —Se da la vuelta para encararse a Darin—. ¿Quieres que se los saque?

—Está fuera de la ventana de la habitación pequeña. En el seto. —Las palabras me salen en un leve susurro, pero suficiente para que me oigan los soldados. El máscara asiente y uno de los legionarios desaparece por el pasillo. Darin no me mira, pero puedo sentir su desaliento. *¿Por qué me dijiste que lo escondiera?*, quiero gritarle. *¿Por qué trajiste a casa esa maldita cosa?*

El legionario regresa con el cuaderno. Durante unos segundos interminables, el único sonido que hay en la habitación es el crujido del papel mientras el máscara hojea los dibujos. Si el resto se parece a la página que vi, sé lo que va a descubrir: cuchillos marciales, espadas, vainas, forjas, fórmulas, instrucciones… Cosas que un académico no debería saber, y mucho menos recrear en papel.

—¿Cómo conseguiste entrar en el Distrito de las Armas, chico? —El máscara levanta la vista del libro—. ¿Acaso la Resistencia ha sobornado a algún plebeyo para que te permitiera colarte?

Sofoco un sollozo. Una parte de mí está aliviada por que Darin no sea un traidor. La otra parte quiere enfurecerse con él por haber sido tan idiota. Asociarse con la Resistencia académica comporta la sentencia de muerte.

—Entré por mis propios medios —responde mi hermano—, la Resistencia no ha tenido nada que ver.

—Te vieron entrar en las catacumbas anoche, después del toque de queda —dice el máscara con tono aburrido—, en compañía de conocidos rebeldes académicos.

—Anoche estaba en casa mucho antes del toque de queda —interviene Pop, y se me hace raro oír a mi abuelo mentir.

Pero no importa; los ojos del máscara solo se fijan en mi hermano. El hombre ni pestañea mientras lee la cara de Darin igual que leo yo un libro.

—Esos rebeldes han sido arrestados hoy —continúa el máscara—. Uno de ellos nos ha dado tu nombre antes de morir. ¿Qué hacías con ellos?

—Me han seguido —responde Darin con voz tranquila. Como si ya hubiera hecho esto antes. Como si no tuviera ni un poco de miedo—. Era la primera vez que los veía.

—Y, aun así, sabían de la existencia de este cuaderno. Me lo han contado todo. ¿Cómo podían saberlo? ¿Qué querían de ti?

—No lo sé.

El máscara aprieta la esquirla de cristal contra la piel suave de debajo del ojo de Nan y ella abre mucho la ventana de la nariz. Un hilito de sangre le recorre una arruga de la cara.

Darin suelta una exhalación abrupta como único signo de angustia.

—Querían mi cuaderno —dice— y me he negado a dárselo. Lo juro.

—¿Y su escondite?

—No lo he visto. Me han vendado los ojos. Estábamos en las catacumbas.

—¿Dónde en las catacumbas?

—No lo he visto. Me han vendado los ojos.

El máscara clava la vista en mi hermano durante un buen rato. No sé cómo consigue Darin mantener tanto la calma bajo ese escrutinio.

—Te has preparado para esto —afirma el máscara, cuya voz se tiñe de una ligera muestra de sorpresa—. Espalda recta. Respiración profunda. Las mismas respuestas para distintas preguntas. ¿Quién te ha entrenado, chico?

Cuando Darin no responde, el máscara se encoge de hombros.

—Unas cuantas semanas en prisión te soltarán la lengua.

Intercambio una mirada asustada con Nan; si Darin acaba en una prisión marcial, jamás lo volveremos a ver. Se pasará semanas de interrogatorios y, después de eso, lo venderán como esclavo o lo matarán.

—Solo es un crío —interviene Pop con suavidad, como si hablara con un paciente enfadado—. Por favor…

El acero reluce y Pop cae inerte. El máscara se mueve tan rápido que no entiendo lo que ha hecho. No hasta que Nan corre hacia él. No hasta que deja escapar un agudo chillido, un rayo de puro dolor que me hace caer de rodillas.

Pop. Cielos. Pop, no. Una docena de juramentos arden en mi mente. *No voy a volver a desobedecer, no volveré a hacer nada malo, no me volveré a quejar de mi trabajo, solo si Pop vive.*

Pero Nan se tira del pelo y grita, y si Pop estuviera vivo, no le permitiría enajenarse de ese modo. Él no lo habría soportado. La calma de Darin desaparece como si la cortara una guadaña, y la cara blanca se le desencaja con el mismo horror que me está calando hasta los huesos.

Nan se pone de pie tropezando y da un paso tambaleante hacia el máscara. Él le alarga la mano, como si fuera a ponérsela en el hombro. Lo último que veo en los ojos de mi abuela es terror. Entonces, el guantelete del máscara destella una vez y aparece una fina línea roja alrededor del cuello de Nan, una línea que se ensancha y crece mientras ella cae al suelo.

Su cuerpo se desploma con un ruido sordo; tiene los ojos todavía abiertos y le brillan con lágrimas mientras la sangre se derrama por su cuello hasta la alfombra que tejimos juntas el pasado invierno.

—Señor —dice uno de los legionarios—, queda una hora para el amanecer.

—Sacad al chico de aquí —ordena el máscara sin volver a mirar a Nan—, y que este sitio sea pasto de las llamas.

Entonces se da la vuelta para mirarme, y desearía poder desvanecerme como una sombra a través de la pared que tengo detrás. Es la vez que deseo algo con más intensidad, aunque sé lo absurdo que es. Los soldados que me flanquean se sonríen mientras el máscara da un paso hacia mí. Me sostiene la mirada como si pudiera oler mi miedo como una cobra embelesando a su presa.

No, por favor, no. Desaparecer, quiero desaparecer.

El máscara pestañea y alguna emoción extraña le pasa por los ojos; sorpresa o conmoción, no sé decir. No importa, porque en ese momento Darin se levanta de golpe. Mientras yo me acobardaba, él estaba desatándose. Estira las manos como garras y se abalanza sobre el cuello del máscara. Su rabia le da la fuerza de un león, y durante un segundo es idéntico a nuestra madre con ese pelo color miel brillante, esos ojos resplandecientes y esa boca torcida en un rugido salvaje.

El máscara da un paso atrás hasta pisar el charco de sangre que se formó junto a la cabeza de Nan, y Darin se precipita y lo golpea una y otra vez hasta que lo lanza al suelo. Los legionarios se quedan paralizados sin poder creer lo que ven sus ojos, hasta que vuelven en sí y se abalanzan a por él entre gritos y maldiciones. Darin desenfunda una daga del cinturón del máscara antes de que los legionarios consigan llegar hasta él.

—¡Laia! —grita mi hermano— ¡Huye!

No huyas, Laia. Ayúdalo. Pelea.

Pero entonces pienso en la mirada gélida del máscara, en la violencia que hay en sus ojos. *Las morenas siempre han sido mis favoritas.* Me violará y después me matará.

Me estremezco y salgo hacia el pasillo. Nadie me detiene. Nadie se da cuenta.

—¡Laia! —me grita Darin, como si fuera la primera vez que oigo su voz. Frenético. Atrapado. Me ha dicho que huyera, pero si yo gritara así él vendría a ayudarme. Jamás me dejaría atrás, así que me detengo.

Ayúdalo, Laia, me ordena una voz en la cabeza. *Muévete.*

Y otra voz, más insistente y poderosa:

No puedes salvarlo. Haz lo que dice. Huye.

Veo por el rabillo del ojo cómo parpadean las llamas y huelo a humo. Uno de los legionarios ha empezado a prender fuego a la casa. En unos minutos, las llamas la devorarán.

—Atadlo como es debido esta vez y metedlo en una celda de interrogación.

El máscara se aparta de la refriega y se frota la mandíbula. Cuando ve que me alejo por el pasillo, se detiene unos instantes. Lo miro a los ojos y él ladea la cabeza.

—Corre, pequeña niña —me dice.

Mi hermano todavía pelea, y sus gritos me atraviesan. Y entonces sé que los oiré en mi cabeza una y otra vez, haciendo eco en cada hora de cada día hasta que me muera o lo arregle. Lo sé.

Y, aun así, salgo corriendo.

* * *

Las calles estrechas y los mercados polvorientos del distrito escolar se desdibujan como un paisaje de pesadilla mientras avanzo a toda velocidad. A cada paso que doy, una parte de mi cerebro me grita para que dé la vuelta, para que regrese, para que ayude a Darin. A cada paso que doy, se hace menos probable, hasta que deja de ser una posibilidad, hasta que la única palabra en la que puedo pensar es *corre*.

Los soldados me persiguen, pero he crecido entre las casas bajitas hechas de barro cocido del distrito, así que consigo perderlos rápidamente.

Sale el sol, y mi huida aterrada se convierte en un tambaleo mientras deambulo de un callejón a otro. ¿A dónde voy? ¿Qué voy a hacer? Necesito un plan, pero no sé por dónde empezar. ¿Quién me podrá brindar ayuda y apoyo? Mis vecinos se harán a un lado, temerosos por sus propias vidas. Mi familia está muerta o encarcelada. Mi mejor amiga, Zara, desapareció el año pasado en una redada y mis otros amigos tienen sus propios problemas.

Estoy sola.

Mientras el sol se eleva, me hallo en un edificio vacío adentrado en la parte más antigua del distrito. La estructura destrozada se agazapa como un animal herido en medio de un laberinto de viviendas decadentes. El hedor a desechos impregna el aire.

Me aovillo en la esquina de una habitación. El pelo se ha deshecho de la trenza y cae enmarañado. Las puntadas rojas del dobladillo del camisón están desgarradas, el hilo brillante suelto. Nan cosió esas decoraciones por mi decimoséptimo cumpleaños, para embellecer e iluminar la falda marrón. Era uno de los pocos regalos que se podía permitir.

Ahora está muerta, como Pop. Como mis padres y mi hermana, hace tiempo.

Y Darin, arrestado. Se lo han llevado a una celda de interrogación, donde los marciales le harán quién sabe qué.

La vida está hecha de muchos momentos insignificantes, pero entonces un día un simple instante llega para definir cada segundo que vendrá después. El momento en el que Darin ha gritado mi nombre, ese ha sido uno de esos instantes. Ha sido una prueba de valor y de fuerza. Y no la he superado.

¡Laia! ¡Corre!

¿Por qué le he hecho caso? Debería haberme quedado. Debería haber hecho algo. Gimo y me sujeto la cabeza. Todavía puedo oírlo. ¿Dónde estará ahora? ¿Habrán empezado el interrogatorio? Se preguntará qué habrá sido de mí. Se preguntará cómo puede ser que su hermana lo haya abandonado.

Un movimiento furtivo en las sombras me llama la atención y el pelo de la nuca se me eriza. ¿Una rata? ¿Un cuervo? Las sombras se mueven y dentro de ellas brilla un par de ojos malvados. Más pares de ojos se unen al primero, siniestros y entrecerrados.

Alucinaciones, me dice la voz de Pop en la cabeza, ofreciéndome su diagnóstico. *Un síntoma de conmoción.*

Sean alucinaciones o no, las sombras parecen reales. Sus ojos brillan como fulgurantes soles en miniatura y me rodean como hienas, más atrevidas a cada paso que dan.

—Lo hemos visto —sisean—. Somos conscientes de tu debilidad. Morirá por tu culpa.

—No —susurro.

Pero estas sombras tienen razón. Me he alejado de Darin. Lo he abandonado. Que me haya dicho que huyera no importa. ¿Cómo he podido ser tan cobarde?

Aprieto el brazalete de mi madre, pero tocarlo me hace sentir aun peor. Mi madre habría sido más astuta que el máscara. Habría salvado a Darin, a Nan y a Pop, pero no sé cómo.

Incluso Nan ha sido más valiente que yo. Nan, con su cuerpo frágil y los ojos en llamas. Su columna de acero. Mi madre heredó el fuego de Nan, y Darin después de ella.

Pero yo no.

Corre, pequeña niña.

Las sombras se acercan un poco más y cierro los ojos para no verlas, con la esperanza de que desaparezcan. Intento ordenar los pensamientos que retumban en mi mente.

Oigo gritos y sonidos de botas a la distancia; si los soldados todavía están buscándome, aquí no estoy a salvo.

Tal vez debería dejar que me encontraran y que me hicieran lo que quisieran. He abandonado a mi propia sangre. Merezco el castigo.

Pero el mismo instinto que me ha urgido a escapar del máscara hace que me ponga en pie. Salgo a las calles y me pierdo entre la muchedumbre que se va congregando por la mañana. Algunos de mis compañeros académicos me miran un par de veces; unos con cautela, otros con compasión. Pero la mayoría ni me ve. Me cuestiono cuántas veces habré pasado por estas calles justo por delante de alguien que estaba huyendo, alguien a quien acabaran de arrebatarle el mundo entero.

Me detengo para descansar en un callejón encharcado de resbaladizas aguas residuales. Un humo negro y denso se eleva desde la otra punta del distrito y se torna blanco a medida que sube hacia el cielo cálido. Mi casa, ardiendo. Las mermeladas de Nan, las medicinas de Pop, los dibujos de Darin, mis libros; todo está destruido. Todo lo que soy. Destruido.

No todo, Laia. Darin, no.

En el centro del callejón hay una rejilla, a solo unos metros de mí. Como todas las rejillas del distrito, conduce hacia las catacumbas de Serra: hogar de esqueletos, fantasmas, ratas, ladrones... y, probablemente, la Resistencia académica.

¿Habría estado espiando Darin para ellos? ¿Lo habría infiltrado la Resistencia en el Distrito de Armas? A pesar de lo que mi hermano le ha dicho al máscara, es la única respuesta que tiene sentido. Los rumores aseguran que los combatientes de la Resistencia se han fortalecido y que no solo reclutan a académicos, sino también a marinos del país libre de Marinn, al norte, y a tribales, cuyo territorio desértico es un protectorado del Imperio.

Pop y Nan nunca hablaban de la Resistencia en mi presencia, pero por la noche yo los oía murmurar que los rebeldes habían liberado a prisioneros académicos durante un ataque a los marciales. Que los combatientes asaltaron las caravanas de la clase mercante marcial, los mercatores, y que asesinaron a miembros de su élite, los ilustres. Solo los rebeldes se atreven a desafiar a los marciales. Son esquivos, la única arma que tienen los académicos. Si alguien puede llegar a acercarse a las forjas, son ellos.

Me doy cuenta de que la Resistencia podría ayudarme. Han asaltado mi casa, la han quemado hasta los cimientos y mi familia ha muerto porque dos de los rebeldes le dieron el nombre de Darin al Imperio. Si puedo encontrar a la Resistencia y explicarles lo que ha ocurrido, tal vez puedan ayudarme a liberar a Darin de la cárcel; no solo porque me lo deban, sino porque viven bajo la Izzat, un código de honor tan antiguo como los académicos. Los líderes rebeldes son los mejores de entre los académicos, los más valientes. Mis padres me lo enseñaron antes de que el Imperio los matara. Si pido ayuda, la Resistencia no me dará la espalda.

Me dirijo hacia la rejilla.

Nunca he estado en las catacumbas de Serra. Son miles de kilómetros de túneles y cavernas que serpentean por debajo de toda la ciudad, algunos llenos de huesos que tienen centenares de años. Nadie usa las criptas para enterrar hoy en día y ni siquiera el Imperio tiene dibujadas las catacumbas en su totalidad. Si el Imperio, con todo su poder, no puede ubicar a los rebeldes, ¿cómo los voy a encontrar yo?

No me voy a detener hasta encontrarlos.

Levanto la rejilla y miro hacia el agujero negro. Tengo que bajar ahí. Tengo que encontrar a la Resistencia. Porque, si no, mi hermano no tendrá ninguna oportunidad. Si no encuentro a los combatientes para que me ayuden, no volveré a ver a Darin.

IV: Elias

Para cuando Helene y yo arribamos al campanario de Risco Negro, casi todos los tres mil estudiantes de la escuela ya están en formación. El amanecer llegará dentro de una hora, pero no veo ni una cara adormilada. En vez de eso, una expectación entusiasta corre por la multitud. La última vez que alguien desertó, el patio estaba cubierto por la helada.

Todos los estudiantes saben lo que va a ocurrir. Aprieto y aflojo los puños. No quiero verlo. Como los demás estudiantes de Risco Negro, vine a esta escuela a los seis años, y durante los siguientes catorce he podido presenciar castigos millones de veces. Mi propia espalda es una muestra de la brutalidad de la escuela. Pero los desertores se llevan la peor parte.

Mi cuerpo está más rígido que un palo, pero relajo la cara y procuro que mi expresión sea neutra. Los centuriones, los maestros de los estudiantes de Risco Negro, nos estarán observando. Desatar su ira cuando estoy tan cerca de escaparme sería una idiotez imperdonable.

Helene y yo pasamos por el lado de los estudiantes más jóvenes, cuatro clases de novatos, que tendrán las mejores vistas de la carnicería. Los más pequeños apenas cuentan con siete años. Los mayores tienen casi once.

Los novatos bajan la mirada a nuestro paso; al ser estudiantes de último año, tienen prohibido siquiera dirigirse a nosotros. Permanecen de pie con cara de póker y las cimitarras colgadas en la espalda en un ángulo exacto de cuarenta y cinco grados, las botas impolutas y la cara blanca como el mármol. A estas alturas, incluso los más jóvenes han aprendido las lecciones más esenciales de Risco Negro: obedece, confórmate y mantén la boca cerrada.

Detrás de los novatos hay un espacio vacío en honor al siguiente grado de estudiantes de Risco Negro; los llamados «cincos», porque muchos de ellos mueren durante el quinto año. A los once años, los centuriones nos sacan de Risco Negro y nos abandonan en las tierras salvajes del Imperio sin ropa, comida ni armas, para que sobrevivamos lo mejor que podamos durante cuatro años. Los cincos supervivientes vuelven a Risco Negro, reciben sus máscaras y pasan otros cuatro años como cadetes y después dos años más como calaveras. Hel y yo somos calaveras de último año, justo en nuestro último año de entrenamiento.

Los centuriones nos vigilan desde los arcos que delimitan el patio con las manos en los látigos mientras esperan la llegada de la comandante de Risco Negro. Permanecen inmóviles como estatuas de piedra; sus máscaras se fusionaron con sus rostros hace tiempo, así que cualquier indicio de expresión emocional es solo un recuerdo lejano.

Me llevo una mano a mi máscara, con el deseo de poder arrancármela, aunque sea durante un minuto. Como el resto de mis compañeros de clase, recibí la máscara en mi primer día como cadete, cuando tenía catorce años. A diferencia del resto de los estudiantes, y para decepción de Helene, el suave líquido plateado no se ha disuelto en mi piel como se supone que debería. Probablemente porque me quito esta maldita careta cada vez que estoy solo.

He odiado la máscara desde el día en que un augur, un hombre santo del Imperio, me la entregó en una caja forrada de terciopelo. Odio cómo se me aferra como si fuera un parásito. Odio la manera en que me aprieta la cara, en que se amolda a mi piel.

Soy el único estudiante que lleva una máscara que todavía no se ha fundido con su piel, algo que mis enemigos disfrutan sacando a relucir. Pero últimamente la máscara ha empezado a revelarse, a forzar el proceso de fundido clavándome pequeños filamentos en la nuca. Hace que me dé escalofríos, que sienta que ya no soy yo mismo. Como si ya no pudiera volver a serlo.

—Veturius. —Demetrius, el lugarteniente del pelotón de Hel, de cuerpo desgarbado y pelo rubio, me llama mientras ocupamos nuestro sitio con los demás calaveras de último año—. ¿Quién es? ¿Quién es el desertor?

—No lo sé. Dex y los auxiliares lo han traído.

Miro alrededor en busca de mi lugarteniente, pero no ha llegado todavía.

—Tengo entendido que es uno de los novatos.

Demetrius observa el bloque de madera marrón por la sangre seca que sobresale de los adoquines, en la base del campanario: es el poste de los azotes.

—Uno de los mayores, de cuarto año.

Helene y yo intercambiamos una mirada. El hermano pequeño de Demetrius también intentó desertar durante su cuarto año en Risco Negro, cuando solo tenía diez años. Duró tres horas fuera de las puertas, mucho más que la mayoría, antes de que los legionarios lo trajeran en presencia del comandante.

—Tal vez sea un calavera —dice Helene mientras escanea las filas de los estudiantes mayores para intentar ver si falta alguno.

—Tal vez sea Marcus —comenta Faris sonriendo. Es un miembro de mi pelotón de batalla que nos saca a todos un par de cabezas, con el pelo rubio que le brota en un remolino rebelde—, o Zak —añade.

No tendré esa suerte. Marcus, de piel morena y ojos amarillos, está formando en la primera de nuestras filas junto a su gemelo, Zak: el segundón, más bajo y delgado, pero igual de malvado. La serpiente y el sapo, los llama Hel.

La máscara de Zak todavía se tiene que adherir por completo alrededor de sus ojos, pero la de Marcus está bien aferrada y se le ha unido tanto que todas sus facciones, incluso sus pobladas cejas inclinadas, se marcan claramente. Si Marcus intentara quitarse la máscara ahora, se arrancaría con ella la mitad de la cara. Y eso sería una mejora.

Como si pudiera percibirme, Marcus se da la vuelta y busca con los ojos a Helene con una mirada posesiva y depredadora que hace que me entren ganas de estrangularlo.

Nada fuera de lo habitual, me recuerdo. *Nada que te haga llamar la atención.*

Me fuerzo a desviar la mirada. Atacar a Marcus enfrente de toda la escuela sería algo que definitivamente podríamos calificar como llamar la atención.

Helene se da cuenta de la mirada lasciva de Marcus, y sus manos se contraen en dos puños al lado de su cuerpo, pero antes de que pueda darle una lección a la serpiente, el sargento de armas entra en el patio.

—¡Atención!

Tres mil cuerpos se enderezan, tres mil pares de botas golpean los talones, tres mil espaldas se yerguen como estiradas por la mano de un titiritero. En el silencio que sigue, se podría oír cómo cae una lágrima al suelo.

Pero no oímos cómo se acerca la comandante de la Academia Militar Risco Negro; no la oímos, sino que la percibimos, igual que cuando se aproxima una tormenta. Se mueve silenciosamente, aparece por los arcos como un gato montés de pelo rubio que surge de la maleza. Va vestida toda de negro, desde la chaqueta del uniforme ceñido hasta las botas con punta de acero. Lleva el pelo recogido, como siempre, en un moño bajo apretado a la altura de la nuca.

Es la única máscara mujer viva, o al menos lo será hasta que se gradúe Helene mañana. Pero, a diferencia de Helene, la comandante exuda un aire frío mortífero, como si sus ojos grises y sus facciones, que parecen talladas en cristal, se hubieran esculpido con el hielo de un glaciar.

—Traed al acusado —ordena.

Un par de legionarios marchan desde detrás del campanario arrastrando a una figura pequeña e inerte. Detrás de mí, Demetrius se tensa. Los rumores eran ciertos: el desertor es un novato de cuarto año, no tiene más de diez años. La sangre le corre por la cara y le empapa el cuello del uniforme negro. Cuando los soldados lo lanzan ante la comandante, ni se mueve.

La cara plateada de la comandante no muestra ningún tipo de emoción mientras baja la vista hacia el novato, aunque mueve la mano rumbo a la fusta con pinchos que lleva colgada en el cinturón, hecha con madera de palo fierro. No la saca todavía. Aún no.

—Novato de cuarto año, Falconius Barrius. —Su voz es suave, casi amable, pero contundente—. Abandonaste tu lugar en Risco Negro sin intención de regresar. Explícate.

—No hay explicación, comandante, señora. —Pronuncia las palabras que todos hemos dicho cientos de veces, las únicas palabras que puedes decir en Risco Negro cuando has metido la pata hasta el fondo.

Esta escena es una prueba para ver si consigo mantener una expresión completamente hierática, para no mostrar con la mirada ningún tipo de emoción. Están a punto de castigar a Barrius por un crimen que yo voy a cometer dentro de menos de treinta y seis horas. Podría ser yo quien estuviera allí dentro de un par de días. Sangrando. Roto.

—Vamos a preguntarles a tus compañeros qué opinan al respecto. —La comandante se gira para mirarnos, y es como si un viento gélido de montaña nos azotara—. ¿Es el novato Barrius culpable de traición?

—¡Sí, señora! —El grito, feroz y rabioso, hace temblar los adoquines.

—Legionarios, atadlo al poste —ordena la comandante.

El rugido de los estudiantes que sigue a la orden saca a Barrius de su estupor, y, mientras los legionarios lo atan al poste de castigo, se retuerce y patalea.

Sus compañeros de cuarto curso, los mismos chicos con los que ha peleado, sudado y sufrido durante años, pisotean los adoquines con las botas y levantan los puños al aire. En la fila de calaveras de último año que tengo delante, Marcus grita en señal de aprobación con los ojos encendidos con una alegría atroz. Observa a la comandante con una veneración reservada solo para las deidades.

Noto cómo alguien me mira. A mi izquierda, uno de los centuriones me está observando. *Nada que llame la atención.* Levanto el puño y vitoreo con el resto, aunque me odie por ello.

La comandante saca la fusta y la acaricia como si fuera su amante. Entonces la hace caer con un silbido sobre la espalda de Barrius.

El soplido que suelta hace eco alrededor del patio, y todos los estudiantes se quedan callados, unidos en un breve momento de compasión. Las normas de Risco Negro son tan numerosas que es imposible no quebrantar algunas unas cuantas veces. Todos hemos pasado por el poste. Todos hemos sentido cómo la fusta de la comandante te muerde la piel.

El momento de silencio no dura demasiado. Barrius grita, y los estudiantes aúllan como respuesta y lo abuchean. Marcus es el más ruidoso de todos, inclinado hacia adelante, prácticamente escupe de la emoción. Faris gruñe en señal de aprobación e incluso Demetrius consigue soltar un grito o dos, con los ojos verdes inexpresivos y distantes, como si estuviera en otro lugar completamente distinto. A mi lado, Helene aclama, pero en su expresión no se aprecia alegría alguna, solo una profunda tristeza. Las normas de Risco Negro requieren que esté enfadada por la traición del desertor. Y así lo finge.

La comandante se muestra indiferente ante el clamor, concentrada como está en la tarea que tiene entre manos. Sube y baja el brazo con la gracia de una bailarina. Va alrededor de Barrius, cuyas piernas empiezan a ceder. Se detiene después de cada azote, sin duda alguna para calcular cómo puede hacer que el siguiente sea todavía más doloroso que el anterior.

Después de veinticinco azotes, lo agarra por el tallo que tiene por cuello y le levanta la cabeza.

—Míralos, encárate a los hombres que has traicionado —le ordena.

Barrius observa alrededor del patio con ojos suplicantes, en busca de alguien que quiera ofrecerle algo de piedad. Tendría que haberlo sabido. La mirada se le desploma hacia los adoquines.

Los gritos continúan, y la fusta lo azota una vez más. Y otra. Barrius cae sobre las piedras blancas y el charco de sangre que se ha formado a su alrededor crece rápidamente. Sus párpados tiemblan. Espero que haya perdido la conciencia. Espero que ya no pueda sentir nada.

Me obligo a mirar. *Este es el motivo por el que te vas, Elias. Para que nunca más vuelvas a formar parte de esto.*

Un gorjeo se escapa de la boca de Barrius. La comandante baja el brazo y el patio se queda en silencio. Veo cómo respira el desertor. Dentro. Fuera. Nada. Nadie vitorea. Amanece, los rayos del sol iluminan el cielo por encima del campanario de ébano de Risco Negro como dedos sangrientos que tiñen a todos los presentes en el patio de un rojo espeluznante.

La comandante limpia la fusta en el uniforme de Barrius antes de volver a colgársela del cinturón.

—Llevadlo a las dunas —ordena a los legionarios—. Para los saqueadores. El deber primero, hasta la muerte. Si traicionáis al Imperio, os apresaremos y lo pagaréis. Os podéis retirar.

Las hileras de alumnos se disuelven. Dex, que fue quien trajo al desertor, se escabulle silenciosamente con su bonito rostro moreno un poco pálido. Faris va detrás de él, sin duda para darle una palmada en la espalda y sugerirle que olvide sus problemas en el burdel. Demetrius se va solo con paso ligero, y sé que se está acordando de ese día hace dos años cuando lo obligaron a ver a su hermano pequeño morir del mismo modo que Barrius. No va a poder hablar con nadie durante horas. Los demás estudiantes abandonan el patio rápidamente sin dejar de hablar sobre el castigo.

—... Solo treinta azotes, menudo debilucho...

—... Has oído cómo resoplaba, como una niña asustada...

—Elias —dice Hel con la misma suavidad con la que toca mi brazo con la mano—. Vamos, la comandante te va a ver.

Tiene razón. Todos se están yendo. Yo también debería hacerlo.

No puedo.

Nadie mira hacia los restos ensangrentados de Barrius. Es un traidor. Es alguien insignificante. Pero alguien debería quedarse. Alguien debería llorar por él, aunque solo sea un breve momento.

—Elias —repite Helene, esta vez en tono urgente—, muévete, te va a ver.

—Necesito un minuto, ve tú primero —le respondo.

Quiere discutir conmigo, pero su presencia llama la atención y no voy a cambiar de parecer. Se va echándome una última mirada por encima del hombro. Cuando se ha marchado, levanto la vista y la comandante me está mirando.

Nuestras miradas se quedan fijas, cada una en una punta del patio, y por enésima vez me asombro de lo diferentes que llegamos a ser. Yo tengo el pelo negro, ella es rubia. Mi piel brilla con un tono dorado, y la suya es blanca como la cal. Su boca siempre muestra signos de desaprobación, mientras que yo siempre parezco estar alegre, incluso cuando no lo estoy. Tengo los hombros anchos y paso el metro ochenta, mientras que ella es incluso más baja que una mujer académica, con una silueta engañosamente esbelta.

Pero cualquiera que nos vea de lado puede saber lo que somos. Heredé de mi madre los pómulos altos y los ojos de color gris claro. También un instinto implacable y una velocidad que me hacen ser el mejor alumno que ha visto Risco Negro en las últimas dos décadas.

Madre. No es la palabra adecuada. *Madre* evoca cariño, amor y dulzura. No el abandono en el desierto tribal unas horas después de haber nacido. No los años de silencio ni un odio lacerante.

Me ha enseñado varias cosas, esta mujer que me dio a luz. El control es una de ellas. Reprimo la ira y la repugnancia, y me desprendo de cualquier tipo de sentimiento. Ella frunce el ceño, tuerce ligeramente la boca y levanta una mano hacia el cuello, donde sus dedos resiguen las espirales de un extraño tatuaje azul.

Espero que venga y me pregunte por qué todavía sigo aquí, por qué la desafío con la mirada. Pero no lo hace. En vez de eso, se me queda mirando durante un momento más antes de darse la vuelta y desaparecer por los arcos.

El campanario canta las seis, y los tambores golpean. *A todos los estudiantes: acudid al comedor.*

Al pie del campanario, los legionarios levantan lo que queda de Barrius y se lo llevan.

El patio se queda en silencio. En él solo estoy yo, mientras miro acongojado el charco de sangre donde yacía el chiquillo, sabiendo que, si no tengo cuidado, acabaré igual que él.

V: Laia

El silencio de las catacumbas es tan vasto como una noche sin luna e igual de inquietante. Aunque no significa que los túneles estén vacíos; nada más bajar por la rejilla, una rata se escabulle entre mis pies descalzos y puedo ver cómo una araña transparente del tamaño de mi puño desciende por un hilo a pocos centímetros de mi cara. Me muerdo la mano para no gritar.

Salva a Darin. Encuentra a la Resistencia. Salva a Darin. Encuentra a la Resistencia.

A veces susurro las palabras. Mayormente, las repito en mi cabeza. Me mantienen en movimiento, son como un hechizo que me sirve para contener el miedo que me palpita dentro.

En realidad, no estoy segura de lo que estoy buscando. ¿Un campamento? ¿Un escondite? ¿Cualquier signo de vida que no sea un roedor?

Como la mayoría de las guarniciones del Imperio están apostadas al este del Distrito Académico, me dirijo hacia el oeste. Incluso en este lugar dejado de la mano de los dioses, puedo señalar sin equivocarme por dónde sale el sol y por dónde se pone, dónde está Antium, la capital del Imperio, al norte; y dónde está Navium, su puerto más importante, al sur. Es una habilidad que ha estado en mí desde que tengo uso de razón. Cuando era una niña y Serra debería de haberme parecido un terreno inmenso, nunca llegué a perderme.

Este pensamiento me consuela; al menos no estaré caminando en círculos.

Durante un rato, la luz del sol se cuela en los túneles a través de las rejillas de las catacumbas e ilumina débilmente el suelo. Me guío apoyando la mano en las paredes repletas de criptas y reprimo el asco por el hedor a huesos que se pudren. Una cripta es un buen lugar en el que esconderse si una patrulla marcial se acerca demasiado. *Los huesos son solo huesos,* me digo. *Una patrulla te matará.*

A la luz del día, me es más fácil apartar las dudas y convencerme de que encontraré a la Resistencia. Pero deambulo durante horas y, al final, la luz se desvanece y cae la noche como una cortina por encima de mis ojos. Cuando llega, el miedo vuelve corriendo a mi mente, como un río que ha derrumbado su presa. Cada sonido es un soldado auxiliar que viene a matarme; cada chirrido, una horda de ratas. Las catacumbas me han engullido como una pitón a un ratón. Me estremezco, a sabiendas de que aquí abajo tengo las mismas posibilidades de sobrevivir que las de un ratón.

Salva a Darin. Encuentra a la Resistencia.

El hambre me forma un nudo en el estómago y la garganta me arde de sed. Localizo una antorcha que chisporrotea a lo lejos y siento el impulso de acercarme a ella como una polilla. Pero las antorchas marcan el territorio del Imperio, y los soldados auxiliares que normalmente tienen asignado patrullar los túneles probablemente sean plebeyos, los marciales de más baja cuna. Si un grupo de ellos me encuentra aquí abajo, no quiero ni pensar en lo que me podrían hacer.

Me siento como un animal perseguido y cobarde, que es exactamente como el Imperio nos ve al resto de los académicos y a mí. El Emperador dice que somos un pueblo libre que vive bajo su benevolencia, pero eso no es más que una broma. No nos permiten tener propiedades ni ir a la escuela, y la más mínima transgresión se castiga con la esclavitud.

A nadie más lo tratan con tanta dureza. Los tribales están protegidos por un tratado; durante la invasión, aceptaron el mandato marcial a cambio de poder desplazarse libremente. Los marinos están protegidos por la geografía y por la cantidad ingente de especias, carne y hierro con que comercian.

En el Imperio solo tratan como si fueran basura a los académicos.

Pues desafía al Imperio, Laia, me dice la voz de Darin. *Sálvame. Encuentra a la Resistencia.*

La oscuridad ralentiza mis pasos hasta que prácticamente camino a gatas. El túnel en el que estoy se estrecha, las paredes se acercan. El sudor me cae por la espalda, y me tiembla el cuerpo entero... Odio los espacios pequeños. Mi respiración entrecortada retumba en las paredes. En algún sitio, más adelante, cae una gota solitaria. ¿Cuántos fantasmas habitan este lugar? ¿Cuántos espíritus con sed de venganza vagan por estos túneles?

Ya basta, Laia. Los fantasmas no existen.

Cuando era pequeña, me pasaba horas escuchando a los tejedores de historias de las tribus que hilvanaban sus leyendas sobre criaturas místicas: el Portador de la Noche y sus compañeros genios; fantasmas, efrits, espectros y demás criaturas mágicas.

A veces, los cuentos se infiltraban en mis pesadillas. Cuando eso ocurría, era Darin quien me quitaba el miedo. A diferencia de los tribales, los académicos no son supersticiosos, y Darin siempre ha demostrado un sano escepticismo académico. *Los fantasmas no existen, Laia.* Oigo su voz en mi mente y cierro los ojos para fingir que está a mi lado y que su presencia me tranquiliza. *Tampoco hay espectros. No existen.*

Llevo la mano al brazalete, como hago siempre que necesito fuerza. Está tan desgastado que es de color negro, pero lo prefiero así; llama menos la atención. Recorro el contorno de la plata con los dedos, una secuencia de líneas que se conectan y que conozco tan bien que incluso aparecen en mis sueños.

Mi madre me dio el brazalete la última vez que la vi, cuando yo tenía cinco años. Es uno de los pocos recuerdos claros que tengo de ella: el aroma a canela de su pelo, el brillo que desprendían sus ojos azul marino.

—Guárdalo a buen recaudo por mí, pulguita. Solo una semana. Hasta que vuelva.

¿Qué diría ahora si supiera que he guardado el brazalete, pero he perdido a su único hijo? ¿Que he salvado mi propio cuello y he sacrificado el de mi hermano?

Arréglalo. Salva a Darin. Encuentra a la Resistencia. Me olvido del brazalete y avanzo dando tumbos.

Poco después, oigo los primeros ruidos detrás de mí.

Un susurro. El rasguño de una bota en la piedra. Si las criptas no estuvieran en un completo silencio, dudo de que me hubiera dado cuenta, ya que los sonidos apenas son perceptibles. Demasiado cautelosos como para provenir de soldados auxiliares. Demasiado furtivos para ser de la Resistencia. ¿Un máscara?

El corazón me late con fuerza y me doy la vuelta para escrutar la oscuridad, negra como el alquitrán. Los máscaras pueden merodear por la oscuridad de ese modo, como si fueran medio espectros. Me detengo, paralizada, pero el silencio vuelve a envolver las catacumbas. No me muevo. No respiro. No oigo nada.

Una rata. Solo es una rata. *Tal vez una muy muy grande...*

Cuando me atrevo a dar un paso más, me llega un olor a cuero y humo de hoguera: olores humanos. Me agacho y tanteo el suelo en busca de algo que me sirva de arma; una piedra, un palo, un hueso..., lo que sea para enfrentarme a quienquiera que me esté acechando. Entonces, la yesca choca con el pedernal, se oye un siseo en el aire y un momento después se enciende una antorcha con un silbido.

Me levanto, cubriéndome la cara con las manos, mientras el brillo de la llama me palpita detrás de los párpados. Cuando me obligo a abrir los ojos, puedo distinguir seis figuras encapuchadas que forman un círculo a mi alrededor, todas con arcos cargados que me apuntan al corazón.

—¿Quién eres? —pregunta una de las figuras dando un paso adelante.

Aunque su voz es fría y monótona como la de un legionario, no tiene la anchura ni la altura de un marcial. Sus brazos desnudos muestran sus músculos y se mueve con fluida elegancia. Empuña un cuchillo como si fuera una extensión de su cuerpo, y sujeta la antorcha con la otra mano. Intento mirarle a los ojos, pero están ocultos bajo la capucha.

—Habla —ordena.

—Yo… —Después de horas de silencio, apenas consigo pronunciar un graznido—. Estoy buscando a…

¿Por qué no lo habré pensado antes? No les puedo decir que estoy buscando a la Resistencia. Nadie con dos dedos de frente admitiría estar buscando a los rebeldes.

—Registradla —ordena el hombre cuando me quedo callada.

Otra de las figuras, ligera y femenina, se cuelga el arco a la espalda. La antorcha chisporrotea detrás de ella, proyectando sombras en su cara. Es demasiado baja como para ser una marcial, y la piel de sus manos no tiene la tonalidad oscura de un marino. Probablemente sea una académica o una tribal. Tal vez pueda razonar con ella.

—Por favor —digo—, dejadme…

—Cállate —me espeta el hombre que ha hablado antes—. ¿Algo, Sana?

Sana, un nombre académico, corto y sencillo. Si fuera una marcial, habría sido Agrippina Cassius, Chrysilla Aroman, o algo igual de largo y pomposo.

Pero que sea una académica no me garantiza que yo esté a salvo. He oído rumores de ladrones académicos que merodean por las catacumbas, que salen por las rejillas para asaltar, saquear y, normalmente, matar a quienquiera que esté cerca antes de volver a su guarida.

Sana me registra piernas y brazos.

—Un brazalete —dice—. Podría ser de plata, no lo puedo asegurar.

—¡No te lo vas a quedar! —Me aparto de ella, y los arcos de los ladrones, que habían descendido un centímetro, vuelven a alzarse—. Por favor, dejadme ir. Soy una académica. Soy una de los vuestros.

—Acaba ya —le urge el hombre. Entonces le hace una señal al resto de la banda, y se dirigen hacia los túneles.

—Lo siento mucho —dice Sana tras un suspiro, pero ahora empuña una daga. Doy un paso atrás.

—Por favor, no. —Entrelazo los dedos para que no vea cómo me tiemblan—. Era de mi madre. Es lo único que me queda de mi familia.

Sana baja el cuchillo, pero entonces el líder de los ladrones la llama y, al ver que vacila, se dirige hacia nosotras. Mientras se acerca, uno de sus hombres le hace señales.

—Keenan, cuidado. Una patrulla auxiliar.

—Poneos por parejas y dispersaos —ordena Keenan mientras baja su antorcha—. Si os siguen, conducidlos lejos de la base o responderéis por ello. Sana, quítale la plata a la chica y vámonos.

—No podemos dejarla aquí —responde Sana—. La encontrarán. Ya sabes lo que le harán.

—No es nuestro problema.

Sana no se mueve y Keenan le pone la antorcha en las manos. Cuando me agarra del brazo, Sana se interpone entre nosotros.

—Necesitamos plata, sí —dice—, pero no de nuestra propia gente. Déjala en paz.

La cadencia inconfundible y entrecortada de las voces marciales nos llega desde el túnel. Todavía no han visto la luz de la antorcha, pero lo harán en cuestión de segundos.

—Joder, Sana. —Keenan intenta rodearla, pero ella lo empuja con una fuerza sorprendente y la capucha se le cae.

Cuando la antorcha le ilumina la cara, ahogo un grito, no porque sea mayor de lo que pensaba ni por su feroz animosidad, sino porque veo en su cuello un tatuaje en el que se ve un puño levantado con llamas detrás. Por debajo, la palabra «Izzat».

—Vosotros... sois... —Las palabras no me salen de la boca. Los ojos de Keenan se posan sobre el tatuaje, y masculla entre dientes.

—Ya no nos queda otra —le espeta a Sana—. No podemos dejarla aquí. Si les cuenta que nos ha visto, invadirán estos túneles hasta encontrarnos.

Apaga la antorcha con tosca rapidez, me agarra del brazo y tira de mí hacia él. Cuando caigo contra su dura espalda, vuelve la cabeza y, por un segundo, puedo ver el brillo airado de sus ojos y me alcanza su olor acre y ahumado.

—Lo sien...

—Cierra la boca y mira por dónde pisas. —Está más cerca de lo que pensaba, y noto su aliento cálido en la oreja—. O te voy a dejar inconsciente y te abandonaré en alguna de las criptas. Ahora muévete. —Me muerdo el labio y lo sigo, intentando ignorar su amenaza y en su lugar centrarme en el tatuaje de Sana.

«Izzat». Es rai antiguo, la lengua hablada por los académicos antes de que los marciales los invadieran y obligaran a todo el mundo a hablar en sérreo. «Izzat» quiere decir muchas cosas. Fuerza, honor, orgullo. Pero durante el último siglo ha pasado a significar algo muy específico: libertad.

No es ninguna banda de ladrones: es la Resistencia.

VI: Elias

Los gritos de Barrius me reconcomen durante horas. Veo cómo cae su cuerpo, oigo su último aliento entrecortado y huelo la mancha de sangre que empapa los adoquines.

Las muertes de los estudiantes normalmente no me causan este impacto. No deberían... La parca es una vieja amiga. Nos ha acompañado a todos alguna vez en Risco Negro, pero presenciar la muerte de Barrius ha sido distinto. El resto del día estoy irritable y distraído.

Mi mal humor no pasa desapercibido. Mientras arrastro los pies para dirigirme a la sesión de entrenamiento de combate junto con el resto de los calaveras de último curso, me doy cuenta de que Faris acaba de hacerme la misma pregunta por tercera vez.

—Ni que tu fulana favorita hubiera pescado la sífilis —me dice cuando mascullo una disculpa—. ¿Qué narices te pasa?

—Nada. — Me doy cuenta demasiado tarde de lo enfadada que suena mi voz, muy poco propia de un calavera que está a punto de convertirse en máscara. Debería estar emocionado..., muerto de ganas de que llegase ese momento.

Faris y Dex intercambian una mirada escéptica, y reprimo una maldición.

—¿Seguro? —me pregunta Dex. Él sigue las normas. Siempre lo ha hecho. Cada vez que me mira, sé que se pregunta el motivo por el que mi máscara todavía no se ha fundido

conmigo por completo. *Piérdete*, quiero replicarle. Entonces recuerdo que no está cotilleando, que es mi amigo y está preocupado de verdad—. Esta mañana, durante el castigo, estabas…
—continúa.

—Oye, deja al pobre chico en paz.

Helene se acerca por detrás, les sonríe fugazmente a Dex y a Faris, y me pasa el brazo por encima de los hombros mientras entramos en la armería. Señala con la cabeza hacia un estante repleto de cimitarras.

—Venga, Elias, escoge tu arma. Te reto al mejor de tres.

Se da la vuelta hacia los demás y murmura algo mientras yo me hago a un lado. Levanto una cimitarra de entrenamiento con la punta roma y compruebo su estabilidad. Un momento después, siento su presencia fría detrás de mí.

—¿Qué les has dicho? —le pregunto.

—Que tu abuelo te ha estado acosando.

Asiento: la mejor mentira siempre tiene una parte de verdad. Mi abuelo es un máscara y, como la mayoría de los máscaras, solo queda satisfecho con la perfección.

—Gracias, Hel.

—De nada. Devuélveme el favor recomponiéndote. —Se cruza de brazos al ver mi ceño fruncido—. Dex es el lugarteniente de tu pelotón y ni siquiera lo has elogiado por haber atrapado a un desertor. Se ha dado cuenta. Todo tu pelotón se ha dado cuenta. Y durante los azotes no estabas… con nosotros.

—Si lo que quieres decir es que no estaba aullando de alegría mientras se derramaba la sangre de un niño de diez años, tienes razón.

Sus ojos se entrecierran, lo suficiente para que sepa que en parte está de acuerdo conmigo, aunque jamás lo admitiría públicamente.

—Marcus ha visto cómo te quedabas atrás después del castigo. Tanto él como Zak le están diciendo a todo el mundo que crees que el castigo te ha parecido demasiado severo.

Me encojo de hombros. Como si me importara lo que la serpiente y el sapo digan de mí.

—No seas idiota. A Marcus le encantaría sabotear al heredero de la Gens Veturia el día antes de la graduación.

Se refiere al nombre de mi familia por su título formal, una de las más antiguas y respetadas en el Imperio.

—Te está acusando de sedición.

—Me acusa de sedición semana sí y semana no.

—Pero esta vez tiene motivos para hacerlo.

Mi mirada se cruza con la suya y, durante un tenso momento, creo que sabe todo lo que tengo planeado. Sin embargo, no hay rastro de ira ni juicio en su expresión. Solo preocupación.

Empieza a contar mis pecados con los dedos de la mano.

—Eres el líder del pelotón que estaba de guardia y aun así no entregas a Barrius tú mismo, sino que tu lugarteniente lo hace por ti y ni se lo reconoces. Apenas refrenas tu desaprobación cuando castigan al desertor. Por no mencionar que mañana es el día de la graduación y tu máscara apenas ha empezado a fundirse con tu piel.

Espera una respuesta por mi parte y, cuando no se la doy, suspira.

—A menos que seas más estúpido de lo que aparentas, incluso tú debes de ver lo que parece todo esto, Elias. Si Marcus te delata a la Guardia Negra, tal vez tengan las suficientes pruebas como para hacerte una visita.

Noto cómo me baja un cosquilleo por la nuca. La Guardia Negra tiene el cometido de garantizar la lealtad de los militares. Llevan el emblema de un pájaro, y su líder, una vez elegido, renuncia a su nombre y es conocido simplemente como el Verdugo de Sangre. Es la mano derecha del Emperador y el segundo hombre más poderoso del Imperio. El actual Verdugo de Sangre tiene por costumbre torturar primero y preguntar después. Una visita a medianoche de esos cabrones de armadura negra me dejaría en la enfermería unas cuantas semanas. Todo mi plan se iría al traste.

Intento no mirar a Helene. Debe ser agradable creer tan fervientemente lo que el Imperio nos sirve en bandeja. ¿Por qué no podré ser como ella, como todos los demás...? ¿Será porque mi madre me abandonó? ¿Porque pasé los primeros seis años de mi vida con los tribales que me enseñaron a tener misericordia y compasión, en vez de brutalidad y odio? ¿Porque mis compañeros de juegos eran niños tribales, marinos y académicos en vez de otros ilustres?

Hel me acerca una cimitarra.

—Sigue las reglas —me dice—. Por favor, Elias. Solo un día más. Entonces seremos libres.

Claro. Libres para presentarnos al servicio como completos sirvientes del Imperio, y después acabaremos con la vida de incontables hombres salvajes y bárbaros en las interminables guerras de la frontera. A aquellos de nosotros a los que no se nos asigne la frontera recibiremos cargos en la ciudad, donde perseguiremos a combatientes de la Resistencia o a espías marinos. Seremos libres, por supuesto. Libres para alabar al Emperador. Libres para violar y matar.

Es curioso que todo eso no me suene en absoluto a libertad.

Me quedo callado porque Helene tiene razón. Estoy llamando demasiado la atención, y Risco Negro es el peor sitio donde hacer algo así. Los estudiantes actúan como tiburones hambrientos cuando se trata de sedición: atacan en grupo nada más sentir el olor.

El resto del día, me esfuerzo al máximo para actuar como un máscara que está a punto de graduarse: engreído, brutal, violento. Es como cubrirme de porquería.

Cuando vuelvo por la noche a mi habitación —que tiene aspecto de celda— para disfrutar de algunos minutos de tiempo libre, me arranco la máscara, la lanzo a mi catre y suelto un suspiro cuando el metal líquido me libera de su agarre.

Hago una mueca cuando atisbo mi reflejo en la superficie pulida de la máscara. A pesar de las gruesas pestañas negras de las que se ríen Faris y Dex, mis ojos se parecen tanto a los de mi madre que odio verlos. No sé quién es mi padre y ya no me importa, pero, por enésima vez, desearía haber heredado sus ojos.

Cuando por fin me haya escapado del Imperio, no tendrá importancia. La gente me mirará a los ojos y pensará que soy simplemente un marcial en vez de un comandante. Muchos marciales vagan por el sur como mercaderes, mercenarios o artesanos. Seré uno más en un millón.

La campana marca las ocho. Doce horas hasta la graduación. Trece para que acabe la ceremonia y otra hora para las felicitaciones. La Gens Veturia es una familia distinguida, así que mi abuelo querrá que les estreche la mano a decenas de personas. Pero después de eso me inventaré alguna excusa para irme, y entonces...

La libertad. Por fin.

Ningún estudiante ha desertado nunca tras graduarse. ¿Por qué deberían hacerlo? Es el infierno de Risco Negro lo que empuja a los estudiantes a huir. Pero una vez que hemos acabado, nos otorgan nuestros propios mandos y misiones. Obtenemos dinero, estatus y respeto. Incluso el plebeyo de origen más humilde puede casarse con alguien de alta alcurnia si se convierte en máscara. Nadie con dos dedos de frente le daría la espalda a eso, especialmente después de casi una década y media de entrenamiento.

Por ello mañana es el momento perfecto para huir. Los dos días posteriores a la graduación son una locura: fiestas, comidas, bailes, banquetes... Si desaparezco, nadie pensará en buscarme hasta que haya transcurrido como mínimo un día. Darán por hecho que me he emborrachado hasta desmayarme en casa de algún amigo.

Visualizo en mi mente el pasadizo que me lleva desde debajo de mi chimenea hasta las catacumbas de Serra. Tardé tres meses en cavar ese maldito túnel. Otros dos para fortificarlo y esconderlo de los ojos curiosos de las patrullas de auxiliares y dos más para trazar una ruta por las catacumbas que me llevara fuera de la ciudad.

Siete meses de noches sin dormir, de mirar por encima del hombro e intentar actuar con normalidad. Si logro escapar, todo habrá valido la pena.

Los tambores resuenan para señalar el inicio del banquete de graduación. Unos segundos después, llaman a la puerta. *Mil demonios.* Se suponía que tenía que reunirme con Helene fuera de los barracones y ni siquiera estoy vestido todavía.

Helene vuelve a llamar.

—Elias, deja de rizarte las pestañas y sal ya. Estamos llegando tarde.

—Espera —respondo.

Cuando me estoy quitando el uniforme, la puerta se abre y Helene entra. Se pone roja al ver mi desnudez y aparta la vista. Levanto una ceja, puesto que Helene me ha visto desnudo montones de veces; cuando me han herido, cuando he estado enfermo o cuando he sufrido alguno de los crueles ejercicios de entrenamiento físico de los comandantes. A estas alturas, que me vea desnudo no debería causarle mayor reacción más allá de poner los ojos en blanco y lanzarme una camisa.

—Espabílate, ¿quieres? —masculla para llenar el silencio que nos envuelve.

Descuelgo el uniforme de gala y me lo abotono con rapidez, inquieto por su incomodidad.

—Los chicos ya se han ido. Me han dicho que nos guardarían sitio.

Helene se frota el tatuaje de Risco Negro que tiene en la nuca: un diamante de cuatro caras de color negro con los laterales curvados. Todos los estudiantes reciben este tatuaje cuando llegan a la escuela. Helene no mostró ningún signo de dolor y, a diferencia de la mayoría de los chicos de nuestra clase que lo pasamos lloriqueando, ella permaneció estoica y no derramó ni una lágrima.

Los augures nunca han explicado por qué eligen solo a una chica cada generación para que acuda a Risco Negro. Ni siquiera Helene lo sabe. Cualquiera que sea la razón, está claro que no las seleccionan al azar. Puede que Helene sea la única chica que hay aquí, pero no en balde es la tercera mejor de nuestra clase. Por esa misma razón los abusones aprendieron bien pronto a dejarla en paz. Es inteligente, veloz y despiadada.

Ahora, vestida con el uniforme negro y con una trenza brillante que le corona la cabeza, está tan preciosa como una primera nevada de invierno. Observo sus dedos largos, con los que se acaricia la nuca, y cómo se humedece los labios. Me pregunto cómo sería besarla, cómo sería empujarla contra la ventana y arrimar mi cuerpo contra el suyo, quitarle la horquillas del pelo y sentir su suave tacto entre los dedos.

—Eh... ¿Elias?

—Mmm...

Me doy cuenta de que me la he quedado mirando y me quito la idea de encima. *Fantaseando con tu mejor amiga, Elias. Patético.*

—Lo siento. Solo estoy... cansado. Vámonos —digo.

Hel me lanza una mirada extraña y señala con la cabeza hacia la máscara que todavía está encima de la cama.

—Tal vez necesites eso.

—Cierto.

Hacer acto de presencia sin la máscara es una infracción castigada con azotes. No he visto a ningún calavera sin su máscara puesta desde que teníamos catorce años. Aparte de Hel, nadie más me ha visto la cara.

Me la pongo e intento no estremecerme cuando se me aferra con ansias a la piel. *Solo un día más.* Entonces me la quitaré para siempre.

Los tambores que anuncian la puesta de sol retumban cuando salimos de los barracones. El cielo azul pasa a un tono violeta oscuro y el aire abrasador del desierto empieza a refrescarse.

Las sombras de la noche se mezclan con las piedras oscuras de Risco Negro y hacen que sus edificios parezcan más grandes de lo que son en realidad. Escudriño las sombras en busca de amenazas, un hábito que mantengo de mis años como cinco. Por un momento tengo la sensación de que las sombras me devuelven la mirada, pero ese sentimiento desaparece.

—¿Crees que los augures estarán en la graduación? —me pregunta Hel.

No, me gustaría decirle. *Nuestros hombres santos tienen mejores cosas que hacer, como por ejemplo encerrarse en cuevas y mirar las entrañas de un cordero para ver el futuro.*

—Lo dudo —es todo cuanto respondo.

—Supongo que debe de ser algo tedioso después de quinientos años. —Helene lo dice sin ningún tipo de ironía en la voz, y me apena que alguien como ella pueda creer algo tan estúpido. ¿Cómo puede ser que alguien tan inteligente piense que los augures son inmortales?

Pero al fin y al cabo no es la única. Los marciales creen que los augures tienen poderes porque están poseídos por los espíritus de los muertos. Los máscaras, en particular, reverencian a los augures, ya que estos son los que deciden qué niños marciales pueden acceder a Risco Negro. Los augures nos dan nuestras máscaras y, según nos han enseñado, son los que erigieron Risco Negro en tan solo un día, hace quinientos años.

Solo son catorce, pero en las raras ocasiones que hacen acto de presencia, esos cabrones de ojos rojos toman todas las decisiones. Muchos de los líderes del Imperio, generales, el Verdugo de Sangre e incluso el Emperador hacen cada año un peregrinaje hasta la guarida en la montaña de los augures para pedirles consejo sobre los asuntos de Estado. Y, aunque cualquiera que tenga dos dedos de frente puede ver que no son más que un puñado de charlatanes, a lo largo y a lo ancho del Imperio se los idolatra no solo por ser inmortales, sino también por poder leer la mente y ver el futuro.

La mayoría de los alumnos de Risco Negro solo ven a los augures dos veces en su vida: cuando los escogen para que asistan a la escuela y cuando les dan las máscaras. Sin embargo, Helene siempre ha sentido una fascinación especial por esos hombres santos, así que no es ninguna sorpresa que tuviera la esperanza de que acudieran a la graduación.

Le tengo mucho respecto a Helene, pero en este aspecto nuestras opiniones no podrían ser más dispares. Los mitos marciales tienen para mí la misma credibilidad que las fábulas tribales sobre los genios y el Portador de la Noche.

Mi abuelo es uno de los pocos máscaras que no cree en la basura de los augures, y repito en mi cabeza su mantra, que es todo cuanto necesito: *El campo de batalla es mi templo. La punta de mi espada es mi sacerdote. La danza de la muerte es mi plegaria. El golpe de gracia es mi liberación.*

Tengo que hacer acopio de todas mis fuerzas para no responder con un comentario mordaz. Helene se da cuenta.

—Elias, estoy orgullosa de ti —me dice con un tono extrañamente formal—. Sé que te has esforzado mucho. Tu madre... —Echa un vistazo alrededor y baja la voz: la comandante tiene espías por todos lados—. Tu madre ha sido más dura contigo que con cualquiera de los demás. Sin embargo, se lo has demostrado, has trabajado duro y lo has hecho todo bien.

Su voz es tan sincera que titubeo unos instantes. Dentro de dos días no va a opinar lo mismo; me odiará.

Piensa en Barrius. Piensa en lo que te verás obligado a hacer después de la graduación.

Le empujo suavemente el hombro.

—¿Te vas a poner cursi y sentimental?

—Olvídalo, cerdo —me espeta mientras me da un puñetazo en el hombro—, solo intentaba ser amable.

Suelto una fingida carcajada. *Te enviarán a darme caza cuando huya. Tú junto a los demás, esos hombres a los que llamo «hermanos».*

Llegamos al comedor y el alboroto que procede del interior nos golpea como una ola; risas, fanfarronerías y conversaciones estridentes de tres mil jóvenes a punto de salir de permiso o graduarse. Nunca hay tanto griterío cuando la comandante está presente, así que me relajo un poco, contento de poder evitarla.

Hel me lleva a una de las doce mesas alargadas donde Faris entretiene al resto de nuestros amigos con la historia de su última escapada a los burdeles de la orilla. Incluso Demetrius, que siempre está taciturno por la muerte de su hermano, consigue esbozar una sonrisa. Cuando nos acercamos, Faris nos dedica una mirada lasciva.

—Os habéis tomado vuestro tiempo.

—Veturius se estaba emperifollando solo para ti —tercia Hel, y empuja el cuerpo macizo de Faris para que nos podamos sentar—. He tenido que arrastrarle para que dejara de mirarse al espejo.

Los demás integrantes de la mesa explotan en carcajadas y Leander, uno de los soldados de Hel, le pide a Faris que acabe su historia. A mi lado, Dex está enfrascado en una discusión con el segundo lugarteniente de Hel, Tristas. Es un chico serio de pelo negro, sus grandes ojos azules le proporcionan una falsa mirada inocente y tiene el nombre de su prometida, AELIA, tatuado en letras mayúsculas en el bíceps. Tristas se inclina hacia adelante.

—El Emperador roza ya los setenta años y no tiene herederos varones. Este puede ser el año. El año en que los augures elijan a un nuevo emperador. Una nueva dinastía. Lo estaba comentando con Aelia…

—Cada año alguien cree que va a ser el año —afirma Dex mientras pone los ojos en blanco—, y ningún año lo es. Elias, díselo. Dile a Tristas que es un idiota.

—Tristas, eres un idiota.

—Pero los augures dicen…

Contengo un resoplido y Helene me lanza una mirada severa. *Guárdate las dudas para ti mismo, Elias.* Me entretengo llenando dos platos con comida y deslizo uno hacia ella.

—Aquí tienes, un poco de bazofia para ti.

—¿Qué es? ¿Mierda de vaca? —comenta Hel mientras pincha un poco del amasijo y lo huele, insegura.

—No te puedes quejar —interviene Faris con la boca llena—. Ten piedad por los cincos que tienen que volver a este lugar después de pasar cuatro años felices robando en granjas.

—Ten piedad por los novatos —añade Demetrius—. ¿Te puedes imaginar estar aquí otros doce años? ¿Trece?

Al otro lado del comedor, la mayoría de los novatos sonríen y ríen como todos los demás, aunque algunos nos observan del mismo modo que un zorro hambriento mira a un león: con envidia por lo que tenemos nosotros.

Me imagino que mueren la mitad de ellos, la mitad de las risas desaparecen, visualizo sus cuerpos fríos. Eso es lo que ocurrirá durante los años de privaciones y torturas que les esperan. Y se enfrentarán a ello con la vida o la muerte, ya sea con aceptación o cuestionándolo todo. Los que lo cuestionan normalmente son los que mueren.

—No parece que la muerte de Barrius los haya conmocionado demasiado. —Las palabras se me escapan de la boca antes de que pueda contenerme.

A mi lado, Helene se yergue como el agua que se convierte en hielo. Dex deja un comentario a la mitad mientras frunce el ceño en señal de desaprobación, y toda la mesa se queda en silencio.

—¿Por qué deberían estar tristes? —pregunta Marcus, que alza la voz a una mesa de distancia, donde está con Zak y su grupo de colegas—. Esa escoria ha recibido lo que merecía. Me habría gustado que hubiera aguantado un poco más y así alargar su sufrimiento.

—Nadie ha pedido tu opinión, serpiente —contesta Helene—. De todos modos, el niño ya está muerto.

—Chico con suerte —dice Faris mientras levanta el tenedor lleno de la comida repugnante y lo deja caer de nuevo en su plato de metal—. Al menos ya no se tendrá que comer esta porquería.

Una risita se extiende a lo largo de la mesa, y se retoman las conversaciones. Pero Marcus huele la sangre y su maldad tiñe el aire. Zak se gira para mirar a Helene y le murmura algo a su hermano. Marcus lo ignora mientras me dirige sus ojos de hiena.

—Esta mañana estabas destrozado por la muerte de ese traidor, Veturius. ¿Era amigo tuyo, tal vez?

—Piérdete, Marcus.

—También te has pasado mucho tiempo en las catacumbas.

—¿Qué insinúas? —interviene Helene mientras se lleva una mano al arma, pero Faris la agarra del brazo.

—¿Vas a huir, Veturius? —pregunta Marcus, ignorándola.

Levanto la cabeza lentamente. *Es una coincidencia. Se lo está inventando.* No puede saberlo de ningún modo. He sido cuidadoso, y eso en Risco Negro quiere decir ser paranoico para el resto de la gente.

La mesa se queda completamente en silencio al oír el comentario de Marcus. *Desmiéntelo, Elias. Es lo que esperan todos.*

—Estabas de guardia como líder de pelotón esta mañana, ¿no? —continúa Marcus—. Deberías haber estado entusiasmado por ver a ese traidor en la miseria. Deberías haberlo entregado tú mismo. Di que el chico se lo merecía, Veturius. Di que Barrius se lo merecía.

Debería resultarme sencillo. Puedo mentir, porque en realidad no es lo que pienso; pero mi boca no se mueve y las palabras no salen. Barrius no merecía que lo azotaran hasta la muerte. Era un niño, un chico tan asustado por tener que permanecer en Risco Negro que lo arriesgó todo para poder escapar.

El silencio se extiende y unos cuantos centuriones levantan la cabeza desde la mesa principal. Marcus se pone de pie y el ambiente en el comedor cambia repentinamente como si lo hubiera barrido una gran ola, con todos los presentes curiosos y expectantes.

Hijo de puta.

—¿Por eso tu máscara no se te ha unido? ¿Porque no eres uno de nosotros? Dilo, Veturius. Di que el traidor merecía ese final.

—Elias —me susurra Helene con ojos suplicantes.

Intenta encajar. Solo un día más.

—Él…

Dilo, Elias. No va a cambiar nada.

—Se lo merecía.

Le lanzo una mirada fría a Marcus, que sonríe como si supiera lo que me ha costado pronunciar esas palabras.

—¿Era tan difícil, imbécil?

Me alivia oír el insulto. Me brinda la excusa perfecta que llevo rato esperando y me abalanzo hacia él con los puños en alto.

Pero mis amigos ya se lo esperaban. Faris, Demetrius y Helene me retienen; una pared de negro y rubio que evita que le borre a golpes la maldita sonrisa que tiene Marcus en la cara.

—Elias, no. La comandante te azotará por haber empezado una pelea. Marcus no vale la pena —me dice Helene.

—Es un bastardo…

—De hecho, el bastardo eres tú, al menos yo sé quién es mi padre —responde Marcus—. A mí no me crio una manada de sobones de camellos tribales.

—Maldita basura plebeya…

—Calaveras de último curso —interviene el centurión de cimitarras, que se ha acercado hasta la mesa—. ¿Hay algún problema?

—No, señor —responde Helene—. Elias, ve a tomar un poco de aire. Yo me encargo —me susurra.

Todavía me hierve la sangre, abro de un empujón las puertas del comedor y llego hasta el patio del campanario antes de que pueda saber a dónde voy.

¿Cómo narices ha podido descubrir Marcus que voy a desertar? ¿Cuánto sabe? No demasiado, o ya me habrían ordenado que fuera al despacho de la comandante. Maldita sea, falta poco. Muy poco.

Camino dando tumbos por el patio para intentar calmarme. El calor del desierto se ha desvanecido y la luna creciente cuelga baja en el horizonte, fina y roja como la sonrisa de un caníbal. Por los arcos puedo ver cómo brillan las luces tenues de Serra, millares de lámparas de aceite que se empequeñecen ante la vasta oscuridad que ofrece el desierto que nos rodea. Al sur, una cortina de humo empaña el resplandor del río. Me llega el olor a acero y forja, siempre presente en una ciudad que es conocida únicamente por sus soldados y sus armas.

Ojalá hubiera podido ver Serra antes de esto, cuando era la capital del Imperio Académico. Bajo el mandato de los académicos, los grandes edificios eran bibliotecas y universidades, en vez de barracones y salas de entrenamiento. La calle de los Cuentacuentos estaba llena de escenarios y teatros, no como ahora, que lo único que hay es un mercado de armas y las únicas historias que se cuentan son sobre la guerra y la muerte.

Es un deseo estúpido, como querer volar. Aunque dominaban la astronomía, la arquitectura y las matemáticas, los académicos sucumbieron ante la invasión del Imperio. La belleza de Serra hace mucho que desapareció, ahora no es más que una ciudad marcial.

Encima de mi cabeza, el cielo brilla con la luz pálida de las estrellas. Una parte de mí que hace mucho que tengo olvidada comprende que esto es bello, pero no soy capaz de maravillarme como cuando era niño. Por aquel entonces, solía subirme a los espinosos árboles de yaca para acercarme a las estrellas, convencido de que unos cuantos metros más de altura me ayudarían a verlas mejor. Por aquel entonces, mi mundo se componía por la arena, el cielo y el amor que profesaba la tribu Saif, que me salvó de morir a la intemperie. Por aquel entonces, todo era distinto.

—Todo cambia, Elias Veturius. Ya no eres un niño, sino un hombre, con el lastre de un hombre sobre los hombros y la decisión de un hombre por delante.

Sujeto el cuchillo con las manos, aunque no recuerdo haberlo desenvainado, y lo mantengo apretado contra el cuello del hombre encapuchado que tengo a mi lado. Los años de entrenamiento me permiten mantener el brazo firme como una roca, pero mi mente está acelerada: ¿de dónde ha salido este hombre? Juraría por las vidas de todos los integrantes de mi pelotón que hace un momento no estaba aquí.

—¿Quién cojones eres?

Se baja la capucha y obtengo mi respuesta.

Un augur.

VII: Laia

Corremos por las catacumbas. Keenan va por delante y Sana me pisa los talones. Cuando Keenan está completamente seguro de que hemos dejado atrás a la patrulla auxiliar, reduce el paso y le ordena a Sana que me vende los ojos.

Me encojo ante la dureza de su voz. ¿En esto se ha convertido la Resistencia? ¿En una banda de matones y ladrones? ¿Cómo han podido caer tan bajo? Hace solo doce años, los rebeldes estaban en la cima de su poder y tenían aliados poderosos como los hombres de las tribus y el rey de Marinn. Vivían siguiendo su código, la Izzat, y luchaban por la libertad y por proteger a los inocentes, pero defendían la lealtad a los suyos por encima de todo lo demás.

¿Acaso se ha olvidado la Resistencia de ese código? Y en el caso de que se acuerden, ¿me ayudarán? ¿Pueden ayudarme?

Los obligarás a hacerlo. La voz de Darin, una vez más, fuerte y confiada, como cuando me enseñó a trepar por los árboles o a leer.

—Hemos llegado —susurra Sana después de lo que me parece una eternidad.

Oigo que llaman a una puerta y una puerta que se abre.

Sana me empuja hacia adelante, y un soplido de aire fresco me azota el rostro; es como oler la primavera en comparación con el hedor de las catacumbas. La luz se filtra por los bordes de la venda. El olor a tabaco fresco me cosquillea en las fosas nasales y me hace pensar en mi padre mientras fumaba con la pipa y me mostraba imágenes de efrits y espectros. ¿Qué me diría si me viera ahora, en un escondite de la Resistencia?

Oigo voces que murmuran y musitan. Unos dedos cálidos me tocan el pelo, y un segundo después alguien me libera de la venda. Keenan está justo detrás de mí.

—Sana, dale un poco de hojas de nim y sácala de aquí —ordena.

Entonces se gira hacia otra rebelde, una chica unos cuantos años mayor que yo que se ruboriza cuando Keenan le habla.

—¿Dónde está Mazen? ¿Han vuelto ya Navid y Raj?

—¿Qué es la hoja de nim? —le pregunto a Sana cuando estoy segura de que Keenan no puede oírme.

Es la primera vez que oigo su nombre, y conozco casi todas las hierbas que existen gracias al trabajo con Pop.

—Es un opiáceo. Hará que no recuerdes nada de las últimas horas —responde Sana. Abro mucho los ojos, pero ella niega con la cabeza—. No te lo daré. Al menos, todavía no. Siéntate. Tienes un aspecto horrible.

La caverna donde estamos está tan oscura que es difícil saber con exactitud su tamaño. Repartidas por la zona hay linternas de fuego azul, que solo suelen encontrarse en los mejores distritos ilustres, con antorchas entre ellas. El aire fresco de la noche se cuela a través de los agujeros del techo de roca, y apenas puedo ver las estrellas. Es probable que haya estado en las catacumbas casi un día entero.

—Se filtra bastante el aire, pero es nuestro hogar —me dice Sana mientras se retira la capucha y su pelo corto y oscuro sale disparado como si fuera un pájaro enfadado.

—Sana, has vuelto —la saluda un hombre corpulento y de pelo castaño, que me mira con curiosidad.

—Tariq —asiente Sana—. Nos hemos topado con una patrulla y hemos recogido a alguien por el camino. ¿Le podrías traer algo de comida?

Tariq desaparece y Sana me señala un banco cercano para que me siente, haciendo caso omiso a las miradas de las decenas de personas que se mueven por la caverna.

Hay el mismo número de hombres que de mujeres aquí, la mayoría lleva puesta ropa oscura apretada y van cargados con cuchillos y cimitarras, como si esperaran que el Imperio fuera a lanzar un ataque en cualquier momento. Algunos afilan sus armas y otros vigilan las hogueras donde se cocina. Unos ancianos fuman con pipa y las paredes están repletas de literas llenas de cuerpos dormidos.

Mientras miro alrededor, me aparto un mechón de pelo de la cara. Sana entorna los ojos cuando se fija en mis facciones.

—Me resultas… familiar —me dice.

Dejo que el pelo me vuelva a caer sobre la cara. Sana es lo bastante mayor como para llevar en la Resistencia bastante tiempo. Lo bastante mayor como para haber conocido a mis padres.

—Solía vender las mermeladas que preparaba Nan en el mercado.

—Ya —comenta sin apartar la vista—. ¿Vives en el distrito? ¿Por qué estabas…?

—¿Qué hace todavía aquí? —interviene Keenan mientras se acerca y se quita la capucha. Había estado ocupado con un grupo de combatientes en un rincón.

Es mucho más joven de lo que pensaba yo, más cercano a mi edad que Sana, lo que explicaría por qué ella se crispa al oír su tono. Su pelo es de color rojo como las llamas y le cae desde la frente hasta los ojos, con las raíces tan oscuras que parece negro. Solo es unos pocos centímetros más alto que yo, pero de cuerpo fibroso y fuerte, con los rasgos finos y equilibrados de los académicos. Una barba pelirroja incipiente le ensombrece la mandíbula, y tiene la nariz salpicada de pecas. Como los demás combatientes, acarrea casi tantas armas como un máscara.

Me doy cuenta de que me he quedado observándolo, desvío la mirada y noto que las mejillas se me sonrojan. Entonces entiendo el porqué de las miradas que le dedican las mujeres jóvenes de la caverna.

—No puede quedarse —insiste—. Sácala de aquí, Sana. Ahora.

Tariq regresa y al oírlo deja un plato lleno de comida encima de una mesa detrás de mí.

—No puedes darle órdenes. Sana no es una recluta cualquiera, es la jefa de nuestra facción y tú...

—Tariq —lo interrumpe Sana, y le pone una mano en el brazo, aunque la mirada que le lanza a Keenan podría romper una piedra—. Le estaba dando algo de comida a la chica. Quería descubrir qué hacía en los túneles.

—Os estaba buscando —intervengo—. Buscaba a la Resistencia. Necesito vuestra ayuda. Ayer aprisionaron a mi hermano durante una redada...

—No te podemos ayudar, ya no damos abasto —responde Keenan.

—Pero...

—No. Te. Podemos. Ayudar. —me dice lentamente, como si hablara con una niña.

Tal vez antes de la redada el frío que emanan sus ojos me habría hecho callar, pero ya no. No cuando Darin me necesita.

—Tú no eres el líder de la Resistencia —le espeto.

—Soy el segundo al mando.

Tiene un cargo más importante de lo que suponía, pero no lo suficiente. Me quito el pelo de la cara y me levanto.

—Entonces no te incumbe a ti decidir si me quedo o no, sino a tu líder —contesto en un intento de sonar valiente, aunque no sé qué voy a hacer si Keenan no se da por vencido. Tal vez empiece a suplicar.

—Pues tiene algo de razón la chica —tercia Sana con una sonrisa afilada como un cuchillo.

Keenan se me acerca tanto que me incomoda. Huele a limón y a algo ahumado, como cedro. Me estudia de arriba abajo, y sería una mirada desvergonzada si no pareciera tan confundida, como si fuese algo que no acabara de entender del todo. Sus ojos son un secreto oscuro; negros o marrones o azules…, no sabría decirlo. Es como si pudieran escrutar mi alma, tan débil y cobarde. Me cruzo de brazos y desvío la mirada, avergonzada por mi falda harapienta, la suciedad y los cortes.

—Ese brazalete es poco común —me dice mientras alarga la mano para tocarlo.

La punta de sus dedos acaricia mi brazo, y una chispa me recorre toda la piel. Me aparto de él, pero no parece importarle.

—Está tan desgastado que no me habría dado cuenta de que es de plata, ¿verdad?

—No lo he robado, ¿de acuerdo? —La cabeza me da vueltas y me duele el cuerpo, pero aprieto los puños en una muestra de enfado y miedo.

»Y si lo quieres, tendrás… tendrás que matarme para quedártelo.

Me lanza una mirada fría, y espero que no se crea mi farol. Los dos sabemos que matarme no sería particularmente difícil.

—Eso me suponía. ¿Cómo te llamas? —me pregunta.

—Laia —contesto.

No hace alusión a mi apellido, ya que los académicos rara vez los usamos.

—Iré a buscar a Maz… —interviene Sana después de mirarnos a los dos, perpleja.

—No, ya voy yo —contesta Keenan mientras se aleja.

Me vuelvo a sentar y Sana continúa mirándome a la cara, intentando averiguar por qué le resulto tan familiar. Si hubiera visto a Darin, lo sabría de inmediato; es la viva imagen de nuestra madre, y nadie podría olvidarse de ella. Mi padre era distinto, siempre en la retaguardia, pintando, planeando, pensando. De él heredé el pelo oscuro rebelde y los ojos dorados, los pómulos altos y los severos labios carnosos.

En el distrito, nadie conocía a mis padres. Nadie se fijaba en Darin ni en mí. Pero una base de la Resistencia es diferente. Debería haberlo sabido.

Me doy cuenta de que me he quedado mirando el tatuaje de Sana y se me forma un nudo en el estómago al ver el puño y las llamas. Mi madre tenía uno idéntico, por encima del corazón. Mi padre se pasó meses perfeccionándolo antes de tatuárselo.

Sana me sorprende contemplándola.

—Cuando me hice este tatuaje, la Resistencia era distinta —me explica sin que le haya preguntado nada—. Éramos mejores, pero las cosas cambiaron. Nuestro líder, Mazen, nos dijo que debíamos ser más atrevidos y pasar al ataque. Muchos de los combatientes más jóvenes, a los que Mazen entrena, tienden a estar de acuerdo con esa filosofía.

Es evidente que Sana no comparte ese modo de pensar. Estoy esperando a que me cuente más cuando se abre una puerta al otro lado de la caverna y entran Keenan y una figura de pelo canoso que cojea.

—Laia —habla Keenan—, este es Mazen, es...

—El líder de la Resistencia —digo sin dejar que acabe la frase.

Conozco su nombre porque mis padres lo pronunciaban a menudo cuando era pequeña. Y sé cómo es su aspecto porque sale en los carteles de «se busca» repartidos por toda Serra.

—Así que eres la huérfana del día.

El hombre se detiene frente a mí y me indica con la mano que me siente cuando me levanto para saludarlo. Lleva una pipa entre los dientes y el humo nubla su cara desfigurada. Tiene el tatuaje de la Resistencia desgastado, pero aún visible, de un color azul verdoso en el cuello.

—¿Qué quieres?

—Un máscara se ha llevado a mi hermano Darin.

Examino con atención el rostro de Mazen para ver si al pronunciar su nombre lo reconoce, pero se mantiene impasible.

—Anoche, durante una redada en nuestra casa. Necesito vuestra ayuda para rescatarlo.

—No rescatamos a personas perdidas —responde Mazen, y se gira hacia Keenan—. No me vuelvas a hacer perder el tiempo.

—Darin no se ha perdido. Se lo han llevado por culpa de tus hombres —respondo intentando sofocar la desesperación.

Mazen se da la vuelta.

—¿Mis hombres?

—Los marciales interrogaron a dos de tus combatientes y confesaron el nombre de Darin antes de morir.

Cuando Mazen mira a Keenan para buscar una señal de confirmación, el joven duda.

—Raj y Navid —dice después de una pausa—. Eran reclutas nuevos. Me dijeron que estaban trabajando en algo grande. Eran ha encontrado esta mañana sus cadáveres en el extremo occidental del Distrito Académico, me lo acaba de decir.

Mazen reniega y me vuelve a mirar.

—¿Por qué iban mis hombres a dar el nombre de tu hermano? ¿De qué lo conocían?

Si Mazen no sabe nada sobre el cuaderno, no seré yo quien se lo diga. Ni yo sé lo que significa.

—No lo sé —respondo—. Tal vez querían que se uniera a vosotros o eran amigos. Sea cual fuere la razón, atrajeron al Imperio hasta nuestra casa, y el máscara que los mató fue a por Darin anoche. Él... —me falla la voz un instante, pero me aclaro la garganta y me obligo a seguir hablando— mató a mis abuelos y se llevó preso a Darin. Todo por culpa de tus hombres.

Mazen toma una larga calada de la pipa mientras me contempla y entonces niega con la cabeza.

—Lamento tu pérdida, de verdad, pero no podemos ayudarte.

—Vosotros... tenéis una deuda de sangre conmigo. Tus hombres entregaron a Darin...

—Y lo pagaron con sus vidas. No puedes pedir nada más.

El poco interés que Mazen me estaba mostrando se desvanece.

—Si ayudáramos a cada académico al que se llevan los marciales, no quedaría absolutamente nada de la Resistencia. Tal vez si fueras una de los nuestros... Pero no lo eres —dice con un encogimiento de hombros.

—¿Y qué pasa con la Izzat? —le pregunto mientras lo agarro del brazo. Me suelta con violencia y me mira furioso—. Estáis atados a ese código. Obligados a ayudar a cualquiera que...

—El código solo se aplica a los nuestros, a los miembros de la Resistencia o a sus familias. A aquellos que lo han dado todo por nuestra supervivencia. Keenan, dale las hojas.

Keenan me agarra de un brazo con firmeza, aunque intento quitármelo de encima.

—Espera, no puedes hacerlo —protesto, y otro combatiente se acerca para sujetarme—. No lo entiendes; si no lo saco de la cárcel, lo torturarán, lo venderán o lo matarán. Es todo lo que tengo... ¡El único que me queda!

Mazen sigue alejándose.

VIII: *Elias*

E l blanco de los ojos del augur es de color rojo como un
demonio y contrasta con sus iris azabaches. La piel se le
estira encima de los huesos de la cara como un cuerpo torturado en el potro. Aparte de sus ojos, no tiene más color que el
de las arañas translúcidas que acechan en las catacumbas de
Serra.

—¿Estás nervioso, Elias? —El augur aparta el cuchillo de
su cuello—. ¿Por qué? No tienes por qué temerme. No soy
más que un charlatán morador de las cuevas. Un lector de
entrañas de cordero, ¿no es así?

*Por todos los cielos. ¿Cómo sabe que he estado pensando
esas cosas? ¿Qué más sabe? ¿Por qué está aquí?*

—Era una broma —respondo a toda prisa—, una broma
muy muy estúpida…

—Planeas desertar. ¿Eso también es una broma?

Se me hace un nudo en la garganta. Todo en lo que puedo
pensar es: *Cómo lo sabe, quién se lo ha dicho, lo mataré…*

—Los fantasmas de nuestras fechorías buscan venganza
—dice el augur—. Pero el coste será elevado.

—El coste… —Tardo solo un segundo en comprenderlo. Me
va a hacer pagar por lo que tenía planeado hacer. De repente,
noto el aire de la noche más frío, y me vienen a la mente el hedor y el ruido de la prisión de Kauf, donde el Imperio manda a
los desertores para que sufran a manos de sus interrogadores

más crueles. Visualizo la fusta de la comandante y cómo la sangre de Barrius mancha las piedras del patio. La adrenalina se me dispara cuando mi entrenamiento se activa y me dice que ataque al augur, que me libere de esta amenaza. Pero el sentido común se sobrepone al instinto. Los augures gozan de una reputación tan elevada que matarlos no es una opción. Humillarme ante uno, sin embargo, puede que no me haga daño—. Lo entiendo —le digo—. Aceptaré humildemente cualquier castigo que considere...

—No he venido aquí para castigarte. En cualquier caso, lo que te depara el futuro ya es suficiente castigo. Dime, Elias. ¿Por qué estás aquí? ¿Por qué estás en Risco Negro?

—Para llevar a cabo la voluntad del Emperador. —Conozco estas palabras incluso mejor que mi propio nombre, las he pronunciado demasiadas veces—. Para mantener a raya las amenazas, internas y externas. Para proteger al Imperio.

El augur se da la vuelta hacia el campanario en forma de diamante. He visto las palabras gravadas en los ladrillos de la torre tantas veces que ya casi no las distingo.

De la juventud curtida en la batalla, se alzará el Anunciado, el Gran Emperador, azote de nuestros enemigos, comandante de las huestes más devastadoras. Y el Imperio se unificará.

—La profecía, Elias —continúa el augur—, el futuro que se nos ha legado a los augures a través de las visiones. Esa es la razón por la que construimos la escuela. Esa es la razón por la que estás aquí. ¿Conoces la historia?

La historia del origen de Risco Negro fue lo primero que me enseñaron cuando era novato: hace quinientos años, un bruto guerrero de nombre Taius unió a todos los clanes marciales diseminados y barrió todo el territorio desde el norte, arrasando el Imperio Académico y apoderándose de la mayor parte del continente. Se nombró a sí mismo Emperador y estableció su dinastía. Fue proclamado como el Primer Máscara debido a la máscara de plata fantasmal que llevaba puesta para que sus enemigos se aterrorizaran al verlo.

Pero los augures, que ya eran considerados hombres santos, vislumbraron en sus visiones que un día el linaje de Taius se perdería. Cuando ese día llegara, los augures escogerían a un nuevo Emperador que fuera capaz de superar varios retos mentales y físicos: las pruebas. Por razones obvias, a Taius no le hizo gracia esa predicción, pero los augures debieron de amenazarlo con estrangularlo con tripas de cordero, porque no rechistó cuando construyeron Risco Negro para empezar a entrenar a los estudiantes.

Y aquí estamos, cinco siglos después, enmascarados igual que Taius el Primero, esperando a que el linaje de ese viejo demonio falle para que uno de nosotros pueda ser coronado como nuevo Emperador.

No albergo muchas esperanzas. Generaciones de máscaras se han entrenado, han servido y han muerto sin haber oído siquiera hablar de las pruebas. Tal vez Risco Negro haya empezado como un lugar donde preparar al futuro Emperador, pero ahora tan solo es un sitio de entrenamiento para el arma más mortífera del Imperio.

—Conozco la historia —respondo en relación con la pregunta del augur. *Pero no me creo ni una palabra, ya que tan solo es una mítica boñiga de caballo.*

—Me temo que ni mítica ni boñiga —me dice el augur sobriamente. De repente, me cuesta respirar. Hace tanto tiempo que no tengo miedo que me cuesta reconocer el sentimiento.

—Puedes leer la mente.

—Una descripción algo simple para un empeño tan complejo, pero sí, podemos.

Entonces lo sabes todo. Mi plan para escapar, mis esperanzas, mi odio. Todo. Nadie me ha delatado al augur. Me he delatado yo solo.

—Es un buen plan, Elias —me confirma el augur—, casi a prueba de fallos. Si deseas seguir adelante, no te detendré.

¡TRAMPA!, grita mi mente. Pero miro a los ojos del augur y no veo atisbo de mentira. ¿A qué está jugando? ¿Cuánto hace que los augures saben que quiero desertar?

—Lo sabemos desde hace meses. Pero no ha sido hasta que has escondido tus provisiones en el túnel esta mañana cuando hemos entendido que estabas decidido del todo. Sabíamos que teníamos que hablar contigo. —El augur asiente en dirección al camino que lleva hacia la torre de vigilancia este—. Acompáñame.

Estoy demasiado aturdido como para negarme. Si el augur no quiere evitar mi huida, ¿qué es lo que quiere? ¿Qué pretendía decir con que mi futuro sería suficiente castigo? ¿Me está diciendo que me atraparán?

Llegamos hasta la torre, y los centinelas apostados se dan la vuelta y se marchan, como si les hubieran dado una orden en silencio. El augur y yo estamos solos, observando las dunas oscuras que se extienden hasta la cordillera de Serra.

—Cuando oigo tus pensamientos, me acuerdo de Taius Primero —me dice el augur—. Como tú, llevaba en la sangre ser soldado. Y, como tú, se resistía a su destino. —El augur sonríe ante mi rostro de incredulidad—. Oh, sí. Conocí a Taius. Conocí a sus ancestros. Mis similares y yo hemos vagado por esta tierra durante miles de años, Elias. Escogimos a Taius para que creara el Imperio, del mismo modo que te escogimos a ti, quinientos años después, para servirlo.

Imposible, insiste la parte racional de mi mente.

Cállate, mente racional. Si este hombre puede leer la mente, entonces la inmortalidad parece el siguiente paso plausible. ¿Significa pues que todas esas chorradas de que los augures están poseídos por los espíritus de la muerte son ciertas? Ojalá Helene pudiera verme. Cómo se regodearía.

Miro al augur por el rabillo del ojo. Mientras observo su figura, me doy cuenta de que me parece extrañamente familiar.

—Me llamo Cain, Elias. Y te traje a Risco Negro. Yo te escogí.

Me condenaste, más bien. Intento no pensar en la mañana oscura en la que el Imperio me reclamó, pero todavía aparece en mis pesadillas. Los soldados asaltando la caravana Saif y sacándome de la cama a rastras. Mamie Rila, mi madrastra, gritándoles hasta que sus hermanos la hicieron retroceder. Mi hermanastro Shan, que preguntaba cuándo iba a volver mientras se frotaba los ojos somnolientos. Y este hombre, esta cosa, llevándome a un caballo que me esperaba mientras me daba la explicación más básica posible. *Has sido escogido. Vendrás conmigo.*

En mi mente de niño aterrorizado, el augur parecía más grande, más amenazador. Ahora me llega al hombro y parece que una simple ventolera pudiera llevárselo a la tumba.

—Me imagino que habrá escogido a miles de niños durante los años. —Me aseguro de mantener un tono respetuoso—. Ese es su trabajo, ¿no?

—Pero tú eres del que más me acuerdo, pues los augures soñamos con el futuro: todos los resultados, todas las posibilidades. Y el hilo de tu ser aparece tejido en cada sueño. Un hilo plateado en un tapiz nocturno.

—Y yo que creía que sacasteis mi nombre de un sombrero.

—Escúchame, Elias Veturius. —El augur ignora mi pulla, y, aunque su tono de voz no es más alto que hace unos instantes, sus palabras están envueltas en hierro y cargadas de certidumbre—. La profecía es cierta. Una verdad con la que pronto te enfrentarás. Buscas huir. Buscas abandonar tu deber, pero no puedes escapar a tu destino.

—¿Destino? —Una risa amarga brota de mis labios—. ¿Qué destino?

Todo lo que hay aquí es violencia y sangre. Después de mi graduación de mañana, nada cambiará. Las misiones y la maldad sin fin harán mella en mí hasta que no quede nada del chico al que los augures secuestraron hace catorce años. Tal vez ese sea un tipo de destino. Pero no es el que escogería voluntariamente para mí.

—Esta vida no es siempre como creemos que será —me dice Cain—. Eres una llama entre cenizas, Elias Veturius. Prenderás y arderás, arrasarás y destruirás. No puedes cambiarlo. No puedes detenerlo.

—No quiero...

—Lo que quieras no tiene importancia. Mañana debes tomar una decisión entre desertar o cumplir con tu deber. Entre huir de tu destino o enfrentarte a él. Si desertas, los augures no te detendrán y escaparás. Huirás del Imperio y vivirás. Pero no encontrarás ningún alivio y tus enemigos te perseguirán. Las sombras florecerán en tu corazón y te convertirás en todo aquello que odias; malvado, inclemente, cruel. Te encadenarás a tu propia oscuridad igual que si estuvieras encadenado a las paredes de la celda de una cárcel.

Se dirige hacia mí y me mira con sus ojos negros despiadados.

—Pero si te quedas, si cumples con tu deber, tienes la oportunidad de romper los lazos que te unen al Imperio para siempre. Tienes la oportunidad de alcanzar una grandeza inconcebible. Tienes la oportunidad de obtener la libertad verdadera..., de cuerpo y alma.

—¿Qué significa si me quedo y cumplo con mi deber? ¿Qué deber?

—Lo sabrás cuando llegue el momento, Elias. Tienes que confiar en mí.

—¿Cómo voy a confiar cuando no me explica lo que quiere decir? ¿Qué deber? ¿Mi primera misión? ¿La segunda? ¿A cuántos académicos tendré que atormentar? ¿Cuánta maldad debo infligir antes de ser libre?

Cain me mira fijamente a los ojos mientras se aleja de mí paso a paso.

—¿Cuándo podré abandonar el Imperio? ¿Dentro de un mes? ¿De un año? ¡Cain!

Se desvanece tan rápido como una estrella cuando llega el alba. Estiro el brazo para retenerlo, para obligarlo a quedarse y contestarme, pero mi mano solo encuentra aire.

IX: Laia

Keenan me empuja hacia la puerta de la caverna y me quedo aturdida, sin aliento. Veo cómo se mueve su boca, pero no puedo oír ni una palabra. Todo cuanto oigo son los gritos de Darin, que me retumban dentro de la cabeza.

No volveré a ver a mi hermano. Los marciales lo venderán si tiene suerte y lo matarán si no la tiene. De cualquier modo, no puedo hacer nada para impedirlo.

Díselo, Laia, susurra Darin en mi mente. *Diles quién eres.*

Me matarían, intento rebatir a esa voz. *No sé si puedo confiar en ellos.*

Si no se lo dices, moriré, responde la voz de Darin. *No me dejes morir, Laia.*

—El tatuaje que tienes en el cuello —le grito a Mazen mientras se aleja—, el puño y las llamas. Fue mi padre quien lo puso ahí. Fuiste la segunda persona a la que tatuó, la primera fue mi madre.

Mazen se detiene.

—Su nombre era Jahan. Lo llamabas «lugarteniente». Mi hermana se llamaba Lis, pero tú la llamabas «pequeña leona», y mi... —por un momento vacilo y Mazen se da la vuelta con un temblor en la mandíbula. *Habla, Laia. Ahora al menos te escucha*—. Mi madre se llamaba Mirra. Pero tú, de hecho todo el mundo, la llamaba Leona. Líder. Jefa de la Resistencia.

Keenan me suelta rápidamente como si mi piel fuera de hielo, y el suspiro que exhala Sana se oye claramente en el silencio repentino que envuelve la caverna. Ahora ya sabrá por qué le sonaba mi cara.

Los rostros perplejos que me miran desde todos lados me hacen sentir incómoda. A mis padres los traicionó alguien de dentro de la Resistencia, y ni Nan ni Pop supieron jamás quién había sido.

Mazen se queda callado.

Por favor, que el traidor no sea él. Por favor, que él sea uno de los buenos.

Si Nan me viese, me estrangularía. He mantenido el secreto de la identidad de mis padres durante toda mi vida, y contarlo me hace sentir vacía por dentro. ¿Y qué pasará ahora? Todos estos rebeldes, muchos de los cuales lucharon al lado de mis padres, ahora saben que soy su hija. Querrán que sea intrépida y carismática como mi madre. Querrán que sea inteligente y serena como mi padre.

Pero no soy nada de eso.

—Serviste con mi padre durante veinte años —le digo a Mazen—. Primero en Marinn y luego aquí, en Serra. Te uniste al mismo tiempo que mi madre y llegaste a la cumbre del poder junto con ella y mi padre. Eras el tercero al mando.

Los ojos de Keenan pasan con rapidez de Mazen a mí, y el resto de su cara está inmóvil. El ajetreo en la caverna se detiene y los combatientes se susurran los unos a los otros a medida que se reúnen a nuestro alrededor.

—Mirra y Jahan solo tenían una hija —responde Mazen mientras cojea hacia mí. Sus ojos me observan desde el pelo hasta los ojos y los labios, y puedo ver cómo va recordando mientras me compara—. Murió junto a ellos.

—No. —He mantenido en secreto esto durante tanto tiempo que me parece mal hablar de ello, pero tengo que hacerlo, es lo único que puedo decir que vaya a marcar la diferencia—.

Mis padres dejaron la Resistencia cuando Lis tenía cuatro años y mi madre estaba embarazada de Darin. Querían una vida normal para sus hijos, así que desaparecieron sin dejar rastro, sin pistas. Cuando Darin nació, dos años después llegué yo. Sin embargo, el Imperio perseguía con ahínco a la Resistencia, y todo aquello por lo que mis padres habían luchado se estaba derrumbando. No podían quedarse de brazos cruzados y ser meros espectadores; querían luchar, y Lis era ya lo bastante mayor como para quedarse con ellos. Pero Darin y yo éramos demasiado pequeños, así que nos dejaron con los padres de mi madre. Darin tenía seis años y yo, cuatro. Mis padres murieron un año después.

—Tu cuento no está nada mal, chica —contesta Mazen—. Pero Mirra no tenía padres, era huérfana como yo y como Jahan.

—No estoy narrando una historia ficticia —digo en voz baja para evitar que me tiemble—. Mi madre dejó su casa cuando tenía dieciséis años. Nan y Pop no querían que se fuera, y cuando lo hizo cortó cualquier tipo de contacto de raíz. No sabían ni que estaba viva hasta que apareció un día en la puerta con la petición de que nos acogieran a mi hermano y a mí.

—No te pareces en nada a ella.

Me sienta como un bofetón. *Ya sé que no soy como ella,* quiero responder. *Lloré y me encogí de miedo en vez de ponerme de pie y pelear. Abandoné a Darin en vez de morir por él. Ella nunca fue tan débil como yo.*

—Mazen —susurra Sana, como si yo fuera a desaparecer si hablara demasiado alto—. Mírala bien. Tiene los ojos de Jahan y su pelo. Por los cielos, su cara es clavada a la suya.

—Os juro que es verdad, este brazalete era suyo —aseguro mientras alzo la mano, y centellea a la luz de la caverna—. Me lo dio una semana antes de que el Imperio la arrestara.

—Me preguntaba lo que habría hecho con él —interviene Mazen, y la dureza de su rostro se desvanece mientras la luz de un antiguo recuerdo brilla en sus ojos—. Jahan se lo regaló cuando se casaron. Siempre la vi con él puesto. ¿Por qué no has venido antes? ¿Por qué tus abuelos no contactaron con nosotros? Te habríamos entrenado de la manera que Mirra quería.

Pero la respuesta se refleja en su rostro antes de que yo pueda darla.

—El traidor —dice.

—Mis abuelos no sabían en quién confiar, así que decidieron no confiar en nadie.

—Y ahora están muertos, tu hermano está en la cárcel y tú quieres nuestra ayuda.

Mazen se lleva la pipa otra vez a la boca.

—Tenemos que brindarle esa ayuda —exclama Sana a mi lado, con una mano apoyada en mi hombro—, es nuestro deber. Es, como tú mismo dices, una de los nuestros.

Tariq está a su lado, y me doy cuenta de que los combatientes se han dividido en dos grupos. Los que están a favor de Mazen tienen una edad más parecida a la de Keenan. Los rebeldes que se amontonan detrás de Sana son mayores. *Ella es la jefa de nuestra facción*, había dicho Tariq. Ahora me doy cuenta de lo que quería decir: la Resistencia está dividida y Sana lidera a los combatientes más antiguos. Y, como ha dado a entender antes, Mazen capitanea a los más jóvenes y hace las veces de líder para todos.

Muchos de los combatientes de más edad se me quedan mirando, tal vez para hallar en mi cara pruebas de que soy la hija de mi padre y de mi madre, pero no los culpo. Mis padres fueron los mejores líderes que ha tenido la Resistencia en sus quinientos años de vida.

Entonces alguien de confianza los traicionó y los atraparon, los torturaron y los ejecutaron junto con mi hermana Lis. La Resistencia colapsó y desde entonces no ha podido recuperarse.

—Si la hija de la Leona está en apuros, se lo debemos a ella y debemos ayudarla —dice Sana a quienes están reunidos detrás de ella—. ¿Cuántas veces te salvó la vida, Mazen? ¿Cuántas veces nos salvó a todos?

De repente, empiezan a hablar todos a la vez.

—Mirra y yo prendimos fuego a una guarnición del Imperio...

—La Leona podía atravesarte hasta el alma con la mirada...

—Yo un día la vi ahuyentar a una docena de auxiliares... y no mostraba el más mínimo signo de miedo...

Yo también tengo mis propias historias. *Quería abandonarnos para irse con la Resistencia, pero mi padre no se lo permitió. Cuando iban a pelear, Lis se quedaba al cargo de Darin y de mí, y nos llevaba al bosque, donde nos cantaba para que no oyéramos la refriega. Ese es el primer recuerdo que tengo: Lis cantándome una canción mientras la Leona arrasaba a unos cuantos metros de distancia.*

Después de que mis padres nos dejaran con Nan y Pop, pasaron semanas hasta que ya no sentí ningún miedo, y me acostumbré a vivir con dos personas que parecía que se amaban de verdad.

No digo nada de todo esto, sino que me limito a entrelazar las manos mientras los combatientes cuentan sus historias. Sé que quieren que yo sea valiente y encantadora como mi madre. Y quieren que los escuche, los escuche de verdad, como hacía mi padre.

Si descubren cómo soy en realidad, me echarán de aquí sin pensárselo dos veces. La Resistencia no tolera a los debiluchos.

—Laia —me llama Mazen por encima del griterío, que se va acallando—. No tenemos suficiente gente como para asaltar una prisión marcial. Nos estaríamos arriesgando demasiado.

No tengo oportunidad de rechistar porque Sana lo hace por mí.

—La Leona lo habría hecho por ti sin pensárselo dos veces.

—Tenemos que derrocar al Imperio —dice un hombre rubio detrás de Mazen—, no malgastar nuestro tiempo salvando a un muchacho.

—¡No abandonamos a los nuestros!

—Nosotros seremos los que pelearemos —grita otro de los hombres de Mazen desde detrás de la muchedumbre— mientras que vosotros, los antiguos, os lleváis todo el mérito y os quedáis sentados.

—Quieres decir mientras hacemos planes y preparaciones para que los alocados como tú no os quedéis atrapados en una emboscada... —contesta Tariq con expresión lúgubre, después de haber apartado a Sana.

—Basta. ¡Basta! —grita Mazen, y levanta las manos. Sana tira de Tariq hacia atrás, y los demás combatientes se quedan callados—. No vamos a solucionar esto gritándonos los unos a los otros. Keenan, encuentra a Haider y llévalo a mis aposentos. Sana, busca a Eran y ven también. En privado decidiremos qué hacer.

Sana se va de inmediato, pero Keenan se queda inmóvil. Su mirada hace que me sonroje, y no sé qué decirle. Sus ojos son casi negros bajo la luz tenue de la caverna.

—Ahora me doy cuenta —murmura para sí—. No me puedo creer que casi lo pasara por alto.

Es imposible que hubiese conocido a mis padres. No aparenta ser mucho mayor que yo, y me pregunto cuánto tiempo llevará en la Resistencia, pero antes de que se lo diga para salir de dudas, desaparece por los túneles y me quedo sola.

Horas más tarde, cuando las estrellas ya se han desvanecido y el sol se eleva, después de haberme forzado a tragar la comida y fingir haber dormido algo en un catre duro como una piedra, se abre una de las puertas de la caverna.

Entra Mazen seguido de Keenan, Sana y dos hombres jóvenes. El líder de la Resistencia cojea hasta una mesa ante la que está sentado Tariq y me hace gestos para que me acerque. Intento leer la expresión que muestra el rostro de Sana, pero su cara está completamente vacía de emoción. Los demás combatientes se reúnen a nuestro alrededor tan interesados como yo por el destino que tienen pensado para mí.

—Laia —dice Mazen—, Keenan cree que deberíamos dejar que te quedaras en la base, a salvo.

Mazen carga las palabras con desprecio. A mi lado, Tariq le lanza una mirada llena de recelo a Keenan.

—Será menos problemático que se quede aquí —añade Keenan con los ojos brillantes—. Liberar a su hermano puede costar la vida a nuestros hombres, buenos hombres... —Se queda callado ante la mirada de Mazen y cierra el pico. Aunque apenas conozco a Keenan, me hiere ver cómo se opone a mí tan fervientemente. ¿Acaso le he hecho algo?

—Costará la vida de buenos hombres —sigue Mazen—, razón por la cual he decidido que, si Laia quiere nuestra ayuda, tendrá que darnos algo a cambio.

Los combatientes de ambas facciones miran a sus líderes con cautela. Mazen se gira hacia mí.

—Te ayudaremos si nos ayudas.

—¿Y qué podría hacer yo por la Resistencia?

—Sabes cocinar, ¿no? —pregunta Mazen—. ¿Y limpiar? Alisar el pelo, planchar la ropa...

—Elaborar jabón, limpiar los platos, hacer la compra... Sí. Acabas de describir lo que hace toda mujer libre en el Distrito Académico.

—También sabes leer —añade Mazen. No me da tiempo a formular una réplica antes de que niegue con la cabeza—. Que les den a las normas del Imperio. Te olvidas de que conocía a tus padres.

—¿Y eso qué tiene que ver con poder ayudar a la Resistencia?

—Sacaremos a tu hermano de la cárcel si haces de espía para nosotros.

Me quedo callada durante unos instantes, aunque me puede la curiosidad. Esto es lo último que me esperaba.

—¿A quién quieres que espíe?

—A la comandante de la Academia Militar Risco Negro.

X: Elias

A la mañana siguiente de la visita del augur, entro en el comedor tambaleándome como un cadete que vive su primera resaca y maldigo el sol que brilla sobre mi cabeza. He conseguido dormir muy poco y, además, me he autosaboteado con una pesadilla recurrente, una en la que estoy caminando por un campo de batalla hediondo y lleno de cadáveres. En ese sueño, los gritos llenan el aire y de algún modo sé que el dolor y el sufrimiento los he causado yo, que las muertes han sido con mi mano.

No es la mejor manera de empezar el día, especialmente en un día de graduación.

Me topo con Helene mientras ella, Dex, Faris y Tristas están saliendo del comedor. Me pone una galleta dura como una piedra en la mano mientras ignora mis protestas y me empuja fuera del comedor.

—Vamos tarde; Demetrius y Leander ya se han ido —me dice, aunque apenas puedo oírla por el incesante retumbar de los tambores que ordenan a todos los estudiantes que vayan a la armería para recoger sus uniformes ceremoniales, la armadura completa de un máscara.

Helene comenta lo emocionante que va a ser ponernos nuestras armaduras ceremoniales. La escucho a ella y a los demás vagamente, asintiendo en los momentos apropiados y exclamando cuando es necesario. Durante todo ese rato, estoy pensando en lo que me dijo Cain la noche pasada. *Escaparás. Huirás del Imperio. Vivirás. Pero no encontrarás ningún alivio.*

¿Debería confiar en el augur? Podría tratarse de una trampa. Tal vez quiere mantenerme aquí con la esperanza de que me convierta en máscara el suficiente tiempo como para decidir que la vida de un soldado es mejor que el exilio. Pienso en cómo los ojos de la comandante brillan cuando azota a un estudiante, cómo mi abuelo presume del número de víctimas que lleva. Son mi familia; sangre de mi sangre. ¿Y si comparto con ellos la sed de guerra, gloria y poder, y no soy consciente de ello? ¿Podría llegar a revelarme si fuera un máscara? El augur me leyó los pensamientos. ¿Acaso ve algo malvado en mi interior que yo soy incapaz de ver?

Sin embargo, Cain estaba convencido de que afrontaría el mismo destino si huyera. *Las sombras florecerán en tu corazón y te convertirás en todo aquello que odias.*

Así que mis opciones son quedarme y ser malvado o huir y ser malvado. Maravilloso. Cuando estamos a medio camino de la armería, Hel al fin se percata de mi silencio, de mi ropa arrugada y de mis ojos rojos.

—¿Estás bien? —me pregunta.

—Sí.

—Tienes un aspecto de mierda.

—Una noche difícil.

—¿Qué ha...?

Faris, que está caminando más adelante con Dex y Tristas, se retrasa y se nos une.

—Déjalo en paz, Aquilla. El pobre está hecho polvo. Te fuiste de hurtadillas al puerto para hacer una celebración anticipada, ¿eh, Veturius? —Me da una palmada en el hombro con su mano enorme y se ríe—. Podrías haber invitado a un colega.

—No seas desagradable —dice Helene.

—No seas mojigata —replica Faris.

Entonces se desata una discusión completa, en la cual la desaprobación de Helene sobre las prostitutas es rebatida de modo vehemente por Faris, mientras que Dex apunta que salir de los terrenos de la escuela para visitar un burdel no está explícitamente prohibido. Tristas se declara neutral tras apuntar con el dedo el tatuaje con el nombre de su prometida.

Entre los insultos que vuelan veloces, la mirada de Helene se posa en mí repetidamente. Ella sabe que no suelo frecuentar el puerto, así que evito sus ojos. Quiere una explicación, pero no sé por dónde empezar. *Bueno, verás, Hel, quería desertar hoy, pero apareció ese maldito augur, y ahora...*

Cuando llegamos a la armería, los estudiantes salen a borbotones por la puerta, y Faris y Dex desaparecen entre la multitud. Nunca había visto a los calaveras de último curso tan... felices. Todo el mundo está sonriendo porque la liberación los aguarda a tan solo unos minutos. Calaveras con los que apenas me hablo me saludan, me palmean la espalda y hacen bromas conmigo.

—Elias, Helene. —Leander, cuya nariz está rota gracias a Helene, nos llama. Demetrius está a su lado, sombrío como siempre. Me pregunto si sentirá algo de alegría hoy, tal vez esté aliviado de poder salir del lugar donde vio morir a su hermano.

Cuando Leander ve a Helene, se pasa una mano por el pelo, aunque sale disparado en todas direcciones sin importar cuán corto lo use. Intento no sonreír. Lleva prendado de ella durante mucho tiempo, aunque intente fingir lo contrario.

—El armero ya ha pronunciado vuestros nombres —dice Leander y señala con la cabeza dos montones de armadura y armas que tiene detrás—. Os hemos traído vuestras armaduras ceremoniales.

Helene va a por la suya igual que un ladrón de joyas que ve un rubí; sostiene los brazales hacia la luz y exclama que el símbolo del diamante de Risco Negro está grabado en el escudo. Esta armadura ajustada está hecha por la forja Teluman, una de las más antiguas del Imperio, y es lo suficientemente fuerte como para rechazar el filo de las mejores hojas. Es el regalo final que nos hace Risco Negro.

Una vez que tengo puesta la armadura, me cuelgo las armas: cimitarra y dagas de acero sérrico, afiladas y livianas, especialmente si las comparamos con las armas funcionales y romas que hemos usado hasta ahora. La última parte es una capa negra abrochada con una cadena. Cuando he acabado, levanto la vista y veo que Helene me está observando.

—¿Qué? —le digo. Me mira con tanta intensidad que tengo que bajar la cabeza, creyendo que me he puesto la placa del pecho del revés, pero todo está como debería. Cuando vuelvo a levantar la cabeza, está detrás de mí, ajustándome la capa, y sus largos dedos me rozan el cuello.

—No estaba recta —me asegura mientras se pone el casco—. ¿Qué te parezco?

Si los augures han hecho mi armadura para acentuar mi poder, la suya está hecha para acentuar su belleza.

—Pareces...

Una diosa guerrera. Como un genio del aire que ha venido para someternos a todos. Cielos, ¿qué demonios me pasa?

—Un máscara.

Se ríe de manera femenina, atractiva y ridícula, y llama la atención de los demás estudiantes: Leander, que desvía la vista de golpe y se rasca la nariz torcida cuando le sorprendo mirándola, y Faris, que sonríe y le murmura algo a Dex, que la observa anonadado. En la otra punta de la habitación, Zak también está mirando, con una expresión en el rostro que es una mezcla de confusión y deseo. Entonces veo a Marcus al lado de Zak, mirando a su hermano mientras este observa a Hel.

—Mirad, chicos —dice Marcus—, una puta con armadura.

Tengo la cimitarra medio desenvainada cuando Hel me pone una mano en el brazo. Sus ojos irradian fuego. *Es mi pelea, no la tuya.*

—Vete al infierno, Marcus —le responde Helene mientras busca su capa unos pasos más allá y se la coloca. La serpiente se acerca a paso lento con los ojos devorándole el cuerpo; no deja lugar a dudas de lo que está pensando.

—La armadura no te sienta bien, Aquilla —dice—. Me gustarías más con un vestido. O sin nada.

Le pone una mano en el pelo, acariciando amablemente uno de sus rizos sueltos con los dedos, antes de tirar de él fuerte y acercar su cara a la suya.

Tardo un solo segundo en reconocer que el grito que corta el aire es mío. Estoy a un paso de Marcus y mis puños están hambrientos de su carne, pero dos de sus compinches, Thadius y Julius, me agarran por detrás y me retuercen los brazos. Demetrius está a mi lado en un instante y su codo hace contacto con la cara de Thadius, pero Julius le da una patada en la espalda y lo derriba.

Entonces, en un destello plateado, Helene sostiene un cuchillo en el cuello de Marcus y otro en la ingle.

—Suéltame el pelo —dice— o te liberaré de tu masculinidad.

Marcus suelta el rizo rubio y le susurra algo a Helene en el oído. Y solo con eso su determinación se disuelve, el cuchillo que tiene en el cuello flaquea y él le agarra la cara con las manos y la besa.

Me da tanto asco que por un momento no puedo hacer más que contener el aire e intentar no vomitar. Entonces Helene suelta un grito amortiguado y me libero de Thadius y de Julius. En un segundo, los esquivo y empujo a Marcus lejos de Helene, mientras mis golpes aterrizan satisfactoriamente en su cara.

Mientras le doy puñetazos, Marcus se ríe y Helene se limpia la boca frenéticamente. Leander me aparta por los hombros y exige con rabia su turno con la serpiente.

Detrás de mí, Demetrius vuelve a estar de pie e intercambia puñetazos con Julius, que lo supera y lanza su pálida cabeza al suelo. Faris sale de la multitud como un rayo y su cuerpo gigante golpea a Julius y lo derriba, como un toro que se abalanza contra una valla. Veo el tatuaje de Tristas y la piel morena de Dex, y se desata el infierno.

Entonces alguien grita «¡Comandante!» y Farius y Julius se ponen en pie de golpe, yo me aparto de Marcus y Helene deja de arañarle la cara. La serpiente se levanta tambaleándose mientras los ojos se le oscurecen en dos grandes moratones.

Mi madre pasa por en medio de los calaveras, directa hacia donde estamos Helene y yo.

—Veturius, Aquilla —escupe nuestros nombres como si fueran fruta podrida—, explicaos.

—No hay explicación, comandante, señora —respondemos Helene y yo al unísono. Miro hacia un punto lejano detrás de ella como me han entrenado, y su mirada fría se me clava con la delicadeza de un cuchillo desafilado. Desde detrás de la comandante, Marcus sonríe, y tenso la mandíbula. Si azotan a Helene por culpa de su depravación, pospondré mi huida solo para tener la opción de matarlo.

—La octava campanada sonará dentro de unos minutos. Os calmaréis y acudiréis al anfiteatro. Otro incidente como este y mandaré en un barco directo a Kauf a aquellos que estén involucrados, ¿entendido?

—¡Sí, señora!

Los calaveras salen formando una fila en silencio. Cuando éramos quintos, todos pasamos seis meses de guardia en la prisión de Kauf, situada al norte. Ninguno de nosotros se arriesgaría a que lo mandaran allí por algo tan absurdo como una pelea el día de la graduación.

—¿Estás bien? —le pregunto a Hel cuando la comandante ya no puede oírnos.

—Quiero arrancarme la cara y cambiármela por otra que no haya tocado nunca a ese cerdo.

—Solo necesitas que te bese alguien distinto —le digo, antes de darme cuenta de cómo ha sonado mi respuesta—. No…

Eh... No es que yo me esté ofreciendo voluntario. Quiero decir...

—Ya te he entendido —me interrumpe Helene, y pone los ojos en blanco. Su mandíbula se tensa; ojalá yo hubiera mantenido el pico cerrado en vez de sacar a relucir el tema del beso—. De todos modos, gracias por haberle dado un puñetazo.

—Lo habría matado si no fuera por la comandante.

Me dedica una mirada tierna, y estoy a punto de preguntarle qué le ha susurrado Marcus al oído cuando Zak pasa por nuestro lado. Juguetea con su pelo castaño y ralentiza el paso, como si quisiera decirnos algo, pero lo miro con ojos llenos de ira y después de unos segundos da media vuelta.

Unos minutos más tarde, Helene y yo nos unimos a los calaveras de último año que se apostan alineados a la entrada del anfiteatro y olvidamos la pelea de la armería. Marchamos hacia el anfiteatro, donde nos reciben los aplausos de la familia, los estudiantes, los oficiales de la ciudad, los emisarios imperiales y una guardia de honor formada por casi doscientos legionarios.

Cruzo mi mirada con la de Helene y veo mi propio asombro reflejado en sus ojos. Es surrealista estar aquí abajo en vez de mirar con envidia desde las gradas. El cielo brilla radiante sin nubes sobre nuestras cabezas de punta a punta. Las banderas adornan las alturas del teatro, y el gallardete rojo y dorado de la Gens Taia aletea por el viento al lado del estandarte oscuro en forma de diamante de Risco Negro.

Mi abuelo, el general Quin Veturius, líder de la Gens Veturia, está sentado en un palco a la sombra, en la primera fila. Cerca de cincuenta familiares próximos —hermanos, hermanas, sobrinos y sobrinas— se despliegan a su alrededor. No es necesario que le vea los ojos para saber que me está examinando, que está calculando el ángulo de mi cimitarra y escudriñando cómo se me ajusta la armadura.

Después de que me seleccionaran para ir a Risco Negro, mi abuelo me miró una sola vez a los ojos y reconoció a mi madre en ellos. Me llevó a su casa cuando mi madre se negó a acogerme en la suya. Sin ninguna duda, estaba furiosa por que hubiera sobrevivido cuando ya daba por sentado que se había librado de mí.

Cada vez que tenía vacaciones las pasaba entrenando con mi abuelo, soportando palizas y una disciplina severa, pero a cambio gané una ventaja significativa sobre mis compañeros de clase. Él sabía que la necesitaría. Pocos de los alumnos de Risco Negro dudan de su ascendencia, y ninguno de ellos ha sido criado en las tribus. Ambas cosas me convertían en un blanco fácil para los cotilleos... o para las burlas. Pero si alguien intentaba tratarme mal a causa de mi pasado, mi abuelo lo ponía en su sitio, normalmente con la punta de su espada, y me enseñó a hacer lo mismo. Puede que sea igual de despiadado que su hija, pero al menos es el único pariente que tengo que me trata como a uno más de la familia.

Aunque el código no lo exige, levanto mi mano en un saludo al pasar por delante de él y me siento agradecido cuando asiente ante el gesto.

Después de una serie de ejercicios de formación, los graduados marchan hacia los bancos de madera en el centro del patio, sacan las cimitarras y las sostienen en alto. Se empieza a oír un retumbo que va creciendo, hasta que el sonido parece una tormenta eléctrica que se ha desatado en el anfiteatro. Son los demás estudiantes de Risco Negro, que golpean en los asientos de piedra y gritan con una mezcla de orgullo y envidia. A mi lado, Helene y Leander no pueden reprimir una sonrisa.

En medio del ruido, el silencio se aposenta en mi cabeza. Es un silencio extraño, infinitamente pequeño, infinitamente grande, y me siento atrapado dentro; voy arriba y abajo, mientras les doy vueltas a dos preguntas. *¿Huyo? ¿Deserto?* En la distancia, como una voz que se oye bajo el agua, la comandante nos ordena que envainemos las cimitarras y nos sentemos. Nos ofrece un discurso conciso desde una tarima elevada, y cuando llega el momento de tomar nuestros votos para con el Imperio, solo me doy cuenta de que tengo que levantarme porque todos a mi alrededor lo hacen.

¿Quedarme o huir?, me pregunto. *¿Quedarme o huir?*

Creo que mis labios se mueven como los de los demás mientras ofrecen su sangre y sus cuerpos al Imperio. La comandante nos gradúa y el grito de júbilo que sueltan los nuevos máscaras, sincero y aliviado, es lo que me saca de mis pensamientos. Faris se arranca las chapas de la escuela y las lanza al aire, y lo mismo hacemos el resto. Vuelan por los aires, tapando el sol como una bandada de pájaros plateados.

Los familiares gritan los nombres de los graduados. Los padres y las hermanas de Helene gritan «¡Aquilla!», la familia de Faris grita «¡Candelan!». Oigo también «¡Vissan!», «¡Tullius!», «¡Galerius!». Y entonces oigo una voz que se eleva por encima del resto. «¡Veturius! ¡Veturius!». Mi abuelo se levanta en el palco, respaldado por el resto de la familia, para recordar a todo el mundo que una de las gens más poderosas del Imperio acaba de ver cómo se graduaba uno de sus miembros.

Busco sus ojos y por primera vez no veo crítica en ellos, solo un orgullo feroz. Me sonríe como un lobo, y los dientes blancos resaltan contra el plateado de su máscara; de pronto, me doy cuenta de que le estoy devolviendo la sonrisa, y la confusión me inunda y aparto la mirada. No va a sonreír si deserto.

—¡Elias! —grita Helene, y me lanza los brazos alrededor, con los ojos brillantes—. ¡Lo hemos conseguido! Lo…

Vemos a los augures a la vez, y deja caer los brazos. Nunca había visto a los catorce juntos y se me encoge el estómago. ¿Qué hacen aquí? Llevan las capuchas echadas para atrás, que revelan sus inhóspitas facciones, y, dirigidos por Cain, cruzan como fantasmas la hierba para formar un semicírculo alrededor del palco de la comandante.

Los gritos de los asistentes se transforman en un murmullo interrogativo. Mi madre los mira con la mano posada en la empuñadura de su cimitarra. Cuando Cain sube al palco, ella se hace a un lado como si lo estuviera esperando.

Cain levanta la mano para pedir silencio, y al cabo de unos segundos la muchedumbre se calla. Desde donde estoy sentado en el campo, me da la sensación de que es un espectro extraño, frágil y ceniciento. Pero cuando habla su voz retumba por todo el anfiteatro con una fuerza que pone a todo el mundo en pie.

—De la juventud curtida en la batalla se alzará el Anunciado —dice—. El Gran Emperador, azote de nuestros enemigos, comandante de las huestes más devastadoras. Y el Imperio se unificará. Así lo predijeron los augures hace quinientos años mientras sacamos las piedras de esta escuela de la tierra temblorosa. Y así debe cumplirse la profecía. El linaje del Emperador Taius xxi llegará a su fin.

Un murmullo que casi suena a motín se extiende por la multitud. Si alguien que no fuera un augur hubiera cuestionado el linaje del Emperador, ya lo habrían abatido. Los legionarios de la guardia de honor se enfurecen con las manos en las armas, pero cuando Cain los mira se amilanan como una manada de perros asustadizos.

—Taius xxi no tendrá descendencia masculina alguna —pronostica Cain—. Cuando llegue la hora de su muerte, el Imperio caerá, a menos que sea elegido un nuevo guerrero emperador.

»Taius Primero, padre de nuestro Imperio y *pater* de la Gens Taia, fue el mejor luchador de su tiempo. Lo pusieron a prueba, lo examinaron y juzgaron antes de considerarlo apto para gobernar. La gente del Imperio no puede esperar menos de su nuevo líder.

Por todos los cielos sangrientos. Detrás de mí, Tristas le da un codazo triunfante a Dex, que está con la boca abierta. Todos sabemos lo que Cain va a decir a continuación, pero todavía no puedo creer lo que oyen mis oídos.

—Así pues, el momento para las pruebas ha llegado.

El anfiteatro estalla. O al menos parece que estalla, porque nunca he oído un ruido tan alto.

—¡Te lo dije! —le grita Tristas a Dex, que luce como si le hubieran aplastado la cabeza con un martillo.

—¿Quién?, ¿quién? —chilla Leander, mientras Marcus se ríe, una risita engreída que hace que me entren ganas de apuñalarlo. Helene tiene una mano en la boca y los ojos muy abiertos de una manera un tanto cómica, mientras intenta encontrar las palabras.

La mano de Cain sube y baja, y la multitud vuelve a quedarse en silencio.

—Las pruebas han llegado —prosigue—. Para asegurar el futuro del Imperio, el nuevo Emperador debe estar en el punto álgido de su fuerza, como Taius cuando tomó posesión del trono. Por ende, nos dirigimos a nuestros jóvenes curtidos en la batalla, nuestros máscaras más recientes. Pero no todos ellos deben competir por este gran honor. Solo los mejores de nuestros graduados son merecedores; los más fuertes. Solo cuatro. De esos cuatro aspirantes, uno se alzará con el título de Anunciado, otro jurará lealtad y servirá como su Verdugo de Sangre y los otros dos se perderán, como hojas llevadas por el viento. Esto también lo hemos visto.

Empiezo a notar el pulso en las sienes.

—Elias Veturius, Marcus Farrar, Helene Aquilla, Zacharias Farrar —dice nuestros nombres en orden de rango—. Levantaos y venid.

No se oye ni una mosca en el anfiteatro. Me pongo de pie aturdido, ignorando las miradas de mis compañeros, la felicidad en la cara de Marcus y la indecisión en la de Zak. *El campo de batalla es mi templo. La punta de mi espada es mi sacerdote...*

La espalda de Helene está erguida como un resorte, pero me mira, luego a Cain y luego a la comandante. Al principio, creo que está asustada, pero luego veo el brillo que tienen sus ojos y la determinación de sus pasos.

Cuando Hel y yo éramos quintos, un grupo de bárbaros nos emboscó y nos hizo prisioneros. A mí me ataron como a una cabra en un banquete, pero a Helene solo le ataron las manos por delante con cordel y la subieron encima de un poni, pues pensaban que sería inofensiva. Esa noche, usó el cordel para estrangular a tres de nuestros captores y rompió el cuello de otros tres con las manos.

Me dijo entonces, con voz confundida, que siempre la subestimaban. Tenía razón, por supuesto. Es un error que incluso yo cometo. Hel no está asustada; está eufórica e impaciente por hacer esto.

El paseo hasta el escenario dura demasiado poco, y en cuestión de unos segundos ya estoy enfrente de Cain junto a los demás.

—Ser elegido aspirante para las pruebas significa que se os conceda el mayor honor que el Imperio puede ofrecer. —Cain nos mira uno a uno, pero me parece que su mirada se detiene en mí un poco más que en los demás—. A cambio de este excepcional regalo, los augures requieren un juramento: que, como aspirantes, vais a cumplir con las pruebas hasta que sea nombrado el Emperador. El castigo por romper este juramento es la muerte.

»No debéis comprometeros con este juramento a la ligera —continúa Cain—. Si lo deseáis, podéis dar la vuelta y abandonar este pódium. Seguiréis siendo máscaras, con todo el respeto y el honor acordes a ese título, y se elegirá a otro para que ocupe vuestro lugar. Al final, es vuestra propia decisión.

Tu decisión. Esas dos palabras me hacen temblar hasta los huesos. *Mañana debes tomar una decisión entre desertar o cumplir con tu deber. Entre huir de tu destino o enfrentarte a él.*

Cain no se refería a cumplir con mi deber como máscara. Quiere que escoja entre pasar las pruebas o desertar.

Retorcido demonio de ojos rojos. Quiero liberarme del Imperio, pero ¿cómo voy a encontrar la libertad si escojo las pruebas? Si gano y me convierto en Emperador, estaré atado al Imperio de por vida. Si juro lealtad, estaré atado al Emperador como su segundo al mando, el Verdugo de Sangre.

O seré una hoja que se lleva el viento, que es la curiosa manera que tiene un augur de referirse a un muerto.

Recházalo, Elias. Huye. Mañana a esta hora ya estarás a kilómetros de aquí.

Cain observa a Marcus con la cabeza ladeada, como si estuviera escuchando algo más allá de nuestra comprensión.

—Marcus Farrar, estás listo. —No es una pregunta. Marcus se arrodilla, saca su espada y se la ofrece al augur con los ojos brillando con un extraño fervor exultante, como si ya lo hubieran nombrado Emperador.

—Repite después de mí —ordena Cain—. Yo, Marcus Farrar, juro por mi sangre y mis huesos, por mi honor y por el honor de la Gens Farrar, que dedicaré todo mi ser a las pruebas, que las llevaré a cabo hasta que el Emperador sea nombrado o mi cuerpo yazca frío.

Marcus repite el juramento, su voz retumba por el anfiteatro, donde los asistentes contienen la respiración. Cain le cierra las manos sobre la espada y presiona hasta que la sangre se derrama por sus palmas. Un momento después, Helene se arrodilla, ofrece su espada y repite el juramento. Su voz alta se oye a través del patio tan claramente como una campana al alba.

El augur se dirige hacia Zak, que se queda mirando a su hermano durante un buen rato antes de asentir y tomar el juramento. De repente, soy el único de los cuatro aspirantes que sigue de pie, y Cain está delante de mí, esperando mi decisión.

Vacilo como Zak. Las palabras de Cain me retornan a la mente: *El hilo de tu ser aparece tejido en cada sueño. Un hilo plateado en un tapiz nocturno.* Entonces, ¿mi destino es convertirme en Emperador? ¿Cómo me puede llevar un destino así hacia la libertad? No tengo ninguna intención de gobernar... El mero hecho de pensarlo me da repelús.

Pero el futuro que me aguarda como desertor no es mucho más atractivo. *Te convertirás en todo aquello que odias; malvado, inclemente, cruel.*

¿Confío en Cain cuando dice que encontraré la libertad si paso las pruebas? En Risco Negro aprendemos a clasificar a la gente: civiles, combatientes, enemigos, aliados, informadores, desertores. Nos basamos en eso para decidir nuestros próximos pasos. Pero no entiendo al augur, desconozco sus motivaciones y deseos. Lo único que tengo es mi instinto, que me dice que, al menos en este asunto en concreto, no está mintiendo. Sea su predicción correcta o no, él cree que lo es. Y puesto que mi fuero interno me dice que confíe en él, aunque a regañadientes, solo hay una decisión que tenga sentido.

Me arrodillo sin perder de vista los ojos de Cain, saco mi espada y me paso la hoja por la palma de la mano. Mi sangre cae encima de la tarima en un rápido reguero.

—Yo, Elias Veturius, juro por mi sangre y mis huesos...

XI: Laia

La comandante de la Academia Militar Risco Negro. La curiosidad por la misión de espionaje se desvanece. El Imperio entrena a los máscaras en Risco Negro; un máscara como el que ha matado a toda mi familia y se ha llevado a mi hermano. La escuela se extiende por el monte oriental de Serra como un buitre gigante, un batiburrillo de edificios austeros cercados por una muralla de granito negro. Nadie sabe lo que ocurre detrás de esas paredes, cómo entrenan los máscaras, cuántos hay ni cómo los eligen. Cada año, una nueva clase de máscaras sale de Risco Negro: jóvenes, salvajes y mortíferos. Para una académica, y más para una chica, Risco Negro es el lugar más peligroso de la ciudad. Mazen continúa hablando.

—Perdió a su esclava personal...

—La chica se tiró por un risco la semana pasada —interviene Keenan, desafiando la mirada de Mazen—. Es la tercera que muere al servicio de la comandante en lo que va de año.

—Silencio —ordena Mazen—. No te voy a mentir, Laia. Esa mujer es desagradable...

—Está loca —añade Keenan—. La llaman «la harpía de Risco Negro». No sobrevivirás a la comandante, y la misión fracasará.

Mazen golpea la mesa con el puño. Keenan ni se inmuta.

—Si no eres capaz de mantener el pico cerrado —le gruñe el líder de la Resistencia—, entonces vete.

Tariq se queda con la boca abierta mientras sus ojos saltan entre los dos hombres. Sana, mientras tanto, mira a Keenan con una expresión pensativa. Más gente de la caverna los observa atónitos, y me da la sensación de que Keenan y Mazen no suelen estar en desacuerdo a menudo.

Keenan se levanta de la silla arrastrándola hacia atrás y abandona la mesa, desapareciendo entre la multitud que murmura detrás de Mazen.

—Eres perfecta para el trabajo, Laia —dice Mazen—, tienes todas las habilidades que la comandante espera de una esclava doméstica. Dará por sentado que eres analfabeta, y disponemos de los medios necesarios para colarte dentro.

—¿Y qué pasa si me descubren?

—Estás muerta. —Mazen me mira directamente a los ojos, y siento un agradecimiento amargo por su sinceridad—. Han descubierto a todos los espías que hemos enviado a Risco Negro y los han matado. No es una misión para miedicas.

Casi me echo a reír. No podrían haber escogido a una persona menos adecuada para la tarea.

—No me lo estás vendiendo demasiado bien.

—No te lo vendo —responde Mazen—. Podemos encontrar a tu hermano y liberarlo, y tú puedes ser nuestros ojos y oídos en Risco Negro. Simplemente se trata de un intercambio.

—¿Confías en que pueda hacerlo? —le pregunto—. Apenas me conoces.

—Conocía a tus padres, con eso me basta.

—Mazen —interviene Tariq—. Solo es una muchacha, estoy seguro de que no hay que...

—Ha invocado la Izzat —lo corta Mazen—. Pero la Izzat significa más que la libertad, más que el honor. Significa coraje y ponerse a prueba.

—Tiene razón —concluyo. Si la Resistencia va a ayudarme, no puedo permitir que los combatientes piensen que soy débil. Capto un destello rojo con la vista y miro al otro lado de la caverna para localizar a Keenan, que me está observando apoyado contra una de las literas, con el pelo que parecen llamas a la luz de una antorcha. No quiere que me involucre en esta misión porque no quiere arriesgar a sus hombres para salvar a Darin. Me paso una mano por el brazalete. *Tienes que ser valiente, Laia.* Me giro hacia Mazen.

—Si completo mi parte, ¿vosotros encontraréis a Darin? ¿Lo sacaréis de la prisión?

—Tienes mi palabra. No será difícil encontrarlo. No es un líder de la Resistencia, así que es poco probable que lo hayan enviado a Kauf.

Mazen resopla, pero solo oír el nombre de la infame prisión norteña me manda escalofríos por todo el cuerpo. Los interrogadores de Kauf tienen un solo objetivo: que sus residentes sufran lo máximo posible antes de morir.

Mis padres murieron en Kauf. Mi hermana, que solo tenía doce años por aquel entonces, también murió allí.

—Para cuando nos tengas que dar tu primer informe —me dice Mazen—, ya podré decirte dónde se encuentra Darin. Cuando hayas completado la misión, lo sacaremos de allí.

—¿Y luego?

—Te quitaremos las pulseras de esclava y te sacaremos de la escuela. Podemos hacer que parezca un suicidio, y así no te perseguirán. Puedes unirte a nosotros, si lo deseas, o podemos orquestar un pasaje hacia Marinn para los dos.

Marinn. Las tierras libres. Lo daría todo para huir hacia allí con mi hermano y vivir en un lugar en el que no haya marciales, máscaras ni Imperio.

Pero primero tengo que sobrevivir a esta misión de espionaje. Tengo que sobrevivir a Risco Negro.

En la otra punta de la caverna, Keenan niega con la cabeza, aunque los combatientes a mi alrededor asienten. *Esto es la Izzat,* parece que dijeran. Me quedo callada, como si me lo estuviera pensando, pero mi decisión está tomada en el momento en que me doy cuenta de que ir a Risco Negro es el único modo de volver a ver a Darin.

—Lo haré.

—Bien —responde Mazen sin sorpresa, y me pregunto si en todo este rato ya sabía que mi respuesta iba a ser afirmativa. Levanta la voz para que lo oigan todos—. Keenan será tu contacto.

Cuando oye estas palabras, el rostro del chico se ensombrece más si cabe. Aprieta los labios como si estuviera reteniendo una respuesta.

—Tiene las manos llenas de cortes —añade Mazen—. Cúrale las heridas, Keenan, y explícale lo que necesita saber. Partirá hacia Risco Negro esta misma noche.

Mazen se va, seguido por miembros de su facción, mientras que Tariq me palmea el hombro y me desea buena suerte con un susurro. Sus aliados me acribillan con consejos: *Nunca vayas en busca de tu contacto. No confíes en nadie.* Sé que solo quieren ayudar, pero es abrumador, y, cuando Keenan pasa por en medio de la multitud para llevarme con él, me siento casi aliviada.

Casi. Señala con la cabeza una mesa que está en la esquina de la caverna y se dirige hacia ella sin esperarme.

Un destello de luz cerca de la mesa resulta ser una pequeña fuente. Keenan llena dos cubos con agua y un polvo que reconozco como raíz tostada. Coloca uno de los cubos encima de la mesa y otro en el suelo.

Me lavo las manos y los pies, con una mueca de dolor cuando la raíz tostada se cuela entre los arañazos que me hice en las catacumbas. Keenan me observa en silencio. Bajo su mirada, me avergüenzo cuando veo lo rápido que el agua se vuelve negra de barro, y entonces me enfado conmigo misma por avergonzarme.

Cuando he acabado, Keenan se sienta a la mesa enfrente de mí y me toma las manos. Espero que las suyas sean toscas; sin embargo, aunque no son suaves, tampoco tienen duricias.

Mientras examina mis cortes, pienso en decenas de preguntas que podría hacerle, si bien ninguna de ellas hará que tenga de mí una percepción de persona fuerte y capaz, en vez de inmadura e insignificante. *¿Por qué parece que me odiaras? ¿Qué te he hecho?*

—No deberías hacerlo —me dice mientras me frota un ungüento calmante en uno de los cortes más profundos con la atención clavada en mis heridas—. La misión.

Ya me lo has dejado claro, idiota.

—No voy a decepcionar a Mazen. Haré lo que sea necesario.

—Lo intentarás, de eso no me cabe ninguna duda. —Me aturde su franqueza, aunque a estas alturas ya debería tener claro que no confía en que pueda lograrlo—. Esa mujer es una salvaje. La última persona a la que enviamos...

—¿Crees que quiero espiarla? —estallo. Él levanta la mirada, con los ojos llenos de sorpresa—. No tengo otra opción. No si quiero salvar a la única familia que me queda. Así que... —*Cállate*, quiero decirle—. No me lo pongas más difícil.

Algo parecido a la vergüenza le cruza el rostro, y me mira con un poco menos de desprecio.

—Lo... siento. —Aunque lo dice a regañadientes, es mejor una disculpa así que ninguna. Asiento enérgicamente y descubro que sus ojos no son azules ni verdes, sino de un marrón avellana oscuro. *Si sabes cómo son sus ojos, Laia, significa que lo estás observando, así que deberías desviar la mirada.* El olor del ungüento me llega a la nariz y la arrugo en una mueca.

—¿Este ungüento lleva cardo doble? —le pregunto. Como se encoge de hombros, le arrebato el bote de las manos y lo olfateo de nuevo—. La próxima vez prueba con la zibuesa, que al menos no huele a boñiga de cabra.

Keenan arquea una de sus cejas y me envuelve la mano con una gasa.

—Sabes de remedios… Es una habilidad útil. ¿Tus abuelos eran curanderos?

—Mi abuelo. —Me duele hablar de Pop, y me quedo callada un momento antes de seguir—. Empezó a instruirme formalmente hace un año y medio. Antes de eso me encargaba de mezclar sus remedios.

—¿Te gusta? Curar, digo.

—Es un oficio. —La mayoría de los académicos que no son esclavos trabajan en algún oficio, como mozos de labranza, limpiadores o estibadores. Son trabajos extenuantes por los que cobran una miseria—. Aunque tengo suerte de tener uno, de pequeña quería ser una kehanni.

La boca de Keenan esboza una tímida sonrisa. Es algo superficial, pero transforma todo su rostro y me libera cierto peso en el pecho.

—¿Una cuentacuentos tribal? —me pregunta—. ¿No me digas que te crees las leyendas de genios, efrits y espectros que secuestran a niños por la noche?

—No. —Mi pensamiento rememora la redada. Al máscara. Mi alegría se desvanece—. No hace falta que crea en lo sobrenatural. Al menos no cuando hay peores criaturas que deambulan de noche.

Se queda inmóvil, una quietud tan repentina que hace que levante la vista hacia él. Se me corta la respiración cuando veo lo que dice claramente su expresión, una que conozco demasiado bien: la de alguien que ha experimentado un dolor desgarrador y amargo. Ha recorrido los mismos senderos oscuros que yo. Incluso más tenebrosos.

Entonces el rostro se le vuelve frío, y mueve las manos de nuevo.

—Bien —me dice—. Escucha con atención. Hoy ha sido el día de graduación en Risco Negro, pero acabamos de enterarnos de que la ceremonia de este año ha sido diferente. Especial.

Me habla de las pruebas y de los cuatro aspirantes. A continuación, me relata en qué consiste la misión.

—Necesitamos reunir tres informaciones. Tenemos que saber qué implica cada una de las pruebas, dónde va a tener lugar y cuándo. Y necesitamos saberlo antes del inicio de cada una, no después.

Tengo decenas de preguntas, pero no las formulo porque sé que va a pensar que soy todavía más estúpida.

—¿Cuánto tiempo estaré en la escuela?

Keenan se encoge de hombros y acaba de vendarme las manos.

—Prácticamente no sabemos nada de las pruebas —contesta—. Pero dudo que se alargue más allá de unas pocas semanas; un mes como mucho.

—¿Crees… crees que Darin va a aguantar tanto?

Keenan no me responde.

* * *

Unas horas después, a última hora de la tarde, estoy en una casa del Distrito Extranjero con Keenan y Sana, frente a un anciano tribal. Va ataviado con los ropajes holgados de su gente y se parece más a un viejo y amable tío que a un miembro de la Resistencia.

Cuando Sana le explica lo que necesita de él, me echa un vistazo y cruza los brazos sobre el pecho.

—Ni hablar —exclama con un marcado acento extranjero—. La comandante se la comerá viva.

Keenan le lanza a Sana una mirada mordaz, como para decirle: *¿Qué esperabas?*

—Con todo el debido respeto —le dice Sana al hombre tribal—, podríamos… —Sana señala hacia un umbral decorado con una celosía que lleva a otra habitación. Desaparecen tras ella. Sana habla demasiado bajo como para que la oiga, pero sea lo que fuere lo que le esté diciendo, no está funcionando, porque incluso a través de la celosía puedo ver cómo el hombre tribal niega con la cabeza.

—No cederá —comento.

A mi lado, Keenan se reclina sobre la pared, sin atisbo de preocupación.

—Sana puede convencerlo. No en balde es la líder de su facción.

—Ojalá pudiera hacer algo.

—Intenta parecer más valiente.

—¿Como tú? —Intento que mi rostro no revele ningún tipo de emoción, me apoyo con desgana en la pared y fijo la vista a lo lejos. Keenan sonríe durante una fracción de segundo, y se quita años de encima.

Resigo con el pie descalzo las espirales hipnóticas de la gruesa alfombra tribal que decora el suelo. Hay cojines bordados con pequeños espejos esparcidos por encima y lámparas de cristal tintado que cuelgan del techo y reflejan los últimos rayos del sol.

—Darin y yo vinimos una vez a una casa parecida para vender las mermeladas de Nan. —Me estiro para tocar una de las lámparas—. Le pregunté por qué los tribales tienen espejos por todos lados, y él me contestó…

El recuerdo es claro y nítido en mi mente, y el dolor por la pérdida de mi hermano y mis abuelos me late en el pecho con tanta fuerza que me cierra la boca.

Los tribales creen que los espejos repelen el mal, me dijo Darin ese día. Sacó su cuaderno mientras esperábamos al mercader tribal y empezó a dibujar, capturando el intrincado diseño de la celosía y las linternas mediante trazos rápidos y pequeños con carboncillo. *Se ve que los genios y los espectros no pueden soportar verse a sí mismos.*

Después de eso, me respondió a decenas de preguntas con su habitual tono seguro. En ese momento, me preguntaba cómo sabría tantas cosas. Ahora lo entiendo: Darin siempre escuchaba más que hablaba. Observaba y aprendía. En ese aspecto, era como Pop.

El dolor que siento en el pecho se vuelve más grande y los ojos me empiezan a arder.

—Te sentirás mejor —dice Keenan. Levanto la mirada y veo cómo la tristeza le atraviesa el rostro, aunque al instante la reemplaza esa frialdad que ya reconozco tan bien—. No los olvidarás, incluso después de años. Pero un día podrás estar un minuto completo sin sentir ese dolor. Después de eso, una hora, un día. No se puede pedir más, en realidad. Te recuperarás. Te lo prometo —añade en voz baja.

Aparta la mirada distante, pero le estoy agradecida igualmente porque por primera vez desde la redada no me siento tan sola. Al cabo de unos instantes, Sana y el tribal rodean la celosía.

—¿Estás segura de que esto es lo que quieres? —me pregunta el hombre tribal.

Asiento con la cabeza, ya que no confío en que pueda hablar. Él suspira.

—Muy bien. —Se gira hacia Sana y Keenan—. Os podéis despedir. Si salimos ahora, aún puedo llevarla a la escuela antes de que se haga de noche.

—Estarás bien —me asegura Sana mientras me estrecha con los brazos, y me pregunto si estará intentando convencerme a mí o convencerse a sí misma—. Eres la hija de la Leona, y la Leona era una superviviente.

Hasta que dejó de serlo. Bajo la vista para que Sana no pueda ver mis dudas. Se dirige hacia la puerta y entonces Kenna se sitúa enfrente de mí. Me cruzo de brazos para evitar que se piense que también necesito un abrazo suyo.

Pero no me toca. Solo ladea la cabeza y se lleva un puño al corazón; es el saludo de la Resistencia.

—Antes la muerte que la tiranía —me dice. Y entonces él también se marcha.

* * *

Media hora más tarde, el crepúsculo cae sobre la ciudad de Serra, y sigo al hombre tribal a paso ligero a través del Distrito

Mercante, hogar de los miembros más adinerados de la clase mercante marcial. Nos detenemos delante del portón de hierro adornado de un traficante de esclavos, y el tribal comprueba mis grilletes, su ropa marrón haciendo frufrú mientras se mueve a mi alrededor. Junto las manos vendadas para evitar que me tiemblen, pero el hombre tribal me separa los dedos con delicadeza.

—Los esclavistas atrapan las mentiras como las arañas cazan las moscas —me dice—. El miedo que sientes es positivo. Hace que tu historia parezca real. Recuerda: no hables.

Asiento fervientemente. Incluso si quisiera decir algo, estoy demasiado asustada. *El esclavista es el único proveedor de Risco Negro,* me había explicado Keenan mientras andábamos hacia la casa del tribal. *Nos ha llevado meses ganarnos su confianza. Si no te selecciona para la comandante, tu misión morirá antes de empezar.*

Nos escoltan a través de las puertas, y unos momentos después el esclavista da círculos a mi alrededor, sudando por el calor. Es tan alto como el tribal, pero dos veces más ancho, con un barrigón que tensa los botones de la camisa de brocado dorado que lleva puesta.

—No está mal. —El esclavista chasquea los dedos y una chica esclava aparece de entre los recovecos de la mansión sosteniendo una bandeja con bebidas. El esclavista da un sorbo de una de ellas y no le ofrece ninguna al tribal a conciencia—. Los burdeles pagarán bien por ella.

—Como prostituta, no valdrá más de cien marcos —dice el tribal con su cadencia hipnótica—. Necesito doscientos.

El esclavista resopla y me dan ganas de estrangularlo. Las calles oscuras de su vecindario están llenas de fuentes resplandecientes y esclavos de espaldas encorvadas. La casa del hombre es una maraña de arcos, columnas y patios. Doscientas monedas de plata no son más que calderilla para él. Probablemente sean más caros los leones de yeso que flanquean la entrada principal.

—Tenía la intención de venderla como esclava doméstica —continúa el tribal—. He oído que necesitabas una.

—Así es —admite el esclavista—. La comandante lleva varios días detrás de mí. Esa bruja no deja de matar a sus chicas. Tiene el temperamento de una víbora.

El esclavista me mira como un granjero mira a una vaquilla, y aguanto la respiración. Luego niega con la cabeza.

—Es demasiado pequeña, demasiado joven, demasiado bonita. No aguantará ni una semana en Risco Negro, y no quiero el incordio que me va a suponer reemplazarla. Te daré cien por ella y la venderé en el puerto a Madame Moh.

Una perla de sudor baja por la cara del tribal, por lo demás sereno. Mazen le ha ordenado que hiciera lo que fuera necesario para meterme en Risco Negro, pero si baja mi precio de repente, el esclavista podría sospechar. Si me vende como prostituta, la Resistencia tendrá que sacarme, y no hay ninguna garantía de que puedan hacerlo pronto. Si al final no me vende, habré fallado en mi intento de salvar a Darin.

Haz algo, Laia. Otra vez Darin, alentándome. *O estoy muerto.*

—Plancho bien la ropa, amo. —Las palabras se me escapan antes de que me lo pueda pensar. El tribal abre la boca, y el esclavista me mira como si fuera una rata que ha empezado a hacer malabares.

—Y… Mmm, sé cocinar. Y limpiar y hacer peinados. —La voz se me apaga hasta convertirse en un susurro—. Sería una buena criada.

El esclavista me mira de arriba abajo. Ojalá hubiese mantenido la boca cerrada. Entonces me observa con astucia, casi como si se divirtiera.

—¿Te da miedo prostituirte, chica? No veo el motivo, es un negocio bastante honesto. —Vuelve a dar vueltas a mi alrededor y me levanta la barbilla hasta que puedo verle los ojos, que son verdes como los de un reptil—. ¿Has dicho que puedes hacer peinados y planchar? ¿Sabes regatear y manejarte en el mercado?

—Sí, señor.

—No puedes leer, por descontado. ¿Sabes contar?

Por supuesto que sé contar. Y también sé leer, cerdo con sobregrasa.

—Sí, señor, sé contar.

—Tendrá que aprender a mantener la boca cerrada —dice el esclavista—. Tendré que asumir el coste de la limpieza. No puedo mandarla a Risco Negro con el aspecto de una deshollinadora. —Se queda un momento pensativo—. Me la quedo por ciento cincuenta marcos de plata.

—Siempre me la puedo llevar a una de las casas de los ilustres —sugiere el tribal—. Debajo de esa capa de suciedad hay una chica bonita. Estoy seguro de que me pagarían bien por ella.

El esclavista entrecierra los ojos. Me pregunto si el hombre de Mazen la ha pifiado al intentar regatear un precio más alto. *Venga, tacaño,* pienso mientras miro al esclavista. *Apoquina un poco más.*

El esclavista saca una bolsa llena de monedas, y tengo que refrenarme para no mostrar mi alivio.

—Ciento ochenta marcos, pues. Ni uno más. Quitadle las cadenas.

Al cabo de menos de una hora, estoy encerrada en un carro fantasma rumbo a Risco Negro. Unas anchas pulseras de plata que me marcan como esclava me adornan ambas muñecas. Una cadena me ata desde la argolla que tengo alrededor del cuello hasta unas guías de acero dentro del carro. La piel todavía me pica después del fregado al que me han sometido dos esclavas y la cabeza me duele por el moño apretado en el que han recogido mi pelo. Llevo un vestido negro de seda con un corpiño tan ceñido como un corsé y una falda adornada con motivos de diamantes. Es lo más elegante que me he puesto jamás, y lo detesto al instante.

Los minutos se arrastran. El interior del carro está tan oscuro que es como si me hubiera quedado ciega. El Imperio arroja a los niños académicos a estos carros, algunos de ellos de corta edad, de dos o tres años; los arrancan a sus padres entre gritos. Después de eso, quién sabe lo que les ocurre. Los carros fantasmas se llaman así porque a aquellos a los que meten dentro no se les vuelve a ver.

No pienses en eso, me susurra Darin. *Céntrate en la misión. En cómo vas a salvarme.*

Mientras repaso mentalmente las instrucciones de Keenan, el carro empieza a subir una cuesta y a avanzar tan despacio que duele. El calor me abruma, y, cuando creo que me voy a desmayar, pienso en un recuerdo para distraerme: Pop metiendo el dedo en un tarro de mermelada fresca tres días atrás y Nan golpeándolo con una cuchara.

Su ausencia me causa dolor en el pecho. Echo de menos la risa gruñona de Pop y las historias de Nan. Y a Darin… Cómo echo de menos a mi hermano y sus bromas y dibujos, y cómo parece saberlo todo. La vida sin él no solo es vacía, sino que también da miedo. Ha sido mi guía, mi protector, mi mejor amigo durante tanto tiempo que no sé qué hacer sin él. Pensar que pueda estar sufriendo me atormenta. ¿Estará ahora en una celda? ¿O lo estarán torturando?

En una esquina del carro fantasma algo parpadea, algo oscuro que se arrastra. Quiero que sea un animal, un ratón o, cielos, incluso una rata. Pero entonces la criatura clava su vista en mí, brillante y voraz. Es una de esas cosas, una de las sombras de la noche de la redada. *Me estoy volviendo loca. Loca como una maraca.*

Cierro los ojos con la esperanza de que esa cosa desaparezca. Como no lo hace, intento golpearla con las manos temblorosas.

—Laia…

—¡Vete! No eres real…

La criatura está a unos centímetros. *No grites, Laia*, me digo, y me muerdo fuerte el labio. *No grites.*

—Tu hermano sufre, Laia. —Cada una de las palabras de la criatura es deliberada, como si quisiera asegurarse de que no me pierda ni una—. Los marciales le provocan dolor lentamente y lo disfrutan.

—No. Solo estás en mi cabeza.

La risa de la criatura es como un cristal que se rompe.

—Soy tan real como la muerte, pequeña Laia. Real como los huesos rotos y las hermanas traicioneras y los máscaras odiosos.

—Eres una ilusión. Eres mi... mi culpa —digo mientras acaricio el brazalete de mi madre.

La sombra esboza su sonrisa de depredador y avanza hasta quedarse a medio metro de mí. Pero entonces el carro se detiene, y la criatura me dedica una última mirada malvada y desaparece con un silbido de frustración. Unos segundos después, la puerta del carro se abre y me encuentro ante las imponentes murallas de Risco Negro, cuyo opresivo tamaño hace que olvide la alucinación.

—La vista al suelo —me indica el esclavista. Me desencadena del raíl y bajo la cabeza hacia el suelo adoquinado—. Solo háblale a la comandante si ella te habla. No la mires a los ojos, ha azotado a otras esclavas por mucho menos. Cuando te ordene una tarea, hazla rápido y bien. Te desfigurará durante las primeras semanas, pero al final se lo acabarás agradeciendo... Si te deja las suficientes cicatrices, tal vez los estudiantes mayores no te violen demasiado a menudo.

»La última esclava aguantó dos semanas —continúa el hombre, haciendo caso omiso a mi creciente terror—. La comandante no estaba muy contenta. Es mi culpa, claro... Debería haberla advertido. Perdió la cabeza cuando la comandante la marcó. Se lanzó por uno de los riscos. No hagas tú lo mismo. —Me echa una mirada severa, como un padre que advierte a su hijo travieso que no se aleje—. O la comandante pensará que le estoy proporcionando bienes de mala calidad.

El esclavista asiente con la cabeza a los guardias apostados en las puertas y tira de mi cadena como si fuera un perro.

Arrastro los pies detrás de él. *Violación... Desfiguración... Marcada. No puedo hacerlo, Darin. No puedo.*

Se apodera de mí un ímpetu visceral por huir tan poderoso que freno, me detengo y me aparto del esclavista. Se me revuelve el estómago y creo que voy a vomitar, pero el esclavista tira de la cadena con fuerza y trastabillo hacia adelante.

No tengo a dónde huir, me doy cuenta mientras pasamos por debajo de la puerta levadiza de hierro con pinchos y entramos en sus legendarios terrenos. *No tengo a dónde ir. No hay otra manera de salvar a Darin.*

Ya estoy dentro. Y no hay vuelta atrás.

XII: Elias

Unas horas después de ser nombrado aspirante, me hallo diligentemente al lado de mi abuelo en su lúgubre vestíbulo para recibir a los invitados que llegan para mi fiesta de graduación. Aunque Quin Veturius cuenta ya con setenta años, todavía es capaz de hacer sonrojar a las mujeres cuando las mira a los ojos y los hombres flaquean cuando se digna a estrecharles la mano. La luz de las lámparas le tiñe la melena blanca de un tono dorado y la manera como les saca dos palmos a todos los demás y asiente con la cabeza a todos aquellos que entran en la casa hace que me lo imagine como un halcón que mira el mundo desde las alturas.

Cuando suena la octava campana, la mansión está abarrotada de personas de las familias ilustres de más alcurnia, junto con algunos de los mercaderes más ricos. Los únicos plebeyos que hay son los sirvientes.

No ha invitado a mi madre.

—Enhorabuena, aspirante Veturius —me dice un hombre con mostacho que debe de ser un primo mío mientras me estrecha la mano entre las suyas utilizando el título que los augures me han otorgado durante la graduación—. O debería decir Su Majestad Imperial.

El hombre tiene la osadía de mirar al abuelo con una sonrisa servil, pero él lo ignora.

Toda la noche la misma historia. Personas que no conozco me tratan como si fuera su hijo, su hermano o su primo perdido. La mitad de ellos probablemente sean familiares míos, pero no se han preocupado por reconocer mi existencia antes.

Los lameculos se entremezclan con mis amigos —Faris, Dex, Tristas y Leander—, pero la persona a la que estoy esperando con mayor impaciencia es Helene. Después de prestar el juramento, los familiares de los graduados inundaron el patio y la arrolló una marea de gente de la Gens Aquilla antes de que yo tuviera la oportunidad de hablar con ella.

¿Qué opina de las pruebas? ¿Vamos a competir el uno contra el otro para ser Emperador? ¿O vamos a cooperar, como hemos hecho desde que llegamos a Risco Negro? Mis preguntas generan más preguntas y la más apremiante se cuestiona cómo el hecho de convertirme en el líder de un Imperio que detesto puede llevarme a conseguir mi «libertad verdadera, de cuerpo y alma».

Una cosa está clara: por más ganas que tenga de escapar de Risco Negro, la escuela sigue exigiendo más de mí. En vez de un mes de permiso, solo tenemos dos días. Los augures han pedido a todos los alumnos, incluso a los graduados, que volvieran a Risco Negro para ser testigos de las pruebas.

Cuando Helene llega por fin a la casa de mi abuelo con sus padres y hermanas a la zaga, me olvido de saludarla. Estoy demasiado ensimismado. Ella saluda al abuelo, esbelta y brillante con su traje ceremonial y la capa negra que ondea levemente. Su pelo, plateado bajo la luz de las velas, se derrama sobre su espalda como un río.

—Ten cuidado, Aquilla —le digo mientras se acerca—, casi pareces una chica.

—Y tú casi pareces un aspirante. —La sonrisa no le alcanza los ojos, y sé de inmediato que algo no anda bien. El entusiasmo que tenía antes se ha evaporado y está nerviosa, igual que cuando está a punto de entrar en un combate que cree que no va a ganar.

—¿Qué ocurre? —le pregunto. Intenta pasar de largo, pero le agarro la mano y tiro de ella hacia mí. Hay una tempestad en sus ojos, pero se esfuerza por esbozar una sonrisa y se libera de mi mano con suavidad—. No ocurre nada. ¿Dónde está la comida? Me muero de hambre.

—Voy contigo...

—Aspirante Veturius —brama mi abuelo—, el gobernador Leif Tanalius quiere hablar contigo.

—Es mejor que no hagas esperar a Quin —dice Helene—, parece muy decidido.

Se escabulle, y aprieto los dientes mientras mi abuelo me obliga a mantener una conversación forzada con el gobernador. Durante la siguiente hora, repito esa conversación aburrida con otras decenas de líderes ilustres, hasta que al final mi abuelo se aleja del flujo interminable de invitados y me lleva a un aparte.

—Estás distraído y no te lo puedes permitir —me comenta—. Estos hombres pueden serte de gran ayuda.

—¿Pueden pasar las pruebas en mi lugar?

—No seas idiota —responde mi abuelo, disgustado—. Un Emperador no es una isla. Se necesitan millares de personas para dirigir el Imperio de manera efectiva. Los gobernadores de las ciudades responderán ante ti, pero te engañarán y te manipularán siempre que puedan, así que necesitarás una red de espías para tenerlos controlados. La Resistencia académica, las incursiones en la frontera y las tribus más problemáticas verán el cambio de dinastía como una oportunidad para desatar el caos. Necesitarás el apoyo completo del ejército para aplastar cualquier atisbo de rebelión. En resumidas cuentas, necesitas a estos hombres como consejeros, ministros, diplomáticos, generales y espías.

Asiento con la cabeza, distraído. Hay una chica mercader que lleva un vestido ligero y provocador que me está mirando desde la puerta que da al jardín, que está abarrotado de gente. Es guapa. Muy guapa. Le sonrío. Tal vez después de que haya encontrado a Helene...

Mi abuelo me agarra del hombro y me conduce lejos del jardín, hacia donde me había estado dirigiendo.

—Presta atención, muchacho —insiste—. Esta mañana los tambores le han llevado las noticias de las pruebas al Emperador. Mis espías me han dicho que ha abandonado la capital tan pronto como lo ha sabido. Tanto él como la mayoría de los suyos estarán aquí en cuestión de semanas, incluso el Verdugo de Sangre, si quiere conservar la cabeza.

Mi abuelo resopla al ver mi cara de sorpresa.

—¿De verdad pensabas que la Gens Taia se rendiría sin presentar batalla?

—Pero el Emperador prácticamente adora a los augures, los visita cada año.

—Es cierto. Y ahora le han dado la espalda con la amenaza de usurparle la dinastía. Luchará, cuenta con ello. —Entrecierra los ojos y prosigue—. Si quieres vencer en las pruebas, tienes que espabilar. Ya he perdido demasiado tiempo arreglando tus pifiadas. Los hermanos Farrar le cuentan a todo aquel que quiera escucharlos que ayer casi dejas escapar a un desertor y que es un signo de deslealtad que tu máscara todavía no se haya fundido contigo. Tienes suerte de que el Verdugo de Sangre esté en el norte, o ya te habría echado el guante. Por no añadir que la Guardia Negra decidió no investigarlo cuando le recordé que los Farrar son una panda de plebeyos asquerosos de baja cuna y que tú vienes de una de las casas más ilustres del Imperio. ¿Me estás escuchando?

—Por supuesto. —Me hago el ofendido, pero como estoy con un ojo en la chica mercader y con el otro buscando a Helene en el jardín, mi abuelo no acaba de creérselo—. Quería encontrar a Hel...

—Ni se te ocurra distraerte por Aquilla —me interrumpe mi abuelo—. Cómo se las ha arreglado para que la nombrasen aspirante es algo que no entiendo. Las mujeres no tienen lugar en el ejército.

—Aquilla es una de las mejores combatientes de la escuela. —Cuando pronuncio estas palabras para defenderla, mi abuelo golpea con la mano la mesa del zaguán tan fuerte que el jarrón que estaba encima se cae y se hace añicos. La chica mercader grita y se va apresuradamente. El abuelo ni parpadea.

—Sandeces —gruñe—. No me digas que sientes algo por esa fresca.

—Abuelo...

—Le pertenece al Imperio. Aunque supongo que si te nombraran Emperador la podrías apartar a un lado como Verdugo de Sangre y casarte con ella. Es una ilustre de buena camada, así que al menos tendrías un aluvión de herederos...

—Abuelo, detente. —Me doy cuenta del calor desagradable que me sube por el cuello ante la imagen de tener herederos con Helene—. No pienso en ella así... Ella es...

El abuelo arquea una ceja plateada mientras yo tartamudeo como un tonto. Es obvio que estoy mintiendo. En Risco Negro no hay muchas mujeres entre las cuales elegir, a no ser que violes a una esclava o pagues por una prostituta, y nunca me he interesado por ninguna de las dos cosas. He tenido muchas aventuras durante mis permisos, pero los permisos son una vez al año. Helene es una chica, una chica guapa, y paso la mayor parte del tiempo con ella. Por supuesto que he pensado en ella de esa manera, pero eso no significa nada.

—Es una compañera de batalla, abuelo —le digo—. ¿Podrías querer a un camarada como querías a la abuela?

—Ninguno de mis camaradas era una chica alta y rubia.

—¿Hemos acabado? Me gustaría celebrar mi graduación.

—Solo una cosa más. —El abuelo desaparece y vuelve unos instantes después, cargado con un paquete alargado envuelto en seda negra—. Estas son para ti —dice—. Pensaba dártelas cuando fueras el *pater* de la Gens Veturia, pero te harán mejor servicio ahora.

Cuando abro el paquete, casi se me cae de las manos.

—Por diez infiernos ardientes. —Observo las cimitarras que tengo en las manos, una pareja a juego con intrincados grabados en negro que probablemente sean una pieza única en todo el Imperio.

—Son cimitarras de Teluman. Las hizo el abuelo del actual Teluman. Un buen hombre y amigo.

La Gens Teluman ha engendrado a los herreros de mayor talento del Imperio durante siglos. El actual herrero Teluman se pasa meses al año forjando las armaduras de hierro sérrico de los máscaras. Pero una cimitarra de Teluman —una de verdad, capaz de atravesar cinco cuerpos de un tajo— se forja cada pocos años como mucho.

—No las puedo aceptar.

Intento devolvérselas, pero el abuelo desenvaina mis propias cimitarras de la espalda y las reemplaza por las hojas de Teluman.

—Son un regalo digno de un Emperador —me responde—. Asegúrate de ganártelas. Siempre victorioso.

—Siempre victorioso —repito. Es el lema de la casa Veturia. Mi abuelo se va para atender a los invitados. Todavía perplejo por el regalo, me dirijo hacia la carpa donde está la comida, con la esperanza de encontrar a Helene. Cada pocos pasos, un invitado me detiene para charlar conmigo. Alguien me coloca un plato lleno de kebabs especiados en las manos. Otro me da una bebida. Un par de máscaras mayores se lamentan de que las pruebas no tuvieran lugar en su día, mientras que un grupo de generales ilustres hablan sobre el Emperador Taius en susurros, como si sus espías pudieran estar escuchando. Todos se refieren a los augures con la mayor veneración. Nadie se atrevería a menos.

Cuando por fin consigo dejar atrás a la muchedumbre, no encuentro a Helene por ningún lado, aunque localizo a sus hermanas, Hannah y Livia, que miran a un aburrido Faris.

—Veturius —me gruñe Faris, y me alivia ver que no se dirige a mí con la misma adulación que los demás—. Necesito que me presentes.

Mira con propósito a un grupo de chicas ilustres cubiertas de joyas y vestidas de seda que acechan desde el borde de la carpa; algunas me observan con una intención depredadora que me inquieta bastante. Conozco bien a algunas de las chicas; demasiado bien, de hecho, como para que todos esos susurros acaben adecuadamente.

—Faris, eres un máscara. No necesitas que te presente. Simplemente ve a hablar con ellas. Si estás nervioso, diles a Dex o a Demetrius que vayan contigo. ¿Has visto a Helene?

—Demetrius no ha venido —responde, ignorando mi pregunta—. Supongo que la diversión va en contra de su código moral. Y Dex está borracho. Por una vez en su vida se está soltando un poco, gracias a los cielos.

—¿Qué me dices de Trist...?

—Está demasiado ocupado babeando con su prometida. —Faris señala una de las mesas con la cabeza, donde está sentado Tristas con Aelia, preciosa y morena. Se le ve más feliz de lo que le he visto en todo el año—. Y Leander le ha confesado su amor a Helene...

—¿Otra vez?

—Otra vez. Le dijo que no le tocara las narices antes de volver a asestarle un puñetazo, y se ha ido en busca de consuelo en el jardín trasero con una pelirroja. Eres mi última esperanza. —Faris les echa una mirada lasciva a las chicas ilustres—. Si les recordamos que podrías llegar a ser Emperador, me apuesto a que nos conseguimos dos cada uno.

—No es mala idea. —Me lo pienso durante unos segundos, hasta que me acuerdo de Helene—. Tengo que encontrar a Aquilla.

En ese preciso instante, ella entra en la carpa y pasa de largo del grupo de chicas, pero se detiene cuando una le dirige la palabra. Me echa una mirada antes de susurrarle algo.

La chica se queda con la boca abierta y Helene se da la vuelta y abandona la carpa.

—Tengo que alcanzar a Helene —le digo a Faris, que se ha interesado por Hanna y Livia y les sonríe, seductor, mientras se alisa el remolino del pelo—. No bebas demasiado —le advierto—, y, a menos que quieras despertarte sin tu virilidad, mantente alejado de esas dos. Son las hermanas pequeñas de Hel.

La sonrisa de Faris se desvanece, y se va con paso decidido de la tienda. Salgo corriendo tras Helene y vislumbro un destello de pelo rubio que cruza los inmensos jardines del abuelo en dirección hacia un cobertizo desvencijado detrás de la casa. Ahí no llega la luz de las tiendas de la fiesta y solo me puedo guiar por el fulgor de las estrellas. Me quedo el plato, tiro la bebida y me subo a lo alto del cobertizo con una mano antes de trepar por el tejado inclinado.

—Podrías haber escogido un lugar con un acceso más fácil, Aquilla.

—Se está tranquilo aquí —me dice en la oscuridad—. Además, se puede ver hasta el río. ¿Me has traído un poco?

—Que te den. Seguro que te has comido dos platos mientras yo estrechaba manos con todos esos gordinflones.

—Mi madre dice que estoy demasiado delgada —comenta, y pincha una pastita de mi plato con la daga—. ¿Por qué has tardado tanto en subir aquí? ¿Estabas cortejando a tu rebaño de damiselas?

Me viene a la mente la conversación extraña que he mantenido con mi abuelo, y nos envuelve un silencio incómodo. Helene y yo no hablamos de chicas. Ella se mete con Faris y con Dex y los demás por sus flirteos, pero no conmigo. Conmigo nunca.

—Yo... Eh...

—¿Te puedes creer que Lavinia Tanalia ha tenido el valor de preguntarme si alguna vez me habías hablado de ella? He estado a punto de atravesarle el corpiño abultado con un pincho de

kebab. —Su voz está cargada por una tensión casi imperceptible, así que me aclaro la garganta.

—¿Qué le has dicho?

—Que la nombrabas siempre que ibas a visitar a las chicas
del puerto. La he hecho callar.

Estallo en una carcajada porque ahora entiendo la mirada
aterrorizada de Lavinia. Helene sonríe, pero sus ojos siguen
siendo tristes. De repente, parece que se sintiera sola. Cuando
giro la cabeza para mirarla, aparta la vista. Sea lo que fuere
que esté pasando, no está preparada para contármelo.

—¿Qué harás si te conviertes en Emperatriz? —le pregunto—. ¿Qué cambiarás?

—Vas a ganar, Elias. Y yo seré tu Verdugo de Sangre.
—Habla con tanta seguridad que, por un segundo, parece
como si estuviera narrando alguna verdad antigua. Como si
me estuviera describiendo el color del cielo. Pero entonces se
encoge de hombros y aparta la mirada—. Pero si yo ganara lo
cambiaría todo. Expandiría el comercio hacia el sur, permitiría
el acceso de las mujeres al ejército, iniciaría relaciones con los
marineros y... y haría algo con los académicos.

—¿Te refieres a la Resistencia?

—No. A lo que ocurre en el distrito. Las redadas. Las matan-
zas. No es... —Sé que quiere decir que no está bien. Pero eso sería sedición—. Las cosas podrían estar mejor. —Cuando me mira,
su expresión es desafiante, y arqueo una ceja. Nunca pensé que
Helene fuera una simpatizante de los académicos. Ahora me
gusta más—. ¿Y tú qué? —me pregunta—. ¿Tú qué harías?

—Lo mismo que tú, supongo. —No le puedo decir que no
tengo ningún interés en gobernar y que no lo haré nunca. No lo
entendería—. Tal vez te dejaría al cargo de todo mientras yo me
apoltrono en mi harén.

—Te hablo en serio.

—Te estoy hablando muy en serio —le respondo con una
sonrisa—. El Emperador tiene un harén, ¿no? Porque esa es la
única razón por la que tomé el juramento...

Me da un empujón que casi me tira del tejado y le suplico clemencia.

—No tiene gracia. —Suena como un centurión, e intento que mi rostro muestre la seriedad apropiada—. Nuestras vidas están en juego —añade—. Prométeme que pelearás para ganar. Prométeme que lo darás todo durante las pruebas. —Se aferra a una de las correas de mi armadura—. ¡Prométemelo!

—Está bien, por los cielos sangrientos. Era una simple broma. Claro que pelearé para ganar. No tengo intención de morir, eso seguro. Pero ¿y tú? ¿No quieres ser Emperatriz?

Niega con la cabeza vehementemente.

—Estoy mejor preparada para ser Verdugo de Sangre. Y no quiero competir contra ti, Elias. El momento en el que empecemos a perjudicarnos mutuamente será cuando dejemos que Marcus y Zak ganen.

—Hel... —Se me ocurre volver a preguntarle qué le ocurre, con la esperanza de que toda esta charla sobre quedarnos juntos la haga confiar en mí, pero no me da oportunidad.

—¡Veturius! —me grita con los ojos como platos cuando ve las vainas en mi espalda—. ¿Eso son espadas de Teluman?

Le enseño las cimitarras y se muestra envidiosa, como es debido. Nos quedamos en silencio durante un rato contemplando las estrellas sobre nuestras cabezas, satisfechos de poder transformar en música los sonidos distantes que nos llegan desde las forjas.

Observo su cuerpo delgado, su figura definida. ¿Qué habría sido Helene si no fuera una máscara? Es imposible imaginármela como la típica chica ilustre en busca de un matrimonio perfecto, que va a fiestas y se deja seducir por hombres de alta alcurnia.

Supongo que no importa. Cualquier cosa que pudiéramos haber sido —sanadores o políticos, abogados o constructores— nos la arrebataron a base de entrenamiento, se desmoronó y se perdió dentro del túnel oscuro que es Risco Negro.

—¿Qué te ocurre, Hel? —le pregunto—. No me insultes fingiendo que no sabes de qué te estoy hablando.

—Es solo que estoy nerviosa por las pruebas. —No se detiene ni tartamudea. Me mira directamente a los ojos con sus iris claros y tranquilos, con la cabeza un tanto ladeada. Cualquier otra persona la creería sin vacilar. Pero yo conozco a Helene y sé de inmediato, lo veo con claridad, que me está mintiendo. Y en otro instante de comprensión, de esos que ocurren solo en la oscuridad de la noche cuando la mente se abre a puertas extrañas, me doy cuenta de algo más. No es una mentira tranquila, sino una violenta y desgarradora.

Suspira al ver mi expresión.

—Déjalo correr, Elias.

—Así que sí que pasa algo...

—Está bien —me interrumpe—. Te diré lo que me preocupa si tú me dices lo que estabas haciendo en realidad ayer por la mañana en los túneles.

El comentario es tan inesperado que tengo que apartar la mirada.

—Ya te lo dije, yo...

—Sí. Me dijiste que estabas buscando a un desertor, y yo te digo que no me ocurre nada. Ya tenemos todas las cartas sobre la mesa. —Usa un tono de voz punzante al que no estoy acostumbrado—. Y no hay más que hablar.

Me busca la mirada, y veo en sus ojos un recelo poco habitual. *¿Qué escondes, Elias?*, me pregunta esa expresión.

Hel es una experta en sonsacar secretos. Algo en su combinación de lealtad y paciencia crea una insólita urgencia por confiar en ella. Sabe, por ejemplo, que les paso a escondidas sábanas a los novatos para que no los azoten cuando mojan la cama. Sabe que les escribo a Mamie Rila y a mi hermanastro Shan cada mes. Sabe que un día volqué un cubo lleno de boñigas de vaca en la cama de Marcus. Se estuvo riendo durante semanas con esa anécdota.

Pero ahora hay muchas cosas que no sabe. Mi odio hacia el Imperio. Lo desesperado que estoy por poder ser libre de él.

Ya no somos niños que se ríen por los secretos intercambiados. Ya no lo seremos nunca más.

Al final, no respondo a su pregunta y ella no responde a la mía. En vez de eso, nos quedamos callados mirando la ciudad, el río, el desierto más allá, y los secretos nos pesan sobre los hombros.

XIII: *Laia*

A pesar de la advertencia del esclavista de mantener la cabeza gacha, miro alrededor de la escuela con un asombro enfermizo. La noche se funde con la piedra gris de modo que no sé distinguir dónde acaban las sombras y dónde empiezan los edificios de Risco Negro. Las lámparas de fuego azul proyectan sombras fantasmagóricas en los simples campos de entrenamiento de arena de la escuela. A lo lejos, la luz de la luna hace brillar las columnas y los arcos de un anfiteatro tan alto que me marea.

Los estudiantes de Risco Negro están de permiso, y el crepitar de mis sandalias es el único sonido que rompe el siniestro silencio de este lugar. Los setos están podados en forma cuadrada como si lo hubieran hecho con una pulidora y los caminos están pavimentados a la perfección sin una sola grieta apreciable. No hay flores ni vides en flor que trepen por los edificios, ni bancos donde los estudiantes puedan descansar.

—La cara hacia adelante y la vista al suelo —me ladra el esclavista.

Nos dirigimos hacia una estructura que se asienta al borde de los riscos de la parte sur como si fuera un sapo negro gigante. Está construida con el mismo granito inquietante que el resto de la escuela. Es la casa de la comandante. Un mar de dunas se extiende por debajo del risco, inclemente y muerto.

Pasadas las dunas, los picos azules de la cordillera serrana se perfilan en el horizonte.

Una esclava diminuta abre la puerta principal de la casa. Lo primero en lo que me fijo es en el parche que lleva en el ojo. *Te desfigurará durante las primeras semanas,* había dicho el esclavista. ¿Me arrancará el ojo la comandante a mí también?

No importa. Busco mi brazalete. *Lo hago por Darin. Todo por Darin.*

El interior de la casa es tan sombrío como una mazmorra, las pocas velas que hay proporcionan poca luz entre esas paredes oscuras. Miro alrededor, echo un vistazo a los pocos muebles simples, casi monacales, que decoran el comedor y la salita antes de que el esclavista me agarre del pelo y tire de él con tanta fuerza que creo que me va a romper el cuello. Aparece un cuchillo en su mano y me acaricia las pestañas con la punta. La chica esclava hace una mueca.

—Como levantes la vista una vez más —me dice el esclavista, y noto su aliento cálido y repugnante en la cara—, te sacaré los ojos, ¿entendido?

Los ojos se me anegan de lágrimas y asiento enérgicamente; al final, me suelta.

—Deja de lloriquear —me dice mientras la esclava nos lleva al piso de arriba—. La comandante preferiría atravesarte con la cimitarra que lidiar con tus lágrimas, y no me acabo de gastar ciento ochenta marcos para tener que lanzar tu cadáver a los buitres.

La esclava nos conduce hasta una puerta al final del pasillo y se alisa el vestido negro, que ya está perfectamente planchado, antes de llamar a la puerta suavemente. Una voz nos ordena que entremos.

Cuando la esclava empuja la puerta para abrirla, puedo entrever una ventana con cortinas gruesas, un escritorio y una pared con retratos pintados a mano. De repente, me acuerdo del cuchillo del esclavista y clavo la mirada en el suelo.

—Has tardado lo tuyo. —Una voz suave nos recibe.

—Perdóneme, comandante —replica el esclavista—. Mi proveedor...

—Silencio.

El esclavista traga saliva. Se frota las manos, que hacen el mismo sonido que una serpiente que se enrosca. Me quedo completamente quieta. ¿Me está mirando la comandante? ¿Me está examinando? Intento parecer sumisa y obediente, como les gusta a los marciales que actúen los académicos.

Un segundo después la tengo delante y pego un salto de sorpresa por lo silenciosa que ha sido para venir desde su escritorio. Es más pequeña de lo que esperaba, más baja que yo y delgada como un junco, se podría decir que hasta delicada. Si no fuera por la máscara, podría confundirla con un niño. Su uniforme está perfectamente planchado y lleva los pantalones metidos en unas botas negras impolutas. Cada botón de su camisa oscura brilla como el centelleo de los ojos de una serpiente.

—Mírame —me ordena. Me obligo a obedecer y me quedo paralizada al instante cuando encuentro sus ojos. Mirarla a la cara es como observar la superficie lisa y llana de una tumba. No hay ni un rastro de humanidad en sus ojos grises ni ninguna muestra de amabilidad en sus facciones enmascaradas. Una espiral de tinta azul desgastada se entrevé en la parte izquierda de su cuello; algún tipo de tatuaje—. ¿Cómo te llamas, chica?

—Laia.

Tengo la cabeza girada y la mejilla me arde antes de que me dé cuenta de que me ha abofeteado. Las lágrimas me suben a los ojos ante la fuerza del bofetón y me clavo las uñas en los muslos para evitar que se derramen.

—Incorrecto —me informa la comandante—. No tienes nombre. Ni identidad. Eres una esclava. Eso es todo cuanto eres. Es todo cuanto serás.

Se vuelve hacia el esclavista para negociar el pago. La cara todavía me escuece cuando la esclava me quita el collar. Antes de irse, el esclavista se detiene un momento.

—¿Puedo darle mi enhorabuena, comandante?

—¿Por qué?

—Por el nombramiento de los aspirantes. Toda la ciudad habla de ello. Su hijo...

—Lárgate —ladra la comandante. Le da la espalda al esclavista, que se queda de piedra y se retira rápidamente; entonces se queda observándome. ¿Esta cosa ha tenido hijos? ¿A qué clase de demonio habrá parido? Me estremezco, con la esperanza de no descubrirlo nunca.

El silencio se alarga, y me mantengo quieta como un poste, demasiado asustada como para pestañear siquiera. Dos minutos con la comandante y ya me tiene intimidada.

—Esclava —me dice—, mira detrás de mí.

Levanto la vista, y las caras que he podido ver cuando he entrado en la habitación se vuelven más claras. La pared de detrás de la comandante está cubierta de carteles enmarcados en cuadros de madera de hombres y mujeres, mayores y jóvenes. Hay decenas, una fila tras otra.

SE BUSCAN:

ESPÍAS REBELDES... LADRONES ACADÉMICOS...

PARTIDARIOS DE LA RESISTENCIA

RECOMPENSA: 250 MARCOS... 1000 MARCOS.

—Ahí están las caras de cada miembro de la Resistencia que he cazado, de cada académico que he encarcelado y ejecutado, la mayoría antes de mi nombramiento como comandante. Algunos después.

Un cementerio de papel. Esta mujer está enferma. Aparto la mirada.

—Te voy a decir lo mismo que le digo a todo esclavo que viene a Risco Negro. La Resistencia ha intentado acceder a esta escuela innumerables veces, y cada vez los he descubierto. Si trabajas para la Resistencia, si les contactas, si piensas en contactarles, lo sabré y te destruiré. Mira.

Hago lo que me pide e intento ignorar las caras y dejar que las imágenes y las palabras se conviertan en un borrón.

Pero entonces veo dos caras que no puedo olvidar. Dos caras que, aunque no estén bien detalladas, no puedo ignorar. La conmoción se apodera de mi cuerpo lentamente, como si algo en mí la estuviera repeliendo. Como si no quisiera creer lo que ven mis ojos.

MIRRA Y JAHAN DE SERRA

LÍDERES DE LA RESISTENCIA

MÁXIMA PRIORIDAD

MUERTOS O VIVOS

RECOMPENSA: 10 000 MARCOS

Nan y Pop nunca me dijeron quién había destrozado a mi familia. *Un máscara,* me dijeron. *¿Acaso importa cuál?* Y aquí está. Esta es la mujer que aplastó a mis padres bajo su bota con suela de acero, la que puso a la Resistencia de rodillas matando a los mejores líderes que jamás había tenido la organización.

¿Cómo lo hizo? ¿Cómo, si mis padres eran unos maestros en ocultarse tan buenos que pocos conocían su apariencia y mucho menos cómo encontrarlos?

El traidor. Alguien le juró lealtad a la comandante. Alguien en quien mis padres confiaban.

¿Sabe Mazen que me ha enviado a la guarida de la asesina de mis padres? Es un hombre adusto, pero no me parece que sea así de cruel.

—Si me enojas —me dice la comandante mientras no me quita los ojos de encima—, te unirás a las caras de esa pared. ¿Me has entendido?

Despego la mirada de los dibujos de mis padres y asiento mientras me tiembla todo el cuerpo en un intento por contener mi conmoción. Las palabras me salen en un susurro.

—Lo entiendo.

—Bien. —Va hacia la puerta y tira de una cuerda. Unos momentos después, la chica del parche aparece para llevarme al piso de abajo. La comandante cierra la puerta tras de mí y la rabia me invade como una enfermedad. Quiero darme la vuelta y atacar a esa mujer. Quiero gritarle. *Mataste a mi madre, que tenía un corazón de león, y a mi hermana, que tenía una risa como la lluvia, y a mi padre, que captaba la realidad con unos pocos trazos de una pluma. Me los arrebataste. Te los llevaste de este mundo.*

Pero no vuelvo atrás. La voz de Darin regresa a mi mente. *Sálvame, Laia. Recuerda por qué estás aquí. Para espiar.*

Cielos. No he observado nada en el despacho de la comandante aparte de la pared de la muerte. La próxima vez que vaya, tengo que prestar más atención. Desconoce que sé leer. Podría obtener información solo con mirar los papeles que tiene en el escritorio.

Tengo la mente tan ocupada que apenas oigo el susurro de la chica que me llega al oído.

—¿Estás bien?

Aunque solo es unos cuantos centímetros más baja que yo, no sé por qué me parece pequeña. Su cuerpo delgado como un palo baila en el vestido que lleva puesto y su rostro es enjuto y con expresión asustada, como el de un ratón hambriento. Una curiosidad morbosa quiere que le pregunte cómo perdió el ojo.

—Estoy bien —le digo—. Aunque creo que no le he caído demasiado bien.

—Nadie le cae bien.

Eso por supuesto.

—¿Cómo te llamas?

—Yo... Yo no tengo nombre —me responde—. Aquí nadie lo tiene.

Se lleva la mano al parche y al verlo me mareo. ¿Eso es lo que le ocurrió a esta chica? ¿Le dijo el nombre a alguien y le vaciaron un ojo?

—Ten cuidado —me murmura—. La comandante lo ve todo. Sabe cosas que no debería. —La chica se apresura, como si deseara escapar físicamente de las palabras que acaba de pronunciar—. Ven, se supone que debo llevarte con la cocinera.

Nos dirigimos a la cocina, y nada más entrar me siento mejor. El espacio es amplio, cálido y bien iluminado. Hay un fuego a tierra enorme, un hogar en una esquina y una mesa de trabajo de madera situada en el centro de la estancia. Del techo cuelgan ristras de pimientos secos y cebollas. Un estante cargado con especias recorre la pared de punta a punta, y el aroma a limón y cardamomo impregna el aire. Si no fuera por la dimensión de este lugar, podría estar de vuelta en la cocina de Nan.

Una pila de cacharros sucios sobresale del fregadero, y una tetera hierve en el fogón. Alguien ha dispuesto una bandeja con galletas y mermelada. Una mujer bajita de pelo blanco en un vestido decorado con diamantes idéntico al mío está junto a la mesa, cortando una cebolla mientras nos da la espalda. Detrás de ella hay una puerta acristalada que da al exterior.

—Cocinera —dice la chica—, esta es...

—Pinche —se dirige a ella la mujer sin darse la vuelta. Tiene la voz extraña, rasgada, como si estuviera enferma—. ¿No te he ordenado hace una hora que limpiaras esos cacharros? —La pinche no tiene oportunidad de replicar—. Deja de perder el tiempo y hazlo —le espeta la mujer—, o te irás a dormir con la barriga vacía, y no sentiré ni una pizca de culpa.

Cuando la muchacha agarra su delantal, la cocinera se gira y reprimo un suspiro ante la visión de su cara arruinada. Unas cicatrices viscosas y vívidas le recorren el rostro desde la frente hasta el mentón, pasando por las mejillas y los labios, y hasta el cuello alto del vestido negro. Es como si un animal la hubiera despedazado a zarpazos y ella hubiera tenido la mala suerte de sobrevivir. Solo le quedan enteros los ojos, de un ágata azul oscuro.

—¿Quién...? —Me observa mientras se queda completamente quieta. Entonces, sin dar explicación, se da la vuelta y se va renqueando por la puerta trasera. Miro a la muchacha de la cocina en busca de ayuda.

—No era mi intención observarla.

—¿Cocinera? —La muchacha se dirige tímidamente hacia la puerta y la abre un palmo—. ¿Cocinera?

Cuando no llega ninguna respuesta, la pinche alterna la mirada entre la puerta y yo. La tetera del fogón silba estridentemente.

—Ya casi va a sonar la novena campana. —Se retuerce las manos—. Es la hora a la que la comandante se toma su té de la tarde. Tienes que llevárselo, pero si llegas tarde... la comandante... Ella te...

—¿Ella qué?

—Ella... estará molesta. —La cara de la chica se tiñe de terror, de un terror animal.

—Está bien —asiento. El miedo de la muchacha es contagioso, y vierto apresuradamente el agua de la tetera en la taza de la bandeja—. ¿Cómo lo toma? ¿Con azúcar? ¿Con leche?

—Con leche —me contesta mientras corre hacia un armario y saca un balde tapado y derrama un poco de la leche—. ¡Oh!

—Déjame a mí. —Le arrebato el balde de las manos y recojo con una cuchara la leche, intentando mantener la calma—. ¿Lo ves? Ya está, ahora lo limpio todo...

—No hay tiempo. —La chica me coloca la bandeja en los brazos y me empuja hacia el pasillo—. Por favor... Apresúrate. Ya son casi...

La campana empieza a sonar.

—Ve —me insiste la chica—, ¡sube antes de que suene la última campanada!

Las escaleras son empinadas y estoy yendo demasiado rápido. La bandeja tintinea y apenas tengo tiempo de agarrar la jarra de la leche antes de que la cucharita se caiga al suelo con un repiqueteo. La campana tañe por última vez y se queda en silencio.

Cálmate, Laia. Esto es ridículo. La comandante probablemente ni se dará cuenta de que llego cinco segundos tarde, pero sí que notará que la bandeja está desordenada. Sostengo la bandeja con una mano, recojo la cucharilla y me tomo unos instantes para ordenar la loza antes de acercarme a la puerta.

Se abre mientras levanto la mano para tocar. La bandeja desaparece de mis brazos, y la taza de té caliente pasa silbando al lado de mi cabeza y estalla contra la pared que tengo detrás.

Todavía estoy boquiabierta cuando la comandante tira de mí hacia dentro del despacho.

—Date la vuelta.

Me tiembla todo el cuerpo mientras me doy la vuelta y veo la puerta cerrada. No me percato del sonido que hace la madera al cortar el aire hasta que la fusta de la comandante me corta la espalda. La impresión hace que me caiga de rodillas. Baja tres veces más antes de que note sus manos en el pelo. Grito cuando me levanta la cara y la pone cerca de la suya, la plata de su máscara casi rozándome las mejillas. Aprieto los dientes contra el dolor, reteniendo las lágrimas mientras pienso en las palabras del esclavista. *La comandante preferiría atravesarte con la cimitarra que lidiar con tus lágrimas.*

—No tolero la impuntualidad —me dice con los ojos extrañamente calmados—. No volverá a ocurrir.

—N... No, comandante. —El susurro de mi respuesta no es más alto que el de la muchacha de la cocina. Hablar más alto duele demasiado. La mujer me suelta.

—Limpia el desastre del pasillo. Mañana preséntate aquí por la mañana en la sexta campana.

La comandante pasa por mi lado y, al poco, la puerta se cierra de golpe.

La cubertería traquetea mientras recojo la bandeja. Solo han sido cuatro azotes y siento como si me hubieran abierto la piel y la hubiesen rellenado de sal. La sangre me corre por la espalda.

Quiero ser lógica y práctica, la manera como Pop me enseñó a lidiar con las heridas. *Corta la camisa, cariño. Limpia las heridas con nuez embrujada y úntalas de cúrcuma. Luego véndalas y cambia las vendas dos veces al día.*

Pero ¿de dónde voy a sacar una camisa nueva? ¿Nuez embrujada? ¿Cómo voy a vendarme las heridas sin nadie que me ayude?

Por Darin. Por Darin. Por Darin.

¿Y si está muerto?, me susurra una voz en la cabeza. *¿Y si la Resistencia no lo encuentra? ¿Y si voy a pasar por un infierno para nada?*

No. Si me dejo llevar por ese camino, no conseguiré superar la noche y mucho menos sobrevivir durante semanas mientras espío a la comandante.

Cuando estoy apilando fragmentos de cerámica en la bandeja, oigo un crujido en el pasillo y levanto la mirada, aterrada, horrorizada por si la comandante ha vuelto. Pero solo es la muchacha de la cocina. Se arrodilla delante de mí y seca con un paño y en silencio el té derramado.

En cuanto se lo agradezco, levanta la cabeza de golpe como un ciervo asustado. Termina de limpiar el suelo y desaparece escaleras abajo.

Cuando estoy de vuelta en la vacía cocina, coloco la bandeja en el fregadero y me derrumbo en la mesa de trabajo, dejando que la cabeza me caiga sobre las manos. Estoy demasiado entumecida como para llorar. Entonces se me ocurre que la puerta del despacho de la comandante probablemente esté todavía abierta con los papeles desparramados encima de la mesa, visibles para todo aquel que tenga el suficiente coraje como para echar un vistazo.

La comandante se ha marchado, Laia. Sube y mira qué puedes encontrar. Es lo que haría Darin. Vería esta situación como la ocasión perfecta para reunir información para la Resistencia.

Pero yo no soy Darin, y en este instante no puedo pensar en la misión ni en que no soy una esclava, sino una espía. Lo único en lo que puedo pensar es en el palpitar de mi espalda y en la sangre que me empapa la camisa.

No sobrevivirás a la comandante, había dicho Keenan. *La misión fracasará.* Agacho la cabeza hacia la mesa y cierro los ojos por el dolor. Tenía razón. Cielos, Keenan tenía razón.

SEGUNDA PARTE

LAS PRUEBAS

XIV: *Elias*

El tiempo que me queda de mi permiso pasa volando y, sin darme cuenta, el abuelo me bombardea con consejos mientras vamos hacia Risco Negro en su carruaje negro. Se ha pasado la mitad del tiempo de mi permiso presentándome a los líderes de las casas más poderosas, y la otra mitad, reprochándome que no haya afianzado tantas alianzas como fuera posible. Cuando le dije que quería ir a ver a Helene, se puso furioso.

—Esa chica te está confundiendo el juicio —me dijo, encolerizado—. ¿No puedes ver a una sirena cuando se te pone delante?

Reprimo una carcajada cuando me acuerdo de la escena, imaginándome la cara que pondría Helene si supiera que alguien se refiere a ella como una sirena.

Una parte de mí siente lástima por el abuelo. Es una leyenda, un general que ha ganado tantas batallas que ya a nadie le interesa llevar la cuenta. Los hombres de sus legiones lo veneraban no solo por su coraje y astucia, sino también por su insólita habilidad de esquivar la muerte incluso en las situaciones más adversas.

Pero a los setenta y siete años ya hace mucho que dejó de liderar hombres en las guerras fronterizas, lo cual probablemente explica su obsesión con las pruebas.

Más allá de sus razonamientos, sus consejos tienen sentido. Debo prepararme para las pruebas, y la mejor manera de hacerlo es obtener más información. Tenía la esperanza de que, llegado el momento, los augures darían una explicación más extensa sobre la profecía original; tal vez incluso especificarían lo que los aspirantes iban a encontrarse. Sin embargo, después de examinar toda la extensa biblioteca del abuelo, no he hallado nada.

—Maldita sea, escúchame. —El abuelo me golpea con la bota con punta de hierro, y me aferro al asiento del carruaje mientras el dolor me recorre la pierna—. ¿Has escuchado alguna palabra de lo que te he dicho?

—Las pruebas son un examen de mi temple. Puede que no sepa lo que me depara, pero debo estar preparado de todos modos. Debo doblegar mis debilidades y aprovechar las debilidades de mis competidores. Por encima de todo, debo recordar que un Veturius es...

—Siempre victorioso —decimos al unísono, y el abuelo asiente con satisfacción mientras intento no mostrar signos de impaciencia.

Más batallas. Más violencia. Todo cuanto quiero es huir del Imperio, y, aun así, aquí estoy. *La libertad verdadera... de cuerpo y alma.* Por eso lucho, me recuerdo. Ni por liderar ni por el poder. Por la libertad.

—Me pregunto qué opinión tendrá tu madre sobre todo este asunto —musita el abuelo.

—No estará a mi favor, eso está claro.

—No, por supuesto —repone mi abuelo—. Pero sabe que tienes todos los números para alzarte con la victoria. Keris puede ganar mucho si apoya al aspirante adecuado. Y puede perder mucho si apoya al equivocado. —El abuelo se queda mirando por la ventana del carruaje, taciturno—. He oído rumores extraños sobre mi hija. Cosas de las que en su día me habría reído. Hará todo lo posible para evitar que ganes, no esperes menos.

Cuando llegamos a Risco Negro entre decenas de otros carruajes, el abuelo me estrecha la mano firmemente.

—No decepcionarás a la Gens Veturia —me asevera—. No me decepcionarás a mí. —Me encojo con su apretón y me pregunto si el mío alguna vez será así de intimidatorio.

Helene se encuentra conmigo después de que mi abuelo se haya marchado.

—Como todos hemos vuelto para presenciar las pruebas, no vendrán nuevos novatos hasta que la competición haya acabado. —Saludo a Demetrius con el brazo, quien está saliendo del carruaje de su padre unos metros más allá—. Todavía estamos en nuestros antiguos barracones y vamos a tener el mismo horario de clases que teníamos, solo que, en vez de retórica e historia, tenemos guardias extras en la muralla.

—¿Aunque seamos máscaras graduados?

—Yo no dicto las normas —responde Helene—. Venga, llegaremos tarde al entrenamiento con cimitarras.

Nos abrimos paso entre la multitud de estudiantes hacia la puerta principal de Risco Negro.

—¿Has descubierto algo sobre las pruebas? —le pregunto a Helene. Alguien me da golpecitos en el hombro, pero lo ignoro. Probablemente sea un cadete que intenta llegar a clase a tiempo.

—Nada —me dice Helene—. Me he pasado toda la noche en la biblioteca de mi padre.

—Yo igual. —Maldita sea. El *pater* Aquillus es un jurista, y su biblioteca está llena de libros, desde tomos de leyes desconocidas hasta antiguos libros académicos de matemáticas. Entre él y mi abuelo tienen todos los libros más importantes del Imperio. No hay ningún otro sitio donde buscar.

—Deberíamos comprobar... ¿Qué pasa, joder?

Los golpecitos se vuelven más insistentes y me doy la vuelta con la intención de mandar a paseo al cadete. Sin embargo, me encuentro cara a cara con una esclava que me observa con unas pestañas muy largas. Me quedo atónito y un calor visceral me arde por todo el cuerpo cuando veo sus ojos, de un dorado oscuro. Por un momento, me olvido de mi nombre.

No la había visto nunca, porque de ser así la recordaría. Si no fuera por las pesadas pulseras de plata y el moño alto y dolorosamente apretado que llevan todas las esclavas de Risco Negro, en su aspecto nada más revelaría su condición. El vestido negro que lleva puesto le sienta como un guante, y perfila cada curva de su cuerpo de una manera que hace que más de uno gire la cabeza. Sus labios carnosos y su nariz fina y recta deben de ser la envidia de la mayoría de las chicas, sean académicas o no. Me la quedo mirando, me doy cuenta de que la estoy mirando, me digo que tengo que dejar de mirarla y sigo mirando. Me falta el aliento y mi cuerpo, traicionándome, da un paso adelante hasta que estamos a un palmo de distancia.

—As-aspirante Veturius.

Es la manera como pronuncia mi nombre, como si fuera algo que temer, lo que me recompone. *Vuelve en ti, Veturius.* Doy un paso atrás y me conmociona el terror que veo en sus ojos.

—¿Qué ocurre? —le pregunto con voz calmada.

—La... la comandante ha ordenado que usted y la aspirante Aquilla vayan a su despacho... con la sexta campana.

—¿La sexta campana? —Helene pasa como una exhalación junto a los guardias de la puerta en dirección a la casa de la comandante y se disculpa con un grupo de novatos cuando tira al suelo a dos de ellos.

—Llegaremos tarde. ¿Por qué no nos has informado antes?

La chica corretea detrás de nosotros, demasiado asustada como para acercarse demasiado.

—Había tanta gente que... no podía encontraros.

Helene la manda callar con un movimiento de la mano.

—Nos va a matar. Tiene que ser por las pruebas, Elias. Tal vez los augures le han dicho algo. —Helene se apresura, claramente con la esperanza de llegar al despacho de mi madre a tiempo.

—¿Van a empezar las pruebas? —pregunta la chica, y automáticamente se tapa la boca con las manos—. Lo siento —susurra—. Yo...

—No pasa nada —le digo sin rastro de sonrisa. Eso solo la asustaría. Para una esclava la sonrisa de un máscara normalmente no es algo bueno—. De hecho, me estoy preguntando lo mismo. ¿Cómo te llamas?

—Es-esclava.

Por supuesto. Mi madre ya le habrá quitado el nombre a base de azotes.

—Bien. ¿Trabajas para la comandante?

Quiero que me diga que no. Que mi madre la ha metido en esto. Quiero que me diga que está asignada a las cocinas o a la enfermería, donde a las esclavas no se las marca ni se las amputa.

Pero la chica asiente a modo de respuesta. *No permitas que mi madre te rompa,* pienso. La chica me mira a los ojos, y ahí vuelve ese sentimiento, suave, caliente e incontenible. *No seas débil. Pelea. Escapa.*

Una ráfaga de viento libera un mechón de pelo de su moño y lo hace caer por encima de la mejilla. Su mirada es desafiante cuando me mira a los ojos, y durante unos instantes veo reflejado mi propio deseo de libertad, que se intensifica en su mirada. Es algo que nunca he visto en los ojos de un compañero estudiante, mucho menos en una esclava académica. Por un extraño momento, me siento menos solo.

Pero entonces baja la vista y me maravillo de mi propia ingenuidad. Ella no puede pelear. No puede escapar, al menos no de Risco Negro. Sonrío con amargura; al menos, en este asunto, la esclava y yo nos parecemos más de lo que se imagina.

—¿Cuándo empezaste aquí? —le pregunto.

—Hace tres días, señor. Aspirante. Eh... —me responde mientras se retuerce las manos.

—Puedes llamarme Veturius.

Camina con cuidado, cautelosamente… La comandante debe de haberla azotado recientemente, y aun así no va encorvada ni arrastra los pies como otras esclavas. La gracia con la que se mueve y su espalda erguida me cuentan su historia mejor que las palabras. Antes de estar aquí, era una mujer libre, me apostaría las cimitarras. Y no tiene ni idea de lo bonita que es ni de los problemas que su belleza le puede ocasionar en un lugar como Risco Negro. El viento le vuelve a revolver el pelo, y me llega su aroma a fruta y azúcar.

—¿Puedo darte un consejo?

Levanta la cabeza de golpe como un animal asustado. Al menos es recelosa.

—Ahora mismo… —*Vas a llamar la atención de todos los hombres en un kilómetro a la redonda*— destacas —acabo diciendo—. Hace calor, pero deberías llevar una capucha o una capa, algo que te ayude a pasar desapercibida.

Asiente con la cabeza, pero su mirada es suspicaz. Se rodea el cuerpo con los brazos y se rezaga un poco. No vuelvo a hablar con ella.

Cuando llegamos al despacho de mi madre, Marcus y Zak ya están sentados y ataviados con la armadura de combate. Callan de repente cuando entramos, y es obvio que estaban hablando de nosotros.

La comandante nos ignora y se da la vuelta desde la ventana por la que estaba observando las dunas. Le hace un gesto a la esclava para que se le acerque y entonces la abofetea con el dorso de la mano tan fuerte que la chica escupe sangre por la boca.

—Te dije la sexta campana.

La rabia me corroe, y la comandante se da cuenta.

—¿Sí, Veturius? —me dice. Frunce los labios y ladea la cabeza como diciendo: *¿Quieres interferir y que desate mi ira sobre ti?*

Helene me da un codazo y me quedo quieto mientras echo humo.

—Lárgate —le dice mi madre a la chica, que está temblando—. Aquilla, Veturius, sentaos.

Marcus observa a la esclava mientras se aleja. La lascivia que muestra en el rostro hace que quiera apremiar a la chica para que salga de la habitación más rápido y sacarle los ojos a ese malnacido. Zak, mientras tanto, ignora a la chica y le lanza miradas discretas a Hel. Su cara alargada está pálida y unas profundas ojeras le oscurecen los ojos. Me pregunto qué habrán hecho él y Marcus durante el permiso. ¿Habrán ayudado a su padre plebeyo en la forja? ¿Habrán visitado a su familia? ¿Habrán ideado maneras de matarnos a Helene y a mí?

—Los augures tienen asuntos que atender. —Una sonrisa extraña y engreída se dibuja en el rostro de la comandante—. Y me han solicitado que os diera los detalles de las pruebas en su lugar. Mirad. —La comandante desliza un fragmento de pergamino por su escritorio, y todos nos inclinamos hacia adelante para leerlo.

Cuatro son y cuatro atributos buscamos:
coraje para confrontar los miedos más profundos,
astucia para rebasar a los enemigos,
fuerza de brazos, mente y corazón,
lealtad para quebrar el alma.

—Es una profecía. Sabréis su significado en los días venideros. —La comandante vuelve a mirar por la ventana con las manos a la espalda. Miro su reflejo y me enerva la autosuficiencia que emana—. Los augures planearán y juzgarán las pruebas, pero ya que esta competición debe deshacerse de los débiles, les he propuesto a nuestros hombres santos que permanezcáis en Risco Negro mientras duren las pruebas. Los augures han accedido.

Reprimo un bufido. Claro que los augures están de acuerdo. Saben que este lugar es un infierno y querrán que las pruebas sean lo más difíciles que sea posible.

—He dado orden a los centuriones de que intensifiquen vuestros entrenamientos para potenciar vuestra imagen como aspirantes. No tengo potestad para decir nada de vuestra conducta durante la competición. Sin embargo, fuera de las pruebas, todavía estáis sujetos a mis normas. A mis castigos. —Empieza a pasear por el despacho, y sus ojos se clavan en los míos, como advertencia de posibles azotamientos o algo peor.

»Si ganáis una prueba, recibiréis un obsequio de los augures, un premio de algún tipo. Si superáis una prueba pero no la ganáis, vuestra recompensa será seguir con vida. Si falláis una prueba, seréis ejecutados. —Permite que ese hecho, que le resulta placentero, cale en nosotros antes de continuar.

»El aspirante que logre ganar primero dos pruebas será nombrado vencedor. Quien vaya segundo, con una victoria, será nombrado Verdugo de Sangre. Los demás morirán. No habrá empate. Los augures desean que os remarque que, mientras tengan lugar las pruebas, estarán vigentes las normas de deportividad. No haréis trampas, sabotaje ni artimañas.

Miro a Marcus. Decirle que no haga trampas es como decirle que deje de respirar.

—¿Y qué ocurre con el Emperador Taius? —dice Marcus—. ¿El Verdugo de Sangre? ¿La Guardia Negra? La Gens Taia no va a desaparecer así como así.

—Taius tomará represalias. —La comandante pasa por detrás de mí, y se me eriza el vello de la nuca—. Ha salido de Antium con su familia y se dirige hacia el sur para interrumpir las pruebas. Pero los augures han compartido otra profecía: *Vides al acecho rodean y ahogan el roble. El camino se hace claro, justo antes del final.*

—¿Qué se supone que significa eso? —pregunta Marcus.

—Significa que las acciones del Emperador no nos tienen que incumbir. En cuanto al Verdugo de Sangre y a la Guardia Negra, deben su lealtad al Imperio, no a Taius. Serán los primeros en jurar lealtad a la nueva dinastía.

—¿Cuándo empezarán las pruebas? —pregunta Helene.

—Pueden empezar en cualquier momento. —Mi madre por fin se sienta y junta las manos con expresión ausente—. Y pueden ser de cualquier tipo. Desde el instante en que abandonéis este despacho, debéis estar preparados.

—Si pueden ser de cualquier tipo —habla Zak por primera vez—, entonces ¿cómo se supone que debemos prepararnos? ¿Cómo sabremos que han comenzado?

—Lo sabréis —responde la comandante.

—Pero...

—Lo sabrás —insiste mirando directamente a Zak, que se queda callado—. ¿Alguna pregunta más? —La comandante no se espera a que podamos responder—. Podéis iros.

Saludamos y salimos. Sin intención de darles la espalda a la serpiente y al sapo, los dejo pasar delante, pero me arrepiento de inmediato. La esclava está de pie en la sombra cerca de las escaleras y, cuando Marcus pasa por su lado, él estira un brazo y se la acerca de un tirón. Ella se retuerce en su agarre, intentando liberarse de su mano que la aferra como una tenaza. Marcus baja la cabeza y le murmura algo. Busco mi cimitarra, pero Helene me agarra el brazo.

—La comandante —me advierte. Detrás de nosotros, mi madre observa desde la puerta con los brazos cruzados—. Es su esclava —susurra Helene—. Sería una locura que intervinieras.

—¿No lo vas a detener? —digo en voz baja, y me giro hacia la comandante.

—Es una esclava —me contesta, como si con eso estuviera todo dicho—. Va a recibir diez azotes por su incompetencia. Si tienes la intención de ayudarla, tal vez quieras ocupar su lugar en el castigo.

—Por supuesto que no, comandante. —Helene me clava las uñas en el brazo y habla por mí, consciente de que estoy a punto de ganarme unos azotes, y me empuja hacia el pasillo—. Olvídalo —me dice—. No merece la pena.

No necesita dar más explicaciones. El Imperio es intransigente con la lealtad de sus máscaras. La Guardia Negra se me echaría encima si supieran que me han azotado por haber ocupado el lugar de una esclava académica.

Delante de mí, Marcus se ríe y suelta a la chica; a continuación, sigue a Zak por las escaleras. La chica traga bocanadas de aire mientras se le forman moratones en el cuello.

Ayúdala, Elias. Pero no puedo. Hel tiene razón. El riesgo de castigo es demasiado grande. Helene se va por el pasillo a grandes zancadas y me lanza una mirada reprochadora. *Muévete.*

La chica retira los pies mientras pasamos, intentando hacerse pequeña. Repugnado conmigo mismo, no le presto más atención que a un montón de basura. Me siento como un desalmado cuando la dejo sola para enfrentarse al castigo de mi madre. Me siento como un máscara.

* * *

Esta noche, mis sueños son como viajes, llenos de siseos y de susurros. El viento me da vueltas alrededor de la cabeza como un buitre, y me encojo ante unas manos que arden con un calor sobrenatural y que no dejan de tocarme. Intento despertarme cuando la incomodidad se transforma en pesadilla, pero solo consigo adentrarme más, hasta que al final todo cuanto hay es una luz abrasadora que me asfixia.

Cuando abro los ojos, lo primero que noto es el suelo arenoso y duro que tengo debajo de mi cuerpo. Lo segundo es que el suelo está caliente. Caliente como para abrasarme la piel.

Me tiembla la mano mientras me protejo los ojos del sol y examino la tierra yerma a mi alrededor. Un árbol de yaca solitario y nudoso se yergue en la tierra agrietada unos metros más lejos. Kilómetros al oeste, una inmensa masa de agua brilla como un espejismo. El aire apesta a algo horrible, una combinación de carroña, huevos podridos y habitaciones de cadete en pleno verano. La tierra tiene un aspecto tan pálido y desolado que parece como si estuviera encima de una luna distante y muerta.

Los músculos me duelen, como si hubiera estado estirado en la misma posición durante horas. El dolor me hace saber que esto no es ningún sueño. Me pongo de pie tambaleándome y soy una silueta solitaria en un inmenso vacío.

Las pruebas, por lo que parece, ya han empezado.

XV: Laia

El alba no es más que un rumor azulado en el horizonte cuando cojeo hasta los aposentos de la comandante. Está sentada delante del tocador, observando su reflejo en el espejo. La cama no está deshecha, como cada mañana. Me pregunto cuándo duerme, si es que lo hace.

Está ataviada con una bata negra holgada que suaviza el desprecio que muestra su cara enmascarada. Es la primera vez que la veo sin el uniforme. Se le desliza la bata por el hombro y puedo vislumbrar las espirales de su tatuaje que forman parte de una «S» ornamentada, con una vívida tinta oscura que contrasta con su piel pálida.

Han pasado diez días desde que empezó mi misión, y, aunque no he aprendido nada que me ayude a salvar a Darin, sí que he aprendido a planchar un uniforme de Risco Negro en cinco minutos, a llevar una bandeja cargada por las escaleras con una docena de moratones en la espalda y a quedarme tan callada que olvido mi propia existencia.

Keenan me dio solo los detalles más básicos de esta misión. Se supone que tengo que reunir información sobre las pruebas y, cuando esté fuera de Risco Negro haciendo algún recado, la Resistencia me contactará. *Puede llevarnos tres días,* me dijo Keenan. *O diez. Tienes que estar preparada para poder informarnos cada vez que vayas a la ciudad. Y nunca vengas en nuestra busca.*

En ese momento, me contuve de hacerle decenas de preguntas, como por ejemplo cómo obtener la información que quieren o cómo evitar que la comandante me descubra.

Ahora pago por ello. Ahora no quiero que la Resistencia me encuentre, no quiero que sepan la espía de pacotilla que soy.

En un rincón de la mente, la voz de Darin se empieza a desvanecer: *Encuentra algo, Laia. Algo que me salve. Rápido.*

No, me dice más alto otra parte de mí. *Sé precavida. No te arriesgues a espiar hasta que estés segura de que no te atraparán.*

¿A qué voz le hago caso? ¿A la espía o a la esclava? ¿A la luchadora o a la cobarde? Creía que las respuestas a tales preguntes serían sencillas, aunque eso fuera antes de que aprendiera lo que significa el miedo de verdad.

Por ahora, me muevo alrededor de la comandante en silencio: coloco su bandeja del desayuno, recojo el té de la noche anterior y dispongo su uniforme. *No me mires. No me mires.* Mis plegarias parecen funcionar. La comandante actúa como si no existiera.

Cuando abro las cortinas, los primeros rayos de sol de la mañana iluminan la habitación. Me detengo para mirar el vacío que se extiende tras la ventana de la comandante, miles de dunas susurrantes que el viento del alba hace ondear como olas del mar. Por un momento, me pierdo en su belleza. Y entonces suenan los tambores de Risco Negro, el despertador de toda la escuela y de la mitad de la ciudad.

—Esclava. —La impaciencia de la comandante hace que me mueva antes de que tenga que pronunciar otra palabra—. El pelo.

Mientras busco el cepillo y los alfileres en un cajón de la mesa, me veo reflejada en el espejo unos instantes. Los moratones de mi encuentro con el aspirante Marcus de hace una semana se están atenuando, y los diez azotes que recibí después ya han formado costra. Los han reemplazado otras heridas: tres azotes en las piernas por una mancha de polvo en la falda, cuatro azotes en las muñecas por no haber acabado su arreglo, un ojo morado por un calavera de mal humor.

La comandante abre una carta mientras se sienta en su tocador. Mantiene la cabeza recta en tanto le estiro el pelo, ignorándome por completo. Por un momento, me quedo completamente quieta, observando el fragmento de pergamino que está leyendo. No se da cuenta. Por supuesto que no, una académica no sabe leer, o eso es lo que ella cree. Le cepillo el pelo rubio con suavidad.

Míralo, Laia, me dice la voz de Darin. *Descubre lo que dice.*

Me verá, me castigará.

Desconoce que sabes leer. Pensará que eres una académica idiota embobada ante unos símbolos bonitos.

Trago con dificultad. Debería mirar. Diez días en Risco Negro y que lo único que tenga para demostrarlo sean moratones y azotes es un completo fiasco. Cuando la Resistencia me exija un informe, no tendré nada que darles. ¿Qué ocurrirá con Darin, entonces?

Miro al espejo una y otra vez para asegurarme de que la comandante está inmersa en la lectura de la carta. Cuando estoy segura, me arriesgo a echar un vistazo.

… demasiado peligroso en el sur, y el comandante no es de fiar. Aconsejo que vuelvas a Antium. Si debes viajar al sur, hazlo con una pequeña fuerza…

La comandante se mueve en el sitio, y despego los ojos de golpe, paranoica de que haya actuado con demasiado descaro. Pero sigue leyendo, y me arriesgo a echar otra ojeada. Para entonces, le ha dado la vuelta al pergamino.

… los aliados desertan de la Gens Taia como ratas huyendo del fuego. Sé que el comandante está planeando…

Pero no descubro qué está planeando el comandante, puesto que en ese momento levanto la vista. Me está mirando por el espejo.

—Los… los símbolos son preciosos —le digo en un susurro ahogado, y dejo caer uno de los alfileres. Me agacho para recogerlo y aprovecho esos preciados segundos para esconder el pánico que siento. Me azotará por leer algo que ni siquiera tiene sentido. ¿Por qué he dejado que me viera? ¿Por qué no he sido más cuidadosa?—. No entiendo mucho de las palabras —añado.

—No. —La mujer parpadea, y por un momento creo que me está tomando el pelo—. Las de tu clase no necesitáis leer. —Se mira el pelo—. El lado derecho está demasiado bajo. Arréglalo.

Aunque me gustaría poder gritar de alivio, compongo una expresión neutra y deslizo otro alfiler en su pelo sedoso.

—¿Cuánto llevas aquí, esclava?

—Diez días, señora.

—¿Has hecho algún amigo?

La pregunta es tan absurda viniendo de la comandante que casi me echo a reír. ¿Amigos? ¿En Risco Negro? La muchacha de la cocina es demasiado tímida como para hablarme y la cocinera solo se dirige a mí para darme órdenes. El resto de los esclavos de Risco Negro viven y trabajan en las áreas principales. Son silenciosos y distantes; siempre solitarios, siempre recelosos.

—Vas a pasar aquí el resto de tu vida, chica —me dice la comandante mientras inspecciona el peinado que justo he acabado—. Tal vez deberías conocer a tus semejantes. Toma. —Me alcanza dos cartas selladas—. Lleva la del lacre rojo a la oficina de mensajería y la del negro a Spiro Teluman. No vuelvas sin una respuesta suya.

No me atrevo a preguntar quién es Spiro Teluman y cómo encontrarlo. La comandante castiga las preguntas con dolor. Acepto las cartas y salgo de la habitación para evitar cualquier ataque sorpresa. Se me escapa una exhalación cuando cierro la puerta, gracias a los cielos que la mujer es demasiado arrogante como para pensar que su esclava académica sepa leer. Mientras ando por el pasillo, echo un vistazo a la primera carta y casi se me cae al suelo. Va dirigida al Emperador Taius.

¿Para qué estará intercambiando misivas con Taius? ¿Por las pruebas? Paso un dedo para tantear el lacre. Todavía está tierno y se despega sin problemas.

Oigo un crujido detrás de mí, y se me cae la carta de las manos mientras me doy la vuelta. Mi mente grita *¡Comandante!*, pero el pasillo está desierto. Recojo la carta y me la meto en el bolsillo. Parece como si estuviera viva, como una serpiente o una araña que he decidido mantener como mascota. Vuelvo a tocar el lacre antes de apartar la mano. *Demasiado peligroso.*

Aun así, tengo que darle algo a la Resistencia. Cada día, cuando abandono Risco Negro para ir a hacer los recados de la comandante, tengo miedo de que Keenan me aparte a un lado y me exija información. Cada día que no lo hace es un alivio pasajero, pero al final me quedaré sin tiempo.

Tengo que ir a buscar mi capa, así que me dirijo hacia los aposentos de las criadas en el pasillo al aire libre justo al salir de la cocina. Mi habitación, como la de la muchacha de la cocina y la de la cocinera, es un agujero frío y húmedo con una entrada baja y una cortina raída que se usa como puerta. Dentro, a duras penas caben un camastro de cuerda y una caja que se usa como mesa.

Desde aquí, puedo oír las voces bajas de la cocinera y la pinche. La chica al menos ha sido un poco más amable que la cocinera. Me ha ayudado con las tareas más de una vez, y al final de mi primer día, cuando pensaba que me iba a desmayar por el dolor de los azotes que recibí, la vi salir a toda prisa de mi cuarto. Cuando entré, me encontré con un ungüento curativo y una taza llena de té para aliviar el dolor.

Esto es lo máximo a lo que llega esta amistad. Les he hecho preguntas, he hablado sobre el tiempo, me he quejado de la comandante. Sin respuesta. Estoy bastante segura de que, si entrara en la cocina completamente desnuda y cacareando como una gallina, ni por esas obtendría ningún comentario. No me quiero volver a acercar a ellas para toparme con un muro de silencio, pero necesito que alguien me diga quién es Spiro Teluman y cómo lo puedo encontrar.

Entro en la cocina y las veo a las dos sudando por el calor abrasador que emana el hogar. El almuerzo ya se está cocinando. La boca se me hace agua, y desearía tener la comida de Nan. Nunca tuvimos demasiado, pero lo poco de lo que disponíamos estaba hecho con amor, cosa que ahora sé que puede transformar la comida en un festín. Aquí, comemos los restos de la comandante y, por más hambre que tenga, todo me sabe a serrín.

La chica me mira a modo de saludo y la cocinera me ignora. La anciana está subida a un taburete tambaleante para alcanzar una ristra de ajos. Parece que está a punto de caerse, pero cuando le ofrezco la mano para que se sujete, me mira con puñales en los ojos.

Bajo la mano y me quedo de pie durante un momento sin saber qué hacer.

—¿Podéis...? ¿Me podéis decir dónde puede encontrar a Spiro Teluman?

Silencio.

—Mirad —les digo—, ya sé que soy nueva, pero la comandante me ha dicho que hiciera amigos, y he pensado...

La cocinera se gira hacia mí muy lentamente. Tiene la cara gris, como si estuviera enferma.

—Amigos. —Es la primera palabra que me dirige que no es una orden. La anciana niega con la cabeza y se lleva los ajos a su mesa. El enfado que muestra mientras corta no deja lugar a dudas. No sé qué habré hecho para enojarla así, pero ahora ya no me va a ayudar. Suspiro y me voy de la cocina, tendré que preguntarle a otra persona quién es Spiro Teluman.

—Es un fabricante de espadas —oigo que dice una vocecilla. La pinche me ha seguido. Mira por encima del hombro, preocupada de que la cocinera pueda oírla—. Lo encontrarás al lado del río, en el Distrito de Armas.

Se da la vuelta de inmediato para irse, y es la necesidad más que otra cosa lo que hace que quiera hablarle. Hace diez días que no mantengo una conversación con alguien normal; lo único que he dicho ha sido «Sí, señora» y «No, señora».

—Me llamo Laia.

La chica de la cocina se queda paralizada. «Laia». Mueve la boca sin pronunciar la palabra.

—Yo soy... Yo soy Izzi.

Por primera vez desde la redada, esbozo una sonrisa. Casi había olvidado el sonido de mi propio nombre. Izzi levanta la vista hacia la habitación de la comandante.

—La comandante quiere que hagas amigos para que pueda usarlos en tu contra —me susurra—. Por eso la cocinera está molesta.

Niego con la cabeza. No lo entiendo.

—Es así como nos controla —dice Izzi, y se señala el parche del ojo con un dedo—. Es la razón por la que la cocinera hace todo lo que le pide. La razón por la que cada esclavo de Risco Negro hace lo que le pide. Si la haces enfadar, no siempre te castigará a ti. A veces, se lo hace pagar en tu lugar a las personas a las que aprecias. —Izzi habla tan bajo que tengo que inclinarme hacia ella para oírla—. Si... Si quieres tener amigos, asegúrate de que ella no lo sepa. Asegúrate de mantenerlo en secreto.

Regresa sigilosamente a la cocina, rápida como un gato en la noche. Me voy hacia la oficina de mensajería, pero no puedo dejar de pensar en lo que me ha dicho. Si la comandante es lo suficientemente retorcida como para usar las amistades de los esclavos en su contra, entonces no es de sorprender que Izzi y la cocinera se mantengan distantes. ¿Fue así como Izzi perdió el ojo? ¿Fue así como la cocinera obtuvo sus cicatrices?

La comandante no me ha castigado con algo permanente... todavía. Pero es solo cuestión de tiempo. La carta del Emperador que tengo en el bolsillo de repente me parece más pesada, y cierro una mano a su alrededor. ¿Me atreveré?

Cuanto antes reúna información, antes podrá la Resistencia salvar a Darin y antes podré abandonar Risco Negro.

Me hago preguntas durante todo el camino hasta las puertas de la escuela. Cuando me acerco, los auxiliares de armadura de cuero, a los que a menudo les gusta atormentar a los esclavos, apenas se dan cuenta de mi presencia. Están ocupados con dos hombres a caballo que llegan a la escuela, y aprovecho la distracción para pasar de largo sin que me vean.

Aunque aún es pronto por la mañana, el calor del desierto ya se ha asentado, y me incomodan el peso y el picor que me produce la capa que llevo puesta. Cada vez que me la pongo, me acuerdo del aspirante Veturius, del fuego flagrante que quemaba en su interior la primera vez que se giró para mirarme, de su olor suave cuando se acercó a mí, limpio y masculino. Pienso en sus palabras, que me dijo casi con consideración. *¿Puedo darte un consejo?*

No sé cómo me suponía que sería el hijo de la comandante. ¿Alguien como Marcus Farrar, que me dejó con un collar de moratones que me dolió durante días? ¿Alguien como Helene Aquilla, que me habló como si fuera un montón de basura?

Por lo menos, pensé que tendría la apariencia de su madre, que sería rubio y pálido y frío hasta los huesos. Pero tiene el pelo negro y la piel de tono dorado, y, aunque sus ojos son del mismo gris claro que los de la comandante, no hay rastro de la mirada llana y penetrante que suelen tener los máscaras. En vez de eso, cuando cruzamos la mirada aquel breve instante, vi unos ojos que rezumaban vida, caóticos y seductores bajo la máscara. Vi fuego y deseo, y el corazón se me aceleró.

Y su máscara... Es muy extraño que se pose en su cara como si fuera una cosa aparte. ¿Es un símbolo de debilidad? No puede ser... He oído decir una y otra vez que es el mejor soldado de Risco Negro.

Basta, Laia. Deja de pensar en él. Si es amable, seguro que esconde algún tipo de maldad. Si tiene fuego en los ojos, entonces es sed de violencia. Es un máscara, y todos son iguales.

Emprendo el camino desde Risco Negro; salgo del Distrito Ilustre y entro en la Plaza de la Ejecución, hogar del mercado al aire libre más grande de la ciudad, así como de una de las dos oficinas de mensajería que hay. Las horcas que dan nombre a la plaza están vacías. Pero, claro, el día acaba de empezar.

Darin dibujó un día las horcas de la plaza, incluso con cuerpos que colgaban de la cuerda. Nan vio la imagen y se estremeció. *Quémalo,* le dijo. Darin asintió, pero esa misma noche lo vi trabajando en la imagen en nuestra habitación.

—Es un recordatorio, Laia —me dijo con voz tranquila—. Estaría mal destruirlo.

La multitud se mueve por la plaza lentamente, apagada por el calor. Tengo que abrirme paso a codazos y provoco las quejas de los mercaderes irritados y un empujón de un esclavista con cara de cuchillo. Mientras paso a toda prisa por debajo de un palanquín marcado con el símbolo de una de las casas ilustres, localizo la oficina de mensajería a varias yardas de distancia. Ralentizo la marcha y alejo los dedos de la carta del Emperador. Una vez que la entregue, no habrá vuelta atrás.

—¡Bolsas, monederos y carteras! ¡Cosidas con seda!

Tengo que abrir esa carta. Tengo que poder darle algo a la Resistencia. Pero ¿dónde puedo hacerlo sin que nadie me vea? ¿Detrás de una de las paradas? ¿En las sombras entre dos tiendas?

—¡Usamos el mejor cuero y las mejores herramientas!

El lacre se puede levantar fácilmente, pero nadie debe empujarme. Si la carta se rasga o el lacre se mancha, la comandante probablemente me cortará la mano. O la cabeza.

—¡Bolsas, monederos y carteras! ¡Cosidas con seda!

El vendedor de bolsos está justo detrás de mí, y me pasa por la mente mandarlo a paseo. Entonces me llega el olor a cedro, y miro por encima del hombro para encontrarme con un hombre académico sin camisa, de torso musculado moreno y perlado de sudor. Su pelo es de un rojo llama y brilla bajo el gorro negro que lleva puesto. El estómago se me revuelve por la conmoción cuando lo reconozco. Es Keenan.

Sus ojos marrones se encuentran con los míos, y, mientras sigue gritando sus mercancías, ladea la cabeza de manera casi imperceptible y señala un callejón que sale de la plaza. Las manos me sudan y me dirijo hacia el callejón. ¿Qué le voy a decir? No tengo nada, ninguna pista, ninguna información. Keenan dudaba de que pudiera hacerlo desde el principio, y estoy a punto de darle la razón.

A ambos lados de la callejuela se alzan casas de ladrillos de cuatro plantas cubiertas de polvo, y los sonidos procedentes del mercado se atenúan. No localizo a Keenan por ningún lado, pero una mujer ataviada con retales de tela se separa de la pared y se acerca. Me la quedo mirando con recelo hasta que levanta la cabeza. A través de la maraña de pelo sucio y oscuro puedo reconocer a Sana.

Sígueme, gesticula con la boca.

Quiero preguntarle por Darin, pero ya se está alejando. Me guía de un callejón a otro sin detenerse hasta que estamos cerca de los Zapateros, a casi un kilómetro de la Plaza de la Ejecución. El aire se llena con el parloteo de los zapateros y los aromas a cuero, taninos y tintes. Creo que vamos a entrar en una de las casas, pero Sana se mete en el espacio estrecho entre dos edificios. Baja por unas escaleras tan sucias que parecen el interior de una chimenea y que conducen a un sótano.

Keenan abre la puerta a los pies de las escaleras antes de que Sana pueda llamar. Ha reemplazado las bolsas de cuero por una camisa negra y los cuchillos que llevaba puestos la primera vez que lo vi. Un mechón de pelo rojo le cae por encima de la cara y, cuando mira en mi dirección, sus ojos se detienen en mis moratones.

—Pensé que la podrían estar siguiendo —dice Sana mientras se baja la capucha y se quita la peluca—. Pero no es así.

—Mazen te espera. —Keenan me apoya una mano en la espalda y me empuja hacia el pasillo estrecho. Me encojo y retrocedo, pues todavía me duelen los azotes.

Sus ojos me miran intensamente y creo que va a decir algo, pero al final baja la mano con la frente ligeramente fruncida, y nos lleva por el pasillo hasta el otro lado de la puerta. Mazen está sentado a la mesa de la habitación y una vela solitaria le ilumina la cara llena de cicatrices.

—Bueno, Laia. —Arquea sus cejas grises—. ¿Qué tienes para mí?

—¿Antes me puedes decir algo sobre Darin? —le pregunto. Por fin puedo hacer la pregunta que me ha estado carcomiendo durante una semana y media—. ¿Se encuentra bien?

—Tu hermano está vivo, Laia.

Se me escapa un suspiro de alivio, y siento que puedo volver a respirar.

—Pero no te puedo decir más hasta que no nos digas lo que tienes. Hicimos un pacto.

—Déjala que se siente al menos. —Sana me acerca una silla, y casi antes de que tome asiento Mazen se inclina hacia mí.

—Tenemos poco tiempo —me dice—. Lo que sea que tengas nos servirá.

—Las pruebas empezaron hará… hará una semana. —Batallo por reunir los pocos retales de información de los que dispongo. No estoy dispuesta a darle la carta, al menos todavía no. Si rompe el sello o lo parte, estoy acabada—. Fue cuando desaparecieron los aspirantes. Son cuatro y se llaman…

—Eso ya lo sabemos. —Mazen desestima mis palabras con un movimiento de la mano—. ¿A dónde los llevaron? ¿Cuándo acaba la prueba? ¿En qué consiste la siguiente?

—Hemos oído que dos de los aspirantes han vuelto hoy —dice Keenan—. No hace mucho, en realidad. Tal vez hace media hora.

Me vienen a la mente los guardias que hablaban animadamente en las puertas de Risco Negro mientras los dos hombres a caballo llegaban por el camino. *Laia, serás boba.* Si hubiera prestado más atención al cuchicheo de los auxiliares, tal vez podría haber sabido qué aspirantes han sobrevivido a la prueba. Podría haber tenido algo útil que contarle a Mazen.

—No lo sé. Ha sido muy... duro —respondo. Incluso cuando pronuncio las palabras, oigo lo patéticas que son, y me odio por ello—. La comandante mató a mis padres. Tiene una pared llena de carteles con cada rebelde que ha atrapado. Mis padres estaban allí... Sus caras...

Sana abre los ojos como platos e incluso Keenan parece que se marea un poco y deja su indiferencia de lado durante un breve instante. Me pregunto por qué se lo cuento a Mazen. Tal vez porque una parte de mí se pregunta si sabía que la comandante mató a mis padres... Si lo sabía y, aun así, me envió a Risco Negro.

—No lo sabía —me dice Mazen, respondiendo a la pregunta que no le he formulado—. Pero con más razón esta misión tiene que ser un éxito.

—Quiero conseguirlo más que nadie, pero no puedo colarme en su despacho. Nunca tiene visitas, así que no puedo escuchar a hurtadillas...

Mazen levanta una mano para hacerme callar.

—¿Qué es lo que sabes exactamente?

Durante un frenético momento sopeso mentirle. He leído cientos de historias sobre héroes que se enfrentan a pruebas. ¿Qué daño puede hacer que me invente una y la haga pasar por verdadera? Pero no consigo hacerlo. No cuando la Resistencia está confiando en mí.

—Yo... Nada. —Me quedo mirando al suelo, avergonzada de la incredulidad que tiñe la cara de Mazen. Busco la carta en el bolsillo, pero no la saco. *Demasiado arriesgado. Tal vez te dé otra oportunidad, Laia. Tal vez lo puedas intentar de nuevo.*

—¿Y qué has estado haciendo todo este tiempo?

—Por el aspecto que tiene, sobrevivir —dice Keenan. Sus ojos oscuros se encuentran con los míos, y no sé decir si me está defendiendo o insultando.

—Le fui leal a la Leona —asegura Mazen—. Pero no puedo malgastar el tiempo ayudando a alguien que no me ayuda.

—Mazen, por todos los cielos —interviene Sana horrorizada—. Mira a la pobre...

—Sí. —Mazen contempla los moratones de mi cuello—. Obsérvala. Está hecha un desastre. La misión es demasiado difícil para ella. Cometí un error, Laia, pensé que te arriesgarías. Pensé que te parecerías un poco más a tu madre.

El insulto me cala más rápido que un bofetón de la comandante. Por supuesto que tiene razón, no soy para nada como mi madre. Para empezar, ella jamás se habría encontrado en esta tesitura.

—Veremos cómo sacarte de allí. —Mazen se encoge de hombros y se pone en pie—. Hemos acabado.

—Espera... —Mazen no me puede abandonar ahora. Darin está perdido si lo hace, así que saco la carta de la comandante a regañadientes—. Tengo esto. Es de la comandante para el Emperador, pensé que querrías echarle un vistazo.

—¿Por qué no lo has dicho desde un principio? —Agarra el sobre, y le quiero decir que vaya con cuidado, pero Sana se me adelanta y Mazen le lanza una mirada breve y enojada antes de levantar el lacre.

Unos segundos después, se me vuelve a caer el alma a los pies. Mazen lanza la carta sobre la mesa.

—No sirve para nada —me dice—. Mira.

Su Majestad Imperial,
me encargaré de los preparativos.
Su fiel servidora,
la comandante Keris Veturia.

—Dadme una segunda oportunidad —le pido cuando Mazen niega con la cabeza con indignación—. Darin no tiene a nadie más. Fuiste buen amigo de mis padres, piensa en ellos... Por favor. No les gustaría ver que su único hijo muriera porque te negaste a ayudar.

—Estoy intentando ayudar. —Mazen es implacable, y hay algo en la postura de sus hombros y en su mirada férrea que me recuerda a mi madre. Ahora entiendo por qué es el líder de la Resistencia—. Pero tienes que ayudarme. Esta misión de rescate no solo costará la vida de personas. Pondremos a la Resistencia en el punto de mira. Si capturan a nuestros combatientes, nos arriesgamos a que proporcionen información en los interrogatorios. Lo arriesgo todo por ayudarte, Laia. —Se cruza de brazos—. Haz que me valga la pena.

—Lo haré, prometo que lo haré. Solo una oportunidad más.

Me mira fríamente durante un rato antes de mirar a Sana, que asiente, y a Keenan, que se encoge de hombros, un gesto que podría significar muchas cosas.

—Una oportunidad —añade Mazen—. Falla una vez más y se acabó. Keenan, acompáñala fuera.

XVI: Elias

SIETE DÍAS ANTES

Los Grandes Páramos. Ahí es donde me han dejado los augures, en esta explanada blanca de sal que se extiende durante kilómetros, despojada de todo aparte de grietas negras y algún ocasional árbol de yaca nudoso.

La silueta pálida de la luna se posa encima de mí como algo olvidado. Está creciente, como ayer, lo que significa que los augures han logrado de algún modo desplazarme a trescientas millas de Serra en una sola noche. Ayer a esta misma hora estaba en el carruaje del abuelo, de camino a Risco Negro.

Mi daga está envuelta en un trozo de pergamino y colocada encima del suelo quemado al lado del árbol. Me ajusto el arma en el cinturón; en este lugar, puede suponer la diferencia entre la vida y la muerte. El pergamino tiene escritas unas letras cuya caligrafía no reconozco.

La Prueba del Coraje:
El campanario. Puesta de sol del séptimo día.

Es lo bastante claro. Si hoy cuenta como el primer día, me quedan seis días enteros para alcanzar el campanario, o los augures me matarán por haber fallado la prueba.

El aire es tan seco que al respirar me arden las fosas nasales. Me humedezco los labios, que ya están secos, y me encorvo bajo la ridícula sombra que proyecta el árbol de yaca para sopesar mis opciones.

La pestilencia que impregna el aire me dice que la brillante masa azul que veo al oeste es el lago Vitan. Su hedor a azufre es legendario, y es la única fuente de agua que hay en esta tierra yerma. Su agua es también pura sal y no me sirve para nada. En cualquier caso, el camino que debo tomar está hacia el este, a través de la cordillera serrana.

Dos días para alcanzar las montañas. Dos más para llegar a la Grieta del Caminante, el único paso posible. Un día más para pasar por la Grieta y otro para bajar hasta Serra. Seis días enteros, si todo va según mis planes.

Demasiado fácil.

Vuelvo a pensar en la profecía que leí en el despacho de la comandante. *Coraje para confrontar los miedos más profundos.* Habrá personas a las que les dé pavor el desierto, pero ese no es mi caso.

Y eso significa que aquí debe de haber algo más, algo que todavía no se ha mostrado.

Arranco tiras de tela de mi camisa para envolverme los pies. Solo llevo puesto lo que tenía cuando me fui a dormir: mi uniforme y mi daga. De pronto, agradezco enormemente haber estado demasiado cansado del entrenamiento de combate como para quitarme la ropa antes de caer en la cama. Viajar por los Grandes Páramos desnudo..., eso sería un infierno de lo más particular.

Pronto el sol se pone en el oeste, y me levanto mientras el aire se empieza a enfriar muy deprisa. Hora de correr. Salgo al trote suave con los ojos mirando hacia el frente. Después de recorrer un kilómetro y medio, me llega una brisa, y durante unos segundos creo que huelo a humo y a muerte. El olor se desvanece, pero me deja intranquilo.

¿A qué tengo miedo? Busco por todos los rincones de mi cerebro, pero no me viene nada a la mente. La mayoría de los estudiantes de Risco Negro tienen miedo a algo, pero nunca les dura demasiado. Cuando éramos novatos, la comandante le ordenó a Helene que bajara por los riscos una y otra vez hasta que fue capaz de descender con la mandíbula apretada como única muestra de terror. Ese mismo año, la comandante obligó a Faris a tener como mascota a una tarántula del desierto devoradora de pájaros y le dijo que, si la araña moría, él también.

Debe de haber algo que me dé miedo. ¿Los espacios cerrados? ¿La oscuridad? Si no conozco mis miedos, no estaré preparado para confrontarlos.

La medianoche llega y pasa, el desierto a mi alrededor sigue en silencio y vacío. He viajado casi treinta kilómetros y tengo el cuello seco como la tierra. Lamo el sudor de mis brazos, a sabiendas de que necesitaré la sal tanto como el agua. La humedad ayuda, pero solo por un instante. Me obligo a centrarme en el dolor que siento en los pies y en las piernas. El dolor lo puedo soportar, pero la sed puede enloquecer a cualquiera.

Poco después, llego a la cima de una colina y más adelante veo algo extraño: resplandores de luz, como si la luz de la luna se estuviera reflejando en un lago, solo que no hay ningún lago por aquí. Con la daga en la mano, bajo el ritmo hasta que comienzo a caminar.

Y entonces la oigo: es una voz.

Empieza muy levemente, como un susurro que podría confundir con el rumor del viento, un rasguño que suena como el eco que hacen mis pasos por esta tierra agrietada. Pero la voz se acerca y se torna más clara.

Eliassss.

Eliassss.

Un monte bajo se erige delante de mí, y, cuando llego a la cima, la brisa de la noche se corta y me llegan los inconfundibles olores de la guerra: sangre, mierda y podredumbre. A mis pies se extiende un campo de batalla; un campo de exterminio, mejor dicho, pues aquí no hay batalla alguna. Todos están muertos. La luz de la luna resplandece en cada armadura de los hombres que han caído. Esto es lo que he visto antes desde la colina.

Es un campo de batalla extraño, el primero que encuentro así. Nadie gime ni suplica ayuda. Los soldados bárbaros de las tierras fronterizas están al lado de los soldados marciales. Localizo lo que parece ser un comerciante tribal y, a su lado, cuerpos más pequeños; su familia. ¿Qué es este lugar? ¿Por qué pelearía un hombre tribal contra marciales y bárbaros en medio de la nada?

—Elias.

Me llevo un susto tremendo cuando oigo que pronuncian mi nombre en este silencio, y la daga se encuentra con el cuello de la persona que ha hablado antes de que pueda pensarlo. Es un chico bárbaro, de no más de trece años. Tiene la cara pintada de azul añil y el cuerpo decorado con los tatuajes oscuros geométricos que llevan los suyos. Incluso bajo la tenue luz de la luna, sé quién es. Lo reconocería en cualquier lugar.

Es el primero al que maté.

Bajo la vista hasta la enorme herida que tiene en el estómago, una herida que le hice yo hace nueve años, aunque no parece darse cuenta.

Desciendo el brazo y doy un paso atrás. *Imposible.*

El chico está muerto, lo que significa que todo esto —el campo de batalla, el olor, los Grandes Páramos—, todo tiene que ser una pesadilla. Me pellizco el brazo para despertarme, pero el chico ladea la cabeza. Me vuelvo a pellizcar, agarro mi daga y me hago un corte en la mano con ella hasta que gotea la sangre al suelo.

El chico está inmóvil. No me puedo despertar.

Coraje para confrontar los miedos más profundos.

—Mi madre gritó y se tiró de los pelos durante tres días después de mi muerte y no volvió a hablar durante cinco años —me dice el primero al que maté. Habla lentamente, con la voz grave de un adolescente—. Era su único hijo —añade a modo de explicación.

—Lo… lo siento…

El chico se encoge de hombros y se aleja mientras me hace gestos para que lo siga hacia el campo de batalla. No quiero ir, pero me agarra el brazo con su mano gélida y tira de mí con una fuerza sorprendente. Mientras pasamos entre los primeros cuerpos, miro al suelo. Una sensación de malestar me recorre todo el cuerpo.

Reconozco estas caras. He matado a cada una de estas personas.

A medida que las voy dejando atrás, sus voces murmuran secretos en mi cabeza…

Mi mujer estaba embarazada…

Estaba seguro de que te mataría yo antes…

Mi padre juró venganza, pero murió antes de alcanzarla…

Me tapo las orejas con las manos. Pero el chico me ve, y sus dedos fríos y húmedos apartan los míos de la cabeza con una fuerza inexorable.

—Ven —me dice—. Todavía hay más.

Niego con la cabeza. Sé exactamente el número de personas a las que he matado, cuándo murieron, cómo, dónde. Hay muchos más de veinticuatro hombres en este campo de batalla. No puedo haberlos matado a todos.

Pero seguimos andando y ahora hay caras que no conozco. Y en cierto modo es un alivio, porque estas caras deben de ser los pecados de otro, la oscuridad de otra persona.

—Tus muertes. —El chico me interrumpe los pensamientos—. Son todas tuyas. El pasado. El futuro. Está todo aquí, todas las personas a las que has matado y matarás.

Me sudan las manos, y me siento mareado.

—Yo… yo no…

Hay quintales de personas en este campo de batalla, más de quinientas. ¿Cómo puedo ser responsable de las muertes de tantas? Miro hacia abajo. Hay un máscara larguirucho y rubio a mi izquierda, y se me encoge el estómago porque a este máscara lo reconozco. Es Demetrius.

—No. —Me agacho para agitarlo—. Demetrius, despierta, levántate.

—No puede oírte —me dice mi primera muerte—, se ha ido.

Al lado de Demetrius yace Leander, cuya sangre empapa su halo de pelo rizado y baja por su nariz rota hasta el mentón. Y unos cuantos metros más lejos, Ennis, otro miembro del pelotón de batalla de Helene. Un poco más adelante, vislumbro una melena de pelo blanco y un cuerpo poderoso. ¿Abuelo?

—No, no. —No hay otra palabra para lo que ven mis ojos, porque algo tan terrible no se puede concebir. Me inclino hacia otro cuerpo, la chica esclava de los ojos dorados a la que acabo de conocer. Una línea roja le atraviesa el cuello. Su pelo es un desastre, se desparrama por todos lados. Tiene los ojos abiertos, y su dorado brillante se ha tornado del color de un sol muerto. Pienso en su aroma embriagador, como de fruta, azúcar y calidez. Me giro hacia mi primera muerte.

—Estos son mis amigos, mi familia. Gente a la que conozco... Jamás les haría daño.

—Tus muertes —insiste el chico, y el terror que siento dentro crece ante su tono seguro. ¿En esto me convertiré? ¿En un asesino de masas?

Despierta, Elias. Despierta. Pero no me puedo despertar porque no estoy dormido. Los augures han devuelto a la vida de una manera que desconozco a mi pesadilla y me la han expuesto justo delante.

—¿Cómo puedo detenerlo? Tengo que detenerlo.

—Ya está hecho —me responde el chico—. Este es tu destino... Está escrito.

—No —le digo, y lo empujo para seguir adelante. Este campo de batalla no se puede extender infinitamente. Lo dejaré atrás, seguiré por el desierto y saldré de aquí.

Pero cuando llego al límite de la carnicería, el suelo tiembla y el campo de batalla se vuelve a extender por delante de mí otra vez por completo. Más allá, el paisaje ha cambiado... Todavía me estoy desplazando hacia el este por el desierto.

—Puedes seguir caminando. —El susurro incorpóreo de mi primera muerte me acaricia el oído, y pego un salto—. Puedes llegar hasta las montañas, pero hasta que no superes tus miedos, los muertos permanecerán a tu lado.

Es una ilusión, Elias. Es brujería de augur. Sigue caminando hasta que encuentres una salida.

Me obligo a dirigirme hacia la sombra de la cordillera serrana, pero cada vez que alcanzo el final del campo de batalla, siento el temblor y veo cómo los cuerpos se vuelven a extender ante mis ojos. Cada vez que ocurre, se me hace más difícil ignorar la masacre que hay a mis pies. Aminoro el paso, y me esfuerzo por no tropezar. Paso por delante de las mismas personas una y otra vez, hasta que sus caras se graban en mi memoria.

El cielo empieza a clarear, y rompe el alba. *Segundo día,* pienso. *Ve hacia al este, Elias.*

El campo de batalla se calienta y desprende un olor nauseabundo, y ríos de moscas y carroñeros bajan hacia el lugar. Les grito y los ataco con mi daga, pero no puedo ahuyentarlos. Quiero morir de sed o de hambre, pero no siento ninguna de las dos en este lugar. Llego a contar hasta 539 cuerpos.

No mataré a tantos, me digo. *No lo haré.* Una voz traicionera en mi mente se ríe cuando intento convencerme de eso. *Eres un máscara,* continúa la voz. *Por supuesto que los matarás a todos. Matarás incluso a más.* Huyo de ese pensamiento deseando con toda mi mente liberarme del campo de batalla. Pero no puedo.

El cielo oscurece, la luna se eleva y no puedo huir. Se vuelve a hacer de día. *Ya es el tercer día.* El pensamiento aparece en mi mente, pero apenas sé lo que significa. Se suponía que a estas alturas tenía que estar haciendo algo. Estar en algún lugar.

Miro a mi derecha, a las montañas. *Allí. Se supone que tengo que dirigirme hacia allí.* Me obligo a girar el cuerpo.

A veces les hablo a aquellos a los que he matado. En mi cabeza, oigo cómo me responden con un susurro; no con acusaciones, sino con esperanzas y deseos. Preferiría que me maldijeran. Lo peor de todo es oír lo que podrían haber sido si yo no los hubiera matado.

Al este, Elias, ve al este. Es el único pensamiento lógico que consigo urdir. Pero a veces, perdido dentro del horror de mi futuro, me olvido de dirigirme hacia el este. En vez de eso, deambulo entre un cuerpo y otro, y les suplico a los que he matado que me perdonen.

Oscuridad. Día. *El cuarto día.* Y, poco después, el quinto. Pero ¿por qué estoy contando los días? Los días no tienen importancia. Estoy en el infierno. Un infierno que me he construido a mí mismo porque soy malvado, tan malvado como mi madre, como cualquier máscara que se pasa toda la vida deleitándose con la sangre y las lágrimas de sus víctimas.

Hacia las montañas, Elias, me susurra una voz débil en la mente, la última pizca de cordura que me queda. *Hacia las montañas.*

Me sangran los pies, y el viento me cuartea la cara. El cielo está encima de mí y el suelo, debajo. En la cabeza me revolotean recuerdos antiguos: Mamie Rila me enseña a escribir mi nombre tribal, el dolor del azote de un centurión abriéndome la espalda por primera vez, estar sentado con Helene en las tierras salvajes del norte y observar unas cintas de luz imposibles en el cielo.

Tropiezo con uno de los cuerpos y caigo al suelo. El impacto hace que me despeje un poco.

Montañas. Este. Pruebas. Estás en una prueba.

Pensar en esas palabras es como salir de unas arenas movedizas. Estoy en una prueba y tengo que superarla. La mayoría de las personas del campo de batalla todavía no están muertas, las acabo de ver. Esto es un examen de mi fortaleza y mi fuerza, lo que significa que tiene que haber algo en concreto que debo hacer para poder salir de aquí.

Hasta que no superes tus miedos, los muertos permanecerán a tu lado.

Oigo un ruido. El primero que he oído en días, parece. Ahí, brillando como un espejismo en la linde del campo de batalla, hay una figura. ¿Vuelve a ser mi primera muerte? Me tambaleo hacia ella, pero me caigo de rodillas cuando solo me quedan unos cuantos metros para llegar. Porque no es mi primera muerte. Es Helene. Está cubierta de sangre y cortes, su pelo plateado está enmarañado, y me mira con ojos inexpresivos.

—No —digo con voz ronca—. Helene, no. Helene, no. Helene, no.

Repito estas dos palabras como un demente que no recuerda nada más. El fantasma de Helene se acerca.

—Elias. —Cielos, su voz. Poseída y rota. *Demasiado real*—. Elias, soy yo. Soy Helene.

¿Helene, en el campo de batalla de mis pesadillas? ¿Helene, otra de mis víctimas?

No. No mataré a mi mejor y más antigua amiga. Es un hecho, no un deseo. No la mataré.

Me doy cuenta en ese momento de que no puedo tener miedo de algo si no hay ninguna opción de que vaya a ocurrir. Percatarme de ello me libera, finalmente, del terror que me ha estado consumiendo durante días.

—No te mataré —le digo—, te lo juro. Por mi sangre y mis huesos, te lo juro. Y no mataré a ninguno de los otros tampoco. No lo haré.

El campo de batalla se desvanece, el hedor desaparece y los muertos se van, como si no hubieran sido reales. Como si solo estuvieran en mi mente. Delante de mí, al alcance de mi mano, están las montañas hacia las que me he estado dirigiendo a bandazos los últimos cinco días. Los caminos que las cruzan se curvan y se precipitan como si fuesen letras tribales.

—¿Elias?

El fantasma de Helene todavía sigue aquí.

Durante unos instantes, no lo comprendo. Me busca la cara con la mano, y me encojo ante el tacto que espero que sea frío como la caricia de un espíritu.

Pero su piel es cálida.

—¿Helene?

Entonces tira de mí hacia ella, con mi cara en su pecho y susurrándome que estoy vivo, que ella está viva, que los dos estamos bien y que me ha encontrado. Le rodeo la cintura con los brazos y escondo la cara en su estómago, y por primera vez en nueve años me pongo a llorar.

* * *

—Nos quedan solo dos días para volver. —Estas son las primeras palabras que me dirige Hel desde que me llevó a rastras desde el pie de la montaña hasta dentro de una cueva.

No respondo. Todavía no estoy preparado para hablar. Hay un zorro asándose en un fuego y la boca se me hace agua con el olor. La noche ha caído y fuera de la cueva retumba un trueno. Unas nubes negras se arremolinan desde los Grandes Páramos, el cielo se rasga y la lluvia cae como cascadas a través de las grietas que forman los relámpagos.

—Te vi hacia el mediodía —me cuenta mientras añade unas cuantas ramas al fuego—. Pero tardé un par de horas en bajar la montaña para ir a buscarte. Al principio pensé que eras un animal, pero entonces vi el sol reflejado en tu máscara. —Se queda mirando la cortina de agua—. Tenías mal aspecto.

—¿Cómo sabías que no era Marcus? —digo con voz rasgada. Tengo la garganta seca, y tomo otro sorbo de agua de la cantimplora de junco que ha fabricado—. ¿O Zak?

—Puedo distinguir entre un par de reptiles y tú. Además, Marcus le tiene miedo al agua, así que los augures no lo dejarían en un desierto, y Zak odia los espacios cerrados, así que seguramente esté en algún lugar bajo tierra. Toma, come.

Como lentamente mientras observo a Helene. Su pelo sedoso está apelmazado y su brillo plateado se ha oscurecido. Está cubierta de arañazos y de sangre seca.

—¿Qué has visto, Elias? Te dirigías a las montañas, pero no dejabas de caerte, arañando al aire. Hablabas de... de matarme.

Niego con la cabeza. La prueba todavía no ha acabado, y tengo que olvidar lo que he visto si quiero sobrevivir a lo que queda.

—¿Dónde te dejaron a ti? —le pregunto.

Se envuelve el cuerpo con los brazos, se encorva y apenas puedo verle los ojos.

—En el noroeste. En las montañas. En el nido de un buitre espiral.

Bajo la comida. Los buitres espirales son unos pájaros gigantescos con unas garras que miden un palmo y alas que, desplegadas, llegan a los veinte pies. Sus huevos son del tamaño de la cabeza de un hombre y sus polluelos son conocidos por su sed de sangre. Pero lo peor para Helene es que los buitres hacen sus nidos por encima de las nubes, en la cima de los picos más inexpugnables.

No tiene que explicarme el porqué de su voz quebrada. Solía temblar durante horas cuando la comandante la obligaba a escalar los riscos. Los augures lo sabían, por supuesto. Lo han sacado de su mente de la misma manera que un ladrón se lleva una ciruela del árbol.

—¿Cómo has bajado?

—He tenido suerte. La madre buitre no estaba y los polluelos apenas empezaban a salir del cascarón. Pero incluso así ya suponen un peligro.

Se levanta la camisa y me muestra la piel firme y pálida de su estómago, donde tiene una serie de cicatrices.

—Salté por el borde del nido y aterricé en un saliente a unos diez pies. No me di..., no me di cuenta de la altura a la que estaba. Pero eso no fue lo peor. No paraba de ver...

Se detiene, y me percato de que los augures la deben de haber obligado a enfrentarse a alguna alucinación infame, algo parecido a mi campo de batalla de pesadilla. ¿Qué tipo de oscuridad habrá tenido que soportar, a mil pies de altura, con nada más que un palmo de roca entre ella y la muerte?

—Los augures están enfermos —le digo—, no me puedo creer que...

—Hacen lo que tienen que hacer, Elias. Nos obligan a que nos enfrentemos a nuestros miedos. Tienen que encontrar al más fuerte, ¿recuerdas? Al más valiente. Debemos confiar en ellos.

Cierra los ojos mientras tiembla. Avanzo por el espacio que nos separa y coloco las manos encima de sus brazos para tranquilizarla. Cuando abre las pestañas, me doy cuenta de que puedo sentir el calor de su cuerpo, nuestras caras están a unos pocos centímetros. Tiene unos labios preciosos, me fijo sin pensarlo, el de arriba más carnoso que el de abajo. La miro a los ojos durante un instante infinito e íntimo. Se inclina hacia mí con los labios entreabiertos. Un impulso violento de deseo tira de mí, seguido de una campana de alarma frenética. *Mala idea. Pésima idea. Es tu mejor amiga. Detente.*

Bajo los brazos y me echo hacia atrás rápidamente intentando ignorar el rubor que le sube por el cuello. Helene me lanza una mirada brillante, de ira o de vergüenza, no lo sé.

—Sea como fuere —continúa—, anoche bajé y decidí que tomaría el sendero del borde hacia la Grieta del Caminante, es el camino de vuelta más rápido. Hay un poste de guardia al otro lado. Podemos subir a un bote para cruzar el río y conseguir provisiones, por lo menos ropa y botas. —Hace un gesto hacia mi uniforme raído y manchado de sangre—. No es que me queje. —Levanta la vista y tiene una pregunta en los ojos—. Te han dejado en los Grandes Páramos, pero... —*Pero no le temes al desierto. Creciste allí.*

—No sirve de nada pensar en eso —respondo.

A continuación, nos quedamos en silencio, y cuando el fuego se apaga, Helene me dice que se va a retirar, pero sé que, aunque se echa en una cama hecha con hojas, no se podrá dormir. Todavía está aferrada a la ladera de la montaña, del mismo modo que yo sigo vagabundeando, perdido en mi campo de batalla.

* * *

A la mañana siguiente, Helene y yo estamos somnolientos y exhaustos, pero partimos mucho antes del alba. Tenemos que llegar a la Grieta del Caminante hoy si queremos volver a Risco Negro antes de la puesta de sol de mañana.

No hablamos…, no nos hace falta. Viajar con Helene es como ponerme mi camisa favorita. Pasamos juntos todo nuestro tiempo como quintos y volvemos al mismo patrón que teníamos en esos días: yo en la delantera y Helene en la retaguardia.

La tormenta se dirige hacia el norte y nos lega un cielo azul y una tierra limpia y brillante. Pero esa belleza fresca esconde árboles caídos, caminos borrados por el agua y laderas traicioneras llenas de barro y escombros. Hay una tensión palpable en el ambiente e, igual que antes, tengo la sensación de que hay algo que nos está esperando. Algo desconocido.

Helene y yo no paramos a descansar. Nuestros ojos están atentos por si aparecen osos, linces o cazadores salvajes, cualquier criatura cuya casa sea estas montañas.

Por la tarde, subimos la cuesta que lleva hacia la Grieta, un río de veinticinco kilómetros de largo entre las cumbres salpicadas de azul de la cordillera de Serra. El desfiladero parece casi amable, alfombrado de árboles, colinas ondulantes y el estallido dorado ocasional de una pradera florida. Helene y yo intercambiamos una mirada. Los dos podemos sentirlo: lo que sea que esté por venir ocurrirá pronto.

A medida que nos adentramos en el bosque, la sensación de peligro aumenta, y capto un movimiento furtivo por el rabillo del ojo. Helene me mira, ella también lo ha visto.

Cambiamos nuestra ruta con frecuencia y evitamos los caminos, lo que ralentiza nuestro avance pero dificulta que nos puedan tender una emboscada. Cuando se acerca el crepúsculo, todavía no hemos salido del desfiladero y nos vemos obligados a retomar el camino para seguir avanzando bajo la luz de la luna.

El sol acaba de ponerse cuando el bosque se queda en silencio. Le grito a Helene una advertencia y apenas tengo tiempo de sacar mi cuchillo antes de que una forma oscura se precipite desde los árboles.

No sé qué esperar. ¿Un ejército formado por los que he matado, que buscan venganza? ¿Una criatura de pesadilla conjurada por los augures?

Algo que me hiele hasta la médula. Algo para poner a prueba mi coraje.

No me esperaba la máscara. No me esperaba la mirada fría de Zak.

Detrás de mí, Helene grita, y oigo el sonido sordo de dos cuerpos que golpean el suelo. Me giro y veo cómo Marcus la ataca. Tiene la cara paralizada de terror cuando ve que es él, y no hace ademán de defenderse mientras le sujeta las manos y se ríe como cuando la besó.

—¡Helene! —Cuando oye mi grito, sale de su estupor y ataca a Marcus para zafarse de él.

Entonces Zak se abalanza sobre mí y me asesta golpes una y otra vez en la cabeza y el cuello. Pelea precipitadamente y casi histérico, y eso me permite esquivar su acometida. Lo rodeo y me pongo tras él mientras trazo un arco con mi daga. Da una vuelta hacia atrás para esquivar el ataque y me embiste enseñando los dientes como un perro. Me agacho por debajo de su brazo y hundo la daga en su costado. Se derrama sangre caliente por mi mano, saco la daga de un tirón y Zak gruñe y se tambalea hacia atrás. Con la mano en el costado, trastabilla hacia los árboles mientras llama a su hermano.

Marcus, como la serpiente que es, se adentra rápidamente en el bosque detrás de Zak. La sangre le brilla en el muslo, lo cual me produce una gran satisfacción. Hel lo ha marcado, así que les doy caza, el fulgor de la batalla crece dentro de mí y no puedo ver nada más. A la distancia, Helene me llama. Por delante, la sombra de la serpiente se junta con la de Zak, y los dos avanzan a toda velocidad, sin saber que estoy muy cerca.

—¡Por diez infiernos ardientes, Zak! —dice Marcus—. La comandante nos dijo que los aniquiláramos antes de que salieran del desfiladero, y tú vas y huyes corriendo hacia el bosque como una niña asustada…

—Me ha apuñalado, ¿vale? —responde Zak sin aliento—. Y no nos dijo que tendríamos que vérnoslas con los dos a la vez, ¿verdad?

—¡Elias!

Apenas oigo la voz de Helene. La conversación de Marcus y Zak me deja boquiabierto. No es ninguna sorpresa que mi madre esté a favor de la serpiente y el sapo. Lo que no entiendo es cómo sabían que Hel y yo pasaríamos por el desfiladero.

—Tenemos que acabar con ellos. —La sombra de Marcus se gira, y levanto la daga. Entonces Zak lo agarra.

—Tenemos que salir de aquí —dice— o no volveremos a tiempo. Déjalos. Vamos.

Una parte de mí quiere dar caza a Marcus y a Zak para arrancarles a golpes las respuestas a mis preguntas. Pero entonces Helene vuelve a gritar con voz débil. Puede que esté herida.

Cuando regreso al claro, Hel está tirada en el suelo con la cabeza de lado. Tiene un brazo tendido inerte, mientras que se presiona el hombro con el otro, intentando contener la hemorragia que derrama sangre lentamente.

Me planto a su lado en dos zancadas y me arranco lo que queda de mi camisa para hacer un parche y presionarlo contra la herida. Sacude la cabeza y grita mientras la enredada melena rubia le azota la espalda y suelta un agudo gemido animal.

—No pasa nada, Hel —le digo. Me tiemblan las manos y una voz en mi cabeza me grita que sí que pasa, que mi mejor amiga se va a morir. Sigo hablando—: Te pondrás bien. Ahora mismo te curo. —Agarro la cantimplora. Tengo que limpiar la herida y vendarla—. Háblame. Dime qué ha ocurrido.

—Me ha tomado por sorpresa y no me podía mover. Lo... lo vi en la montaña. Él estaba... Él y yo... —Se estremece, y entonces lo entiendo. En el desierto, yo vi imágenes de guerra y muerte. Helene vio a Marcus—. Sus manos... por todos lados. —Aprieta fuerte los ojos y recoge las piernas para protegerse.

Lo mataré, pienso calmadamente, tomando la decisión con la misma facilidad con la que esta mañana he escogido mis botas. *Si ella muere..., él también.*

—No podemos dejarles ganar. Si ganan... —Las palabras se derraman por sus labios—. Pelea, Elias. Tienes que pelear. Tienes que ganar.

Le abro la camisa con un corte de mi daga y me impresiona un instante la delicadeza de su piel. Ha oscurecido y apenas veo la herida, pero puedo notar la calidez de la sangre, que me moja la mano.

Helene me agarra el brazo con la mano buena mientras yo vierto agua sobre la herida. La vendo con lo que queda de mi camisa y algunas tiras de tela de su uniforme. Después de unos instantes, su mano se afloja; se ha desmayado.

El cuerpo me duele del cansancio, pero empiezo a cortar enredaderas de los árboles para fabricar una mochila. Hel no puede andar, así que voy a tener que cargarla hasta Risco Negro. Mientras trabajo, mi mente da vueltas. Los Farrar nos han tendido una emboscada siguiendo las órdenes de la comandante. Ahora entiendo por qué no podía esconder su satisfacción antes de que empezaran las pruebas. Estaba planeando este ataque, pero ¿cómo sabía dónde íbamos a estar?

Supongo que no hace falta ser un genio. Si sabía que los augures me iban a dejar en los Grandes Páramos y a Helene en el territorio de los buitres, también sabría que el único camino que teníamos para volver a Serra era cruzando el desfiladero. Pero si se lo dijo a Marcus y a Zak, entonces significa que han hecho trampas y nos han saboteado, algo que los augures prohibieron tácitamente.

Los augures deben de saber lo que ha ocurrido. ¿Por qué no han hecho nada al respecto?

Cuando termino de fabricar la mochila, cargo con cuidado a Helene. Tiene la piel blanca como la nieve y tiembla de frío. Pesa poco. Demasiado poco.

Una vez más, los augures han abusado de otro miedo que no esperaba, uno que no sabía que tenía. Hel se está muriendo. No sabía lo aterrador que sería porque su vida nunca ha estado tan al límite.

Las dudas me abruman; no voy a llegar a Risco Negro antes de la puesta de sol, el médico no podrá salvarla y morirá antes de que llegue a la escuela. *Basta, Elias. Muévete.*

Después de años de marchas forzosas con la comandante a través del desierto, cargar con Helene no es un problema. Aunque sea noche cerrada, me muevo con agilidad. Todavía tengo que bajar de las montañas, conseguir un bote de la casa de guardia del río y remar hasta Serra. Ya he perdido horas fabricando la mochila y Marcus y Zak me habrán tomado mucha ventaja. Incluso si no me detengo desde aquí hasta Serra estaré en apuros para llegar al campanario antes de la puesta de sol.

El cielo empieza a clarear y proyecta las sombras de los picos dentados de las montañas a mi alrededor. El día está bien avanzado cuando por fin salgo del desfiladero. El río Rei se extiende a mis pies, lento y serpenteante como una pitón. Las barcazas y los botes salpican el agua, y justo después de la orilla este se erige la ciudad de Serra con sus murallas pardas que se imponen incluso a kilómetros de distancia.

El humo tiñe el aire. Una columna negra se eleva en el cielo, y aunque desde donde estoy no puedo ver la casa de guardia, sé muy a mi pesar que los Farrar han llegado antes que yo y la han quemado junto con la pequeña dársena anexa para los botes.

Echo a correr por la ladera de la montaña, pero para cuando alcanzo la casa de guardia, no queda nada más que un casco de embarcación maloliente y negro. La dársena anexa es un montón de troncos en llamas y los legionarios encargados del puesto han desaparecido, probablemente por orden de los Farrar.

Desato a Helene de mi espalda. El viaje extenuante por la ladera de la montaña le ha reabierto la herida. Tengo la espalda empapada de su sangre.

—¿Helene? —Me caigo de rodillas y le palmeo la cara suavemente—. ¡Helene! —Ni siquiera mueve los párpados. Se ha perdido en su interior, y la piel alrededor de la herida está roja e hinchada. Se está infectando.

Me quedo mirando fijamente la caseta de guardia, con la esperanza de que aparezca una barca. Cualquiera. Una balsa. Un bote. Un maldito tronco hueco, me da igual. Lo que sea. Pero, por supuesto, no hay nada. El sol se pondrá como mucho dentro de una hora. Si no consigo que crucemos este río, habremos muerto.

Curiosamente, es la voz de mi madre la que oigo en mi cabeza, fría y despiadada. *Nada es imposible.* Es algo que les ha dicho a sus estudiantes cientos de veces; cuando estábamos exhaustos de las batallas de entrenamiento o no habíamos dormido durante días. Siempre nos exigía más. Más de lo que creíamos que teníamos que dar. *O encontráis la manera de completar las tareas que os preparo o morís en el intento. Es vuestra elección,* solía decirnos.

El cansancio es temporal. El dolor es temporal. Pero que Helene se muera porque yo no encuentre una manera de que regresemos a tiempo…, eso será permanente.

Veo una viga de madera humeante que sobresale del agua. Me servirá. Le doy patadas, la empujo y consigo ponerla en el río, donde burbujea amenazadoramente bajo el agua antes de salir a la superficie. Con cuidado, tumbo a Helene encima de la maldita viga y la amarro. Entonces rodeo la madera con un brazo y me dirijo hacia el bote más cercano como si me persiguieran todos los genios del aire y del mar.

Las aguas del río fluyen libres a esta hora, despejadas de las canoas y barcazas que lo atestan por la mañana. Viro hacia un navío que flota en el centro del río con los remos bajados. Los marineros no se dan cuenta de que me acerco y, cuando estoy al lado de la escalera de mano de cuerda que lleva a la cubierta del barco, libero a Hel de la viga. La madera se hunde en el agua casi inmediatamente. Me aferro a la cuerda resbaladiza con una mano y a Helene con la otra, y consigo cargar su cuerpo sobre mi hombro y subir por la escalera hasta la cubierta.

Un marcial con el pelo blanco y la complexión de un soldado, que supongo que es el capitán, está supervisando a un grupo de plebeyos y esclavos académicos mientras apilan cajas de mercancías.

—Soy el aspirante Elias Veturius de Risco Negro. —Procuro mantener la voz tan firme como la madera de la cubierta—. Y estoy al mando de este barco.

El hombre parpadea, intentando asimilar lo que ven sus ojos: dos máscaras, una que está tan cubierta de sangre que parece que la hayan torturado y otro prácticamente desnudo con una barba de una semana, el pelo enmarañado y una mirada salvaje en los ojos.

Pero el mercader claramente habrá pasado el tiempo correspondiente en el ejército marcial, porque tras un breve instante asiente con la cabeza.

—Estoy a su servicio, Lord Veturius.

—Lleva este barco a Serra. Ahora.

El capitán grita instrucciones a sus hombres, con el látigo bien a la vista. En menos de un minuto, el barco está circulando en dirección al muelle de Serra. Le dedico una mirada amenazante al sol que se empieza a poner, con la intención de ralentizarlo. No me queda más de media hora y todavía tengo que abrirme paso por la muchedumbre del puerto y subir hasta Risco Negro.

Tengo poco margen. Demasiado poco.

Helene gime, y la tumbo sobre la cubierta con delicadeza. Está sudando, aunque el aire del río es fresco y tiene la piel de un blanco mortecino. Abre los ojos un momento.

—¿Tan mal aspecto tengo? —me susurra al ver la expresión de mi rostro.

—De hecho, te favorece. Esta pinta de leñadora mugrienta te queda muy bien.

Me dedica una sonrisa dulce y extraña, pero se desvanece rápidamente.

—Elias... No puedes dejar que me muera. Si me muero, entonces tú...

—No hables, Hel. Descansa.

—No puedo morir. El augur dijo... Me dijo que, si vivía, entonces...

—Shhh...

Mueve los ojos y los cierra. Miro hacia el muelle de Serra con impaciencia. Todavía está a un kilómetro y medio de distancia, y abarrotado de marineros, soldados, caballos y carros. Quiero que el barco vaya más rápido, pero los esclavos ya están remando con vigor mientras el capitán los espolea con el látigo en la espalda.

Antes de que el barco atraque, el capitán baja la rampa de desembarco, hace señas a un legionario que está patrullando cerca y le requisa el caballo. Por una vez, estoy agradecido por la severidad de la disciplina marcial.

—Suerte, Lord Veturius —me dice el capitán. Le doy las gracias y cargo a Hel encima del caballo que espera. Se cae hacia adelante, pero no tengo tiempo de recolocarla. Salto encima de la bestia y presiono los talones en los costados con los ojos clavados en el sol que planea justo por encima del horizonte.

La ciudad se torna un borrón mientras paso a toda velocidad y oigo la exaltación de los plebeyos, el mascullar de los auxiliares y el bullicio de los mercantes y sus paradas. Los dejo atrás a toda prisa mientras cruzo la vía principal, a través de la menguante muchedumbre de la Plaza de la Ejecución y hacia arriba por las calles adoquinadas del Distrito Ilustre. El caballo acelera alocadamente y estoy demasiado absorto como para sentirme culpable cuando vuelco el carro de un vendedor. La cabeza de Helene sube y baja como una marioneta.

—Aguanta, Helene —le susurro—. Ya casi estamos.

Entramos en un mercado ilustre y los esclavos se desperdigan a nuestro paso antes de que doblemos una esquina. Risco Negro se yergue ante nosotros tan de pronto que parece que haya brotado de la tierra. Las caras de los guardias del portón se convierten en un borrón cuando pasamos por delante de ellos a galope tendido.

El sol sigue bajando. *Todavía no*, le digo. *Todavía no*.

—Venga. —Hundo los talones con más fuerza—. ¡Más rápido!

Entonces cruzamos el campo de entrenamiento, subimos la colina y entramos en el patio central. El campanario se eleva justo enfrente, a unos pocos metros de distancia. Detengo el caballo y salto.

La comandante espera en la base de la torre con cara rígida, y no sé decir si es por la rabia o por los nervios. A su lado, Cain aguarda con dos augures más, dos mujeres. Me miran con mudo interés, como si fuera un simple entretenimiento secundario del espectáculo de un circo.

Un grito corta el aire. El patio está lleno de centenares de personas que forman en filas: estudiantes, centuriones y familiares, incluyendo los de Helene. Su madre se cae de rodillas con expresión histérica al ver a su hija cubierta de sangre. Las hermanas de Hel, Hannah y Livia, se agachan a su lado, mientras que el *pater* Aquillus se queda con el rostro petrificado.

A su lado, mi abuelo lleva puesto el uniforme de batalla completo. Parece un toro a punto de embestir, y sus ojos grises destellan con orgullo.

Me coloco a Helene en los brazos y la cargo hasta el campanario. Nunca se me había hecho tan largo este patio, ni cuando lo tuve que cruzar corriendo cien veces en pleno verano.

El cuerpo me pesa. Todo cuanto quiero es caerme al suelo y dormir durante una semana. Pero doy esos últimos pasos, dejo a Helene reclinada contra la torre y estiro una mano para tocar la piedra. Un segundo después de que mi piel toque la roca, suenan los tambores que marcan la puesta de sol.

La multitud se vuelve loca. No sé seguro quién empieza a vitorear. ¿Faris? ¿Dex? Tal vez incluso haya sido mi abuelo. La plaza entera se hace eco. Lo deben de estar oyendo incluso en la ciudad.

—¡Veturius! ¡Veturius! ¡Veturius!

—Llamad al médico —le grito a un cadete que tengo cerca y que vitorea junto a los demás. Sus manos se detienen a medio aplauso, y se me queda mirando—. ¡Ahora! ¡Muévete! Helene —le susurro—, aguanta.

Está tan blanca como la cal. Le pongo una mano en la mejilla y hago círculos en su piel con el pulgar. No se mueve. No tiene respiración, y cuando le pongo los dedos sobre el cuello, donde debería haber sentido el pulso, no hay nada.

XVII: Laia

Sana y Mazen desaparecen por unas escaleras interiores y
Keenan me acompaña hasta la salida del sótano. Supongo
que se irá lo antes posible. Sin embargo, me hace señas para
que lo siga hasta un callejón cercano repleto de malas hierbas.
La calle está vacía y solo hay una pandilla de granujas inclina-
dos sobre algún tesoro insignificante que se dispersa cuando
nos acercamos.

Miro por el rabillo del ojo al rebelde pelirrojo y veo que
tiene su atención puesta en mí con una intensidad que me envía un rubor repentino por el pecho.

—Te han estado torturando.

—Estoy bien —respondo. No voy a permitir que piense
que soy débil. Ya estoy en la cuerda floja—. Darin es lo único
que importa. El resto es solo... —Me encojo de hombros. Keenan
ladea la cabeza y pasa el pulgar por encima de los moratones
que tengo en el cuello y que empiezan a desaparecer. Entonces me agarra de la muñeca y le da la vuelta para revelar las
marcas rabiosas que la comandante me dejó ahí. Sus manos
me acarician lenta y suavemente como la llama de una vela, y
el calor que siento en el pecho se expande por la clavícula
hasta la punta de los dedos. El pulso se me acelera, y le aparto
la mano de una sacudida, perturbada por la reacción de mi
cuerpo.

—¿Todo te lo ha hecho la comandante?

—No hay de qué preocuparse —le digo, más tajante de lo que pretendía. Su mirada se vuelve fría ante la aspereza de mi tono, y lo suavizo—. Puedo hacerlo, ¿de acuerdo? Está en juego la vida de Darin. Tan solo desearía saber... —*Si está cerca. Si está bien. Si le están haciendo daño.*

—Darin todavía está en Serra. Oí al espía que dio la información. —Keenan avanza un poco por la calle—. Pero no está... bien. Ya han empezado.

Un puñetazo en el estómago habría sido más amable. No tengo que preguntar quién ha empezado, porque ya lo sé. *Interrogadores. Máscaras.*

—Mira —continúa Keenan—. No tienes ni idea de espiar. Eso está claro. Te explico lo más básico: cuchichea con las otras esclavas y te sorprenderá lo mucho que aprendes. Mantén las manos ocupadas: cose, frota, haz recados. Cuanto más atareada estés, menos probable será que alguien se cuestione tu presencia en cualquier lugar. Si tienes la oportunidad de conseguir información real, aprovéchala. Pero siempre debes tener un plan de huida. La capa que llevas puesta es buena, te ayuda a camuflarte, pero caminas y actúas como una mujer libre. Si yo me he dado cuenta, otros también podrían. Arrastra los pies, encórvate. Actúa como si estuvieras abatida, rota.

—¿Por qué intentas ayudarme? —le pregunto—. No querías arriesgar a tus hombres para salvar a mi hermano.

De repente, está muy interesado en los ladrillos cubiertos de moho de un edificio cercano.

—Mis padres también están muertos —replica—. Toda mi familia, en realidad. Aunque ya hace mucho de eso.

Me lanza una mirada rápida, casi furiosa y, durante unos segundos, los veo en sus ojos: su familia perdida, fogonazos de pelo rojo y pecas. ¿Tenía hermanos? ¿Hermanas? ¿Era el mayor? ¿El pequeño? Quiero preguntárselo, pero su rostro revela que se ha cerrado en banda.

—Sigo pensando que esta misión es una pésima idea —añade—. Pero eso no significa que no entienda por qué lo haces. Y no significa que quiera que fracases. —Se lleva el puño al corazón y me extiende la mano—. Antes la muerte que la tiranía —murmura.

—Antes la muerte que la tiranía. —Le tomo la mano y noto cada uno de sus músculos.

Nadie me ha tocado en los últimos diez días si no es para hacerme daño. Cómo echo de menos las muestras de afecto; Nan cuando me acariciaba el pelo, Darin cuando me echaba un pulso y hacía ver que había perdido o Pop cuando me apretaba el hombro para desearme buenas noches.

No quiero que Keenan me suelte. Como si lo entendiera, se demora un poco, pero entonces se da la vuelta y me deja sola en una calle desierta, y todavía siento un cosquilleo en la punta de los dedos.

* * *

Después de haber entregado la primera carta en la oficina de mensajería, me dirijo hacia las calles llenas de humo cerca del muelle del río. En Serra los veranos siempre son abrasadores, pero el calor que hace en el Distrito de Armas alcanza una voracidad animal.

El distrito es un enjambre de movimiento y ruido, más bullicioso en un día corriente que la mayoría de los demás mercados en un día de fiesta. Saltan chispas de martillos grandes como mi cabeza, los fuegos de las fraguas prenden con un rojo más intenso que el de mi propia sangre y cortinas de vapor algodonosas provenientes de las espadas que se acaban de enfriar se elevan al cielo cada pocos pasos. Los armeros gritan órdenes mientras los aprendices les van a la zaga a empellones. Y, por encima de todo, el esfuerzo y el empujón de cientos de personas, que vociferan como una flota entera de barcos que chirría en medio de una tormenta.

Nada más entrar al distrito, me detiene un pelotón de legionarios para cuestionar mi presencia aquí. Les muestro la carta que me queda de la comandante y me veo envuelta en una discusión sobre su autenticidad que me lleva diez minutos. Al final, me dejan pasar a regañadientes.

Me maravillo una vez más al pensar que Darin conseguía entrar en el distrito no solo una vez, sino día tras día.

Ya han empezado, ha dicho Keenan. ¿Cuánto podrá aguantar Darin la tortura? Más que yo, eso seguro. Cuando él tenía quince años, se cayó de un árbol mientras intentaba dibujar a unos académicos que trabajaban en un huerto marcial. Llegó a casa con un hueso que se le salía de la muñeca y yo grité y casi me desmayé al verlo. *No pasa nada*, me dijo. *Pop lo curará. Ve a buscarlo y luego tráeme mi cuaderno. Se me ha caído y no quiero que nadie se lo lleve.*

Mi hermano tiene la voluntad de hierro de mi madre. Si alguien puede sobrevivir a un interrogatorio marcial, ese es él.

Mientras camino, noto cómo tiran de mi falda y miro hacia abajo pensando que se me ha quedado atrapada bajo la bota de alguien. Sin embargo, vislumbro una sombra de ojos rasgados que se escurre por entre los adoquines rápidamente. Un cosquilleo me resigue la columna cuando lo veo y oigo una risa cruel. Se me eriza la piel; esa risa iba dirigida a mí. Estoy segura.

Desconcertada, acelero el paso y consigo persuadir a un anciano plebeyo para que me conduzca hasta la forja de Teluman. La localizo justo al salir de la calle principal, marcada con una «T» de hierro ornamentada y clavada en la puerta.

A diferencia de las demás forjas, en esta reina un silencio absoluto. Llamo a la puerta, pero no me responde nadie. ¿Ahora qué? ¿Abro la puerta y me arriesgo a enfadar al armero por haber entrado sin permiso o vuelvo con la comandante sin una respuesta, cuando me ha pedido expresamente una?

No es una elección difícil.

La puerta principal da a una antecámara. Un mostrador cubierto de polvo divide la estancia, y detrás hay decenas de cajas de cristal expuestas y otra puerta más estrecha. La forja está en una habitación más grande a mi derecha, fría, vacía y sin el griterío habitual. Hay un martillo apoyado en un yunque, pero las demás herramientas están colgadas ordenadamente en ganchos que sobresalen de la pared. Algo me sorprende de la habitación; me recuerda a otra que he visto, pero no sé dónde.

La luz se filtra débilmente por una hilera de ventanas altas que iluminan el polvo que he levantado al entrar. Este sitio tiene aspecto de abandonado, y noto cómo la frustración crece en mi interior. ¿Cómo se supone que tengo que obtener una respuesta si el armero no está aquí?

La luz del sol arranca destellos de las cajas de cristal, y me llaman la atención las armas que se exponen en el interior. Están elegantemente forjadas, cada una creada con la misma obsesiva atención por los detalles intrincados, desde la empuñadura hasta el grabado de la hoja, pasando por el mango. Intrigada por su belleza, me acerco un poco más. Las espadas me recuerdan a algo, igual que el resto de la tienda. Es algo importante, pero no consigo descubrir el qué.

Y entonces lo entiendo. La mano se me entumece de repente y se me cae la carta de la comandante. Ahora lo sé. Darin dibujó estas armas y esta forja. Dibujó el martillo y el yunque. Me he pasado tanto tiempo intentando encontrar la manera de salvar a mi hermano que casi me había olvidado de los dibujos que lo metieron en apuros. Y aquí tengo el origen, delante de mis ojos.

—¿Algún problema, chica?

Un hombre marcial aparece por la puerta estrecha de atrás, con aspecto más de pirata de río que de armero. Tiene la cabeza afeitada y está lleno de *piercings*; seis en cada oreja, uno en la nariz, en las cejas y en los labios. Y tatuajes de todos los colores: estrellas de ocho puntas, vides de hojas exuberantes, un martillo con el yunque, un pájaro, los ojos de una mujer, escamas... Le recorren los brazos desde las muñecas y se ocultan bajo un jubón de cuero. No debe de llevarme más de quince años. Como la mayoría de los marciales, es alto y musculado, pero desgarbado y sin la tonalidad de piel bronceada que podría esperar de un armero.

¿Es este el hombre al que estaba espiando Darin?

—¿Quién eres? —le pregunto. Estoy tan descolocada que me olvido de que es un marcial.

El hombre arquea las cejas como diciendo: *¿Yo? ¿Quién eres tú, por los diez infiernos?*

—Esta es mi tienda —responde—, soy Spiro Teluman.

Por supuesto que lo es, Laia, idiota. Busco la carta de la comandante con la esperanza de que el armero atribuya el comentario a que no soy más que una rata académica boba. Lee la nota, pero no dice nada.

—Ella... ella exige una respuesta. Señor.

—No estoy interesado. —Levanta la vista—. Dile que no me interesa. —Al poco, regresa a la trastienda.

Me quedo mirando con incertidumbre donde estaba Teluman. ¿Sabe que a mi hermano se lo han llevado a la prisión por haber espiado en su tienda? ¿Habrá visto lo que dibujó Darin? ¿Está su tienda siempre desierta? ¿Es así como Darin consiguió acercarse tanto? Estoy intentando descifrarlo cuando un sentimiento perturbador me sube por el cuello, como el roce avaricioso de los dedos de un fantasma.

—Laia.

Un amasijo de sombras se concentra a los pies de la puerta, negras como una mancha de tinta. Las sombras toman forma, sus ojos centellean y empiezo a sudar. *¿Por qué aquí? ¿Por qué ahora? ¿Cómo es posible que no pueda controlar a las criaturas de mi propia mente? ¿Por qué no puedo hacer que desaparezcan?*

—Laia. —Las sombras se levantan y forman la figura de una persona que toma color, y la voz es tan familiar y real como si mi hermano estuviera enfrente de mí.

—¿Por qué me abandonaste, Laia?

—¿Darin? —Me olvido de que es una alucinación, de que estoy en una forja marcial con un armero de mirada asesina a tan solo unos pasos.

El impostor ladea la cabeza, igual que solía hacerlo Darin.

—Me están haciendo daño, Laia.

No es Darin. Estoy perdiendo la cabeza. No es más que culpa y miedo. La voz cambia, se distorsiona y se sobrepone como si hubiera tres Darin hablando a la vez. La luz en los ojos del Darin falso se apaga tan rápido como el sol en una tormenta, y sus iris se vuelven oscuros como pozos, como si todo su cuerpo se hubiera llenado de sombra.

—No voy a sobrevivir, Laia. Me duele.

* * *

El espectro se precipita para agarrarme del brazo, y me entra un frío que me cala hasta los huesos. Grito antes de que pueda contenerme y, un segundo después, la criatura retira la mano. Siento una presencia detrás de mí y me giro para ver a Spiro Teluman, que blande la cimitarra más bonita que he visto nunca. Me aparta con indiferencia a un lado mientras apunta con la cimitarra al espectro.

Como si pudiera ver a esas criaturas. Como si pudiera sentirlas.

—Largo —dice.

El espectro se hincha y suelta una risita nerviosa, y acto seguido se contrae en un montón de sombra que carcajea. Sus risas se me clavan en los oídos como astillas de hielo.

—Tenemos al chico. Nuestros hermanos roen su alma. Pronto estará loco y maloliente. Entonces nos lo comeremos.

Spiro lanza un tajo descendente. Las sombras gritan, y el sonido es como el de uñas que arañan la madera. Se escurren por debajo de la puerta como un puñado de ratas que huyen de una inundación. Al cabo de unos instantes, desaparecen.

—Tú... tú puedes verlos —afirmo—. Creía que solo estaban en mi cabeza. Pensaba que me estaba volviendo loca.

—Se los conoce como «gules» —responde Teluman.

—Pero... —Diecisiete años de pragmatismo académico se confrontan con la existencia de criaturas que supuestamente no son más que leyendas—. Pero los gules no son reales.

—Son tan reales como tú y como yo. Abandonaron nuestro mundo durante un tiempo, pero han vuelto. No cualquiera puede verlos. Se alimentan de la pena, la tristeza y el hedor a sangre. —Pasa la mirada alrededor de la forja—. Les gusta este sitio.

Sus ojos verde claro me miran con cautela y recelo.

—He cambiado de opinión. Dile a la comandante que pensaré en su petición. Dile que me mande algunas especificaciones y que me las haga llegar a través de ti.

* * *

Cuando salgo de la armería, en mi mente revolotean muchas preguntas. ¿Por qué Darin dibujó la tienda de Teluman? ¿Cómo consiguió entrar? ¿Por qué Teluman es capaz de ver a los gules? ¿Ha visto también al Darin de sombra? ¿Se está muriendo Darin? Si los gules son reales, entonces ¿los genios también lo son?

Cuando regreso a Risco Negro, me esmero con mis tareas decididamente y me dejo la piel puliendo los suelos y frotando los baños para escapar de la tormenta de ideas que tengo en la cabeza.

Cuando llega la última hora de la tarde, la comandante todavía no ha regresado. Me dirijo hacia la cocina oliendo a abrillantador. La cabeza me duele por el eco indescifrable de los tambores de Risco Negro que llevan tocando todo el día.

Izzi se arriesga a mirar en mi dirección mientras dobla una pila de toallas. Cuando le sonrío, me ofrece un intento de levantar los labios. La cocinera pasa un trapo por las superficies para la noche, ignorándome como de costumbre. El consejo de Keenan me vuelve a la mente: cuchichear y mantenerme atareada. Recojo una cesta de remiendos en silencio y me siento a una mesa de trabajo. Mientras miro a la cocinera y a Izzi, me pregunto si serán familia. Ladean la cabeza del mismo modo, las dos son bajitas y de cabello claro. Y hay una camaradería silenciosa entre ellas que me hace echar de menos a Nan.

Al final, la cocinera se retira y el silencio envuelve la cocina. En algún lugar de la ciudad, mi hermano está sufriendo en una prisión marcial. *Tienes que obtener información, Laia. Tienes que darle algo a la Resistencia. Tienes que hacer que Izzi hable.*

—Los legionarios estaban armando un buen alboroto ahí fuera —comento sin levantar la cabeza de los remiendos. Izzi responde con un sonido educado.

»Y los estudiantes también. Me pregunto por qué. —Cuando no me responde, me muevo en la silla, y me mira por encima del hombro.

—Es por las pruebas. —Deja de doblar toallas durante un momento—. Los hermanos Farrar han vuelto esta mañana. Aquilla y Veturius han aparecido por los pelos. Los habrían matado si hubieran llegado a presentarse unos segundos más tarde.

Es el día que me ha hablado más, y debo recordarme no quedármela mirando.

—¿Cómo lo sabes? —le pregunto.

—Toda la escuela habla de eso. —Izzi baja la voz y se acerca un poco—. Incluso los esclavos. No hay mucho más de lo que hablar por aquí, a no ser que te quieras sentar para comparar los moratones.

Me río, y me siento extraña, como si fuera inapropiado, como si hubiera hecho un chiste en un funeral. Pero Izzi sonríe, y entonces no me siento tan mal. Los tambores vuelven a empezar, y, aunque Izzi no detiene su tarea, sé que los está escuchando.

—Entiendes los tambores.

—Normalmente dan órdenes. «Pelotón azul, preséntese para la guardia». «Todos los cadetes, a la armería». Ese tipo de cosas. Ahora mismo están ordenando una batida en los túneles orientales. —Mira hacia la pila perfectamente alineada de toallas. Un mechón de pelo rubio le cae por la cara y la hace parecer especialmente joven—. Cuando lleves aquí el suficiente tiempo, aprenderás a entenderlos.

Mientras asimilo este hecho perturbador, la puerta se abre de golpe, y tanto Izzi como yo damos un salto.

—Esclava. —Es la comandante—. Arriba.

Izzi y yo intercambiamos una mirada, y me sorprendo al ver que el corazón me late demasiado rápido. Un temor creciente me va calando hasta los huesos con cada peldaño que subo de las escaleras, y no sé por qué. La comandante me llama cada día para recoger su ropa para lavar y trenzarle el pelo para la noche. *Hoy no es distinto, Laia.*

Cuando entro en su habitación, me espera de pie junto a su tocador y pasa una daga distraídamente por la llama de una vela.

—¿Me has traído respuesta del armero?

Relato la respuesta de Teluman, y la comandante se gira para observarme con un frío interés. Es lo máximo de expresión que le he visto en el rostro.

—Spiro lleva muchos años sin aceptar un encargo. Le debes de haber gustado. —La manera como lo dice hace que se me ponga la piel de gallina. Prueba la punta de su cuchillo en el dedo índice y luego limpia la gota de sangre que emana—. ¿Por qué la has abierto?

—¿Señora?

—La carta —responde—. La has abierto. ¿Por qué? —Se pone delante de mí. Si me sirviera de algo correr, ya estaría fuera de la puerta. Retuerzo la tela de mi vestido con las manos. La comandante ladea la cabeza, esperando mi respuesta como si tuviera curiosidad de verdad, como si le fuera a decir algo que de algún modo la pudiera satisfacer.

—Ha sido un accidente. Se me ha escurrido la mano y... y he roto el lacre.

—No sabes leer —me dice—, así que no veo por qué te tomarías la molestia de abrirlo a propósito. A no ser que seas una espía que planea proporcionar mis secretos a la Resistencia. —Su boca se tuerce en lo que debería ser una sonrisa si no estuviera tan carente de alegría.

—Yo no... Yo... —¿Cómo ha podido saber lo de la carta? Pienso en el crujido que he oído esta mañana en el pasillo mientras salía de su habitación. ¿Me ha visto mientras la manipulaba? ¿Habrán visto alguna marca en el lacre los oficiales de la oficina? No importa. Me viene a la mente el aviso de Izzi el día que llegué aquí. *La comandante lo ve todo. Sabe cosas que no debería.*

Alguien llama a la puerta, y, después de que la comandante les dé permiso, dos legionarios entran y saludan.

—Retenedla —ordena la comandante.

Los legionarios me agarran y, de repente, la presencia del cuchillo de la comandante se me hace repugnantemente clara.

—No... Por favor, no...

—Silencio. —Pronuncia la palabra suavemente, como si nombrara a un amante. Los soldados me sientan en una silla; sus manos con armadura son como pesadas esposas alrededor de mis brazos, y sus rodillas se posan en mis pies. Sus rostros no tienen ningún tipo de expresión.

—Normalmente, te sacaría un ojo por la insolencia —murmura la comandante—. O te cortaría una mano. Pero no creo que Spiro Teluman sienta tanto interés por ti si estás estropeada. Tienes suerte de que quiera una espada de Teluman, chica. Tienes suerte de que quiera saborearte.

Sus ojos se fijan en mi pecho, concretamente en la fina piel que me cubre el corazón.

—Por favor —le ruego—. Ha sido un error.

Se inclina hacia mí y pone los labios a centímetros de los míos. Esos ojos muertos suyos se encienden durante un instante con una furia aterradora.

—Chica estúpida —me susurra—. ¿Todavía no lo sabes? No tolero los errores.

Me amordaza y entonces noto cómo el cuchillo me arde y me abrasa mientras traza una línea por mi piel. Lo hace lentamente, muy lentamente. El olor a carne quemada me llega a la nariz y me oigo pidiendo clemencia. Al poco, empiezo a llorar y, después, a gritar.

Darin. Darin. Piensa en Darin.

Pero no puedo pensar en mi hermano. Perdida en el dolor, no puedo ni acordarme de su cara.

XVIII: Elias

Helene no está muerta. No puede ser. Ha sobrevivido a la iniciación, a las tierras salvajes, a las escaramuzas fronterizas y a los azotes. Que pueda morir ahora, a manos de alguien tan malvado como Marcus, es del todo impensable. La parte de mí que todavía es un niño, una parte que desconocía que todavía existiera, aúlla de rabia.

La multitud del patio se acerca. Los estudiantes alargan el cuello para intentar ver a Helene. El rostro esculpido en hielo de mi madre desaparece de la vista.

—Despierta, Helene —le grito, ignorando a la muchedumbre que se va acercando—. Vamos.

Se ha ido. No ha podido soportarlo. Durante un eterno segundo, la sostengo, y cuando finalmente me doy cuenta, me quedo atónito. *Está muerta.*

—Quitados de en medio, malditos. —La voz de mi abuelo parece venir de lejos, pero solo un segundo después está a mi lado. Lo miro, sobresaltado. Hace solo unos días, lo vi muerto en el campo de batalla de mis pesadillas. Pero aquí está, vivito y coleando. Apoya una mano en el cuello de Helene.

—Todavía está viva —dice—, pero a duras penas. Abrid camino. —Saca la cimitarra, y la multitud da un paso atrás—. ¡Que traigan al médico! ¡Buscad una litera! ¡Moveos!

—Augur —murmuro antes de atragantarme—. ¿Dónde está el augur?

Como si mis pensamientos lo hubieran invocado, Cain aparece. Empujo a Helene hacia mi abuelo mientras peleo conmigo mismo para no agarrar por el cuello al augur por lo que nos ha hecho pasar.

—Tienes el poder de curar —le espeto entre dientes—. Sálvala mientras aún se pueda.

—Entiendo tu ira, Elias. Sientes dolor, pena... —Oigo sus palabras como si fueran el incesante graznido de un cuervo.

—Vuestras normas... No hacer trampas. —*Cálmate, Elias. No pierdas los niervos. No ahora*—. Pero los Farrar las han quebrantado. Sabían que íbamos a pasar por el desfiladero. Nos han tendido una emboscada.

—Las mentes de los augures están conectadas. Si alguno de nosotros hubiera ayudado a Marcus y a Zak, el resto lo sabría. Vuestras localizaciones se mantuvieron escondidas a todo el mundo.

—¿Incluso a mi madre?

Cain se queda callado durante un momento lleno de significado.

—Incluso a ella.

—¿Le habéis leído la mente? —pregunta mi abuelo detrás de mí—. ¿Estáis completamente seguros de que desconocía el paradero de Elias?

—Leer la mente no es como leer un libro, general. Requiere estudio...

—¿Podéis leerla o no?

—Keris Veturia camina por un sendero oscuro. La oscuridad la oculta, la esconde de nuestra visión.

—Eso es un «no», entonces —dice mi abuelo secamente.

—Si no podéis leerla —continúo—, ¿cómo sabéis que no ha ayudado a Marcus y a Zak a hacer trampas? ¿Los habéis leído?

—No tenemos la necesidad...

—Reconsideradlo. —Mi rabia va en aumento—. Mi mejor amiga se muere porque esos hijos de puta os han engañado.

—Cyrena —le dice Cain a uno de los otros augures—, estabiliza a Aquilla y aísla a los Farrar. Que nadie contacte con ellos. —El augur se gira hacia mí—. Si lo que dices es cierto, entonces se ha alterado la imparcialidad y debemos restaurarla. La curaremos. Pero si no podemos comprobar que Marcus y Zacharias se hayan saltado las normas, entonces nos veremos obligados a dejar que la aspirante Aquilla se enfrente a su destino.

Asiento con la cabeza, pero por dentro le estoy gritando a Cain. *Idiota. Demonio estúpido y repulsivo. Vas a permitir que esos cretinos ganen. Les vas a dejar que se salgan con la suya.*

Mi abuelo, que guarda un silencio poco habitual en él, me acompaña hasta la enfermería. Cuando llegamos a las puertas, estas se abren, y sale la comandante.

—¿Dando algunas advertencias a tus lacayos, Keris? —Mi abuelo se cierne sobre su hija con una mueca de desprecio.

—No sé a qué te refieres.

—Eres una traidora a tu familia, chica —responde el abuelo, el único hombre en todo el Imperio que es lo suficientemente valiente como para referirse a mi madre como «chica»—. No te creas que lo voy a olvidar.

—Escogiste a tu favorito, general. —Mi madre desliza la mirada hacia mí, y puedo ver un breve destello de rabia—. Y yo he escogido al mío.

Nos deja a las puertas de la enfermería. El abuelo se la queda mirando mientras se aleja, y desearía poder saber lo que está pensando. ¿Qué ve cuando la mira? ¿La niña pequeña que una vez fue? ¿El ser sin alma que es ahora? ¿Sabe por qué se ha convertido en esto? ¿Ha visto cómo ocurría?

—No la subestimes, Elias —me advierte—. No está acostumbrada a perder.

XIX: Laia

Cuando abro los ojos, veo el techo bajo de mi habitación. No recuerdo haber perdido el conocimiento. Tal vez he estado inconsciente durante unos minutos, tal vez unas horas. A través de las cortinas que cuelgan en mi puerta puedo ver el cielo, que todavía está decidiendo si es de noche o de día. Me apoyo en los codos y suelto un gemido. El dolor me consume de tal modo que es como si fuera a tenerlo conmigo para siempre.

No miro la herida, no me hace falta. Observé a la comandante mientras me la hacía: una «K» gruesa y precisa que empieza en la clavícula y se extiende por la piel hasta el corazón. Me ha marcado como de su propiedad. Es una cicatriz que tendré hasta que me muera.

Límpiala. Véndala. Regresa al trabajo. No le des otra excusa para que te vuelva a hacer daño.

La cortina se mueve e Izzi se cuela y se sienta a los pies de mi catre, tan pequeña que no necesita agacharse para no golpearse la cabeza.

—Ya casi amanece. —Dirige las manos hacia el parche, pero se detiene y en su lugar se agarra la camisa con los dedos—. Los legionarios te trajeron anoche.

—Es muy fea. —Me odio al decir estas palabras. *Débil, Laia. Eres muy débil.* Mi madre tenía una cicatriz de quince centímetros en la cadera que le hizo un legionario que casi consiguió llevársela consigo. Mi padre tenía marcas de azotes en la espalda, aunque jamás me dijo cómo las obtuvo. Los dos llevaban sus cicatrices con orgullo, una prueba de su habilidad para sobrevivir. *Sé fuerte como ellos, Laia. Sé valiente.*

Pero no soy fuerte. Soy débil, y ya estoy harta de fingir lo contrario.

—Podría ser peor. —Izzi se lleva una mano al parche de la cara—. Este fue mi primer castigo.

—¿Cómo...? ¿Cuándo...? —Cielos, no hay una manera delicada de preguntarlo. Me quedo callada.

—Un mes después de que llegáramos aquí, la cocinera intentó envenenar a la comandante. —Izzi juguetea con el parche—. Yo tenía cinco años, creo. Hace más de diez años ya. La comandante olió el veneno, a los máscaras se los entrena para esas cosas. No le puso la mano encima a la cocinera; simplemente se dirigió a mí con un atizador caliente y la obligó a contemplarlo. Justo el instante antes, me acuerdo de haber pensado en alguien. ¿En mi madre? ¿En mi padre? Alguien que la detuviese. Alguien que me sacara de aquí. Después, lo único que recuerdo es quererme morir.

Cinco años. Por primera vez, me percato de que Izzi lleva siendo esclava casi toda su vida. Lo que yo he tenido que sufrir durante los últimos once días ella lo ha padecido durante años.

—La cocinera me mantuvo con vida. Es buena con los remedios. Quería vendarte anoche, pero..., bueno, no dejaste que ninguna de las dos nos acercáramos a ti.

Recuerdo, entonces, a los legionarios lanzando mi cuerpo inerte en la cocina. Manos amables, voces suaves. Forcejeé contra ellas con todo lo que me quedaba, creyendo que me querían hacer daño.

El silencio que nos envuelve se rompe por el eco de los tambores que marcan el alba. Un momento después, desde el pasillo se oye la voz rasgada de la cocinera, que le pregunta a Izzi si ya estoy despierta.

—La comandante quiere que le lleves arena de las dunas para una friega —me dice Izzi—. Luego quiere que le envíes un documento a Spiro Teluman, pero primero deberías dejar que la cocinera se encargase de ti.

—No —contesto con tono tajante, e Izzi se pone en pie de un salto. Bajo la voz. Tantos años junto a la comandante también a mí me volverían asustadiza—. La comandante debe de querer la friega para el baño de la mañana. No quiero que me castigue por llegar tarde.

Izzi asiente con la cabeza, me ofrece una cesta para que coloque la arena y se va corriendo. Cuando me pongo en pie, se me nubla la visión. Me enrollo una bufanda alrededor del cuello para cubrir la «K» y salgo de mi habitación.

Cada paso produce dolor, cada gramo de peso tira de la herida y hace que me sienta mareada y con náuseas. Sin querer, mi mente vuelve a la cara concentrada de la comandante mientras me laceraba. Es una experta en el dolor igual que otros son expertos en el vino. Se tomó su tiempo conmigo…, y eso lo hizo mucho peor.

Me dirijo a la parte trasera de la casa con una lentitud hiriente. Para cuando llego al sendero del risco que lleva hasta las dunas, me tiembla el cuerpo entero. El desánimo se apodera de mí. ¿Cómo voy a poder ayudar a Darin si no puedo ni andar? ¿Cómo voy a poder espiar si cada vez que lo intento me castigan así?

No lo puedes salvar porque no vas a sobrevivir a la comandante mucho más. Las dudas crecen desde el suelo de mi mente como vides malvadas que se arrastran y me ahogan. *Este será tu final y el de tu familia. Eliminados de la existencia como tantos otros.*

El camino serpentea, traidor como las dunas cambiantes. Un viento cálido me sopla en la cara, arrancándome lágrimas de los ojos antes de que pueda evitarlas, hasta que apenas puedo ver hacia dónde voy. A los pies de los riscos, me caigo sobre la arena. Mis sollozos hacen eco en este espacio vacío, pero no me importa. Nadie puede oírme.

Mi vida en el Distrito Académico nunca fue fácil; a veces era horrible, como cuando se llevaron a mi amiga Zara, o cuando Darin y yo nos íbamos a la cama y nos levantábamos con la barriga rugiendo de hambre. Como todos los académicos, aprendí a bajar la vista ante los marciales, pero al menos nunca tuve que besarles los pies. Al menos mi vida no contaba con este tormento ni esta agonía constante por si me vuelven a hacer daño. Tenía a Nan y a Pop, que me protegían de muchas más cosas de las que pensaba. Tenía a Darin, quien se alzaba tan imponente en mi vida que creí que era inmortal como las estrellas.

No están. Ninguno de ellos. Lis y sus ojos sonrientes, tan vívidos en mi mente que parece imposible que lleve doce años muerta. Mis padres, que querían con tantas fuerzas liberar a los académicos, pero que solo consiguieron que los mataran. No están, como todos los demás. Me han dejado aquí, sola.

Las sombras emergen de la arena y me rodean. Gules. *Se alimentan de la pena, la tristeza y el hedor a sangre.*

Una de ellas grita, me asusta y dejo caer la cesta. El sonido me es extrañamente familiar.

—¡Piedad! —Me imitan con varias voces agudas a la vez—. ¡Por favor, piedad!

Me tapo las orejas cuando reconozco que es mi propia voz, mis súplicas a la comandante. ¿Cómo lo han sabido? ¿Cómo lo han oído?

Las sombras se ríen y forman un círculo. Una, más valiente que el resto, me mordisquea la pierna mostrando los dientes. Un escalofrío me recorre la piel, y chillo.

—¡Basta!

Los gules carcajean e imitan mi súplica.

¡Basta! ¡Basta!

Ojalá tuviera una cimitarra o un cuchillo, algo con lo que asustarlos, como hizo Spiro Teluman. Pero no tengo nada, así que intento huir tambaleándome, aunque me estampo directamente contra una pared.

Al menos eso es lo que parece. Tardo un instante en darme cuenta de que no es una pared, sino una persona. Una persona alta, ancha de hombros y musculada como un gato de montaña.

Doy un paso atrás mientras pierdo el equilibrio y dos manos grandes me sostienen. Levanto la vista y me quedo paralizada cuando veo dos ojos grises claros que me resultan familiares.

XX: Elias

La mañana después de la prueba, me despierto antes del alba todavía grogui por la bebida sedante que me han dado. Me han afeitado la cara, me han aseado y alguien me ha puesto ropa limpia.

—Elias.

Cain sale de entre las sombras de mi habitación. Tiene la cara ojerosa, como si hubiera estado despierto toda la noche. Levanta la mano para evitar que lo bombardee con preguntas.

—La aspirante Aquilla se encuentra en las hábiles manos del médico de Risco Negro —me informa—. Si su destino es vivir, así será. Los augures no interferirán, pues no hemos encontrado ningún indicio de que los Farrar hayan quebrantado las normas. Hemos declarado ganador de la primera prueba a Marcus. Se le ha premiado con una daga y...

—¿Qué?

—Fue el primero en llegar...

—Porque hizo trampas...

Se abre la puerta y entra Zak cojeando. Voy a por la espada que mi abuelo ha dejado al lado de la cama. Antes de que pueda arrojársela al sapo, Cain se pone en medio de los dos. Me levanto y me calzo las botas rápidamente... No me van a sorprender apoltronado en la cama mientras esta basura está a menos de diez metros.

Cain junta los blancos dedos y observa a Zak.

—Tienes algo que decir.

—Deberías curarla. —Las venas se le marcan en el cuello, y sacude la cabeza como un perro que se quita el agua de encima—. ¡Basta! —le grita al augur—. Deja de intentar meterte en mi cabeza. Solo cúrala, ¿de acuerdo?

—¿Te sientes culpable, imbécil? —Intento esquivar a Cain, pero el augur me bloquea con una facilidad sorprendente.

—No he dicho que hiciéramos trampas. —Zak mira a Cain con calma—. Digo que deberías curarla.

El cuerpo entero de Cain se pone rígido mientras se fija en Zak. El aire se mueve y se hace pesado. El augur lo está leyendo, puedo sentirlo.

—Marcos y tú os encontrasteis. —Cain frunce el ceño—. Fuisteis... conducidos el uno al otro..., pero no por un augur. Ni por la comandante.

El augur cierra los ojos, como si escuchara con más atención, antes de abrirlos de nuevo.

—¿Y bien? —pregunto— ¿Qué ha visto?

—Lo suficiente como para convencerme de que los augures deben sanar a la aspirante Aquilla. Pero no lo suficiente como para convencerme de que los Farrar cometieron sabotaje.

—¿Por qué no puede ahondar en la mente de Zak como hace con todos los demás y...?

—Nuestro poder tiene sus propios límites —me interrumpe—. No podemos penetrar en las mentes de aquellos que han aprendido a protegerse.

Le lanzo a Zak una mirada apreciativa. ¿Cómo, por los diez infiernos, ha averiguado el modo de ahuyentar a los augures de su cabeza?

—Los dos tenéis una hora para abandonar los terrenos de la escuela —ordena Cain—. Informaré a la comandante de que os he liberado de vuestras tareas de hoy. Id a dar un paseo, al mercado, a un burdel. Me da igual. No regreséis a la escuela hasta la noche, y no volváis a pasar por la enfermería. ¿Entendido?

Zak frunce el ceño.

—¿Por qué nos tenemos que ir?

—Porque tus pensamientos, Zacharias, son un pozo de agonía. Y los tuyos, Veturius, retumban con una sed de venganza tan ensordecedora que me impide oír nada más. Eso no me va a permitir hacer lo que debo para curar a la aspirante Aquilla. Así que los dos os marcháis. Ahora.

Cain se hace a un lado y, de mala gana, Zak y yo salimos por la puerta. Él intenta irse rápidamente, pero tengo preguntas que requieren respuestas y no pienso permitir que se zafe de ellas. Lo alcanzo.

—¿Cómo descubristeis dónde estábamos? ¿Cómo lo sabía la comandante?

—Tiene sus métodos.

—¿Qué métodos? ¿Qué le has mostrado a Cain? ¿Cómo has conseguido apartarlo de tu cabeza? ¡Zak! —Le tiro del hombro para que me dé la cara. Me aparta la mano de un golpe, pero se queda quieto.

—Toda esa basura tribal sobre los genios y los efrits, gules y espectros..., no es basura, Veturius. No son mitos. Esas criaturas antiguas son reales y vienen a por nosotros. Protégela. Es para lo único que sirves.

—¿Qué más te da ella? Tu hermano la ha atormentado durante años y no has dicho nunca ni una palabra para detenerlo.

Zak observa los campos de entrenamiento de arena, vacíos a esta hora tan temprana.

—¿Sabes qué es lo peor de todo esto? —me dice en voz baja—. Estaba muy cerca de dejarlo atrás para siempre, de deshacerme de él.

No era lo que esperaba oír. Desde que llegamos a Risco Negro no ha habido un Marcus sin Zak. El pequeño de los Farrar está más próximo a su hermano que su propia sombra.

—Si quieres deshacerte de él, ¿por qué lo sigues en cada uno de sus caprichos? ¿Por qué no le plantas cara?

—Hemos estado juntos mucho tiempo. —Zak niega con la cabeza. Su rostro es inescrutable donde la máscara no se ha fundido todavía—. No sé quién soy sin él.

Cuando se dirige hacia el portón principal, no lo sigo. Necesito despejar la cabeza.

Me dirijo hacia la torre de vigilancia este, donde me ato un arnés y me deslizo hasta las dunas.

La arena gira a mi alrededor. Mis pensamientos están confusos. Camino fatigosamente siguiendo la base de los riscos y mirando hacia el horizonte claro mientras sale el sol. El viento se hace más fuerte, caluroso e insistente. Mientras camino, parece como si aparecieran formas en la arena, figuras que dan vueltas y bailan, que se alimentan de la ferocidad del viento y murmuran. Me parece oír una risa salvaje que perfora el aire.

Esas criaturas antiguas son reales y vienen a por nosotros. ¿Estará intentando Zak informarme sobre la siguiente prueba? ¿Me está diciendo que mi madre se está juntando con demonios? ¿Es así como nos ha saboteado a Hel y a mí? Me digo que estos pensamientos son ridículos. Creer en el poder de los augures es una cosa, pero ¿en genios de fuego y venganza? ¿Efrits ligados a los elementos como el viento, el mar o la arena? Tal vez Zak simplemente esté chalado por el esfuerzo de la primera prueba.

Mamie Rila solía contar historias sobre las criaturas místicas. Era la kehanni de nuestra tribu, la que hilvanaba las historias y tejía mundos enteros con su voz, con chasquear los dedos o ladear la cabeza. Algunas de esas leyendas las retuve en la cabeza durante años: el Portador de la Noche y su odio hacia los académicos, el poder de los efrits para despertar la magia latente en los humanos, los gules hambrientos de almas que se alimentan del dolor como los buitres de la carroña.

Pero esos no son más que cuentos.

El viento arrastra el sonido inquietante de un llanto. Al principio, creo que me lo estoy imaginando y me reprendo a mí mismo por dejar que las habladurías de Zak me afecten.

Pero entonces lo oigo mejor. Delante de mí, al pie del camino serpenteante que lleva a la casa de la comandante, hay una figura hecha un ovillo.

Es la esclava de los ojos dorados, la que Marcus casi mató de asfixia. La que vi sin vida en el campo de batalla de mis pesadillas.

Se sujeta la cabeza con una mano y golpea el aire vacío con la otra mientras murmura entre llantos. Tropieza y cae al suelo y se levanta con esfuerzo. Es obvio que no se encuentra bien y necesita ayuda. Me detengo y pienso en dar media vuelta. Mi mente vuelve al campo de batalla y a la afirmación de mi primera muerte: que todos los del campo morirán por mi culpa.

Aléjate de ella, Elias, me urge una voz cautelosa. *No tienes ninguna relación con ella.*

Pero ¿por qué apartarme? El campo de batalla era la visión de mi futuro según los augures. Tal vez debería enseñarles a esos cretinos que voy a pelear contra él, que no lo voy a aceptar.

Ya me quedé de brazos cruzados como un idiota una vez. Miré y no hice nada mientras Marcus le dejaba moratones por todo el cuerpo. Necesitaba ayuda, y me negué a dársela. No volveré a cometer el mismo error. Sin más dudas, camino hacia ella.

XXI: *Laia*

E s el hijo de la comandante. Veturius.

¿De dónde ha salido? Lo empujo violentamente y me arrepiento de inmediato. Un estudiante normal de Risco Negro me daría una paliza por haberlo tocado sin permiso, pero él no es un estudiante, es un aspirante y el descendiente de la comandante. Tengo que salir de aquí. Tengo que volver a la casa. Pero la debilidad que me consume desde la mañana se hace más acuciante y a los pocos pasos me caigo sobre la arena, sudando y con náuseas.

Infección. Conozco los síntomas. Debería haber dejado que la cocinera me atendiera la herida anoche.

—¿Con quién hablabas? —pregunta Veturius.

—Con… con nadie, aspirante, señor. —*No todos pueden verlos,* había dicho Teluman sobre los gules, y es obvio que Veturius no puede.

—Tienes un aspecto horrible —dice—. Ven a la sombra.

—La arena. Tengo que llevarla arriba o ella me…, ella me…

—Siéntate.

No es una petición. Recoge mi cesta y me toma de la mano. Me lleva hasta la sombra de los riscos y me sienta en una pequeña roca.

Cuando me atrevo a mirarlo, veo cómo observa al horizonte y su máscara refleja la luz del alba como lo hace el agua con los rayos del sol. Incluso a una distancia de varios metros, todo él desprende violencia, desde el pelo corto negro hasta las manos grandes y los músculos esculpidos a la perfección. Los vendajes que le rodean los antebrazos y los arañazos que tiene en las manos y la cara solo lo hacen parecer más despiadado.

Únicamente lleva un arma, una daga colgada al cinturón. Pero es un máscara, no necesita armas porque él ya es una, en particular si lo enfrentamos a una esclava que apenas le llega al hombro. Intento alejarme un poco más, pero siento el cuerpo demasiado pesado.

—¿Cómo te llamas? No me lo dijiste. —Llena mi cesta con arena sin mirarme.

Pienso en el momento en que la comandante me hizo la misma pregunta y el bofetón que recibí por contestar con sinceridad.

—Es… esclava.

Se queda en silencio durante unos segundos.

—Dime tu nombre real.

Aunque lo dice calmadamente, las palabras son una orden.

—Laia.

—Laia —repite—. ¿Qué te ha hecho?

Qué extraño que un máscara pueda tener la voz amable, que el profundo retumbo de sus palabras pueda ofrecer alivio. Podría cerrar los ojos y no saber que estoy hablando con un máscara.

Pero no me puedo fiar de su voz. Es su hijo. Si se muestra preocupado, hay una razón detrás, y no será positiva para mí.

Me quito la bufanda lentamente. Cuando ve la «K», se le endurece la mirada detrás de la máscara y por un momento sus ojos se llenan de furia y tristeza. Me sobresalto cuando vuelve a hablar.

—¿Puedo? —Levanta una mano, y apenas puedo sentir sus dedos mientras me acarician la piel alrededor de la herida—. Tienes la piel caliente —dice mientras levanta la cesta con la arena—. La herida tiene mala pinta. Tienes que curártela.

—Lo sé —respondo—. La comandante quería la arena, y no he tenido tiempo de... de...

El rostro de Veturius se mueve un poco, y siento que no peso nada. Entonces lo tengo cerca, lo bastante cerca como para notar el calor de su cuerpo. El aroma a clavo y lluvia me envuelve. Cierro los ojos para que el mundo deje de dar vueltas, pero no ayuda. Me rodea con los brazos, fuertes y amables a la vez, y me levanta.

—¡Suéltame! —Las fuerzas me vuelven, y le empujo el pecho. ¿Qué está haciendo? ¿A dónde me lleva?

—¿De qué otro modo planeas subir el risco? —me pregunta. Sus largos pasos nos llevan con facilidad por el camino zigzagueante—. Apenas te mantienes en pie.

¿De verdad se cree que soy tan estúpida como para aceptar su «ayuda»? Es un truco que ha planeado con su madre. Me espera más castigo, tengo que huir de él.

Pero mientras camina otra ola de mareo me alcanza, y me aferro a su cuello hasta que se me pasa. Si me agarro lo suficientemente fuerte, no podrá lanzarme a las dunas. No sin verse arrastrado conmigo.

Observo sus brazos vendados, y recuerdo que la primera prueba terminó ayer. Veturius me sorprende mirándolo.

—Solo son arañazos —me asegura—. Los augures me dejaron en medio de los Grandes Páramos para la primera prueba. Después de unos días sin agua, empecé a caerme mucho.

—¿Te dejaron en los Páramos? —Me estremezco. Todos hemos oído hablar sobre ese lugar. Hace que las tierras de las tribus parezcan casi habitables—. ¿Y sobreviviste? ¿Te avisaron al menos?

—Les gustan las sorpresas.

Incluso estando enferma no paso por alto el impacto de lo que me dice. Si ni los aspirantes saben lo que ocurrirá en las pruebas, ¿cómo lo voy a descubrir yo?

—¿La comandante no sabe a qué os enfrentaréis?

¿Por qué le estoy haciendo tantas preguntas? No es de mi incumbencia. Debo de estar desconcertada por la herida. Pero si mi curiosidad importuna a Veturius, no dice nada.

—Tal vez. No importa. Si lo supiera, no me lo diría.

¿Su madre no quiere que gane? Una parte de mí se pregunta por esa relación tan extraña. Pero entonces me recuerdo que son marciales, y los marciales son distintos.

Veturius llega al punto más alto del risco y se agacha para pasar por la tela que marca el umbral, y se dirige al pasillo de los esclavos. Cuando me lleva en volandas hasta la cocina y me coloca en un banco al lado de la mesa de trabajo, Izzi, que está frotando el suelo, deja caer el cepillo y nos observa con la boca abierta. La mirada de la cocinera se dirige a mi herida y niega con la cabeza.

—Pinche —dice la cocinera—. Lleva la arena al piso de arriba. Si la comandante pregunta por la esclava, dile que está enferma y que la estoy atendiendo para que pueda volver al trabajo.

Izzi recoge la cesta de arena sin hacer ruido y desaparece. Una ola de náuseas me sobreviene, y me veo obligada a esconder la cabeza entre las piernas durante un rato.

—La herida de Laia está infectada —dice Veturius cuando Izzi se va—. ¿Tienes suero de sanguinaria?

Si a la cocinera la sorprende que el hijo de la comandante me llame por mi nombre, no lo muestra.

—La sanguinaria es demasiado valiosa para nosotras. Tengo raíz tostada y té de hierba salvaje.

Veturius frunce el cejo y le da a la cocinera las mismas órdenes que le habría dado Pop. Té de hierba salvaje tres veces al día, raíz tostada para limpiar la herida y no aplicar ningún vendaje. Se gira hacia mí.

—Encontraré algo de sanguinaria y te la traeré mañana. Te lo prometo. Te pondrás bien. La cocinera sabe de remedios.

Asiento, sin saber si debería agradecérselo, ya que todavía sigo esperando que me revele sus verdaderas intenciones por ayudarme. Pero no dice nada más, aparentemente satisfecho con mi respuesta. Se mete las manos en los bolsillos y sale por la puerta.

La cocinera trajina por los armarios, y unos momentos después tengo una taza de té humeante en las manos. Antes de bebérmelo, se sienta frente a mí con las cicatrices a centímetros de mi cara. Las miro, pero ya no me parecen grotescas. ¿Será porque me he acostumbrado a verlas? ¿O porque ya tengo mi propia desfiguración?

—¿Quién es Darin? —pregunta la cocinera. Sus ojos color zafiro brillan, y durante unos segundos me parecen inquietantemente familiares—. Anoche lo llamabas.

El té hace que me remita el mareo, y me siento.

—Es mi hermano.

—Ya veo. —La cocinera vierte aceite de raíz tostada en una gasa y la aplica sobre la herida. Pongo una mueca de dolor y me agarro al asiento—. ¿También está en la Resistencia?

—¿Cómo puedes...? —¿*Cómo puedes saber eso?* Casi se lo digo, pero recobro la compostura y aprieto los labios. La cocinera aprovecha la oportunidad.

—No es difícil de ver. Han pasado centenares de esclavos por aquí. Los combatientes de la Resistencia siempre son distintos. Nunca vienen rotos. Al menos no cuando llegan. Tienen... esperanza.

Pone una mueca de asco, como si estuviera hablando de una colonia de delincuentes enfermos, en vez de su propia gente.

—No estoy con los rebeldes. —Desearía no haber hablado. Darin dice que la voz se me pone aguda cuando miento, y la cocinera parece ser de las que lo notan. Sus ojos se entrecierran.

—No soy tonta, chica. ¿Tienes idea de lo que estás haciendo? La comandante te descubrirá. Te torturará y te matará.

Entonces castigará a cualquiera que considere que fuera amiga tuya, y eso incluye a Iz, esclava.

—No estoy haciendo nada mal...

—Una vez había una mujer —me interrumpe de golpe—. Se unió a la Resistencia. Aprendió a mezclar polvos y pociones, y a hacer que el aire se convirtiera en fuego y las piedras en arena, pero se le subió a la cabeza. Hizo cosas por los rebeldes, cosas horribles, de las que jamás imaginó que sería capaz. La comandante la descubrió como ha hecho con tantos otros. Le hizo surcos en la cara y la desfiguró. La obligó a tragar carbón ardiente y le desgarró la voz. Entonces la convirtió en una esclava de su casa, pero antes mató a todos los que conocían a esa mujer. A todos los que la querían.

Oh, no. El origen de las cicatrices de la cocinera se hace claro. Asiente al reconocer sombríamente el horror creciente que me demuda el rostro.

—Lo perdí todo: mi familia, mi libertad... Todo por una causa que no tuvo ninguna esperanza desde el principio.

—Pero...

—Antes de que llegaras, la Resistencia envió a un chico. Zain. Se suponía que tenía que ser un jardinero. ¿Te hablaron de él?

Estoy a punto de negar con la cabeza, pero me detengo y me cruzo de brazos. No da importancia a mi silencio ni me está poniendo a prueba. Lo sabe.

—Fue hace dos años. La comandante lo descubrió y lo torturó durante días en el calabozo de la escuela. Algunas noches podíamos oír cómo gritaba. Cuando acabó con Zain, reunió hasta al último esclavo de Risco Negro. Quería saber de quién era amigo. Nos quería enseñar una lección por no haber delatado a un traidor. —Los ojos de la cocinera están fijos en mí, implacables—. Mató a tres esclavos antes de dar por sentado que el mensaje había calado. Menos mal que le advertí a Izzi que se apartara del chico. Por suerte, me escuchó.

La cocinera recoge sus provisiones y las devuelve al armario. Toma un cuchillo y corta un pedazo de carne que esperaba en la mesa de trabajo.

—No sé por qué huiste de tu familia para unirte a esos cretinos rebeldes. —Me lanza las palabras como si fueran piedras—. No me importa. Diles que lo dejas. Que te asignen otra misión en algún sitio donde no le hagas daño a nadie. De lo contrario, morirás, y solo los cielos saben lo que nos pasará a los demás. —Me apunta con el cuchillo, y me echo atrás en la silla—. ¿Eso es lo que quieres? —continúa—. ¿La muerte? ¿Que torturen a Izzi? —Se inclina hacia mí, me escupe saliva mientras habla y me coloca el cuchillo a centímetros de la cara—. ¿Es lo que quieres?

—No hui —exploto. El cadáver de Pop, los ojos muertos de Nan y el cuerpo que se sacude de Darin pasan por delante de mis ojos—. Ni siquiera me quería unir. Mis abuelos… Un máscara vino…

Me muerdo la lengua. *Cállate, Laia.* Le pongo mala cara a la anciana, sin sorprenderme por que me siga mirando.

—Dime la razón por la que te uniste a los rebeldes —me dice— y mantendré el pico cerrado sobre tu sucio secretito. Ignórame y le diré a ese buitre sin corazón de ahí arriba lo que eres en realidad.

Deja el cuchillo en la mesa de trabajo y se sienta a mi lado a esperar.

Maldita sea. Si le explico lo de la redada y lo que ocurrió después, tal vez me delate de todos modos. Pero si no digo nada, no me cabe ninguna duda de que subirá a la habitación de la comandante ahora mismo. Está lo suficientemente loca como para hacerlo.

No me queda otra opción.

Mientras le narro lo que ocurrió aquella noche, se queda en silencio, inexpresiva. Cuando acabo, tengo los ojos llorosos, pero la cara desfigurada de la cocinera no revela nada.

Me seco la cara con la manga.

—Darin está en la cárcel. Solo es cuestión de tiempo antes de que lo torturen hasta la muerte o lo vendan como esclavo. Tengo que sacarlo antes de que eso ocurra, pero no puedo hacerlo sola. Los rebeldes me dijeron que, si espiaba para ellos, me ayudarían. —Me levanto y me tiembla el cuerpo—. Puedes amenazarme con darle mi alma al mismísimo Portador de la Noche, no me importa. Darin es mi única familia, tengo que salvarlo.

La cocinera no dice nada, y después de un minuto asumo que ha decidido ignorarme. Entonces, cuando me dirijo a la puerta, toma la palabra:

—Tu madre, Mirra. —Cuando oigo el nombre de mi madre, giro la cabeza. La cocinera me está examinando—. No te pareces a ella.

Estoy tan sorprendida que no intento desmentirlo. La cocinera debe de tener unos setenta años. Debía de tener unos sesenta cuando mis padres controlaban la Resistencia. ¿Cuál es su nombre real? ¿Cuál fue su papel?

—¿Conocías a mi madre?

—¿Conocerla? Sí, la conocía. Siempre me cayó mejor t-t-tu padre. —Se aclara la garganta y niega con la cabeza en un gesto irritado. Qué extraño. Nunca la he oído tartamudear—. Un hombre amable. Li-listo. No como tu ma-ma-madre.

—Mi madre era la Leona…

—Tu madre no es… digna de tus palabras. —La voz de la cocinera se convierte en un gruñido—. Nunca… nunca escuchó a nadie más que a su propio egoísmo. La Leona. —Pone una mueca al pronunciar el nombre—. Ella es la razón…, la razón… por la que estoy aquí.

Respira con dificultad, como si le estuviera dando algún ataque, pero sigue adelante, determinada a decir lo que quiere.

—La Leona, la Resistencia y sus grandes planes. Traidores. Mentirosos. I-ilusos. —Se levanta y alcanza el cuchillo—. No confíes en ellos.

—No tengo alternativa —digo—. Tengo que hacerlo.

—Te usarán. —Le tiemblan las manos y se aferra a la superficie. Suelta las últimas palabras entre exhalaciones—. Ellos piden... piden... piden. Y entonces... entonces... te lanzarán a los lobos. Te he avisado. Recuérdalo. Te he avisado.

XXII: *Elias*

A medianoche, regreso a Risco Negro vestido con la armadura completa y cargado de armas. Después de la Prueba del Coraje, no me van a volver a sorprender sin zapatos y con una daga como única defensa.

Aunque me desespera no saber si Hel está bien, reprimo el impulso de ir a la enfermería. Las órdenes de Cain de no acercarnos no han dejado margen a la protesta.

Mientras paso sigilosamente delante de los guardias, tengo la esperanza de no encontrarme con mi madre. Creo que perdería la compostura al verla, especialmente después de saber que sus planes casi matan a Helene. Y en especial después de haber visto esta mañana lo que le ha hecho a la esclava.

Cuando he visto la «K» tallada en la chica, Laia, he apretado los puños y me he imaginado por un instante de gloria que inflijo ese mismo dolor a la comandante. *A ver si le gusta a la arpía.* Al mismo tiempo quería apartarme de Laia por la vergüenza, porque comparto sangre con la mujer que le ha hecho pasar por ese tormento. Es una parte de mí. Mi propia reacción, esa sed voraz de violencia, es la prueba.

No soy como ella.

¿O sí? Vuelvo a pensar en el campo de batalla. Quinientos treinta y nueve cuerpos. Incluso a la comandante le costaría arrebatar tantas vidas. Los augures tienen razón, no soy como mi madre. Soy peor.

Te convertirás en todo aquello que odias, me dijo Cain cuando planeaba desertar. Pero ¿cómo es posible que renunciar a mi máscara vaya a hacerme peor persona que la que vi en el campo de batalla?

Perdido en mis pensamientos, no noto nada inusual en los aposentos de los calaveras cuando llego a mi habitación, pero tras un instante me doy cuenta. Leander no está roncando, Demetrius no murmura el nombre de su hermano y la puerta de Faris no está abierta.

Los barracones están desiertos.

Saco mis cimitarras. El único sonido que hay es el ocasional chasquido de las lámparas que brillan contra los ladrillos negros.

Entonces, las lámparas se apagan de una en una. Un humo gris se cuela por debajo de la puerta al otro lado del pasillo y se expande como un banco de nubes de tormenta turbulento. En ese momento me doy cuenta de lo que está pasando.

La segunda prueba, la Prueba de la Astucia, ha empezado.

—¡Vigila! —me grita una voz a mis espaldas.

Helene, que está viva, abre las puertas que tengo detrás de un empujón, armada por completo y sin un pelo fuera de lugar. Quiero estrecharla en un abrazo, pero en vez de eso me lanzo al suelo y una lluvia de estrellas ninja afiladas pasan volando por el espacio donde estaba mi cuello.

Las estrellas van seguidas de un trío de atacantes que salen del humo como serpientes enroscadas. Son ágiles y rápidos, y llevan los cuerpos y las caras vendadas con tiras de tela negra funeraria. Antes de que pueda levantarme, uno de los asesinos apunta con una cimitarra hacia mi cuello. Doy una voltereta hacia atrás y lanzo una patada a sus pies desde abajo, pero solo golpeo el aire.

Es extraño, hace nada estaba ahí…

A mi lado, la cimitarra de Helene destella ligera como el mercurio mientras uno de los asesinos la acorrala hacia el humo.

—Buenas noches, Elias —me dice por encima del estruendo de las cimitarras. Me mira a los ojos y una sonrisa se le extiende por la cara—. ¿Me echabas de menos?

No tengo aire para responder. Los otros dos asesinos vienen a por mí rápidamente, y, aunque peleo con las dos cimitarras, no puedo llevar ventaja. Mi cimitarra izquierda consigue alcanzar su objetivo y se hunde en el pecho de mi oponente. Una sed de sangre se expande en mi interior.

En ese instante, el atacante parpadea y desaparece.

Me quedo congelado, sin saber lo que he visto exactamente. El otro asesino se aprovecha de mi titubeo y me empuja hacia el humo.

Es como si me hubieran soltado en la cueva más oscura y negra del Imperio. Intento avanzar, pero me noto las piernas pesadas, y de golpe me caigo. Una estrella ninja corta el aire y a duras penas me doy cuenta de que me ha arañado el brazo. Mis cimitarras golpean el suelo de piedra del pasillo y Helene grita. Los sonidos me llegan amortiguados, como si los oyera a través del agua.

Veneno. La palabra me saca del aturdimiento. *El humo es venenoso.* Con lo poco que me queda de conciencia, registro el suelo en busca de mis cimitarras y me arrastro para salir de la oscuridad. Unas cuantas respiraciones de aire puro me ayudan a recomponerme, y me percato de que Helene ha desaparecido. Mientras examino el humo para encontrarla, otro asesino aparece.

Me agacho por debajo del filo de su cimitarra con la intención de rodearlo con los brazos por el pecho y derribarlo. Pero cuando mi piel toca la suya, un frío me atraviesa, se me corta la respiración y lo suelto. Es como si hubiera hundido el brazo en un cubo lleno de nieve. El asesino parpadea y desaparece, y vuelve a aparecer unos metros más lejos.

No son humanos, me digo. El aviso de Zach me viene a la cabeza. *Las criaturas antiguas son reales. Vienen a por nosotros.*

Por los diez infiernos ardientes. Y pensaba que había perdido la cabeza. ¿Cómo es posible? ¿Cómo han podido los augures...?

El asesino da vueltas a mi alrededor, y sopeso mis opciones. Cómo ha entrado esta cosa no importa. Cómo matarla... es una respuesta que me gustaría saber.

Un destello de plata me llama la atención: la mano de Helene enfundada en el guantelete que araña el suelo mientras intenta salir del humo. La saco a rastras, pero está demasiado aturdida como para mantenerse en pie, así que me la echo al hombro y salgo corriendo por el pasillo. Cuando he cubierto una distancia considerable, la recuesto y me doy la vuelta para enfrentarme al enemigo.

Los tres vienen a por mí a la vez, moviéndose demasiado rápido como para contraatacar. En cuestión de medio minuto, tengo arañazos por toda la cara y un corte profundo en el brazo izquierdo.

—¡Aquilla! —chillo. Se pone de pie tambaleándose—. Un poco de ayuda, ¿sí?

Saca su cimitarra y se lanza a la batalla, haciendo que dos de los atacantes tengan que responder.

—Son espectros, Elias —me grita—. Unos malditos y putos espectros.

Diez infiernos. Los máscaras entrenamos con cimitarras, bastones y las manos desnudas, a caballo o en barco, vendados o encadenados, sin dormir, sin comida; sin embargo, no nos han entrenado para enfrentarnos a algo que se supone que no existe.

¿Qué decía aquella maldita profecía? *Astucia para rebasar a sus enemigos.* Hay un modo de matar a estas cosas. Deben de tener una debilidad, solo tengo que descubrir cuál.

El ataque Lemokles. El abuelo creó ese ataque. *Un conjunto de ataques que permiten identificar las deficiencias del contrincante.*

Dirijo mis ataques a la cabeza, luego a las piernas, a los brazos y al torso. La daga que lanzo al pecho del espectro pasa justo a través y se cae al suelo con un tintineo, y él ni intenta bloquearla. Sin embargo, las manos se mueven raudas para protegerse el cuello.

Detrás de mí, Helene pide ayuda con un grito mientras los otros dos espectros aumentan el ataque. Uno levanta la daga por encima de su corazón, pero antes de que pueda asestar la puñalada, le lanzo un tajo circular con mi cimitarra a través de su cuello.

La cabeza del espectro cae al suelo con un sonido sordo, y sonrío mientras un grito de ultratumba truena en el pasillo. Unos segundos después, la cabeza y el cuerpo al que pertenecía desaparecen.

—¡Cuidado, a la izquierda! —grita Helene. Describo un arco con mi cimitarra a la izquierda sin mirar. Una mano se cierra en mi muñeca, y un frío punzante me entumece el brazo hasta el hombro. Pero justo entonces mi cimitarra alcanza su objetivo y la mano desaparece. Otro grito sobrenatural perfora el aire.

El ataque se pausa mientras el último espectro da vueltas a nuestro alrededor.

—Deberías huir —le dice Helene a la criatura—. Vas a morir.

El espectro nos mira a los dos y se abalanza sobre Helene. *Siempre me subestiman.* Por lo que parece, incluso los espectros. Ella se agacha por debajo de su brazo, ágil como una bailarina, y le corta la cabeza con un tajo limpio. El espectro se desvanece, el humo se disipa y los barracones se quedan en silencio como si los últimos quince minutos no hubieran tenido lugar.

—Bueno, eso ha sido… —Helene abre muchos los ojos y me lanzo hacia un lado sin necesidad de que me avise; me giro justo a tiempo para ver un cuchillo que corta el aire. Lo esquivo a duras penas y Helene pasa por mi lado como una exhalación rubia y plateada—. Marcus —me dice—, voy a por él.

—¡Espera, idiota! ¡A lo mejor es una trampa!

Pero la puerta ya se ha cerrado tras ella y oigo el chasquido que hacen dos cimitarras al encontrarse, seguido del crujido del hueso al romperse.

Salgo corriendo de los barracones y veo a Helene, que acorta terreno con Marcus, a quien le sangra la nariz. Los ojos de Helene son dos resquicios feroces, y por primera vez la veo como la deben de ver los demás: mortífera y sin remordimientos. Una máscara.

Aunque quiero ayudarla, me mantengo atrás y escaneo las esquinas oscuras que nos rodean. Si Marcus está aquí, Zak no andará demasiado lejos.

—¿Ya te has recuperado, Aquilla? —Marcus hace una finta a la izquierda con la cimitarra, y cuando Helene la bloquea sonríe—. Tú y yo tenemos temas pendientes. —La devora con la mirada—. ¿Sabes qué me he preguntado siempre? Si violarte será como pelear contigo. Ese cuerpo definido, esa energía acumulada...

Helene le da una patada circular que lo deja tendido en el suelo de espaldas, sangrando por la boca. Pone un pie sobre su espada y aprieta la punta de la cimitarra en su cuello.

—Maldito hijo de puta —le espeta—. Solo porque en el bosque tuviste un golpe de suerte no significa que no pueda destriparte con los ojos cerrados.

Pero Marcus le dedica una sonrisa maliciosa y no se inmuta por el metal que se clava en su cuello.

—Eres mía, Aquilla. Me perteneces, los dos somos conscientes de ello. Los augures me lo dijeron. Ahórrate problemas y únete a mí ya.

Helene se queda blanca como la nieve. Tiene la mirada llena de una ira oscura y desesperada, el tipo de furia que sientes cuanto tienes las manos atadas y un cuchillo te apunta a la yugular.

Solo que Helene es la que empuña la espada. Por los cielos, ¿qué narices le pasa?

—Nunca. —El tono de su voz no concuerda con la fuerza con la que agarra la cimitarra, y, como si fuera consciente de ello, le tiembla la mano—. Nunca, Marcus.

Un destello en las sombras detrás de los barracones me llama la atención. Estoy a medio camino cuando veo el pelo marrón claro de Zak y el centelleo de una flecha que vuela.

—¡Hel, agáchate!

Se lanza al suelo y la flecha le pasa por encima del hombro sin alcanzarla. Sé al instante que no ha estado en peligro en ningún momento, al menos no por Zak. Ni un novato tuerto con un brazo lisiado fallaría un tiro tan fácil.

Esa breve distracción es todo cuanto Marcus necesita. Espero que ataque a Hel, pero se aleja rodando y escapa hacia la noche, todavía sonriendo y seguido de cerca por Zak.

—¿Qué cojones ha sido eso? —le grito a Helene—. ¿Lo podrías haber destripado y te acobardas? ¿Qué era toda esa mierda de la que hablaba...?

—Ahora no es el momento —tercia Helene con voz tensa—. Tenemos que ponernos a cobijo, los augures están intentando matarnos.

—Como si no lo supiera ya...

—No, en eso consiste la segunda prueba, Elias, en intentar asesinarnos a conciencia. Cain me lo dijo después de curarme. La prueba tendrá lugar hasta el alba. Tenemos que ser lo bastante listos como para evitar a nuestros asesinos..., quienes sean o lo que sean.

—Entonces, necesitamos una base —observo—. Al descubierto cualquiera nos puede alcanzar con una flecha. En las catacumbas no hay visibilidad y los barracones son demasiado estrechos.

—Allí. —Helene señala hacia la torre de vigilancia este, que supervisa las dunas—. Los legionarios que la custodian pueden montar guardia en la entrada y es un buen lugar para pelear.

Nos dirigimos hacia la torre, arrimándonos a las paredes y a las sombras. A estas horas, no hay un estudiante ni un centurión al aire libre. El silencio se cierne sobre Risco Negro y mi voz parece extremadamente ruidosa. Hablo en susurros.

—Me alegro de que estés bien.

—¿Preocupado, tal vez?

—Por supuesto que estaba preocupado. Pensaba que habías muerto. Si te llega a pasar algo... —No puedo ni pensarlo. Miro a Helene directamente a la cara, pero solo me corresponde durante un segundo, antes de apartar la vista.

—Sí, bueno, deberías haberte preocupado. Me dijeron que me arrastraste hasta el campanario cubierta de sangre.

—Así es. No fue agradable. Apestabas.

—Te debo una, Veturius. —Su mirada se enternece y la parte de mí insensible tras el entrenamiento de Risco Negro lo niega; ahora no la puedo ver como una chica—. Cain me contó todo lo que hiciste por mí, desde el momento en que atacó Marcus. Y quiero que sepas...

—Tú habrías hecho lo mismo —la corto bruscamente, satisfecho al ver cómo se pone rígida y se le enfría la mirada. *Mejor fría que tierna. Mejor la fuerza que la debilidad.*

Hay temas que no hemos hablado Helene y yo, temas que tienen que ver con cómo me siento cuando le observo el cuerpo y lo rara que se pone cuando le digo que me preocupo por ella. Después de tantos años de amistad, no sé qué significan esas cosas. Pero lo que tengo claro es que ahora no es el momento de plantearlas, al menos si queremos sobrevivir a la segunda prueba.

Debe de comprenderlo, porque me hace señas para que tome la delantera, y no hablamos mientras nos dirigimos a la torre de guardia. Cuando llegamos a la base, me permito relajarme durante un momento. La torre se asienta al borde del risco y supervisa las dunas al este y la escuela al oeste. La muralla de Risco Negro se extiende por el norte y el sur. En cuanto estemos arriba, veremos llegar cualquier amenaza de lejos.

Pero cuando llevamos la mitad de las escaleras interiores de la torre, Helene aminora el paso detrás de mí.

—Elias —me dice con una advertencia en la voz que hace que desenvaine las cimitarras; son lo único que me mantiene con vida. Oímos un grito que viene de arriba y otro de abajo, y de repente la escalera se llena con el chasquido de las flechas y de botas que se arrastran. Un escuadrón de legionarios baja por la escalera, y me quedo confuso durante un segundo. Entonces se abalanzan sobre mí.

—¡Legionarios! —grita Helene—. Deteneos... Deteneos...

Quiero decirle que ahorre el aire. Sin duda alguna, los augures les habrán dicho a los legionarios que durante esta noche somos enemigos que tienen que matar nada más vernos.

Joder. *Astucia para rebasar a los enemigos.* Deberíamos haber pensado que cualquiera, o todo el mundo, sería nuestro enemigo.

—¡Espalda contra espalda, Hel!

Su espalda se junta con la mía al instante. Cruzo las cimitarras con los soldados que vienen de la cima de la torre mientras ella pelea con los que vienen de la base. Mi furia en la batalla crece, pero la controlo e intento herirlos, no matarlos. Conozco a algunos de estos hombres. No puedo masacrarlos.

—¡Mierda, Elias! —grita Hel. Uno de los legionarios a los que he herido me empuja y le hace daño a Hel en un brazo—. ¡Pelea! ¡Son marciales, no bárbaros cobardes!

Está peleando contra tres soldados debajo de ella y dos más arriba. Vienen más soldados, tengo que abrirme paso por las escaleras para poder llegar a la cumbre de la torre. Es la única manera de evitar que muramos ensartados.

Debo llevarme por la furia de la batalla y avanzo hacia arriba mientras vuelan las cimitarras. Una le corta la barriga a un legionario y otra le rebana el cuello a otro. La escalera no es lo bastante ancha para usar dos cimitarras, así que enfundo una y saco mi daga. La dirijo al riñón de uno y al corazón de otro. Al cabo de unos segundos, el camino está despejado y corremos por las escaleras. Llegamos a la cima de la torre de guardia, donde nos están esperando más soldados.

¿Vas a matarlos a todos, Elias? ¿Cuántos has añadido a tu cómputo? Ya van cuatro... ¿Diez más?, ¿quince? Eres como tu madre. Igual de rápido. Igual de despiadado. Mi cuerpo se queda paralizado mientras mi corazón toma el control. Helene grita, da vueltas, mata y defiende mientras yo me quedo quieto. En ese momento, ya es demasiado tarde para pelear porque un tipo de mandíbula apretada y brazos como troncos me embiste.

—¡Veturius! —grita Helene—. ¡Vienen más soldados por el norte!

—Mrfggg. —El auxiliar gigante me estampa la cabeza contra la pared de la torre y me aprieta con la mano el cráneo con tanta fuerza que estoy seguro de que quiere machacármelo. Usa la rodilla para mantenerme en el suelo y no me puedo mover ni un ápice.

Durante un breve instante, admiro su técnica. Ha reconocido que no podía superar mis habilidades de lucha, así que me ha sorprendido y ha usado su cuerpo colosal para ganarme.

Mi admiración se apaga mientras veo las estrellas. *¡Astucia! ¡Tienes que usar la astucia!* Pero el momento de usar la astucia ya ha pasado. No debería haberme distraído. Debería haberle clavado una cimitarra en el pecho antes de que me pudiera alcanzar.

Helene sale corriendo de sus atacantes para ayudarme y tira de mi cinturón como para liberarme del soldado gigante, pero él la empuja.

El auxiliar me arrastra hasta el hueco de una almena y me impulsa a través mientras me agarra por el cuello por encima de las dunas como un niño con una muñeca de trapo. Seiscientos metros de caída hambrienta me acarician las piernas. Detrás de mi captor, un mar de legionarios intenta reducir a

Helene, pero apenas pueden contenerla mientras se retuerce y escupe, como un gato en una red.

Siempre victorioso. La voz de mi abuelo retumba en mi cabeza. *Siempre victorioso.* Hundo los dedos en los tendones del brazo del tipo, intentando liberarme.

—Aposté diez marcos por ti —dice el auxiliar, que parece estar sufriendo de verdad—. Pero las órdenes son las órdenes.

Acto seguido, abre la mano y me deja caer.

La caída dura una eternidad y nada en absoluto. El corazón me sube por la garganta, el estómago se me hace un nudo y, entonces, con una sacudida que me traquetea el cráneo, dejo de caer. Pero no estoy muerto. El cuerpo me cuelga, agarrado por una cuerda atada a mi cinturón.

Helene me había tirado del cinturón, ha sido cuando debe de haberla enganchado. Y eso significa que ella tiene el otro extremo. Y eso significa que, si los soldados la empujan mientras todavía estoy colgado como una araña comatosa, los dos caeremos rápidamente hacia la otra vida.

Me columpio hasta la pared del risco y busco con las manos un sitio al que aferrarme. La cuerda mide unos diez metros, y tan cerca de la base de la torre los riscos no son tan escarpados. Un saliente de granito emerge de una fisura a unos cuantos pies. Me encaramo justo a tiempo.

Se oye un grito que viene de arriba, seguido por un bulto rubio y plateado que cae. Apuntalo las piernas y tiro de la cuerda tan rápido como puedo, pero aun así casi me salgo del saliente de roca por la fuerza del peso de Helene.

—Te tengo, Hel —le grito, a sabiendas de lo horrorizada que debe de estar al verse colgada en el aire—. Aguanta.

Cuando la subo hasta el saliente, su mirada es asustadiza y está temblando. Apenas cabemos y se agarra a mis hombros para estabilizarse.

—No pasa nada, Hel. —Doy golpes con la bota—. ¿Lo ves? Roca sólida bajo los pies.

Asiente en mi hombro, aferrándose a mí de una manera muy poco habitual.

Aunque lleva puesta la armadura, puedo notar sus curvas, y el estómago me da un vuelco. Se mueve incómoda, lo cual no ayuda, pues parece percatarse como yo de lo cerca que están nuestros cuerpos. Noto un rubor en la cara, mientras la tensión aumenta. *Céntrate, Elias.*

Me aparto de ella en el momento en que una flecha se clava en la roca de detrás; nos han descubierto.

—En este saliente somos un blanco fácil —le digo—. Toma. —Desato la cuerda de mi cinturón y del de ella, y se la pongo en las manos—. Átala firme a una flecha. —Hace lo que le pido mientras agarro el arco de la espalda y examino los riscos en busca de un arnés. Hay uno que cuelga a unos quince metros. Es un tiro que podría hacer con los ojos cerrados si no fuera porque los legionarios lo están arrastrando hacia arriba del risco y de vuelta la torre.

Helene me da la flecha, y, antes de que nos puedan volver a asediar desde arriba, levanto el arco, cargo y disparo.

Y fallo.

—¡Mierda! —Los legionarios retiran el arnés de mi alcance. Sacan los demás arneses a lo largo del risco, se los ponen y empiezan a deslizarse por el risco.

—Elias… —Helene casi se despeña por el saliente cuando esquiva una flecha, y me agarra del brazo—. Tenemos que salir de aquí.

—Hasta ahí había llegado, gracias. —Esquivo otra flecha por los pelos—. Si tienes algún plan maestro, estoy abierto a propuestas.

Helene sujeta mi arco, apunta con la flecha atada y un segundo después uno de los legionarios que se estaban deslizando queda inerte. Tira del cuerpo hacia nosotros y lo saca del arnés. Intento ignorar el sonido sordo que hace el cuerpo cuando golpea las dunas. Hel libera la cuerda mientras yo acerco el arnés y me lo pongo; voy a tener que cargarla hasta abajo.

—Elias —me susurra cuando se da cuenta de lo que tenemos que hacer—. No... no puedo...

—Sí puedes. No dejaré que caigas, te lo prometo.

Compruebo la sujeción del arnés con un fuerte tirón, con la esperanza de que aguante el peso de dos máscaras armados.

—Súbete a mi espalda. —Le sujeto la barbilla y la obligo a mirarme a los ojos—. Átanos con la cuerda como antes y rodea mi cintura con las piernas. No te sueltes hasta que lleguemos a la arena.

Hace lo que le pido y oculta la cara en mi cuello mientras salto del saliente; noto su respiración entrecortada.

—No caigas, no caigas —oigo que murmura—. No caigas, no...

Nos llueven las flechas desde la torre, y los legionarios salen por la puerta. Desenvainan las cimitarras y se deslizan por el risco. Mi mano se dirige hacia el arma, pero me contengo; tengo que sujetar las cuerdas si no quiero que nos desplomemos hasta el suelo del desierto.

—Quítamelos de encima, Hel.

Sus piernas se aferran a mi cintura y su arco vibra mientras lanza una flecha tras otra a nuestros perseguidores.

Un aullido de agonía es seguido de otro y otro en tanto Helene carga y dispara, rápida como un relámpago. Las flechas que nos llegan desde la torre disminuyen mientras bajamos y tintinean contra nuestra armadura inofensivas. Cada músculo de mi cuerpo se tensa para descender despacio. *Ya casi estamos... Casi...*

En ese momento, un dolor lacerante me cruza el muslo izquierdo. Pierdo el control del artefacto que nos está bajando y nos deslizamos cincuenta pies. Helene se agarra a mí y la cabeza le da un latigazo y grita, un aullido femenino que sé que nunca debo recordarle.

—¡Joder, Veturius!

—Lo siento —rechino entre dientes cuando vuelvo a agarrar la cuerda—. Me han alcanzado. ¿Todavía vienen?

—No. —Helene inclina el cuello hacia atrás y observa la cara escarpada del risco—. Están retrocediendo.

Se me eriza el vello de la nuca. No hay ninguna razón para que los soldados detengan el ataque. A menos que piensen que alguien les tomará el relevo, claro. Miro hacia las dunas, todavía están a doscientos metros. No sé decir si hay alguien ahí abajo.

Una ráfaga de viento sopla desde el desierto y nos empuja contra la vertiente del risco, y casi suelto la cuerda otra vez. Helene grita y aprieta el brazo a mi alrededor. La pierna me arde por el dolor, pero la ignoro; solo es una herida superficial.

Por un momento, creo oír una carcajada burlona.

—Elias —me dice Helene mientras mira hacia al desierto, y sé lo que va a decir antes de que pronuncie las palabras—. Hay algo...

El viento le arranca las palabras de la boca mientras barre las dunas con una furia sobrenatural. Suelto la cuerda y nos caemos, pero no lo suficientemente rápido.

Una ráfaga repentina me arranca las manos de la cuerda y detiene nuestro descenso. La arena de las dunas se eleva en un embudo a nuestro alrededor. Ante mis ojos incrédulos, las partículas se juntan y crean una forma grande que parece un hombre con manos enormes y agujeros en los ojos.

—¿Qué es? —Helene da tajos inútiles al aire con su cimitarra, golpes cada vez más descontrolados.

No es humano y no es amigable. Los augures ya han desatado antes un terror sobrenatural. No costaba nada pensar que nos mandarían otro.

Alcanzo la cuerda, que ahora está enredada. El dolor en mi muslo explota, y miro hacia abajo para ver cómo una mano arenosa tira lentamente de la flecha y de mi carne. Se vuelve a oír la risa mientras me afano en romper la punta de la flecha; estaré tullido de por vida y la arrastro por mi pierna.

La arena me golpea la cara y me muerde la piel antes de solidificarse en otra criatura. Esta se inclina sobre nosotros como una montaña en miniatura, y, aunque sus facciones no están bien definidas, puedo distinguir la sonrisa lobuna que tiene.

Sofoco mi incredulidad e intento recordar las historias de Mamie Rila. Ya hemos lidiado con espectros, y esta cosa es grande... No como una criatura o un gul. Los efrits se supone que son tímidos, pero los genios son malvados y astutos...

—¡Es un genio! —grito por encima del viento. La criatura de arena se ríe tan divertida como si estuviera haciendo malabares y muecas.

—Los genios están muertos, pequeño aspirante. —Sus gritos son como un viento del norte. Acto seguido, se acerca precipitadamente con los ojos entrecerrados. Su compañero se materializa detrás de él, bailando y haciendo volteretas como los acróbatas de un circo—. Fueron destruidos por los tuyos hace mucho, en una gran guerra. Soy Rowan Goldgale, rey de los efrits de arena. Reclamo vuestras almas para mi posesión.

—¿Por qué iba un rey de los efrits a molestarse con dos simples humanos? —Helene intenta ganar tiempo mientras yo procuro desenredar la cuerda, desesperado, y colocar el artefacto otra vez.

—¡Simples humanos! —Los efrits detrás del rey aúllan con una risa—. Sois aspirantes. Vuestros pasos resuenan en la arena y las estrellas. Poseer almas como las vuestras es un gran honor. Me haréis un buen servicio.

—¿De qué está hablando? —me pregunta Helene en voz baja.

—Ni idea —respondo—, mantenlo distraído.

—¿Por qué quieres esclavizarnos? —le pregunta Helene—. Si..., eh... te serviríamos encantados.

—¡Chica estúpida! En esos sacos de carne, vuestras almas no me sirven. Tengo que despertarlas y domarlas. Solo entonces podréis serme útiles. Solo entonces...

Su voz se pierde en un silbido mientras caemos. Los efrits chillan y nos persiguen, rodeándonos y cegándonos, y me arrancan la cuerda de las manos una vez más.

—Apresadlos —ordena Rowan a los suyos. El agarre de Helene se debilita mientras un efrit se sitúa entre los dos. Otro agarra la cimitarra de su mano y el arco de la espalda, y grita extasiado mientras las armas caen hacia las dunas.

Otro efrit corta la cuerda con una roca afilada. Desenvaino la cimitarra y lanzo una estocada hacia la criatura, con la esperanza de que el acero mate a esa cosa. El efrit aúlla, de dolor o de rabia, no lo sé. Intento cortarle la cabeza, pero se eleva fuera de mi alcance, con una carcajada cruel.

¡Piensa, Elias! Los asesinos de sombra tenían una debilidad. Los efrits deben de tenerla también. Mamie Rila contaba historias de ellos, sé que lo hacía. Pero no consigo acordarme de ninguna.

—¡Aaah! —El brazo de Helene se suelta de mí, y solo se aferra con las piernas. Los efrits aúllan y redoblan sus esfuerzos para tirar de ella. Rowan pone las manos a ambos lados de su cara y aprieta, imbuyéndola de una luz dorada que no es de este mundo.

—¡Mía! —dice el efrit—. Mía. Mía. Mía.

La cuerda se rasga. La sangre emana de la herida de mi muslo. Los efrits sujetan a Helene y la separan de mí, y veo un hueco en la pared del risco que va hasta el suelo. La cara de Mamie Rila me viene a la cabeza, iluminada por un fuego mientras canta:

Efrit, efrit que del viento eres, mátalo con alfileres.

Efrit, efrit del mar venido, ahuyéntalo con un fuego encendido.

Efrit, efrit de la inmensa arena, una canción es su gran pena.

Lanzo la cimitarra hacia el efrit que está cortando las cuerdas y me balanceo hacia adelante, liberando a Helene del agarre de los efrits y empujándola hacia el hueco mientras ignoro su grito de sorpresa y las manos furiosas que me desgarran por detrás.

—¡Canta, Hel! ¡Canta!

Abre la boca, para gritar o cantar, no lo sé, porque la cuerda finalmente cede y me desplomo. Pierdo de vista la cara pálida de Helene, y entonces el mundo se vuelve silencioso y blanco, y ya no soy consciente de nada más.

XXIII: Laia

Izzi me encuentra mientras estoy saliendo de la cocina, todavía temblando por la amenaza de la cocinera. La chica me da un fajo de papeles: las especificaciones de la comandante para Teluman.

—Me ofrecí a llevarlas —me dice—. Pero a ella... no le ha gustado la idea.

Nadie me presta atención mientras cruzo Serra en dirección a la forja de Teluman. Nadie puede ver la «K» en carne viva y sangrienta bajo la capa que llevo puesta. Mientras avanzo a trompicones, veo claro que no soy la única esclava herida. Otros esclavos académicos tienen moratones y algunos, marcas de azotes. Los hay que andan como si tuvieran heridas internas, encorvados y cojeando.

Mientras sigo en el Distrito Ilustre, paso por delante de un escaparate de cristal donde hay bridas y monturas, y me detengo en seco, sorprendida ante mi propio reflejo, ante la afligida criatura ojerosa que me devuelve la mirada. El sudor me empapa la piel y la falda arrugada me cae raída sobre las piernas.

Lo haces por Darin. Sigo andando. *Aunque sufras, él sufre más que tú.* A medida que me acerco al Distrito de Armas, ralentizo el paso. Recuerdo las palabras de la comandante. *Tienes suerte de que quiera una espada de Teluman, chica. Tienes suerte de que te quiera probar.* Holgazaneo cerca de la puerta de la forja unos minutos antes de entrar. Seguro que Teluman no quiere estar cerca de mí mientras mi piel tenga este color pálido y esté cubierta por mares de sudor.

La tienda está tan silenciosa como la primera vez que estuve aquí, pero esta vez el forjador está presente. Lo sé. Unos segundos después de abrir la puerta, oigo unos pasos que se arrastran, y Teluman aparece por la puerta de la trastienda.

Me echa un vistazo y desaparece para volver unos segundos después con un vaso lleno de agua fresca que gotea y una silla. Me dejo caer sobre la silla y trago el agua de golpe sin detenerme a pensar que tal vez pueda estar envenenada.

La forja está fresca y el agua todavía más; durante unos segundos, el temblor febril remite y Spiro Teluman pasa de largo y va hacia la puerta de la forja.

La cierra con llave.

Me levanto despacio y le tiendo el vaso de agua como si fuera una ofrenda, un intercambio, como si le diera el vaso a cambio de que abra la puerta y me deje ir sin hacerme daño. Toma el vaso, y deseo habérmelo quedado y romperlo para usarlo como arma. Mira dentro del vaso.

—¿A quién viste cuando vinieron los gules?

La pregunta me descoloca tanto que le cuento la verdad.

—Vi a mi hermano.

El forjador me examina la cara con el ceño fruncido, como si estuviera valorando algo o tomando una decisión.

—Entonces eres su hermana —me dice—. Laia. Darin hablaba de ti a menudo.

—Él.. hablaba... —¿Por qué le hablaba Darin de mí a este hombre? ¿Por qué hablaría con él, de hecho?

—Qué raro. —Teluman se apoya en el mostrador—. El Imperio ha intentado obligarme a tomar a un aprendiz durante años, pero no encontraba ninguno hasta que sorprendí a Darin espiándome desde allí arriba.

Las persianas de la hilera de ventanas estás subidas y revelan un balcón lleno de cajas en el edificio de al lado.

—Lo arrastré y pensé que lo enviaría a los auxiliares. Entonces vi su cuaderno.

Niega con la cabeza, sin necesidad de añadir nada más. Darin ponía tanta vida en sus dibujos que parecía que si metías la mano podrías sacarlos de la página.

—No solo había dibujado el interior de la forja. También diseñaba las armas, cosas que solo había visto en sueños. Le ofrecí la vacante de aprendiz en ese momento; pensaba que huiría, que no lo volvería a ver.

—Pero no huyó —susurro. Él jamás huiría… Darin, no.

—No. Venía a la forja, miraba alrededor. Era precavido, sí, pero no estaba asustado. Nunca vi a tu hermano asustado. Supongo que sentía miedo, pero jamás pareció centrarse en lo que podía salir mal. Solo pensaba en aquello que podía salir bien.

—El Imperio pensó que era de la Resistencia. Durante todo este tiempo, ¿estaba trabajando para los marciales? Si eso es verdad, ¿por qué sigue en la cárcel? ¿Por qué no lo has sacado de allí? —le pregunto.

—¿Crees que el Imperio dejaría que un académico aprendiera sus secretos? No estaba trabajando para ellos, estaba trabajando para mí. Y hace mucho tiempo que me desentendí del Imperio. Hago lo mínimo para que me dejen en paz, armaduras mayormente. Hasta que llegó Darin, hacía siete años que no había hecho una auténtica cimitarra de Teluman.

—Pero… su cuaderno tenía dibujos de espadas…

—Ese maldito cuaderno. —Resopla Spiro—. Le dije que lo dejara aquí, pero no me hizo caso. Ahora lo tiene el Imperio y no hay vuelta atrás.

—Anotó fórmulas —añado—. Instrucciones. Cosas… cosas que no debería saber…

—Era mi aprendiz, así que le enseñé a hacer armas. Armas refinadas. Armas de Teluman. Pero no para el Imperio.

Trago con dificultad mientras me cala hondo el significado de sus palabras. Da igual lo audaces que hayan sido las revueltas de los académicos hasta la fecha, al final siempre acaba contando el acero contra el acero, y en la batalla los marciales siempre ganan.

—¿Querías que hiciera armas para los académicos?

Eso es traición. Cuando Spiro asiente, no puedo creerlo. Es un truco, como Veturius esta mañana. Es algo que Teluman ha planeado junto con la comandante para poner a prueba mi lealtad.

—Si de verdad trabajabas con mi hermano, alguien os habría visto. Hay más gente que debe de trabajar aquí: esclavos, ayudantes...

—Soy la armería Teluman. Más allá de mi aprendiz, trabajo solo, como hacían mis ancestros. Esa es la razón por la que no nos atraparon a tu hermano y a mí. Quiero ayudar a Darin, pero no puedo. El máscara que se llevó a Darin reconoció mi trabajo en los dibujos. Ya me han preguntado sobre eso dos veces. Si el Imperio se entera de que lo acepté como aprendiz, lo matarán. Y luego me matarán a mí, y ahora mismo soy la única opción que tienen los académicos de deshacerse de sus cadenas.

—¿Trabajabas con la Resistencia?

—No —responde Spiro—. Darin no confiaba en ellos. Intentó mantenerse alejado de los combatientes, pero usaba los túneles para llegar hasta aquí, y hace unas semanas dos rebeldes lo vieron mientras salía del Distrito de Armas y pensaron que era un colaborador marcial. Tuvo que enseñarles el cuaderno para evitar que lo mataran. —Spiro suelta un suspiro—. Y, por supuesto, quisieron que se uniera a ellos. No lo dejaron en paz. Al final, nos ha venido bien. Esta conexión con la Resistencia es el único motivo por el que los dos seguimos vivos. Mientras el Imperio crea que esconde secretos de los rebeldes, lo mantendrán en la prisión.

—Pero cuando el máscara nos asaltó les dijo que no estaba con la Resistencia.

—Es la respuesta habitual. El Imperio espera que los rebeldes lo nieguen durante días, incluso semanas, antes de ceder. Nos preparamos para esto; le enseñé a sobrevivir a un interrogatorio y a la prisión. Mientras esté aquí en Serra y no en Kauf, estará a salvo.

¿Durante cuánto tiempo?, me pregunto.

Tengo miedo de interrumpir a Teluman, pero más miedo me da no hacerlo. Si me está diciendo la verdad, cuanto más sepa, más peligro correré.

—La comandante espera una respuesta. Me mandará de vuelta dentro de unos días. Aquí tienes.

—Laia… Espera…

Pero le dejo los papeles en las manos, me voy corriendo hacia la puerta y la abro. Podría alcanzarme con facilidad, pero se queda quieto. En su lugar, me observa mientras corro por el pasillo. Mientras giro la esquina, me parece que lo oigo maldecir.

* * *

Por la noche, doy vueltas y se me clavan las cuerdas del catre de la pequeña caja que tengo por habitación. Las paredes y el techo se me echan encima y no puedo respirar. La herida me arde, y en la cabeza me revolotean las palabras de Teluman.

El acero sérrico es el corazón del Imperio. Ningún marcial le revelaría sus secretos a un académico, y, aun así, lo que ha dicho Teluman me parece que es verdad. Cuando me ha hablado de Darin, lo ha definido a la perfección: sus dibujos, su manera de pensar. Y Darin, al igual que Spiro, también me dijo que no estaba con los marciales ni con la Resistencia. Todo cuadra.

Solo que el Darin que conozco no estaba interesado en la rebelión.

¿O sí? Los recuerdos se agolpan en mi cabeza: el silencio de Darin cuando Pop nos dijo cómo había enterrado los huesos de un niño al que habían apaleado los auxiliares, Darin marchándose con los puños apretados cuando Nan y Pop hablaban de las últimas redadas marciales y cuando nos ignoraba mientras dibujaba mujeres académicas que se encogían ante un máscara y niños que se peleaban por una manzana podrida en la alcantarilla.

Pensaba que el silencio de mi hermano significaba que se estaba apartando de nosotros, pero tal vez el silencio era su consuelo. Tal vez era el único modo en el que podía contrarrestar su ira por lo que ocurría con los suyos.

Cuando por fin me duermo, la advertencia de la cocinera sobre la Resistencia se cuela en mis sueños. Veo cómo la comandante me hiende el cuchillo una y otra vez, y su cara cambia de Mazen a Keenan, de Teluman a la cocinera.

Me levanto en medio de la noche y tomo aire, intentando apartar las paredes de mi habitación. Salgo de la cama hacia el pasillo abierto y me dirijo al patio trasero para devorar la fresca brisa nocturna.

Es pasada la medianoche y las nubes se desplazan rápidamente por delante de la luna, casi llena. Dentro de unos días, será el Festival de la Luna, la celebración estival de los académicos, dedicada a la luna más grande del año. Se suponía que este año Nan y yo íbamos a repartir tartas y bollitos. Se suponía que Darin iba a bailar hasta caer rendido.

Bajo la luz de la luna, los imponentes edificios de Risco Negro parecen casi bellos, su granito es de color sable atenuado en tonos azules. La escuela está, como siempre, sumida en un extraño silencio. Nunca le tuve miedo a la noche, ni cuando era niña, pero aquí es diferente; la noche se carga con un silencio que te hace mirar por encima del hombro, un silencio que parece tener vida propia.

Miro hacia las estrellas del firmamento y pienso que estoy mirando hacia el infinito. Pero bajo su mirada fría me siento pequeña. Toda la belleza de las estrellas se queda en nada cuando la vida en la Tierra es tan repulsiva.

Antes no pensaba así. Darin y yo pasamos muchas noches en el tejado de la casa de nuestros abuelos resiguiendo la estela del Gran Río, el Arquero, el Caballero. Buscábamos estrellas fugaces, y el que la viera primero podía pedir un desafío. Como los ojos de Darin eran afilados como los de un gato, siempre era yo la que se veía obligada a robar albaricoques a los vecinos o echarle agua fría por la espalda a Nan.

Darin ahora no puede ver las estrellas. Está encerrado en una celda y perdido en el laberinto de las prisiones de Serra. No podrá volver a ver las estrellas a menos que yo consiga lo que quiere la Resistencia.

Una llama prende en el despacho de la comandante, y doy un respingo, sorprendida por que todavía esté despierta. Las cortinas se mueven, y oigo voces a través de la ventana abierta. No está sola.

Las palabras de Teluman me vuelven a la mente. *Nunca vi a tu hermano asustado. Jamás pareció centrarse en lo que podía salir mal. Solo pensaba en aquello que podía salir bien.*

Una celosía desgastada tapa la ventana de la comandante, que está cubierta de vides secas. Sacudo la celosía; tambalea, pero se puede trepar.

Dudo que esté diciendo algo útil. Lo más seguro es que esté hablando con un estudiante.

Pero ¿por qué se reuniría con un estudiante a medianoche? ¿Por qué no durante el día? *Te azotará*, dice mi miedo. *Te arrancará un ojo o te cortará la mano.*

Pero ya me han azotado, golpeado y estrangulado, y he sobrevivido. Me han hecho surcos con un cuchillo ardiendo y he sobrevivido.

Darin no dejaba que el miedo lo controlara. Si quiero salvarlo, no puedo dejar que el miedo me controle.

Consciente de que mi coraje va a disminuir cuanto más me lo piense, me agarro a la celosía y trepo. El consejo de Keenan me viene a la cabeza. *Siempre debes tener un plan de huida.*

Pongo una mueca. Demasiado tarde.

Cada rasguño que hacen mis sandalias me suena a una detonación. Un crujido sonoro hace que me salte el corazón, pero después de un minuto paralizada me doy cuenta de que se trata de la celosía, que gruñe bajo mi peso.

Cuando llego arriba, todavía no puedo oír a la comandante. El alféizar se encuentra a un palmo a mi izquierda. Tres pies por debajo, un fragmento de la piedra se ha caído y ha dejado un pequeño punto de apoyo. Tomo aire, me agarro al alféizar y me balanceo desde la celosía hasta la ventana. Los pies me resbalan por la pared escarpada durante un segundo que se vuelve aterrador antes de encontrar el apoyo para el pie.

No cedas, le suplico a la piedra bajo mis pies. *No te rompas.*

Se me ha vuelto a abrir la herida del pecho e intento ignorar la sangre que emana. Tengo la cabeza a la altura de la ventana de la comandante. Si se asoma, estoy muerta.

Olvida eso, me dice Darin. *Escucha.* La voz entrecortada de la comandante me llega por la ventana, y me echo hacia adelante.

—... llegará con todo su séquito, mi señor Portador de la Noche. Todos... sus consejeros, el Verdugo de Sangre, la Guardia Negra... y también la mayoría de la Gens Taia. —La voz sumisa de la comandante es reveladora.

—Asegúrate de que así sea, Keris. Taius debe llegar después de la tercera prueba, o nuestro plan será un fracaso.

Cuando oigo la segunda voz, me falta el aire y casi me despeño. Es una voz profunda y suave, parece más un sentimiento que un sonido. Es como tormenta, viento y hojas que se arremolinan en la noche. Es como raíces que se hunden en la tierra y las criaturas pálidas y ciegas que viven debajo de ella. Pero algo desentona en esa voz, como algo enfermo en su núcleo.

Aunque nunca la he oído antes, me pongo a temblar y durante un breve instante siento la tentación de dejarme caer al suelo solo para poder huir de su influjo.

Laia, oigo decir a Darin. *Sé valiente.*

Me arriesgo a echar una ojeada por las cortinas y veo una figura de pie en una esquina de la habitación, rodeada de sombras. Parece que no es nada más que un hombre de mediana altura tapado con una capucha. Pero sé en mi fuero interno que no se trata de un hombre normal. Las sombras se arremolinan a sus pies, retorciéndose, como si intentaran llamar su atención. Gules. Cuando esa cosa se gira hacia la comandante, me encojo, pues la oscuridad bajo su capucha no tiene cabida en el mundo humano.

Le brillan los ojos, que son como dos rendijas fulgurantes llenas de una maldad antigua.

La figura se mueve y me aparto de la ventana.

El Portador de la Noche, grito en mi mente. *Le ha llamado Portador de la Noche.*

—Tenemos otro problema, señor —añade la comandante—. Los augures sospechan que he interferido. Mis... instrumentos no son tan sutiles como había anticipado.

—Déjales que sospechen —responde la criatura—. Mientras ocultes tu mente y sigamos enseñando a los Farrar a ocultar la suya, los augures no sabrán nada. Aunque me pregunto si has escogido a los aspirantes adecuados, Keris. La han pifiado en la segunda emboscada, aunque les dije todo cuanto necesitaban para acabar con Aquilla y Veturius.

—Los Farrar son la única opción. Veturius es demasiado obstinado y Aquilla, demasiado leal a él.

—Entonces Marcus debe ganar y yo debo ser capaz de controlarlo —dice el hombre de las sombras.

—Si fuera uno de los otros... —La voz de la comandante se tiñe de una duda que jamás imaginé que fuera capaz de expresar—. Veturius, por ejemplo. Puedes matarlo y tomar su forma...

—Cambiar de forma no es tarea fácil. Y no soy un asesino, comandante, para matar a aquellos que son una espina para ti.

—No es una espina...

—Si quieres que tu hijo muera, hazlo tú misma. Pero no permitas que interfiera en la tarea que te he encomendado. Si no la puedes llevar a cabo, nuestro acuerdo llega a su fin.

—Quedan dos pruebas, mi señor Portador de la Noche. —La voz de la comandante es baja y reprime su rabia—. Como las dos tendrán lugar aquí, estoy segura de que podré...

—Tienes poco tiempo.

—Trece días es más que suficiente...

—¿Y si tus intentos de sabotear la Prueba de la Fuerza fracasan? La cuarta prueba solo es un día después. Dentro de dos semanas, Keris, habrá un nuevo Emperador. Asegúrate de que sea el apropiado.

—No le fallaré, mi señor.

—Por supuesto que no, Keris. Nunca me has fallado. Como símbolo de mi confianza en ti, te he traído otro regalo.

Cruje la ropa, se rasga y entonces toma aire con dificultad.

—Algo para añadir a ese tatuaje —dice el invitado de la comandante—. ¿Me permites?

—No —dice la comandante tras un suspiro—. No, este es mío.

—Como quieras. Ven, acompáñame al portón.

Unos segundos después, la ventana se cierra de golpe, las luces se apagan y casi me caigo de donde estoy encaramada. Oigo el sonido distante de la puerta, y todo se queda en silencio.

Me tiembla todo el cuerpo. Por fin tengo algo útil para la Resistencia. No es todo lo que quieren, pero puede que sea suficiente como para satisfacer a Mazen y ganar más tiempo. Una parte de mí está exultante, pero otra piensa en la criatura a la que la comandante ha llamado Portador de la Noche. ¿Qué era esa cosa?

En principio, los académicos no creen en lo sobrenatural. El escepticismo es uno de los pocos legados de nuestro pasado erudito, y la mayoría de nosotros nos aferramos a ello con tenacidad. Genios, efrits, gules, espectros... No son más que leyendas y mitos tribales. Las sombras que se mueven son una ilusión óptica. Un hombre de las sombras con una voz salida del infierno... debería tener una explicación también.

Solo que no hay explicación. Es real, tan real como los gules.

Un viento repentino sopla del desierto y agita la celosía, que amenaza con derribarme. Sea lo que fuere esa cosa, cuanto menos sepa yo, mejor, decido al final. Lo único que importa es que tengo la información que necesitaba.

Alargo una pierna hacia la celosía, pero la retiro rápidamente cuando sopla otra ráfaga de viento. Ante mis ojos aterrorizados, la celosía cruje, se vuelca y cae con un sonido ensordecedor encima de los adoquines. *Malditos infiernos.* Me encojo y espero que la cocinera o Izzi salgan y me descubran.

Unos segundos después, se oye cómo unas sandalias raspan la piedra del patio. Izzi sale por el pasillo de las sirvientas con un chal alrededor de los hombros. Mira hacia la celosía y luego hacia la ventana. Cuando me ve, su boca se abre redonda y sorprendida, pero solo levanta la celosía y me observa mientras bajo.

En cuanto me giro para mirarla, intento idear un mar de explicaciones que no tienen sentido. Pero entonces ella se me adelanta:

—Quiero que sepas que lo que estás haciendo es valiente. Muy valiente.

Habla atropelladamente, como si hubiera estado acumulando las palabras para este momento.

—Sé lo de la redada y tu familia y la Resistencia. No te estaba espiando, te lo juro. Es que, cuando esta mañana he subido la arena, me he dado cuenta de que me había dejado los hierros en el horno para que se calentaran. Cuando he vuelto a por ellos, tú y la cocinera estabais hablando y no he querido interrumpiros. De todos modos, he pensado... que podría ayudarte. Sé cosas, muchas cosas. Llevo toda la vida en Risco Negro.

Me quedo sin palabras durante un momento. ¿Le suplico que no se lo diga a nadie? ¿Me enfado injustamente con ella por haber estado escuchando a hurtadillas? ¿Me la quedo mirando porque no creí que fuera capaz de articular tantas palabras? No tengo ni idea, pero una cosa sí sé: no puedo aceptar su ayuda. Es demasiado peligroso.

Antes de que pueda decir nada, mete las manos bajo el chal y niega con la cabeza.

—No me hagas caso. —Parece tan solitaria... Una soledad que lleva con ella años, o su vida entera—. Es una idea absurda, lo siento.

—No es absurda —respondo—. Solo peligrosa. No quiero que te hagan daño, si la comandante se enterara..., nos mataría a las dos.

—Sería mejor que lo que tenemos ahora. Al menos moriría haciendo algo útil.

—No puedo dejar que lo hagas, Izzi. —Mi rechazo le duele, y me siento fatal por ello. No estoy tan desesperada como para poner su vida en peligro—. Lo siento.

—Está bien. —Vuelve a su coraza—. No importa... Olvídalo.

He tomado la decisión adecuada, lo sé. Pero mientras Izzi se va, sola y miserable, detesto el hecho de que yo sea la culpable de que se sienta así.

* * *

Aunque le suplico a la cocinera que me deje encargarme de los recados para poder ir cada día al mercado, no tengo noticias de la Resistencia.

Hasta que, por fin, el tercer día después de haber espiado a la comandante, me estoy abriendo paso entre la multitud desde la oficina de mensajería cuando una mano me agarra por la cintura. Instintivamente golpeo con el codo para dejar sin respiración al idiota que se cree que se puede tomar esas libertades, pero otra mano me detiene el brazo.

—Laia —me dice una voz baja en mi oído. La voz de Keenan.

Se me eriza la piel con su aroma familiar. Me suelta el brazo, pero su mano se aferra a mi cintura. Me dan ganas de apartarlo de un empujón y mandarlo a paseo por haberme tocado, pero al mismo tiempo sentir el contacto de su mano me lanza una descarga por el cuerpo.

—No corras —me advierte—. La comandante ha mandado a alguien para que te siguiera. Está intentando abrirse paso entre la muchedumbre. No podemos arriesgarnos. ¿Tienes algo para nosotros?

Levanto la carta de la comandante y me abanico, con la esperanza de que el movimiento me oculte la cara mientras hablo.

—Sí. —Prácticamente levito por el entusiasmo, pero solo siento tensión por parte de Keenan. Cuando me giro para mirarlo, su cara se tiñe de desaliento y me aprieta con la mano para advertirme. Mi júbilo se evapora. Algo va mal—. ¿Está bien Darin? —susurro—. ¿Está…? —No puedo pronunciar las palabras. El miedo me ahoga.

—Está en una celda de la muerte aquí en Serra, en la Prisión Central. —Keenan habla en voz baja, como hacía Pop cuando les daba a los pacientes las peores noticias—. Lo van a ejecutar.

Me quedo sin aire. Dejo de sentir cómo gritan los empleados de la oficina o el olor a sudor y los empujones de la muchedumbre.

Ejecutado. Asesinado. Muerto. Darin morirá.

—Todavía tenemos tiempo.

Me sorprende la sinceridad de sus palabras. *Mis padres también están muertos*, me dijo la primera vez que lo vi. *Toda mi familia, en realidad.* Entiende lo que voy a sentir con la ejecución de Darin. Tal vez sea el único que lo comprenda.

. —La ejecución tendrá lugar después del nombramiento del nuevo Emperador. Todavía queda bastante.

No es verdad, pienso.

Dentro de dos semanas, había dicho el hombre de las sombras, *habrá un nuevo Emperador.* A mi hermano no le queda bastante. Le quedan dos semanas. Tengo que decírselo a Keenan, pero cuando me giro para hacerlo, veo a un legionario apostado en la puerta de la oficina de mensajería mirándome. El hombre de la comandante.

—Mazen no estará en la ciudad mañana. —Keenan se agacha, como si se le hubiera caído algo al suelo. Pendiente del hombre de la comandante, sigo mirando al frente—. Pero pasado mañana, si puedes salir y despistar al hombre...

—No —susurro mientras me abanico—. Esta noche. Volveré a salir esta noche mientras ella duerme. Nunca sale de la habitación antes del alba. Me escaparé y te encontraré.

—Esta noche habrá demasiadas patrullas. Es el Festival de la Luna...

—Las patrullas estarán ocupadas con los grupos de juerguistas —respondo—. No prestarán atención a una esclava. Por favor, Keenan. Tengo que hablar con Mazen. Tengo información. Si puedo hacérsela llegar, puede liberar a Darin antes de que lo ejecuten.

—Está bien. —Keenan le lanza una mirada indiferente al legionario—. Consigue llegar al festival y te encontraré allí.

Al cabo de unos instantes, desaparece. Entrego la carta en el mostrador del mensajero y pago la tasa. Unos segundos más tarde, estoy fuera y observo cómo los mercaderes pasan a toda velocidad. ¿Será suficiente la información que tengo para salvar a mi hermano? ¿Será suficiente para convencer a Mazen de que libere a Darin antes de que sea demasiado tarde?

Lo será. Debe serlo. No he llegado tan lejos para ver morir a mi hermano. Esta noche, convenceré a Mazen de que saque a Darin. Me comprometeré a seguir siendo una esclava hasta obtener la información que quiere. Le juraré lealtad a la Resistencia. Haré lo que sea necesario.

Pero vayamos a lo primero: ¿cómo voy a salir de Risco Negro?

XXIV: *Elias*

L a canción es como un río silencioso y manso que fluye por
mis sueños producto del dolor; me trae recuerdos de una
vida que casi había olvidado, una vida anterior a Risco Negro.
La caravana cubierta con seda que traquetea por el desierto tribal. Mis compañeros de juegos, corriendo como locos por el oasis
con sus risas, que parecen campanillas. Caminar por la sombra
de las palmeras datileras con Mamie Rila y su voz firme como el
zumbido de la vida del desierto que nos rodeaba.

Pero cuando la canción acaba, los sueños se desvanecen y
desciendo hacia las pesadillas. Las pesadillas se transforman
en un pozo negro de dolor, y el dolor me acecha como un hermano gemelo vengativo. Detrás de mí se abre una puerta de
angustiosa oscuridad y una mano me aferra por detrás, intentando llevarme a rastras.

Entonces vuelve a sonar la canción, un hilo de vida en este
negro infinito, y estiro el brazo hacia él y lo agarro tan fuerte
como puedo.

* * *

Me despierto atontado, como si hubiera vuelto a mi cuerpo
después de haber estado años fuera. Aunque espero que me
duela todo, las extremidades se mueven con facilidad y me
incorporo.

Fuera, las lámparas de la noche se acaban de encender. Sé que estoy en la enfermería porque es el único lugar de todo Risco Negro que tiene las paredes blancas. En la habitación únicamente hay la cama en la que estoy tumbado, una mesa pequeña y una silla de madera sencilla donde dormita Helene. Tiene un aspecto horrible, con la cara cubierta de moratones y arañazos.

—¡Elias! —Se le abren los ojos de golpe cuando oye que me muevo—. Gracias a los cielos. Has estado dos días inconsciente.

—Refréscame la memoria —grazno con el cuello seco y la cabeza que me palpita—. Algo pasó en los riscos. Algo extraño...

Helene me llena un vaso con agua de un cántaro de encima de la mesa.

—Nos atacaron unos efrits durante la segunda prueba, mientras bajábamos por los riscos.

—Uno cortó la cuerda —añado, mientras recuerdo—, pero entonces...

—Me metiste en el hueco de la pared, pero no tuviste la sensatez de encaramarte tú. —Helene echa chispas por los ojos, pero le tiemblan las manos mientras me da el agua—. Luego te caíste como un peso muerto y te golpeaste la cabeza. Deberías haber muerto, pero la cuerda que nos unía te sujetó. Canté a pleno pulmón hasta que se esfumaron los efrits, y después te bajé hasta el suelo y nos oculté en una pequeña cueva detrás de unas plantas correderas. Un pequeño fuerte fácil de defender.

—¿Tuviste que pelear? ¿Otra vez?

—Los augures intentaron matarnos cuatro veces más. Escorpiones, por supuesto, y una víbora que casi acaba contigo. Después llegaron las criaturas, unos pequeños malnacidos, nada que ver con lo que cuentan las historias. Matarlos es una jodienda... Tienes que espachurrarlos como si fueran insectos. Aunque los legionarios fueron lo peor. —Helene se queda blanca y el tono de humor negro se desvanece—. No paraban de venir. Acababa con uno o dos y cuatro más ocupaban su lugar. Me habrían sobrepasado, pero la entrada a la cueva era demasiado estrecha.

—¿A cuántos mataste?

—A demasiados. Pero eran ellos o nosotros, así que me cuesta sentirme culpable.

Ellos o nosotros. Pienso en los cuatro soldados que maté en las escaleras de la torre de vigilancia. Supongo que debería estar agradecido de no tener que añadir más a la cuenta.

—Al alba —continúa— apareció un augur. Ordenó a los legionarios que te cargaran hasta la enfermería. Dijo que Zak y Marcus también estaban heridos, y como yo era la única que no estaba incapacitada, había ganado la prueba. Y me dio esto. —Se retira el cuello de la túnica para dejar al descubierto una camisa estrecha y brillante.

—¿Por qué no me has dicho que habías ganado? —El alivio inunda mi ser. Habría roto algo si Marcus o Zak hubieran ganado—. ¿Y te han dado una… camisa?

—Hecha de metal vivo —responde Helene—. Forjada por los augures, como nuestras máscaras. Repele todas las hojas, me dijo el augur, incluso el acero sérrico. Menos mal. Solo los cielos saben a lo que nos tendremos que enfrentar.

Niego con la cabeza. Espectros, efrits y criaturas. Cuentos tribales que se vuelven reales. Jamás pensé que sería posible.

—Los augures no se rinden, ¿verdad?

—¿Qué esperabas, Elias? —me pregunta Helene en voz baja—. Van a escoger al próximo Emperador. No es algo baladí. Tú… Nosotros… tenemos que confiar en ellos. —Toma aire, y las siguientes palabras le salen agolpadas—. Cuando vi que te caías, pensé que estabas muerto. Y había tantas cosas que tenía que decirte… —Me acerca la mano vacilante a la cara con los ojos brillantes, que se expresan en un idioma que no conozco.

Sí lo conoces, Elias. Lavinia Tanalia te miró así. Y Ceres Coran. Justo antes de que las besaras.

Pero esto es diferente. Ella es Helene. *¿Y qué? Quieres saber qué se siente... Sabes que es así.* Nada más pensarlo, me doy asco. Helene no es un lío pasajero ni una indiscreción de una noche. Es mi mejor amiga y merece algo más.

—Elias... —Su voz me arrulla como una brisa de verano, y se muerde el labio.

No. No lo permitas.

Aparto la cara y ella retira la mano de golpe como si hubiera tocado una llama. Tiene las mejillas rojas.

—Helene...

—No te preocupes —me dice con falsa ligereza y se encoge de hombros—. Supongo que solo es que estoy contenta de verte. De todos modos, no me lo has dicho... ¿Cómo te encuentras?

La velocidad con la que cambia de tema me sorprende, pero estoy tan aliviado de evitar una conversación incómoda que yo también hago ver que no ha ocurrido nada.

—Me duele la cabeza. Me siento... confuso. Había esa... esa canción. ¿Sabes...?

—Es probable que estuvieras soñando.

Helene aparta la mirada, incómoda, y, aunque esté adormilado, sé que me está ocultando algo. Cuando la puerta se abre para dejar entrar al médico, ella se levanta de la silla de un salto, como si la presencia de alguien más fuera un alivio.

—Ah, Veturius —me dice el médico—, por fin despierto.

Nunca me ha caído bien. Es un cerdo esquelético y pomposo que disfruta hablando de sus métodos de curación mientras los pacientes se retuercen de dolor. Se acerca y me quita el vendaje de la pierna.

Me quedo con la boca abierta. Me esperaba una herida sangrante, pero no queda rastro de ella, aparte de una cicatriz que parece que tuviera ya semanas. Me hace cosquillas cuando la toco, pero es indolora.

—Un emplasto sureño —comenta el médico— que he hecho yo mismo. Lo he usado varias veces, debo confesar, pero contigo he conseguido la fórmula perfecta.

El médico me quita la venda de la cabeza. Ni siquiera está manchada de sangre. Un ligero dolor se me extiende por detrás de la oreja, y cuando paso la mano noto una cicatriz. Si lo que ha dicho Helene es verdad, esta herida tendría que haberme dejado inconsciente durante semanas, y aun así se ha curado en cuestión de días. Un milagro. Observo al médico. Demasiado milagroso como para que este engreído saco de huesos lo haya hecho él solo.

Me doy cuenta de que Helene me evita la mirada deliberadamente.

—¿Ha venido algún augur? —le pregunto al médico.

—¿Un augur? No. Solo mis aprendices y yo. Y Aquilla, por supuesto. —Le lanza a Hel una mirada irritada—. Se sentaba aquí y cantaba nanas siempre que podía.

El médico se saca una botella del bolsillo.

—Suero de raíz de sanguinaria —dice. *Raíz de sanguinaria.* Esas palabras me despiertan algo en la mente, pero se me escapa—. Tu uniforme está en el armario —prosigue el médico—. Puedes irte, aunque te recomiendo que te lo tomes con calma. Le he dicho a la comandante que no estarás listo para entrenar o montar guardia hasta mañana.

Justo cuando el médico sale por la puerta, me giro hacia Helene.

—Ningún ungüento del mundo podría curarme así. Y no he recibido la visita de ningún augur, solo tú.

—Las heridas no debían de ser tan graves como creías.

—Helene. Háblame de las canciones.

Abre la boca, como si fuera a hablar, y entonces sale disparada hacia la puerta, más rápida que un azote. Desafortunadamente para ella, es lo que estoy esperando.

Los ojos le brillan cuando le agarro la mano, y veo cómo sopesa sus opciones. *¿Peleo con él? ¿Vale la pena?* Espero, y cede. Me suelta la mano y se sienta.

—Empezó en la cueva… No parabas de retorcerte, como si estuvieras teniendo algún tipo de ataque. Cuando canté para alejar a los efrits, te calmaste. Tenías mejor color y la herida de la cabeza dejó de sangrar. Así que… seguí cantando. Me cansaba al hacerlo… Estaba débil, como si tuviera fiebre. —Sus ojos me miran aterrorizados—. No sé qué significa. Jamás intentaría usar el poder de los espíritus de los muertos. No soy una bruja, Elias, te lo prometo…

—Lo sé, Hel.

Cielos, ¿qué le haría mi madre si lo supiera? ¿Avisaría a la Guardia Negra? Nada bueno. Los marciales creen que el poder sobrenatural procede de los espíritus de los muertos y que solo los augures están poseídos por ellos. Cualquier otro que tenga el más mínimo poder es acusado de brujería y condenado a muerte.

Las sombras de la noche danzan por la cara de Hel, y me acuerdo de cuando Rowan Goldgale la agarró y la iluminó con ese extraño resplandor.

—Mamie Rila solía contar historias —le digo despacio, intentando no asustarla—. Hablaba de humanos con poderes extraños que despertaban tras el contacto con lo sobrenatural. Algunos podían dominar la fuerza, otros podían cambiar el tiempo. Unos pocos incluso podían curar con su voz.

—Imposible. Solo los augures tienen poder real…

—Helene, hace dos noches luchamos contra criaturas y efrits. ¿Quién dice lo que es posible y lo que no? Tal vez cuando ese efrit te tocó despertó algo en tu interior.

—Algo extraño. —Helene me pasa el uniforme. Solo la he confundido más—. Algo inhumano. Algo…

—Algo que es probable que me haya salvado la vida.

Hel me agarra del hombro y me clava los finos dedos.

—Prométeme que no se lo dirás a nadie, Elias. Deja que todos piensen que el médico es un trabajador prodigioso. Por favor. Tengo que… tengo que entenderlo primero. Si la comandante lo sabe, se lo dirá a la Guardia Negra y…

Intentarán purgarte.

—Será nuestro secreto —le aseguro. Parece levemente aliviada.

Cuando salimos de la enfermería, me saludan Faris, Dex, Tristas, Demetrius y Leander con júbilo, aullidos y palmadas en la espalda.

—Sabía que esos malnacidos no podrían contigo…

—Habrá que celebrarlo, vamos a por un barril…

—Apartaos —interviene Helene—. Dejadlo respirar. —El retumbo de los tambores la interrumpe.

Todos los nuevos graduados, al campo de entrenamiento uno de inmediato para la práctica de combate.

El mensaje se repite y se oyen gruñidos y ojos que se ponen en blanco.

—Haznos un favor, Elias —dice Faris—. Cuando ganes y seas el gobernante supremo, sácanos de aquí, ¿quieres?

—Eh —dice Helene—. ¿Y yo qué? ¿Y si gano yo?

—Si tú ganas, entonces cerrarás los muelles y no volveremos a pasarlo bien —responde Leander mientras me guiña un ojo.

—Leander, imbécil, no cerraría los muelles —rebate Helene, airada—. Solo porque no me gusten los burdeles… —Leander da un paso atrás protegiéndose la nariz con las manos.

—Perdonadle, oh, aspirante sagrada —entona Tristas con los ojos azules chispeantes—. No descarguéis vuestra ira sobre él. Solo es un sirviente desgraciado…

—Oh, iros todos al cuerno —responde Helene.

—Nueve y media, Elias —le grita Leander mientras él y los demás se van—. En mi habitación, haremos la celebración adecuada. Aquilla, también puedes venir, pero solo si me prometes que no me volverás a romper la nariz.

Le digo que no me lo voy a perder, y después de que se hayan ido, Hel me pasa un frasco.

—Casi te olvidas del suero de sanguinaria.

—¡Laia! —Le doy sentido a la sensación molesta que había tenido antes. Hace tres días, le había prometido la sanguinaria a la esclava. Estará sufriendo mucho por la herida. ¿Se habrá encargado de ella? ¿La habrá limpiado la cocinera? ¿Habrá...?

—¿Quién es Laia? —Helene interrumpe mis pensamientos con la voz peligrosamente serena.

—Es... No es nadie. —La promesa que tengo con la esclava es algo que Helene no entenderá—. ¿Qué más ha pasado mientras estaba en la enfermería? ¿Algo interesante?

Helene me lanza una mirada que significa que me está dejando cambiar de tema.

—La Resistencia le tendió una emboscada a un máscara, Daemon Cassius, en su propia casa. Por lo visto, fue bastante repugnante. Su mujer lo ha encontrado esta mañana, nadie ha oído nada. Esos malnacidos son más atrevidos. Y... hay algo más. —Baja la voz—. A mi padre le ha llegado el rumor de que el Verdugo de Sangre está muerto.

Me la quedo mirando, incrédulo.

—¿La Resistencia?

Helene niega con la cabeza.

—Ya sabes que el Emperador está a unas semanas de viaje de Serra, como poco. Ha empezado a preparar el ataque a Risco Negro... Contra nosotros, los aspirantes.

El abuelo me advirtió de esta posibilidad; aun así, no es agradable oírlo.

—Cuando el Verdugo de Sangre se enteró de los planes de ataque, intentó dimitir del puesto, así que Taius ordenó que lo ejecutaran.

—No puedes renunciar al cargo de Verdugo de Sangre. Sirves hasta que mueres. Todo el mundo lo sabe.

—De hecho —prosigue Helene—, el Verdugo de Sangre puede dimitir, pero solo si el Emperador lo acepta y lo libera del cargo. No es algo que se sepa... Mi padre dice que es un extraño vacío legal en la ley del Imperio. De todos modos, si el rumor es cierto, entonces el Verdugo de Sangre fue un iluso por haberlo preguntado. Taius no va a liberar a su mano derecha justo cuando van a sacar a la Gens Taia del poder.

Levanta la vista y me mira a la espera de una respuesta, pero solo me la quedo mirando boquiabierto, porque se me acaba de ocurrir algo grande, algo que no había entendido hasta ahora.

Si cumples con tu deber, había dicho el augur, *tienes la oportunidad de romper los lazos que te unen al Imperio para siempre.*

Sé cómo hacerlo. Sé cómo alcanzar mi libertad.

Si gano las pruebas, seré Emperador. Nada, menos la muerte, puede liberar al Emperador de su cometido con el Imperio. Pero no es lo mismo para el Verdugo de Sangre. *El Verdugo de Sangre puede dimitir, pero solo si el Emperador lo acepta y lo libera del cargo.*

No debo ganar las pruebas. Helene sí, porque si ella gana y yo me convierto en el Verdugo de Sangre, entonces podrá liberarme.

Esta revelación es como recibir un puñetazo en el estómago y poder volar a la vez. Los augures dijeron que el primero que ganara dos pruebas sería proclamado Emperador. Marcus y Helene han ganado una, lo que significa que tengo que ganar la siguiente prueba y Helene tiene que ganar la cuarta. Y en algún momento, entre una y otra, Marcus y Zak tienen que morir.

—¿Elias?

—Sí —respondo demasiado alto—. Perdón. —Hel parece molesta.

—¿Pensando en Laia?

La mención a la chica académica tiene tan poca relación con mis pensamientos que por un momento me quedo en completo silencio, y Helene se pone rígida.

—Bien, no me hagas ni caso, entonces. Como si no me hubiera pasado dos días al lado de tu cama cantándote para que volvieras a la vida o algo.

Durante un segundo, no sé qué decir. No reconozco a esta Helene que actúa como una chica de verdad.

—No, Hel, no es eso. Solo estoy cansado...

—Olvídalo —me espeta—. Tengo que ir a hacer guardia.

—Aspirante Veturius —me dice un novato que viene al trote con una nota en la mano. Le agarro la nota y le digo a Helene que espere, pero me ignora y, mientras me intento explicar, se aleja.

XXV: Laia

Unas horas después de haberle dicho a Keenan que me escaparía de Risco Negro para encontrarme con él, me siento como la más estúpida del mundo. Ha sonado la décima campana. La comandante me ha pedido que me retirara y hace una hora se ha ido a su habitación. No debería salir hasta el alba, y con más razón, puesto que le he echado hojas de *kheb* en el té; es una hierba inolora y sin sabor que Pop usaba para ayudar a los pacientes a dormir. La cocinera e Izzi duermen en sus habitaciones. La casa está silenciosa como un mausoleo.

Y aun con esas estoy sentada en mi habitación intentando urdir un plan para salir de este lugar.

No puedo pasar por delante de los guardias del portón como si nada a estas horas de la noche. A los esclavos que son lo bastante estúpidos como para hacer algo así les ocurren cosas malas. Además, es demasiado arriesgado por si la comandante llegara a enterarse de mi paseo nocturno.

Pero puedo crear una distracción y evitar a los guardias. Pienso en el fuego que devoró mi casa la noche de la redada; nada distrae tanto como el fuego.

Por lo tanto, salgo de mi habitación armada con yesca, pedernal y fajina. Una bufanda negra holgada me oculta el rostro, y el vestido, de cuello y mangas largas, cubre las pulseras de esclava y la marca de la comandante, que todavía tiene costra y duele.

El pasillo de los sirvientes está desierto. Me dirijo sin hacer ruido hacia el portón de madera que lleva a los terrenos de Risco Negro y lo abro con cuidado.

Chirría más alto que un cerdo ensartado.

Pongo una mueca y vuelvo corriendo a mi habitación, espero que alguien venga para investigar el origen del ruido. Cuando no viene nadie, salgo en silencio de mi habitación...

—¿Laia? ¿A dónde vas?

Doy un salto y se me caen la yesca y el pedernal al suelo, y solo consigo agarrar la fajina.

—¡Por todos los cielos, Izzi!

—¡Lo siento! —Recoge la yesca y el pedernal, y se le abren los ojos marrones cuando se da cuenta de lo que son—. Intentas escaparte.

—No —le digo, pero me echa una mirada que me inquieta—. Bueno, sí, pero...

—Yo... puedo ayudarte —susurra—. Conozco un camino para salir de la escuela que ni los legionarios patrullan.

—Es demasiado peligroso, Izzi.

—Claro. Por supuesto. —Se empieza a alejar, pero se detiene de golpe, sus pequeñas manos se entrelazan—. Si... si planeas hacer un fuego y salir a hurtadillas por el portón principal mientras los guardias están distraídos, no funcionará. Los legionarios mandarán a los auxiliares para que lidien con el fuego. Nunca dejan una puerta sin vigilancia. Nunca.

Cuando oigo sus palabras, sé que tiene razón. Debería haberme dado cuenta yo misma.

—¿Me puedes decir dónde está ese camino? —le pregunto.

—Es una senda oculta —responde—, rocosa y estrecha. Lo siento, pero tendría que mostrártela... Y eso significa que tendría que ir contigo. No me importa. Es lo que haría... una amiga —pronuncia la palabra «amiga» como si fuera un secreto acabado de desvelar—. No digo que seamos amigas —continúa, azorada—. Quiero decir... No sé. Nunca he tenido...

Una amiga. Está a punto de decirlo, pero aparta la mirada, avergonzada.

—Voy a reunirme con mi contacto, Izzi. Si vienes y la comandante te descubre...

—Me castigará o me matará, lo sé. Pero tal vez también lo haga por olvidarme de quitar el polvo de su habitación o por mirarla a los ojos. Vivir con la comandante es como vivir con la parca. Y, de todos modos, ¿tienes otra opción? Quiero decir... ¿Cómo vas a salir de aquí si no? —me pregunta con una mirada arrepentida.

Tiene razón. No quiero que le hagan daño. Los marciales me arrebataron a Zara hace un año. No puedo soportar pensar que otra amiga pueda sufrir en sus manos.

Pero tampoco quiero que muera Darin. Cada segundo que malgasto es un segundo que se pudre en prisión. Y no es que la esté obligando a ayudarme. Izzi quiere ayudarme. Una horda de posibles escenarios me pasa por la mente, pero los silencio. *Por Darin.*

—Está bien —le digo a Izzi—. Esta senda oculta... ¿a dónde lleva?

—A los muelles. ¿Es adonde vas?

Niego con la cabeza.

—Tengo que ir al Distrito Académico para el Festival de la Luna. Pero puedo llegar desde los muelles.

Izzi asiente.

—Por aquí, Laia.

Por favor, que no le hagan daño. Se mete en su habitación para buscar una capa, después me agarra de la mano y me lleva a la parte trasera de la casa.

XXVI: Elias

Aunque el médico me ha liberado del entrenamiento y de las guardias, a mi madre no parece importarle. La nota que me ha hecho llegar es para que vaya al campo de entrenamiento dos para un combate cuerpo a cuerpo. Me meto el suero de sanguinaria en el bolsillo (tendrá que esperar) y paso las siguientes dos horas intentando que el centurión de combate no me haga picadillo.

Para cuando me cambio el uniforme por uno limpio y salgo del campo de entrenamiento, la décima campana ya ha sonado y tengo una fiesta a la que acudir. Los chicos... y Helene... me estarán esperando. Me meto las manos en los bolsillos mientras camino. Espero que Hel se relaje un poco... Al menos lo suficiente como para olvidar lo enfadada que estaba antes conmigo. Si quiero que me libere del Imperio, asegurarme de que no me odie parece un primer paso adecuado.

Mis dedos acarician la botella de sanguinaria que tengo en el bolsillo. *Le dijiste a Laia que se la llevarías, Elias*, me reprende una voz. *Hace días.*

Pero también he dicho que me uniría a Hel y a los chicos en los barracones. Hel ya está cabreada conmigo; si descubre que estoy de visita a una esclava académica en medio de la noche, no se pondrá contenta.

Me detengo y pondero mis opciones. Si me doy prisa, Hel no sabrá dónde he estado.

La casa de la comandante es oscura, pero me mantengo en las sombras de todos modos. Los esclavos deben de estar en la cama, pero si mi madre está dormida, yo soy un genio del estanque. Merodeo por la entrada del servicio con la intención de dejar el aceite en la cocina. Entonces oigo voces.

—Esta senda oculta... ¿a dónde lleva? —Reconozco a quién pertenece la voz que susurra. Laia.

—A los muelles. —Esa es Izzi, la pinche—. ¿Es adonde vas?

Después de escucharlas, me percato de que están planeando ir por el sendero oculto y traicionero que sale de la escuela y se adentra en Serra. El sendero no está vigilado, únicamente porque nadie es tan estúpido como para arriesgarse a escabullirse por él. Demetrius y yo lo intentamos sin cuerdas hace seis meses por una apuesta y casi nos rompimos el cuello.

Las chicas van a pasar por una tortura para cruzarlo. Y será todo un milagro si consiguen volver. Las empiezo a seguir, con la intención de decirles que el riesgo no merece la pena, ni por el legendario Festival de la Luna.

Pero entonces el aire se mueve y me quedo paralizado. Huelo a hierba y nieve.

—Vaya —dice Helene detrás de mí—. Así que esa es Laia. Una esclava. Creía que eras mejor que los demás, Elias. Jamás imaginé que te llevarías a una esclava a la cama —me reprocha tras negar con la cabeza.

—No es eso. —Pongo una mueca por cómo suenan mis palabras: como el típico hombre que balbucea mientras niega serle infiel a su mujer. Solo que Helene no es mi mujer—. Laia no es...

—¿Crees que soy estúpida? ¿O que estoy ciega? —Sus ojos irradian una amenaza—. Vi cómo la mirabas. El día que nos llevó a la casa de la comandante antes de la Prueba del Coraje. Como si ella fuera agua y tú te murieras de sed. —Hel se recompone—. No importa. Voy a delatarlas a ella y a su amiga a la comandante ahora mismo.

—¿Por qué? —Estoy pasmado por la ira profunda de Helene.

—Por salir a hurtadillas de Risco Negro. —Helene habla casi rechinando los dientes—. Por desafiar a su dueña intentando asistir a un festival ilegal...

—Solo son muchachas, Hel.

—Son esclavas, Elias. Su única preocupación ha de ser complacer a su dueña, y en este caso, te lo aseguro, su dueña no estará satisfecha.

—Cálmate. —Miro alrededor, preocupado por si nos oye alguien—. Laia es una persona, Helene. La hermana o la hija de alguien. Si tú o yo hubiéramos nacido en otra familia, quizás estaríamos en su lugar en vez de en el nuestro.

—¿Qué dices? ¿Que deberían darme lástima los académicos? ¿Que debería considerarlos como iguales? Los conquistamos. Ahora los gobernamos. Es así como va el mundo.

—No toda la gente conquistada se convierte en esclava. En las Tierras del Sur, el Pueblo del Lago conquistó a los fens y los acogieron con los suyos...

—¿Qué te pasa? —Helene me mira como si me hubiera salido una segunda cabeza—. El Imperio anexionó legítimamente esta tierra. Nuestra tierra. Peleamos por ella, morimos por ella, y ahora nuestra tarea es mantenerla. Si hacerlo significa que tenemos que esclavizar a los académicos, que así sea. Ten cuidado, Elias. Si alguien te oyera decir esa porquería, la Guardia Negra te lanzaría a Kauf sin pensarlo dos veces.

—¿Ya no quieres cambiar las cosas? —Su justificación me está tocando las narices. Creía que era mejor—. La noche después de la graduación, dijiste que mejorarías las cosas para los académicos...

—¡Me refería a mejores condiciones de vida! ¡No a liberarlos! Elias, mira lo que esos malnacidos han estado haciendo. Asaltando caravanas, matando ilustres inocentes en sus camas...

—No te estarás refiriendo a Daemon Cassius como inocente. Es un máscara...

—La chica es una esclava —me corta Helene— y la comandante merece saber lo que están haciendo sus esclavas. No decírselo es equiparable a ayudar e incitar al enemigo. Las voy a delatar.

—No —respondo—. No lo harás.

Mi madre ya le ha puesto su marca a Laia. Ya le ha sacado un ojo a Izzi. Sé lo que hará si se entera de que se escapan. De ellas no quedará nada ni para los carroñeros.

Helene se cruza de brazos.

—¿Y cómo piensas impedírmelo?

—Con ese poder curativo que tienes —contesto, mientras me odio por hacerle chantaje, pero sé que es lo único que la puede detener—. La comandante estaría interesadísima en tus habilidades, ¿no crees?

Helene se queda paralizada. A la luz de la luna llena, el estupor y el dolor que muestra su rostro enmascarado me golpean como un puñetazo en el pecho. Da un paso atrás, como si temiera que la pudiera contaminar con mi sedición. Como si fuera una plaga.

—No lo puedo creer —me dice—. Después… después de todo.

Balbucea enfadada, pero entonces se levanta, sacando a la máscara que lleva en su interior. El tono de su voz se estabiliza y su rostro no muestra emoción alguna.

—No quiero saber nada de ti —me espeta—. Si quieres ser un traidor, estás solo. Aléjate de mí. En los entrenamientos. En las guardias. En las pruebas. Aléjate y punto.

Maldita sea, Elias. Tenía que solucionar las cosas con Helene esta noche, no ponerla más en mi contra.

—Hel, venga. —Intento agarrarla del brazo, pero no quiere saber nada. Me aparta la mano y desaparece en la noche.

Miro por dónde se ha ido, aturdido. *No va en serio*, me digo. *Solo necesita tranquilizarse.* Mañana entrará en razón… Le podré explicar por qué no quiero delatar a las chicas. *Y me disculparé por haberla chantajeado con una información que me confió como un secreto.* Pongo una mueca. Sí, definitivamente voy a esperar a mañana. Si me acerco a ella ahora, es probable que intente castrarme.

Pero todavía quedan Laia e Izzi.

Me quedo inmóvil en la noche mientras reflexiono. *Ocúpate de tus asuntos, Elias,* me dice una parte de mí. *Que les pase lo que tenga que pasar. Ve a la fiesta de Leander. Emborráchate.*

Idiota, me dice una segunda voz. *Sigue a las chicas y convéncelas de que desistan de esta locura antes de que las atrapen y las maten. Ve. Ahora.*

Hago caso a la segunda voz y las sigo.

XXVII: Laia

Izzi y yo nos escabullimos a través del patio mientras lanzamos miradas nerviosas a las ventanas de la comandante. Están a oscuras, lo que significa que, al menos por una vez, está dormida.

—Dime —me susurra Izzi—. ¿Has trepado alguna vez a un árbol?

—Claro.

—Entonces esto te será pan comido. Se parece bastante, la verdad.

Diez minutos después, me encuentro avanzando a trompicones por un saliente de un palmo a cientos de metros por encima de las dunas mientras fulmino a Izzi con la mirada. Va por delante y salta de roca en roca como un monito rubio.

—Esto no es pan comido —mascullo—. ¡No se parece en nada a trepar árboles!

Izzi se asoma y contempla las dunas, pensativa.

—No me había dado cuenta de lo alto que está.

Por encima de nosotras, una luna llena amarilla domina el cielo estrellado. Es una noche preciosa de verano, cálida y sin viento. Como la muerte está a un paso en falso, no puedo disfrutarla. Después de haber tomado una bocanada de aire, me desplazo unos cuantos pasos por el sendero, con la esperanza de que la piedra no se derrumbe bajo mi peso.

Izzi me mira.

—Ahí no, ahí no… Ahí…

—¡Aaaah! —Me resbala el pie y aterrizo unos centímetros más abajo de lo que pensaba.

—¡Cállate! ¡Despertarás a media escuela! —me riñe Izzi agitando la mano.

El risco está lleno de piedras que sobresalen y se rompen cuando las piso. Hay una senda, pero es más apropiada para ardillas que para seres humanos. Me patina el pie sobre una piedra especialmente resbaladiza y me apoyo en la pared del risco hasta que se me pasa el vértigo. Un minuto después, meto el dedo sin querer en la casa de alguna criatura enfadada de pinzas afiladas, que me sube a toda prisa por la mano y el brazo. Me muerdo el labio para reprimir un grito y agito el brazo con tanta energía que la costra sobre mi corazón se abre. Siseo cuando noto el súbito dolor ardiente.

—Vamos, Laia —me llama Izzi, más adelantada—. Ya casi estamos.

Me obligo a avanzar mientras intento ignorar las fauces del aire fresco a mi espalda. Cuando por fin llegamos a una extensión de tierra sólida, por poco me pongo a besar el suelo como agradecimiento. El río lame suavemente la base de los muelles y los mástiles de decenas de barcas se balancean mansos como un bosque de lanzas que bailan.

—¿Lo ves? —me dice Izzi—. No ha estado tan mal.

—Todavía nos queda la vuelta.

Izzi no responde, sino que se limita a escrudiñar las sombras detrás de mí. Me doy la vuelta y las observo junto a ella, por si oigo algo fuera de lo habitual. El único sonido que hay es del agua que golpea los cascos de las barcas.

—Lo siento. —Niega con la cabeza—. Pensé… Olvídalo. Guíame.

Los muelles están abarrotados de marineros que apestan a sudor y a sal, y de risas de borrachos. Las chicas de la noche hacen señas a cualquiera que pasa por delante de ellas y sus ojos parecen carbones que se apagan.

Izzi se detiene para observarlas, pero tiro de ella para que me siga. Nos mantenemos en las sombras, intentando desaparecer en la oscuridad para que nadie pueda vernos.

Pronto dejamos atrás los muelles. A medida que nos adentramos en Serra, las calles nos parecen más familiares, hasta que trepamos por un muro bajo de barro cocido y entramos en el distrito.

Casa.

Nunca me había gustado el olor del distrito: a barro y tierra y calor de los animales que viven cerca. Trazo una línea en el aire con el dedo y me maravillo con las espirales de polvo que bailan bajo la tenue luz de la luna. Oigo unas risas cercanas, una puerta que se cierra, un niño que grita y, de fondo, un murmullo constante y suave de conversaciones. Es muy diferente del silencio que reina en Risco Negro como un velo de muerte.

Casa. Quiero creer que es verdad, pero esto ya no es mi casa. Ya no. Me la arrebataron, la quemaron hasta los cimientos.

Nos dirigimos hacia la plaza al centro del distrito, donde el Festival de la Luna está más presente. Me echo atrás la bufanda, me deshago el moño y dejo que mi pelo caiga suelto como el de las demás mujeres jóvenes.

A mi lado, el ojo derecho de Izzi se abre como un plato al contemplar la escena.

—Nunca había visto algo así —comenta—. Es precioso. Es... —Le quito las horquillas de su cabello claro. Se pone las manos en la cabeza y se sonroja, pero se las hago bajar.

—Solo esta noche —le digo— o no nos camuflaremos. Venga.

Las sonrisas nos corresponden mientras nos abrimos camino entre la multitud. Se ofrecen bebidas, se intercambian saludos, se murmuran cumplidos que a veces son a gritos, para la vergüenza de Izzi.

Es imposible que no piense en Darin y en cuánto le gustaba el festival. Hace dos años, se vistió con sus mejores ropas y nos arrastró temprano hacia la plaza. Eso era cuando él y Nan todavía se reían juntos, cuando los consejos de Pop eran ley y cuando no tenía secretos conmigo. Me traía pilas de pasteles de luna, redondos y amarillos como una luna llena. Le fascinaban las lámparas que iluminaban las calles, colgadas con tanta astucia que parecía que estuvieran flotando. Cuando los violines cantaban y los tambores tocaban, agarraba a Nan y la hacía desfilar por las pistas de baile hasta que se quedaba sin aire de la risa.

El festival de este año está abarrotado, pero cuando recuerdo a Darin me siento abrumadoramente sola. Nunca había pensado en todos los vacíos de los asistentes del Festival de la Luna, todos los sitios donde deberían estar los que han desaparecido, los muertos y los perdidos. ¿Qué le está pasando a mi hermano en la prisión mientras yo estoy entre esta alegre muchedumbre? ¿Cómo puedo sonreír o reír mientras él sufre?

Miro a Izzi y veo su rostro lleno de asombro y alegría, y con un suspiro aparto estos pensamientos oscuros por su bien. Debe de haber otra gente aquí que se sienta tan sola como yo y, aun así, nadie frunce el ceño, llora ni se muestra taciturno. Todos encuentran algún motivo para reír y sonreír, algún motivo de esperanza.

Reconozco a una de las antiguas pacientes de Pop. Me giro de golpe para evitarla y me subo la bufanda para ocultar la cara. Hay mucha gente, así que será fácil perder a alguien familiar entre el gentío, pero es mejor si no me identifican.

—Laia, ¿qué hacemos ahora? —me pregunta Izzi en voz baja mientras me toca suavemente el brazo.

—Lo que queramos. Se supone que alguien tiene que encontrarme. Hasta que aparezca, bailamos, observamos y comemos. Nos integramos —le respondo.

Veo un carretón guiado por una pareja que ríe y rodeado por una horda de manos estiradas.

—Izzi, ¿has probado alguna vez el pastel de luna?

Me abro paso entre la multitud y regreso al cabo de unos minutos con dos pasteles calientes de luna que rezuman nata fría. Izzi toma un mordisquito, cierra los ojos y sonríe. Deambulamos por las pistas de baile que están llenas de parejas: maridos y esposas, padres e hijas, hermanos, amigos. Cambio el paso arrastrado de esclava por la manera como solía andar, con la cabeza recta y los hombros echados hacia atrás. Bajo mi vestido, la herida me escuece, pero la ignoro.

Izzi se acaba el pastel y mira al mío con tanta intención que se lo ofrezco. Encontramos un banco y contemplamos a los bailarines durante unos minutos, hasta que Izzi me da un codazo.

—Tienes un admirador —comenta, y engulle la última porción de pastel—. Al lado de los músicos.

Miro hacia allí pensando que debe de ser Keenan. Sin embargo, veo a un hombre joven con una expresión algo desconcertada. Me resulta familiar.

—¿Lo conoces? —pregunta Izzi.

—No, no creo —contesto después de reflexionar unos instantes.

El hombre joven es alto como un marcial, con los hombros anchos y brazos de un moreno dorado que brillan a la luz de los farolillos. Su abdomen marcado se aprecia por debajo de la túnica con capucha que viste, incluso a la distancia. A través del pecho lleva atada la correa de una bolsa negra. Aunque tiene la capucha calada y su rostro está cubierto de sombras, puedo ver sus pómulos altos, su nariz recta y sus labios carnosos. Sus rasgos son impresionantes, casi ilustres, pero sus ropas y el brillo oscuro de sus ojos son definitivamente tribales.

Izzi contempla al chico, casi estudiándolo.

—¿Estás segura de que no lo conoces? Porque él definitivamente parece saber quién eres.

—No, es la primera vez que lo veo.

El chico y yo cruzamos la mirada, y, cuando sonríe, las mejillas se me sonrojan. Aparto la vista, pero la atracción de sus ojos es tan poderosa que un momento después vuelvo a buscarlos. Todavía me está mirando, con los brazos cruzados sobre el pecho.

Un segundo más tarde, noto una mano en el hombro y me llega el olor a cedro y viento.

—Laia.

Me olvido del impresionante chico del escenario cuando me giro hacia Keenan. Me quedo observando sus ojos oscuros y su pelo rojizo, sin darme cuenta de que se me ha quedado mirando, hasta que pasan unos segundos y carraspea.

Izzi se mantiene unos metros alejada, observando a Keenan con interés. Le he dicho que, cuando la Resistencia apareciera, actuara como si no me conociera. No sé por qué, pero dudo de que aprecien que una compañera esclava lo sepa todo sobre mi misión.

—Vamos —me dice Keenan, y serpentea por las pistas de baile y entre dos tiendas. Le sigo e Izzi nos viene a la zaga, discretamente y a una distancia prudente—. Encontraste la manera —añade.

—Ha sido... bastante fácil.

—Lo dudo. Pero lo has logrado. Bien hecho. Pareces...

Sus ojos me buscan la cara y recorren todo mi cuerpo. Esa misma mirada de cualquier otro hombre se merecería un bofetón, pero viniendo de Keenan es más un homenaje que un insulto. Hay algo diferente en sus habituales facciones frías... ¿Sorpresa?, ¿admiración? Cuando le intento sonreír, menea un poco la cabeza, como si intentara aclararse.

—¿Sana ha venido? —pregunto.

—Se ha quedado en la base. —Sus hombros están tensos, y puedo ver que algo le preocupa—. Quería verte en persona, pero Mazen no la ha dejado venir. Se han peleado por eso. Su facción ha estado presionando para que Mazen liberase a Darin. Pero Mazen... —Se aclara la garganta y, como si hubiera hablado demasiado, señala rígidamente una tienda que tenemos delante—. Vamos allí.

Una mujer tribal de cabello blanco está sentada enfrente de la tienda, mirando hacia una bola de cristal mientras dos chicas académicas con expresión escéptica esperan para oír su predicción. A uno de sus lados, un malabarista con antorchas ha reunido a una gran multitud y, al otro, una kehanni tribal hilvana cuentos y su voz se eleva y se precipita como un pájaro en pleno vuelo.

—Espabila. —La súbita brusquedad de Keenan me sorprende—. Te está esperando.

Cuando entro en la tienda, Mazen deja de hablar con dos hombres que lo flanquean. Los reconozco de la cueva. Son sus lugartenientes, más cercanos a la edad de Keenan que a la de Mazen y con el mismo posado taciturno del joven. No me achico, no me intimidarán.

—Todavía estás entera —observa Mazen—, increíble. ¿Qué nos traes?

Le cuento todo lo que sé sobre las pruebas y la llegada del Emperador. No le informo sobre cómo he conseguido la información y Mazen tampoco lo pregunta. Cuando acabo, incluso Keenan parece sorprendido.

—Los marciales nombrarán a un nuevo Emperador dentro de menos de dos semanas —lo informo—. Por eso le he dicho a Keenan que debíamos vernos hoy. No ha sido fácil salir de Risco Negro. Solo me he arriesgado porque sabía que tenía que traerte esta información. No es todo lo que pedías, pero seguro que es suficiente como para convencerte de que completaré la misión. Ya puedes sacar a Darin. —Mazen frunce el ceño, y sigo a toda prisa…—. Y me quedaré en Risco Negro tanto como necesites.

Uno de los lugartenientes, un hombre de cabello claro y corpulento que creo que se llama Eran, susurra algo al oído de Mazen. Sus ojos brillan durante un momento de irritación.

—Las celdas de muerte no son como los bloques de la prisión principal, chica —me responde—. Son casi impenetrables. Pensaba contar con unas cuantas semanas para poder sacar a tu hermano, por eso en su momento accedí. Estas cosas llevan tiempo. Necesitamos obtener provisiones, uniformes, y hay que sobornar a los guardias. Menos de dos semanas... Eso es nada.

—Es posible —levanta la voz Keenan por detrás de mí—. Tariq y yo lo estábamos hablando...

—Si quiero tu opinión o la de Tariq, ya os la pediré —le corta Mazen.

Keenan aprieta los labios, y espero que replique. Pero solo asiente, y Mazen continúa:

—No es tiempo suficiente —musita—. Tendríamos que adueñarnos del control de toda la maldita prisión. Eso es algo que no se puede hacer a menos que... —Se rasca la barbilla, sumido en sus pensamientos, antes de asentir—. Tengo una nueva misión para ti: encuentra una manera de entrar en Risco Negro, una manera que nadie más conozca. Hazlo y podré sacar a tu hermano.

—¡Conozco una manera! Un sendero oculto... Así es como he venido. —El alivio me invade.

—No. —Mazen pincha mi euforia como si fuera un globo—. Necesitamos algo... distinto.

—Más maniobrable para un grupo grande de hombres —añade Eran.

—Las catacumbas pasan por debajo de Risco Negro. Algunos de los túneles deben de llevar hasta la escuela —le dice Keenan a Mazen.

—Tal vez. —Mazen se aclara la garganta—. Hemos buscado ahí abajo y no hemos encontrado nada que nos sirva. Pero tú, Laia, tendrás una ventaja, puesto que buscarás desde dentro de Risco Negro. —Apoya los puños en la mesa y se inclina hacia mí—. Necesitamos algo pronto. Una semana como mucho. Mandaré a Keenan para que te diga la fecha concreta. No te pierdas ese encuentro.

—Daré con una entrada para vosotros —le aseguro. Izzi debe de saber algo. Alguno de los túneles debajo de Risco

Negro debe de estar desprotegido. Por fin, una tarea que sé que puedo completar—. Pero ¿cómo va a ayudarte una entrada a Risco Negro para salvar a Darin de las celdas de muerte?

—Buena pregunta —murmura Keenan en voz baja. Mira a Mazen a los ojos, y me sorprendo al ver la palpable hostilidad en la cara del hombre.

—Tengo un plan, es todo cuanto necesitas saber. —Mazen asiente hacia Keenan, quien me toca el brazo y se dirige a la puerta de la tienda, indicándome que lo siga.

Por primera vez desde la redada, me siento liviana, como si tal vez fuera capaz de conseguir lo que me propuse. Fuera de la tienda, el tragafuego está a medio espectáculo y localizo a Izzi en la multitud, aplaudiendo mientras la llama ilumina la noche. Estoy casi mareada por la esperanza cuando veo que Keenan observa cómo los bailarines dan vueltas y frunce el ceño.

—¿Qué ocurre?

—Me... eh... —Se pasa una mano por el pelo, y no creo que lo haya visto tan agitado antes—. ¿Me concederías el honor de un baile?

No sé qué me esperaba que fuera a decir, pero en todo caso no era eso. Me las apaño para asentir, y acto seguido me guía hacia una de las pistas. Al otro lado, el chico tribal alto de antes está bailando con una delicada mujer tribal que tiene una sonrisa como un relámpago.

Los violines empiezan a tocar una canción ligera y grácil, y Keenan me toma de la cadera con una mano y de los dedos con la otra. Cuando me toca, la piel me vuelve a la vida como si la calentara el sol.

Está un poco rígido, pero se sabe bien los pasos.

—No se te da mal —le comento. Nan me enseñó todos los bailes antiguos. Me pregunto quién se los enseñó a Keenan.

—¿Te sorprende?

—No pensaba que fueras de los que bailaban —le digo, y me encojo de hombros.

—Normalmente no bailo. —Su mirada oscura me resigue de arriba abajo, como si intentara descifrar algo—. Pensé que estarías muerta al cabo de una semana, ¿sabes? Me has sorprendido. —Me mira a los ojos—. No suelo sorprenderme.

La calidez de su cuerpo me envuelve como una crisálida. De repente me quedo sin aliento, y es una sensación deliciosa. Pero entonces aparta la mirada y su rostro delicado se torna frío. El hormigueo desagradable del rechazo me recorre la piel mientras seguimos bailando.

Es tu contacto, Laia. Nada más.

—Si te sirve de algo, yo creía que también estaría muerta la primera semana. —Le sonrío, y él me contesta torciendo el labio. *Mantiene la felicidad a raya, me doy cuenta. No confía en ella*—. ¿Todavía crees que voy a fallar? —le pregunto.

—No debería haber dicho eso. —Baja la vista para mirarme, pero la aparta de inmediato—. Pero no quería arriesgar a mis hombres... ni... ni a ti. —Balbucea las últimas palabras, y arqueo una ceja, incrédula.

—¿A mí? Me amenazaste con meterme dentro de una cripta cinco segundos después de conocerme —le suelto.

El cuello de Keenan enrojece y todavía se niega a mirarme.

—Lo siento por eso. Fui un.... un...

—¿Imbécil? —trato de ayudarle.

Esta vez sonríe por completo y es un gesto deslumbrante y demasiado breve. Cuando asiente, es como si fuera tímido, pero al poco vuelve a estar serio.

—Cuando dije que fracasarías, estaba intentando asustarte. No quería que fueras a Risco Negro.

—¿Por qué?

—Porque conocí a tu padre. No... no es eso. —Niega con la cabeza—. Porque se lo debo a tu padre.

Me detengo a medio baile y solo me vuelvo a mover cuando otra pareja nos empuja.

Keenan lo interpreta como una señal para continuar.

—Me sacó de la calle cuando tenía seis años. Era invierno, y yo pedía limosna sin mucho éxito. Estaba probablemente a pocas horas de la muerte. Tu padre me llevó a la base, me vistió y me dio de comer. Me dio una cama, una familia. Nunca olvidaré su rostro ni el sonido de su voz cuando me ofreció ir con él. Como si el favor se lo estuviera haciendo yo y no al revés.

Sonrío. Así era mi padre, tal cual.

—La primera vez que vi tu cara a la luz, me resultaste familiar. No sabía de qué, pero... te conocía. Cuando nos dijiste... —Se encoge de hombros—. No comparto mucho de lo que dicen los antiguos, pero sí creo que no debemos dejar a tu hermano en prisión cuando podemos ayudarlo... Y más cuando es por culpa de nuestros hombres que esté allí, y más cuando tus padres hicieron más por nosotros de lo que jamás les podremos devolver. Pero enviarte a Risco Negro... —Frunce el ceño—. No es devolverle el favor a tu padre. Sé por qué lo hizo Mazen. Tenía que contentar a ambas facciones, y darte una misión era la mejor manera. Pero sigo pensando que no es lo correcto.

Ahora soy yo la que se sonroja, porque esta es la vez que más rato me ha hablado, y lo hace con una vehemencia que me abruma un poco.

—Hago lo que puedo para sobrevivir —respondo—. Para que no te consuma la culpa.

—Sobrevivirás —afirma Keenan—. Todos los rebeldes han perdido a alguien. Por eso pelean. Pero tú y yo... Somos los que los hemos perdido a todos. Lo hemos perdido todo. Somos iguales, Laia, así que puedes creerme cuando te digo que eres fuerte, lo sepas o no. Encontrarás esa entrada. Sé que lo harás.

Estas son las palabras más cálidas que he oído en mucho tiempo. Nuestras miradas se cruzan de nuevo, pero esta vez Keenan no aparta la suya. El resto del mundo se desvanece mientras damos vueltas. No digo nada, ya que el silencio que nos envuelve es dulce y grácil, y es lo que queremos. Y, aunque él tampoco habla, sus ojos oscuros arden, diciéndome algo que no acabo de entender. Un deseo sordo y vertiginoso se desata en mi estómago. Quiero guardar este momento cercano como si fuera un tesoro. No quiero dejarlo ir. Pero entonces la música para y Keenan me suelta.

—Vuelve sana y salva. —Sus palabras son superficiales, somo si estuviera hablando con uno de sus combatientes. Me siento como si me hubieran echado un jarro de agua fría por encima.

Sin mediar más palabra, desaparece entre la multitud. Los violines empiezan una canción nueva, el baile recomienza a mi alrededor y me quedo mirando a la muchedumbre como una tonta, con la certeza de que no va a volver.

XXVIII: Elias

Colarme en el Festival de la Luna es coser y cantar. Meto la máscara en el bolsillo (mi cara es mi mejor disfraz) y robo ropas de montar y una bandolera de una caravana tribal. Después, entro en una botica para robar belladona, una sustancia básica que cuando se prensa en aceite dilata las pupilas lo suficiente como para que un marcial se haga pasar por académico o tribal durante una hora o dos.

Fácil. Un momento después de haber ingerido la belladona, me cuelo en el centro del festival con un grupo de académicos. Contabilizo doce salidas e identifico veinte armas potenciales antes de darme cuenta de lo que estoy haciendo, y me obligo a relajarme.

Paso por delante de paradas de comida y pistas de baile, malabaristas, tragafuegos, acróbatas, kehannis, cantantes y jugadores. Los músicos tocan laúdes y liras, guiados por el jubiloso ritmo de los tambores.

De repente, me siento desorientado y me aparto de la multitud. Hace tanto que no oigo tambores como parte de la música que instintivamente intento traducir sus golpes en órdenes y me desconcierto cuando veo que no puedo.

Cuando por fin soy capaz de dejar de hacerle caso a ese sonido sordo, me abruman los colores, los olores y la alegría genuina que me rodea. Ni siquiera cuando era un quinto vi algo así. Ni en Marinn ni en los desiertos tribales, ni tampoco más allá del Imperio, donde los bárbaros pintados con añil danzan bajo la luz de las estrellas durante días como si estuvieran poseídos.

Una tranquilidad placentera se adueña de mí. Nadie me mira con recelo ni con miedo. No tengo que vigilar mis espaldas ni mantener un muro de granito.

Me siento libre.

Durante unos minutos deambulo por entre la gente, y al final me dirijo a las pistas de baile, donde he localizado a Laia y a Izzi. Han sido increíblemente difíciles de rastrear. Mientras les seguía la pista en los muelles, he perdido a Laia de vista unas cuantas veces. Pero ahora ya en el distrito, bajo la luz brillante de las linternas, encuentro a las chicas con facilidad.

Al principio, se me ocurre acercarme a ellas, decirles quién soy y llevarlas de vuelta a Risco Negro. Pero parecen estar como yo me siento. Libres. Felices. No puedo arruinárselo, no cuando sus vidas normalmente son tan deplorables. Por lo tanto, me las quedo mirando.

Ambas llevan vestidos sencillos de seda negra, los cuales, aunque son perfectos para infiltrarse y mantener escondidas las pulseras de esclavo, no casan con el plumaje multicolor de la multitud.

Izzi se ha soltado la melena rubia y le cae por delante de la cara, enmascarando muy bien el parche del ojo. Se hace pequeña y apenas visible mientras se asoma por detrás de la cortina de su cabello.

A Laia, por el contrario, se la vería en cualquier parte. El vestido de cuello alto que lleva puesto se adapta a su cuerpo de un modo que me parece dolorosamente injusto. Bajo la luz de las lámparas flotantes, la piel le brilla con el color de la miel caliente. Mantiene la cabeza erguida, la elegancia de su cuello acentuada por la caída de su pelo azabache.

Quiero tocar ese pelo, olerlo, pasar mis manos por él, enrollármelo en la muñeca y… *Maldita sea, Veturius, contrólate. Deja de mirarla.*

Tras apartar la vista, constato que no soy el único boquiabierto. Muchos de los hombres jóvenes a mi alrededor le lanzan miradas. Parece no darse cuenta, lo cual la hace mucho más interesante.

Y aquí estás, Elias, mirándola de nuevo. Serás imbécil. Esta vez, no he pasado inadvertido.

Izzi me observa.

Puede que la chica tenga solo un ojo, pero estoy bastante seguro de que se percata de más cosas que la mayoría. *Sal de aquí, Elias,* me digo. *Antes de que se dé cuenta de por qué le resultas tan familiar.*

Izzi se inclina y le susurra algo al oído a Laia. Estoy a punto de irme cuando Laia levanta la cabeza y mira en mi dirección.

Sus ojos son un oscuro sobresalto. Debería apartar la mirada. Debería irme. Descubrirá quién soy si se queda contemplándome el suficiente tiempo. Pero no me puedo mover. Durante un momento pesado y caliente, estamos inmóviles, satisfechos con mirarnos el uno al otro. *Cielos, es preciosa.* Le sonrío, y el rubor que le sube por las mejillas me hace sentir extrañamente triunfante.

Quiero pedirle un baile. Quiero tocar su piel y hablar con ella y fingir que solo soy un chico tribal normal y ella es una chica académica normal. *Pésima idea,* me advierte mi mente. *Te reconocerá.*

¿Y qué? ¿Qué va a hacer? ¿Delatarme? No le puede decir a la comandante que me vio aquí sin incriminarse ella también.

Pero mientras me lo estoy pensado, un chico musculado de pelo rojo aparece por detrás de ella. Le toca el hombro con una posesividad en los ojos que no me gusta. Laia le devuelve la mirada como si no existiera nadie más. Tal vez lo conocía antes de ser esclava. Tal vez él sea la razón por la que ha escapado. Tuerzo el gesto y aparto la vista. No tiene mal cuerpo, supongo, pero parece ser demasiado serio para ella.

Además, es más bajo que yo. Bastante más. Quince centímetros como mínimo. Laia se va con el pelirrojo. Izzi se levanta tras un instante y los sigue.

—Parece ser que ya tiene a alguien, muchacho.

Una chica tribal que lleva un vestido verde brillante recubierto de pequeños espejos circulares se contonea hacia mí con el pelo decorado por cientos de trenzas. Habla *sadhese*, el idioma tribal con el que crecí.

En contraste con su piel morena, su sonrisa es de un blanco cegador, y se la devuelvo.

—Supongo que te tendré que servir yo —me dice.

Sin esperar una respuesta, me arrastra a la pista de baile, una acción atrevida para una chica tribal. La miro más atentamente y me doy cuenta de que no es una chica sino una mujer, tal vez algunos años mayor que yo. La observo con cautela. La mayoría de las mujeres tribales a los veintitantos ya tienen varios hijos.

—¿No tienes un marido que me cortará la cabeza si me ve bailando contigo? —respondo en *sadhese*.

—No. ¿Por qué, estás interesado en el papel?

Me pasa un dedo cálido lentamente por la piel del pecho hasta el estómago y baja hacia el cinturón. Por primera vez en una década, me ruborizo. Me fijo en que su muñeca no presenta el tatuaje trenzado tribal que la marcaría como una mujer casada.

—¿Cómo te llamas y cuál es tu tribu, muchacho? —me pregunta. Es buena bailarina, y cuando le sigo todos los pasos, veo que está satisfecha.

—Ilyaas. Ilyaas An-Saif.

Hace años que no pronuncio mi nombre tribal. El abuelo lo marcializó en el preciso instante en que me conoció. Nada más decirlo, me pregunto si he cometido un error. La historia de que se llevaron el hijo adoptivo de Mamie Rila a Risco Negro no es muy conocida; el Imperio ordenó a la tribu Saif mantenerlo en secreto. Sin embargo, a los tribales les encanta hablar.

Si la mujer ha reconocido mi nombre, no lo menciona.

—Yo soy Afya Ara-Nur —contesta.

—Sombras y luz. —Traduzco su apellido y su nombre tribal—. Una combinación fascinante.

—La mayoría sombras, si te soy sincera. —Se inclina hacia mí, y el ardor de sus ojos marrones hace que se me acelere el corazón—. Pero eso que quede entre nosotros.

Ladeo la cabeza y la miro. No creo que haya conocido nunca a una mujer tribal tan dueña de sí misma. Ni siquiera una kehanni. Afya esboza una sonrisa misteriosa y me hace algunas preguntas educadas sobre la tribu Saif. ¿Cuántos casamientos hemos tenido el último mes? ¿Cuántos nacimientos? ¿Viajaremos a Nur para el Encuentro de Otoño? Aunque las preguntas son adecuadas para una mujer tribal, no me engaña. Sus palabras sencillas no combinan con la inteligencia afilada de sus ojos. ¿Dónde está su familia? ¿Quién es, en realidad?

Como si notara mi suspicacia, Afya me habla de sus hermanos: comerciantes de alfombras que viven en Nur y que están aquí para vender sus artículos antes de que el mal tiempo cierre el paso de la montaña. Mientras habla, miro alrededor disimuladamente en busca de sus hermanos; los hombres tribales son notoriamente protectores de sus mujeres que no están casadas, y no quiero ninguna pelea. Pero, aunque hay muchos hombres tribales en la muchedumbre, ninguno de ellos le presta atención a Afya.

Compartimos tres bailes. Cuando se acaba el último, Afya hace una reverencia y me ofrece una moneda de madera con un sol en una cara y nubes en la otra.

—Un regalo —me dice—. Por el honor de haberme concedido unos bailes tan delicados, Ilyaas An-Saif.

—El honor es mío.

Estoy sorprendido. Las monedas tribales significan que se debe un favor, no se dan a la ligera y rara vez las ofrece una mujer.

Como si supiera lo que estoy pensando, Afya se pone de puntillas. Es tan bajita que tengo que encorvarme para oírla.

—Si el heredero de la Gens Veturia alguna vez necesita un favor, Ilyaas, será un honor para la tribu Nur poder ayudarte. —Se me tensa el cuerpo de inmediato, pero se lleva dos dedos a la boca, la promesa más vinculante de los tribales—. Tu secreto está a salvo con Afya Ara-Nur.

Arqueo una ceja. No sé si ha reconocido el nombre de Ilyaas o si me ha visto por Serra enmascarado. Quienquiera que sea Afya Ara-Nur, no es una mujer tribal corriente. Asiento y sus dientes blancos brillan.

—Ilyaas... —Baja los talones al suelo y deja de susurrar—. Tu dama ya está libre ahora... La ves. —Miro por encima del hombro. Laia ha vuelto a la pista de baile y mira cómo el pelirrojo se aleja de ella—. Tienes que pedirle un baile, ¡venga! —me anima Afya.

Me da un empujoncito y desaparece haciendo tintinear las campanillas de su tobillo. Me la quedo mirando unos instantes y luego observo pensativo la moneda antes de guardarla en el bolsillo. A continuación, me doy la vuelta y me dirijo hacia Laia.

XXIX: Laia

—¿Puedo?

Mi mente todavía está con Keenan cuando me asusto al ver al chico tribal a mi lado. Durante un momento, lo único que puedo hacer es quedármelo mirando como una tonta.

—¿Quieres bailar? —aclara, y me ofrece la mano. La capucha le ensombrece los ojos, pero los labios se le curvan en una sonrisa.

—Mmm... Yo...

Ahora que ya he pasado mi informe, Izzi y yo deberíamos volver a Risco Negro. Todavía quedan unas horas para el alba, pero no debería arriesgarme a que me descubrieran.

—Ah. —Sonríe el chico—. El pelirrojo... ¿Es tu marido?

—¿Qué? ¡No!

—¿Prometido?

—No. No es...

—¿Amante? —suelta el chico, y arquea una ceja sugestivamente.

Noto cómo me sube la temperatura.

—Es mi... mi amigo.

—Entonces, ¿qué te preocupa?

El chico muestra una sonrisa teñida de maldad, y se la devuelvo. Miro a Izzi por encima del hombro, está hablando con un académico de apariencia bondadosa. Se ríe de algo que le ha dicho y por primera vez sus manos no tocan el parche del ojo. Cuando ve que la observo, intercambia la mirada entre el chico tribal y yo, y levanta las cejas. La temperatura me vuelve a subir, pero un baile no puede hacer daño; ya nos iremos después.

Los violines tocan una balada rítmica y, cuando asiento, el chico me toma de la mano tan confiadamente como si fuéramos amigos de hace años. A pesar de su altura y sus hombros anchos, me guía con una gracia que es natural y sensual a la vez. Cuando lo miro, me doy cuenta de que me está observando y esboza una sonrisa. Se me corta el aire y rebusco en mi mente algo que decir.

—No suenas como un tribal. —Bien. Suficiente anodino—. Apenas tienes acento. —Aunque sus ojos son oscuros como los de un académico, su cara es angulosa y marcada—. Tampoco tienes el aspecto de uno.

—Te puedo decir algo en *sadhese* si quieres. —Me acerca los labios al oído, y el picante de su aliento me manda un escalofrío placentero por el cuerpo—. *Menaya es poolan dila dekanala.*

Suspiro. Con razón los tribales pueden vender cualquier cosa. Su voz es cálida y grave, como la miel en verano que se derrama por el panal.

—¿Qué...? —Tengo la voz ronca y me aclaro la garganta—. ¿Qué significa?

Me vuelve a lanzar esa sonrisa.

—Tendría que enseñártelo.

Me ruborizo.

—Eres muy atrevido. —Entrecierro los ojos. ¿Dónde lo he visto antes?—. ¿Vives por aquí? Me resultas familiar.

—¿Y tú me llamas «atrevido» a mí?

Desvío la mirada, y me doy cuenta de cómo ha debido de sonar mi comentario. Se ríe entre dientes como respuesta, grave y sensual, y me vuelvo a quedar sin respiración. De repente, siento pena por las chicas de su tribu.

—No soy de Serra —me asegura—. Entonces, ¿quién es el pelirrojo?

—¿Quién es la morena? —respondo desafiante.

—Ah, me estabas espiando. Eso me halaga mucho.

—No estaba... estaba... ¡Tú también!

—No me importa —me dice como para tranquilizarme—. No me importa si me espías. La morena es Afya, de la tribu Nur. Una nueva amiga.

—¿Solo una amiga? A mí me ha parecido que erais algo más.

—Tal vez —contesta, y se encoge de hombros—. No me has respondido. ¿El pelirrojo?

—Es un amigo. —Imito su tono reflexivo—. Un nuevo amigo.

El chico echa la cabeza atrás y suelta una carcajada, una risa que me cae encima de manera amable y salvaje, como la lluvia del desierto.

—¿Vives en el distrito? —me pregunta.

Dudo un instante. No le puedo decir que soy una esclava, no les está permitida la entrada al Festival de la Luna. Incluso alguien de fuera de Serra sabe eso.

—Sí —respondo—. Hace años que vivo en el distrito con mis abuelos. Y... y mi hermano. Nuestra casa no está lejos de aquí.

No sé por qué lo digo. Tal vez piense que por pronunciar esas palabras en voz alta se harán realidad, y me daré la vuelta y veré a Darin flirteando con algunas chicas, a Nan vendiendo sus mermeladas y a Pop tratando amablemente a sus preocupados pacientes.

El chico me hace dar una vuelta y entonces tira de mí de nuevo al círculo de sus brazos, más cerca que antes. Su olor es especiado, embriagador y extrañamente familiar; hace que quiera acercarme más a él para inhalarlo. Las duras superficies de sus músculos me presionan y, cuando sus caderas tocan las mías, estoy a punto de perder el equilibrio.

—¿Y a qué dedicas el tiempo?

—Pop es un curandero. —La voz me flaquea con la mentira, pero como no le puedo contar la verdad, sigo a toda prisa—. Mi hermano es su aprendiz. Nan y yo hacemos mermelada, la mayoría para las tribus.

—Mmm. Te pega hacer mermeladas.

—¿En serio? ¿Por qué?

Me sonríe. De cerca, sus ojos son prácticamente negros, sobre todo por las sombras que proyectan sus largas pestañas. Ahora mismo, brillan con un júbilo desatado.

—Porque eres muy dulce —me responde con voz empalagosa.

Su mirada traviesa hace que me olvide durante un breve segundo de que soy una esclava, que mi hermano está en la prisión y que todos a los que quería están muertos. Estallo en carcajadas como una canción, y los ojos se me nublan de lágrimas. Se me escapa un ronquido, lo que hace que mi compañero de baile también se ría, y yo me río todavía más. Solo Darin me ha hecho reír así. La liberación es desconocida y familiar, como llorar, pero sin el dolor.

—¿Cómo te llamas? —le pregunto mientras me seco los ojos.

Pero en vez de contestarme, se queda quieto con la cabeza ladeada, como si estuviera escuchando algo. Cuando hablo, se lleva un dedo a los labios. Un segundo después, se le endurece el semblante.

—Tenemos que irnos —me dice. Si no estuviera tan serio, pensaría que está intentando enredarme para que me vaya con él a su campamento—. Una redada..., una redada marcial.

A nuestro alrededor, los bailarines siguen dando vueltas, ajenos a ello. Ninguno ha oído al chico y los tambores siguen tocando, los niños corretean y ríen. Todo parece estar bien.

Y entonces grita lo suficientemente alto como para que lo pueda oír todo el mundo.

—¡Redada! ¡Corred! —Su voz grave retumba por las pistas de baile, tan imponente como la de un soldado. Los violines dejan de tocar y los tambores se detienen—. ¡Redada marcial! ¡Todos fuera! ¡Fuera!

Una explosión de luz estalla en la quietud y uno de los farolillos flotantes explota... Y otro... y otro. Las flechas zumban en el aire; los marciales disparan a las luces con la intención de dejarnos a oscuras a los que hemos acudido al festival para poder acorralarnos fácilmente.

—¡Laia! —grita Izzi a mi lado con el ojo abierto de terror—. ¿Qué ocurre?

—Algunos años los marciales nos dejan celebrar el festival. Otros no. Tenemos que salir de aquí.

Agarro a Izzi de la mano y desearía no haberla traído, haber sido más considerada por su seguridad.

—Sígueme. —El chico no espera a que le responda, simplemente me arrastra hacia una calle colindante que todavía no está llena de gente. Se mantiene pegado a las paredes, y lo sigo de cerca mientras me aferro a Izzi y espero que no sea demasiado tarde para que podamos escapar.

Cuando llegamos a la mitad de la calle, el chico tribal nos lleva a un callejón estrecho lleno de basura. Oímos gritos que cortan el aire y el resplandor del acero. Unos segundos después, los asistentes al festival pasan corriendo y los marciales los rebanan mientras huyen, como tallos de trigo cortados con la hoz.

—Tenemos que salir del distrito antes de que lo confinen —dice el chico tribal—. A todo al que atrapen por la calle lo meterán en un vagón fantasma. Tendréis que moveros rápido. ¿Podéis hacerlo?

—Nosotras... no podemos ir contigo. —Le suelto la mano. Se dirigirá a su caravana, pero Izzi y yo no estaremos a salvo allí. Una vez que su gente descubra que somos esclavas, nos entregarán a los marciales, que nos entregarán a la comandante. Y entonces...—. No vivimos en el distrito. Lo siento, te mentí. —Doy un paso atrás, arrastrando a Izzi conmigo, a sabiendas de que cuanto antes se vaya cada uno por su camino, mejor será para todos. El tribal se baja la capucha y revela una cabeza con cabello negro muy corto.

—Lo sé —me responde. Y aunque su voz sigue siendo la misma, hay un cambio sutil en él. Una amenaza, un poder en su cuerpo que no estaba ahí antes. Sin pensarlo, doy otro paso atrás—. Tenéis que regresar a Risco Negro —dice.

Durante un momento, no proceso sus palabras, pero cuando lo hago, me flojean las rodillas. Es un espía. ¿Habrá visto mis pulseras de esclava? ¿Habrá oído mi conversación con Mazen? ¿Nos delatará a Izzi y a mí? En ese instante, Izzi suelta un grito ahogado.

—¿As-aspirante Veturius?

Cuando Izzi lo nombra, es como una bombilla que inunda con su luz una habitación oscura. Sus rasgos, su altura, su gracia natural… Todo tiene sentido, pero ningún sentido a la vez. ¿Qué está haciendo el aspirante en el Festival de la Luna? ¿Por qué se estaba haciendo pasar por un tribal? ¿Dónde ha dejado su maldita máscara?

—Tus ojos… —*Eran oscuros*, pienso, histérica. *Estoy segura de que eran negros.*

—Belladona —me dice—. Dilata las pupilas. Mira, deberíamos…

—La comandante te ha enviado a espiarme —le espeto. Es la única explicación. Keris Veturia ha enviado a su hijo a seguirme, para conocer mis secretos. Pero si ese es el caso, entonces me habrá oído hablar con Mazen y con Keenan. Tiene información de sobra para delatarme por traición. ¿Por qué ha bailado conmigo? ¿Por qué ha estado de broma conmigo? ¿Por qué ha avisado a los asistentes del festival sobre la redada?

—No espiaría para ella ni aunque me fuera la vida en ello.

—Entonces, ¿por qué estás aquí? No hay otra razón plausible…

—La hay, pero ahora no te la puedo contar. —Veturius mira hacia las calles, y añade—: Podemos hablarlo si quieres. O podemos salir cagando leches de aquí.

Es un máscara, y yo debería desviar la vista. Debería mostrarme sumisa, pero no puedo evitar mirarlo. Su rostro es como una descarga. Hace unos minutos, creía que yo era preciosa. Creía que sus palabras en *sadhese* eran hipnóticas. He bailado con un máscara. Un maldito, un malnacido máscara.

Veturius se asoma por el callejón y niega con la cabeza.

—Los legionarios habrán aislado el distrito antes de que lleguemos a uno de los portones. Tendremos que ir por los túneles y esperar que no los hayan sellado también.

Se dirige con paso decidido hacia una rejilla del callejón, como si supiera exactamente en qué punto del distrito estamos. Cuando no lo sigo, hace un sonido irritado.

—Mira, no estoy de su lado —me dice—. De hecho, si descubre que estoy aquí, probablemente me despelleje. Lentamente. Pero eso no es nada en comparación con lo que os hará a vosotras si os atrapan en la redada o si descubre que no estáis en Risco Negro al alba. Si queréis vivir, tendréis que confiar en mí. Ahora, moveos.

Izzi hace lo que le pide, y yo la sigo a regañadientes, con todo mi cuerpo batallando contra la decisión de poner mi vida en las manos de un máscara.

Nada más bajar al túnel, Veturius saca uniformes y botas de la bolsa que lleva cruzada al pecho y empieza a rasgarse las ropas tribales. Me arde la cara y me doy la vuelta, no sin antes ver el mapa escalofriante que forman las cicatrices plateadas que tiene en la espalda.

Segundos después, pasa por nuestro lado, enmascarado y haciéndonos señas para que lo sigamos. Izzi y yo corremos para seguir el ritmo de sus zancadas. Es sigiloso como un gato y se mantiene en silencio salvo para darnos alguna palabra de ánimo de vez en cuando.

Nos dirigimos hacia el noroeste por las catacumbas y solo nos detenemos para esquivar a las patrullas marciales. Veturius no flaquea en ningún momento. Cuando llegamos a un montón de calaveras que bloquean un pasaje, aparta unas cuantas a un lado y nos ayuda a atravesar la apertura. Cuando el túnel en el que estamos se estrecha hasta una rejilla cerrada con candado, me quita dos horquillas del cabello y abre el candado en un segundo. Izzi y yo intercambiamos una mirada... Su completa perfección es irritante.

No tengo ni idea del tiempo que ha pasado, pero por lo menos serán dos horas. Debe de ser casi el alba. No llegaremos a tiempo y la comandante lo descubrirá. Cielos, no debería haber traído a Izzi, no debería haberla puesto en peligro.

La herida solo tiene unos días y la infección persiste, así que sangra cuando me roza con el vestido. El dolor combinado con el miedo me tiene mareada. Veturius ralentiza el paso cuando ve mi cara.

—Ya casi estamos —me dice—, ¿quieres que te lleve a cuestas?

Niego con la cabeza enérgicamente. No quiero volver a tenerlo cerca. No quiero volver a respirar su olor ni sentir el calor de su piel.

Al final, nos detenemos. Se oyen voces que murmuran tras la esquina que tenemos delante, y la luz parpadeante de una antorcha amplía las sombras donde no llega la luz.

—Todas las entradas a Risco Negro están custodiadas —susurra Veturius—. En esta hay cuatro guardias. Si os ven, darán el grito de alarma, y estos túneles se llenarán de soldados. —Nos mira a Izzi y a mí para asegurarse de que lo entendemos antes de continuar—: Voy a entretenerlos. Cuando diga «muelles», tendréis un minuto para doblar esta esquina, subir la escalera y salir por la rejilla. Cuando diga «Madame Moh», significa que casi no os queda tiempo. Recolocad la rejilla cuando salgáis, estaréis en la bodega principal de Risco Negro, esperadme allí.

Veturius desaparece en la oscuridad del túnel que tenemos detrás. Unos minutos después, oímos lo que parece ser un borracho cantando. Me asomo por la esquina y veo a los guardias que se golpean con el codo y sonríen. Dos van a mirar qué ocurre. Veturius arrastra las palabras de manera convincente y se oye cómo choca con algo y maldice para acto seguido estallar en carcajadas. Uno de los soldados que ha ido a investigar llama a los otros dos y desaparecen. Mi inclino hacia adelante, lista para correr. *Vamos, vamos.*

Al fin, la voz de Veturius se deja oír por los túneles:

— ... allí abajo en los muelles...

Izzi y yo salimos a toda prisa hacia la escalera, y al cabo de unos segundos llegamos a la rejilla. Me estoy felicitando por nuestra velocidad cuando Izzi, que está encaramada a mí, suelta un grito ahogado.

—¡No puedo abrirla!

Subo y le paso por encima, agarro la rejilla y empujo hacia arriba. No se mueve. Los guardias se acercan. Oigo otro ruido y entonces Veturius dice:

—Las mejores chicas están en Madame Moh, esas sí que saben cómo...

—¡Laia! —Izzi mira frenéticamente hacia la luz de una antorcha, que se acerca rápidamente. *Diez infiernos ardientes.* Con un gruñido ahogado, empujo con todo mi cuerpo hacia la rejilla y el rostro se me contrae en una mueca cuando el dolor se extiende por todo mi torso. La rejilla acaba cediendo con un crujido, lanzo a Izzi por el agujero antes de subir de un brinco y la cierro justo cuando los soldados aparecen por el túnel de debajo.

Izzi se pone a cubierto detrás de un barril y yo la sigo. Unos segundos después, Veturius trepa por la rejilla con una risita de borracho. Izzi y yo nos intercambiamos una mirada, y por lo absurdo de la situación, tengo que reprimir una risotada.

—Graaaciass, chicoss... —dice Veturius hacia el túnel. Cierra la rejilla de un golpe y nos localiza, con un dedo en los labios.

Los soldados todavía pueden oírnos a través de las lamas de la rejilla.

—Aspirante Veturius —susurra Izzi—. ¿Qué le pasará si la comandante descubre que nos ha ayudado?

—No lo descubrirá —responde Veturius—. A no ser que tengas pensado decírselo, y no os lo recomiendo. Venga, os llevaré a vuestras habitaciones.

Subimos las escaleras de la bodega y salimos a los terrenos silenciosos como un funeral de Risco Negro. Me entra un escalofrío, aunque la noche es cálida. Todavía está oscuro, pero el cielo palidece en el este y Veturius aligera la marcha. Mientras nos afanamos por la hierba, me tropiezo y él me agarra por detrás para que no me caiga. Su calor me penetra la piel.

—¿Estás bien? —pregunta.

Me duelen los pies, la cabeza me palpita y la marca de la comandante me arde como el fuego. Pero es más fuerte el cosquilleo que me envuelve todo el cuerpo al tener al máscara cerca. *¡Peligro!*, parece como si gritara mi piel. *¡Es peligroso!*

—Sí. —Me aparto de él—. Estoy bien.

Mientras andamos, le lanzo miradas furtivas. Con la máscara puesta y las paredes de Risco Negro que se alzan a su alrededor, Veturius es un soldado marcial por completo. Aun así, no puedo relacionar la imagen que tengo delante con la del tribal seductor con el que he bailado. Sabía quién era yo todo el tiempo. Sabía que mentía sobre mi familia, y aunque es ridículo preocuparse por lo que piensa un máscara, de repente siento vergüenza por esas mentiras.

Llegamos al pasillo de los sirvientes e Izzi se separa de nosotros.

—Gracias —le dice a Veturius. La culpa me corroe. No me va a perdonar nunca, después de por lo que ha pasado.

—Izzi. —Le toco el brazo—. Lo siento. Si hubiera sabido lo de la redada, jamás…

—¿Estás de coña? —responde. Su ojo se dirige a Veturius, que está detrás de mí, y sonríe, un destello blanco que me sorprende con su belleza—. No me lo habría perdido por nada del mundo. Buenas noches, Laia.

Me la quedo mirando con la boca abierta mientras desaparece por el pasillo y se mete en su habitación. Veturius se aclara la garganta. Me está mirando con una expresión extraña que roza la disculpa.

—Yo… Eh… Tengo algo para ti. —Se saca una botella del bolsillo—. Disculpa que no te la trajera antes. Estaba… indispuesto.

Tomo la botella y, cuando nuestros dedos se tocan, los retiro de inmediato. Es el suero de sanguinaria. Me sorprende que se haya acordado.

—Solo…

—Gracias —digo al mismo tiempo. Ambos nos quedamos callados. Veturius se pasa una mano por el pelo, pero un segundo después todo su cuerpo se pone rígido, como un ciervo que ha oído al cazador.

—¿Qué…? —Se me corta la respiración cuando sus brazos me rodean fuerte de repente. Me empuja hasta la pared y noto el calor ardiente que desprenden sus manos y me cosquillea la piel, haciendo que mi corazón se acelere. La reacción de mi cuerpo me confunde y la cabeza me da vueltas por el deseo, y me quedo paralizada en silencio. *¿Qué problema tienes, Laia?* Acto seguido, sus manos se aferran a mi espalda, como si fuera una advertencia, hunde la cabeza al lado de mi oído y me habla en un susurro liviano.

—Haz lo que te diga, cuando te lo diga. O estás muerta.

Lo sabía. ¿Cómo he podido confiar en él? Estúpida. Muy estúpida.

—Empújame —me dice—. Defiéndete.

Lo empujo sin necesitar que me anime a ello.

—Apártate de…

—No seas así —dice en un tono de voz más alto, seductor, amenazante y sin rastro de algo que se pueda asociar con la decencia—. Antes no te importaba…

—Déjala, soldado —contesta una voz aburrida y fría.

Se me hiela la sangre, y me aparto de Veturius. La comandante está aquí, saliendo por la puerta de la cocina como un espectro. ¿Cuánto rato hace que nos observa? ¿Por qué está despierta?

La comandante avanza hacia el pasillo y me analiza sin emoción mientras ignora a Veturius.

—Así que en eso estabas. —Lleva el cabello claro suelto sobre los hombros y la bata bien ajustada—. Acabo de bajar. He tocado la campana para pedir agua hace cinco minutos.

—Yo... yo...

—Supongo que solo era cuestión de tiempo. Eres bonita. —No agarra la fusta ni me amenaza con matarme. Ni siquiera parece estar enfadada, solo molesta—. Soldado —continúa—, vuelve a los barracones. Ya la has tenido durante el tiempo suficiente.

—Comandante, señora. —Veturius me suelta con una reticencia evidente. Intento zafarme de él, pero mantiene un brazo posesivo alrededor de mis caderas—. La enviaste a sus aposentos para la noche, así que asumí que ya habías acabado con ella.

—¿Veturius? —Me doy cuenta de que la comandante no lo había reconocido en la oscuridad. No le había importado lo suficiente como para echarle un segundo vistazo. Sus ojos se posan en su hijo, incrédulos—. ¿Tú? ¿Con una esclava?

—Me aburría. —Encoge los hombros—. Me he pasado días recluido en la enfermería.

Me sube un calor por la cara. Ahora entiendo por qué me ha puesto las manos encima, por qué me ha pedido que me defendiera. Está intentando protegerme de la comandante. Debe de haber sentido su presencia. No tiene ninguna manera de demostrar que no he pasado las últimas horas con Veturius, y como los estudiantes violan a las esclavas siempre, ni a él ni a mí nos castigarán.

Pero aun así es humillante.

—¿Pretendes que te crea? —La comandante ladea la cabeza, puede sentir la mentira, puede olerla—. No has tocado a una esclava en tu vida.

—Con todo el debido respeto, señora, eso es porque lo primero que haces cuando tienes una esclava nueva es sacarle un ojo. —Veturius enreda los dedos en mi cabello y grito—. O le haces surcos en la cara. Pero esta… —tira de mi cabeza hacia la suya, en sus ojos hay una advertencia cuando baja la vista para mirarme— todavía está intacta. Mayormente.

—Por favor —digo en voz baja. Si esto va a funcionar, tengo que seguirle el juego, aunque sea repulsivo—. Dígale que me suelte.

—Vete, Veturius. —Los ojos de la comandante centellean—. La próxima vez, encuentra a una esclava de cocina para que te entretenga. Esta chica es mía.

Veturius le lanza a su madre un saludo breve antes de soltarme, se va a paso tranquilo por la puerta y lo único que hace es echar una mirada hacia atrás antes de irse.

La comandante me observa, como si buscara signos de lo que piensa que acaba de suceder. Me levanta la barbilla. Me pellizco en la pierna lo suficientemente fuerte como para que me salga sangre y los ojos se me llenan de lágrimas.

—¿Habría sido mejor si te hubiera cortado la cara como a la cocinera? —murmura—. La belleza es una maldición cuando vives rodeada de hombres. Me lo habrías agradecido. —Recorre mi mejilla con la uña y me estremezco—. Bueno… —Me suelta y vuelve hacia la puerta de la cocina con una sonrisa, una mueca de la boca que se compone de amargura y nada de alegría. Los espirales de su extraño tatuaje brillan con la luz de la luna—. Todavía hay tiempo para eso.

XXX: Elias

Helene me evita durante los tres días posteriores al Festival de la Luna. Me ignora cuando llamo a su puerta, se va del comedor cuando aparezco y se excusa cuando me acerco de frente. Cuando nos ponen juntos para entrenar, me ataca como si yo fuera Marcus. Cuando le hablo, de repente se vuelve sorda.

Al principio lo dejo pasar, pero cuando llega el tercer día ya estoy harto. Mientras me dirijo al entrenamiento de combate, elaboro un plan para confrontarla, algo que tiene que ver con una silla y una cuerda y tal vez una mordaza para que no le quede más remedio que escucharme. Pero entonces Cain se materializa a mi lado de repente, como si fuera un fantasma. Tengo media cimitarra desenvainada antes de darme cuenta de quién es.

—Por los cielos, Cain. No haga eso.

—Saludos, aspirante Veturius. Un día precioso. —El augur mira hacia el cielo azul con admiración.

—Sí, si no tienes que entrenar con cimitarras dobles bajo el sol abrasador —murmuro. No es ni mediodía y ya estoy tan cubierto de sudor que me he rendido y me he quitado la camisa. Si Hel me hablara, fruncíría el ceño y me diría que las normas lo prohíben. Tengo demasiado calor como para que me importe.

—¿Estás recuperado de la segunda prueba? —pregunta Cain.

—No gracias a ti. —Las palabras se me escapan antes de que pueda detenerlas, aunque no me siento especialmente arrepentido. Los distintos atentados contra mi vida han socavado mis modales.

—Las pruebas no tienen que ser fáciles, Elias. Por eso se llaman «pruebas».

—No me había dado cuenta. —Me apresuro, con la esperanza de que Cain se cabree. Pero no.

—Te traigo un mensaje —responde—. La siguiente prueba tendrá lugar dentro de siete días.

Al menos esta vez nos avisan con algo de tiempo.

—¿Qué será? —pregunto—. ¿Una paliza pública? ¿Una noche encerrado en una caja llena de víboras?

—Un combate contra un contrincante formidable —contesta Cain—. Nada que no puedas superar.

—¿Qué contrincante? ¿Cuál es el truco?

De ninguna manera el augur me va a decir lo esencial de lo que voy a tener que afrontar. Será un mar de espectros contra el que combatir. O de genios. O alguna otra bestia que hayan despertado de la oscuridad.

—No hemos despertado nada de la oscuridad que no estuviera despierto ya —dice Cain.

Me muerdo la lengua para no responder. Si vuelve a entrar en mi mente, juro que lo atravesaré con la espada, sea augur o no.

—No serviría de nada, Elias. —Sonríe, casi con pena, y entonces señala con la cabeza hacia el campo donde Hel está entrenando—. Te pido que le pases el mensaje también a la aspirante Aquilla.

—Puesto que Aquilla no me dirige la palabra, eso puede ser algo difícil.

—Estoy seguro de que hallarás la manera.

Se marcha y me deja de peor humor que antes.

Cuando Hel y yo discutimos, normalmente lo solucionamos en cuestión de horas, un día como mucho. Tres días es todo un récord. Y, lo que es peor, nunca la había visto perder los estribos como hace tres noches. Incluso durante una batalla, siempre se mantiene fría y bajo control.

Pero las últimas semanas ha cambiado. Yo lo sabía, pero he intentado no verlo como un iluso, aunque ya no puedo ignorar su actitud. Tiene que ver con esa chispa que hay entre nosotros, con esa atracción. Así que o la destruimos o hacemos algo al respecto. Y creo que, si bien la primera opción nos gustaría más, crearía unas complicaciones que ninguno de los dos necesitamos.

¿Cuándo cambió Helene? Siempre ha tenido control sobre cada emoción, cada deseo. Nunca ha mostrado interés por ninguno de sus colegas, y aparte de Leander, ninguno de nosotros es tan estúpido como para intentar algo con ella.

¿Qué ha pasado entre nosotros para que las cosas cambiasen, pues? Intento recordar la primera vez que noté que estaba rara: la mañana que me encontró en las catacumbas. Había tratado de distraerla con una mirada lasciva. Lo hice sin pensar, con la esperanza de que así no descubriera lo que escondía. Supuse que pensaría que solo estaba actuando como lo hacen los hombres.

¿Fue eso lo que lo cambió todo? ¿Una mirada? ¿Ha estado actuando de manera extraña porque se piensa que la deseo y siente que me tiene que desear ella también?

Si es así, entonces tengo que aclarar las cosas ya. Le diré que fue una casualidad, que no lo hice con esa intención.

¿Aceptará mis disculpas? *Solo si te humillas lo suficiente.*

Está bien, valdrá la pena. Si quiero mi libertad, tengo que ganar la siguiente prueba. En las dos primeras, Hel y yo dependimos el uno del otro para nuestra supervivencia. La tercera probablemente será igual. La necesito a mi lado.

La encuentro en el campo de combate peleando contra Tristas, mientras un centurión de combate los observa. Los chicos y yo nos metemos con Tristas por estar siempre pensando en su prometida, pero es uno de los mejores espadachines de Risco

Negro, listo y ágil como un gato. Espera a que Helene yerre y presta atención a la agresividad de sus estocadas. Pero su defensa es tan impenetrable como los muros de Kauf. Unos minutos después de que llegue al campo, esquiva el ataque de Tristas y lo apunta al corazón.

—Saludos, oh, sagrado aspirante —me grita Tristas al verme. Nos mira a Helene y a mí, y ella endereza los hombros y se marcha de inmediato. Junto a Faris y a Dex, Tristas ha intentado repetidamente descubrir qué ocurrió entre Helene y yo la noche de la fiesta, a la que ninguno de los dos acudimos. Pero Hel se ha mantenido igual de callada que yo, y se han rendido. Al final, resoplan entre ellos significativamente cuando ella y yo nos masacramos en el campo de batalla.

—¡Aquilla! —la llamo mientras enfunda las cimitarras—. Tengo que hablar contigo.

Silencio. *Muy bien, entonces.*

—Cain me ha pedido que te dijera que la siguiente prueba tendrá lugar dentro de siete días.

Me dirijo a la armería y no me sorprendo al oír sus pasos detrás de mí.

—¿Y qué será? —Me agarra del hombro y me da la vuelta—. ¿De qué es la prueba?

Tiene la cara enrojecida y sus ojos centellean. *Cielos, está bonita incluso cuando está enfadada.*

Ese pensamiento me sorprende y viene acompañado por un feroz ímpetu de deseo. *Es Helene, Elias. Helene.*

—Combate —respondo—. Nos enfrentaremos a un «contrincante formidable».

—Bueno —contesta—, muy bien. —Pero no se mueve, solo se me queda mirando, sin saber que los mechones de pelo que se le han salido de la trenza hacen que su mirada sea mucho menos intimidante de lo que le gustaría.

—Oye, Hel, sé que estás enfadada, pero…

—Oh, ve a ponerte una camisa. —Se marcha ofendida mientras masculla algo sobre imbéciles que presumen de saltarse las normas. Me contengo para no darle una réplica airada. ¿Por qué narices es tan cabezota?

Cuando entro en la armería, me topo con Marcus, que me empuja hacia el marco de la puerta. Por una vez, Zak no está con él.

—¿Tu zorra todavía no te habla? —me pregunta—. Tampoco pasa el rato contigo, ¿eh? Te evita a ti... Evita a los demás chicos... Está sola...

Mira con deseo la espalda de Helene que se aleja, y dirijo la mano a la cimitarra, pero Marcus ya empuña una daga que apunta a mi estómago.

—Me pertenece, ¿sabes? Lo he soñado. —Su voz calmada me provoca más escalofríos que cualquier fanfarronada—. Un día de estos, la encontraré, tú no estarás —prosigue— y la haré mía.

—Aléjate de ella. Si algo le pasa, te abriré en canal desde el cuello hasta tu patético...

—Siempre con amenazas —me interrumpe Marcus—. Nunca llegas a hacer algo. No me sorprende de un traidor cuya máscara no se ha fundido todavía. —Se inclina hacia mí—. La máscara sabe que eres débil, Elias. Sabe que no perteneces aquí, por eso todavía no es parte de ti. Por eso debería matarte.

La daga me corta el estómago y sale un riachuelo de sangre. Un empujón, un movimiento hacia arriba y me podría destripar como a un pescado. Tiemblo de rabia. Estoy a su merced, y me odio por ello.

—Pero los centuriones nos miran. —Los ojos de Marcus se desvían a la izquierda, donde un centurión de combate se acerca corriendo—. Y prefiero matarte lentamente. —Se va dando un paseo sin prisa y saluda al centurión de combate cuando pasa por su lado.

Furioso conmigo mismo, con Helene y con Marcus, abro la puerta de la armería de golpe, me dirijo directo hacia la estantería de las armas pesadas y escojo una maza de tres caras. La hago volar por el aire y finjo que le estoy sacando la cabeza a Marcus.

Cuando vuelvo al campo, el centurión de combate me empareja con Helene. La rabia me sale a borbotones, corrompiendo cada uno de mis movimientos. Helene, por su parte, proyecta su furia en una eficiencia de acero. Lanza mi maza por los aires, y solo unos minutos después me veo obligado a rendirme. Disgustada, se marcha dando largos pasos para combatir contra su siguiente oponente mientras yo intento ponerme de pie.

Desde la otra punta del campo, veo que Marcus observa; no a mí, sino a ella, con los ojos centelleantes y los dedos acariciando su daga.

Faris me ofrece una mano, y llamo a Dex y a Tristas para que vengan, haciendo una mueca de dolor por los moratones que Helene me ha regalado.

—¿Aquilla todavía os evita?

—Como a la sífilis —responde Dex tras asentir.

—Vigiladla igualmente —les pido—. Aunque ella quiera que os mantengáis apartados. Marcus sabe que nos está evitando. Es solo cuestión de tiempo que decida atacar.

—Sabes que nos matará si nos atrapa jugando al perro guardián —dice Faris.

—¿Qué preferís? —les pregunto—, ¿a una Helene enfadada o a una Helene magullada?

Faris se queda blanco, pero tanto él como Dex me prometen echarle un ojo mientras vigilan a Marcus y salen del campo.

—Elias. —Tristas se queda atrás y me mira de una manera rara y alarmante—. Si quieres, podemos hablar… Mmm…
—Se rasca el tatuaje—. Bueno, solo es que he tenido mis más y mis menos con Aelia. Así que, con Helene, si quieres hablar de ello…

Ah. Fantástico.

—Helene y yo no somos…, solo somos amigos.

—Sabes que está enamorada de ti, ¿verdad? —dice Tristas tras un suspiro.

—Ella no... no... no... —Por lo visto, mi boca no sabe funcionar, así que la cierro y me lo quedo mirando en una respuesta callada. En cualquier momento se va a echar a reír y me va a palmear la espalda y me dirá: «¡Estaba de broma! Ja, Veturius, si te hubieras visto la cara...».

En cualquier momento.

—Créeme —sigue Tristas—. Tengo cuatro hermanas mayores. Y soy el único de los chicos que ha estado en una relación que haya durado más de un mes. Lo percibo cada vez que te mira. Está enamorada de ti. Lo ha estado desde hace un tiempo ya.

—Pero es Helene —respondo—. Quiero decir... Venga ya, todos hemos pensado en ella. —Tristas asiente, juguetón—. Pero ella no piensa en nosotros. No ha visto nuestra peor cara. —Me viene a la cabeza la Prueba del Coraje, mis sollozos cuando me di cuenta de que era real y no una alucinación—. ¿Cómo iba ella...?

—Quién sabe, Elias —tercia Tristas—. Puede matar a un hombre con un gesto de una mano. Es un demonio con la espada y puede beber más que todos nosotros juntos. Y por eso tal vez nos hemos olvidado de que es una chica.

—No me he olvidado de que es una chica.

—No me refiero a su físico. Me refiero a su mente. Las chicas piensan sobre estas cosas de un modo diferente a nosotros. Está enamorada de ti. Y lo que sea que haya pasado entre vosotros es por culpa de eso. Te lo aseguro.

No es verdad, me dice la cabeza con un rechazo ferviente. *Solo lujuria. No es amor. Cállate, cabeza*, dice mi corazón. Conozco a Helene tanto como sé de lucha y de matar. Sé cómo huele su miedo y la crudeza de la sangre en su piel. Sé que abre las fosas nasales un poco cuando miente y que se mete las manos entre las rodillas cuando duerme. Conozco las partes bonitas y las feas.

Su rabia hacia mí le viene de lo más profundo. De un sitio oscuro. Un lugar que no quiere admitir que tiene. El día que la miré con tanta desconsideración, le hice creer que tal vez yo también tenía un lugar así. Que tal vez no estuviera sola allí.

—Es mi mejor amiga —le digo a Tristas—. No puedo cruzar esa línea con ella.

—No, no puedes. —Hay comprensión en los ojos de Tristas. Sabe lo que significa Helene para mí—. Y ese es el problema.

XXXI: Laia

Tengo un sueño irregular y escaso, perseguido por la amenaza de la comandante. *Todavía hay tiempo para eso*. Cuando me levanto antes del alba, aún me quedan reminiscencias de la pesadilla: mi cara surcada y marcada, mi hermano colgado de la horca y un cabello claro que ondea al viento.

Piensa en otra cosa. Cierro los ojos, veo a Keenan y me acuerdo de cómo me pidió que bailáramos tan tímido y tan poco usual en él. El fuego que había en sus ojos mientras me hacía dar vueltas... Pensé que debía de significar algo. Pero se fue tan repentinamente. ¿Estará bien? ¿Habrá podido escapar de la redada? ¿Habrá oído la advertencia de Veturius?

Veturius. Oigo su risa y el olor especiado de su cuerpo, y tengo que apartar esas sensaciones de mí y poner la verdad en su lugar. Es un máscara. Es el enemigo.

¿Por qué me ayudó? Se arriesgó a que lo encarcelaran al hacerlo, o a algo peor si lo que dicen los rumores de las purgas de la Guardia Negra son ciertos. No me puedo creer que lo haya hecho solo por mí. ¿Un entretenimiento, tal vez? ¿Algún tipo de juego marcial repugnante que no consigo entender?

No te quedes para descubrirlo, Laia, me susurra Darin en la cabeza. *Sácame de aquí*.

Oigo pies que se arrastran por la cocina; la cocinera está preparando el desayuno. Si la anciana ya está despierta, Izzi no debe de andar lejos. Me visto deprisa, con la esperanza de alcanzarla antes de que la cocinera nos mande a hacer nuestras arduas tareas diarias. Seguro que Izzi conoce una entrada secreta a la escuela.

Pero Izzi, al parecer, ha salido temprano para hacer un recado de la cocinera.

—No volverá hasta el mediodía —me informa—. Tampoco te incumbe. —La anciana señala una carpeta negra sobre la mesa—. La comandante me ha ordenado que lo primero que hagas sea llevar esa carpeta negra a Spiro Teluman, antes que cualquier otra de tus tareas.

Reprimo un quejido. Tendré que esperar para hablar con Izzi.

Cuando llego a la tienda de Teluman, me sorprende ver la puerta abierta y el fuego de la forja encendido. El sudor corre por la cara del armero y le cae en el jubón chamuscado mientras golpea con el martillo un pedazo de acero brillante. A su lado, hay una chica tribal ataviada con un traje rosa brillante, cuyo dobladillo está bordado con pequeños espejos circulares. La chica está murmurando algo que no consigo oír por encima del ruido del martillo. Teluman me saluda asintiendo con la cabeza, pero continúa hablando con la chica.

Mientras miro cómo hablan, me doy cuenta de que la chica es mayor de lo que me había parecido, tal vez en los veintitantos. Lleva el cabello negro sedoso atravesado por mechones rojos recogido en pequeñas trenzas intrincadas, y su refinado rostro me es vagamente familiar. Entonces la reconozco: es la que bailaba con Veturius en el Festival de la Luna.

Estrecha la mano de Teluman, le ofrece un saco lleno de monedas y entonces sale de la forja por la puerta de la trastienda mientras me dedica una mirada. Sus ojos se posan en mis pulseras de esclava y desvío la mirada.

—Se llama Afya Ara-Nur —me explica Spiro Teluman cuando la mujer se ha marchado—. Es la única jefa tribal de entre todas las tribus. Una de las mujeres más peligrosas que conocerás jamás, y también una de las más listas. Su tribu transporta armas a la facción de los Marinn de la Resistencia académica.

—¿Por qué me lo cuentas? —¿Qué narices le pasa? Ese tipo de información es la que me puede matar.

Spiro se encoge de hombros.

—Tu hermano fabricó la mayoría de las armas que se lleva. Pensé que querrías saber a dónde van.

—No, no quiero saberlo. —¿Por qué no lo entiende?—. No quiero saber nada... de lo que sea que estés haciendo. Solo quiero que todo vuelva al lugar donde estaba antes. Antes de que convirtieras a mi hermano en tu aprendiz. Antes de que el Imperio se lo llevara por eso.

—También puedes desear que te desaparezca esa cicatriz. —Teluman señala con la cabeza al sitio donde mi capa se ha abierto y deja al descubierto la «K» de la comandante. Me cierro la prenda con rapidez.

—Nada volverá a ser como antes. —Le da la vuelta con unas pinzas al metal con el que está trabajando y sigue dando golpes con el martillo—. Si el Imperio liberara a Darin mañana, vendría aquí y empezaría a hacer armas de nuevo. Su destino es plantar cara y ayudar a su gente a derrocar a sus opresores. Y el mío es ayudarlo a conseguirlo.

Estoy tan enfadada por la suposición de Teluman que hablo antes de pensar.

—Así que ahora eres el salvador de los académicos, después de haberte pasado años creando las armas que nos destruyeron, ¿no?

—Vivo cada día con mis pecados. —Deja caer las pinzas y se gira hacia mí—. Vivo con la culpa. Pero hay dos tipos de culpa, chica: la que te ahoga hasta que eres inservible y la que hace que tu alma se encienda con un propósito. El día que fabriqué mi última arma para el Imperio, tracé una línea en mi mente. Nunca volvería a hacer una hoja marcial. No volvería a tener sangre académica en las manos. No cruzaré esa línea, antes prefiero la muerte.

Empuña el martillo como si fuera un arma y su rostro angulado se ilumina con un fervor bien controlado. Así que por eso Darin accedió a ser su aprendiz. Hay algo de mi madre en la ferocidad de este hombre y algo de mi padre en la manera como se comporta. Su pasión es verdadera y contagiosa. Cuando habla, hace que quiera creerlo. Abre la mano.

—¿Tienes un mensaje?

Le doy la carpeta.

—Has dicho que prefieres morir antes que cruzar esa línea. Y, aun así, le estás fabricando un arma a la comandante.

—No. —Spiro lee detenidamente la carpeta—. Estoy aparentando que fabrico un arma para ella para que te siga enviando con sus mensajes. Mientras piense que mi interés en ti le conseguirá una hoja de Teluman, no te hará ningún daño irreparable. Tal vez incluso pueda persuadirla para que yo te pueda comprar. Entonces romperé esas malditas cosas —señala con la cabeza hacia mis pulseras— y te liberaré. —Ante mi asombro, Spiro desvía la mirada, como si se avergonzara—. Es lo mínimo que puedo hacer por tu hermano.

—Lo van a ejecutar —susurro—. Dentro de una semana.

—¿Ejecutar? —responde Spiro—. Imposible. Todavía estaría en la Prisión Central si lo fueran a ejecutar, y lo trasladaron de allí. A dónde, todavía no lo sé. —Teluman entrecierra los ojos—. ¿Cómo sabes que lo van a ejecutar? ¿Con quién has estado hablando?

No respondo. Tal vez Darin confiara en el armero, pero yo no puedo. Puede que Teluman sea un revolucionario de verdad, pero tal vez solo sea un espía muy convincente.

—Tengo que irme —le digo—. La cocinera me espera.

—Laia, espera...

No oigo el resto, ya estoy fuera.

Mientras me dirijo de vuelta a Risco Negro, intento sacar sus palabras de mi cabeza, pero no puedo. ¿Han trasladado a Darin? ¿Cuándo? ¿Dónde? ¿Por qué no lo mencionó Mazen?

¿Cómo estará mi hermano? ¿Estará sufriendo? ¿Y si los marciales le han roto los huesos? Cielos, ¿o sus dedos? Y si...

Basta. Nan me dijo un día que hay esperanza en la vida. Si Darin está vivo, nada más importa. Si puedo sacarlo, todo lo demás se puede arreglar.

El camino de vuelta me lleva a través de la Plaza de la Ejecución, donde las horcas están visiblemente vacías. Hace varios días que no cuelgan a nadie. Keenan dijo que los marciales se están reservando las ejecuciones para el nuevo Emperador. Marcus y su hermano disfrutarán con ese espectáculo. ¿Y si gana uno de los otros? ¿Sonreiría Aquilla mientras hombres y mujeres inocentes se zarandean al final de la cuerda? ¿Y Veturius?

Enfrente de mí, la multitud se ralentiza hasta detenerse ante una caravana tribal que mide veinte vagones y que cruza lentamente la plaza. Intento rodearla, pero todos los demás tienen la misma idea y acabamos en un embrollo de maldiciones, empujones y cuerpos atascados.

Y entonces oigo en medio del caos:

—Estás bien.

Reconozco la voz al instante. Lleva puesto un atuendo tribal, pero incluso con la capucha calada su pelo sobresale como una lengua de fuego.

—Después de la redada —sigue Keenan—, no lo tenía claro. Llevo vigilando la plaza todo el día, con la esperanza de que aparecieras.

—Tú también escapaste.

—Todos pudimos, justo a tiempo. Los marciales se llevaron a más de cien académicos anoche. —Ladea la cabeza—. ¿Tu amiga escapó?

—Mi... Ah... —Si le digo que Izzi está bien, es como si le admitiera que la llevé conmigo al punto de encuentro. Keenan me mira impasible. Detectará una mentira a la legua—. Sí —respondo—. Escapó.

—Sabe que eres una espía.

—Me ha ayudado. Sé que no debería haberle dejado, pero...

—Pero ha pasado. La vida de tu hermano está en juego, Laia. Lo entiendo. —Se desata una pelea detrás de nosotros, y Keenan me posa una mano en la espalda y me da la vuelta para interponerse entre mi cuerpo y los puños que vuelan—. Mazen ha planeado un encuentro dentro de ocho días, por la mañana. Décima campana. Ven aquí a la plaza. Si necesitas que nos veamos antes, ponte una bufanda gris en el pelo y espera en la parte sur de la plaza. Alguien irá en tu busca.

—Keenan. —Pienso en lo que ha dicho Teluman sobre Darin—. ¿Estás seguro de que mi hermano está en la Prisión Central? ¿De que lo van a ejecutar? He oído que lo han trasladado...

—Nuestros espías son de fiar —me asegura Keenan—. Mazen lo sabría si lo hubieran transferido.

Me cosquillea el cuello. Algo no está bien.

—¿Qué es lo que no me estás contando?

Keenan se rasca la barba incipiente, y mi inquietud se incrementa.

—Nada de lo que tengas que preocuparte, Laia.

Diez infiernos. Le giro la cara hacia mí para obligarlo a mirarme a los ojos.

—Si tiene que ver con Darin —le digo—, tengo que preocuparme. ¿Es Mazen? ¿Ha cambiado de opinión?

—No. —El tono que emplea me tranquiliza muy poco—. No creo, pero ha estado actuando un poco... extraño. No nos da nuevas de la misión y ha estado ocultando los informes de los espías.

Intento justificarlo. Tal vez Mazen esté preocupado porque la misión se vea comprometida. Cuando se lo digo, Keenan niega con la cabeza.

—No es solo eso —me dice—. No puedo confirmarlo, pero creo que está planeando algo más. Algo grande. Algo que no tiene que ver con Darin. Pero ¿cómo vamos a salvar a Darin y empezar otra misión? No tenemos suficientes hombres.

—Pregúntale —le exijo—. Eres el segundo al mando. Confía en ti.

—Ah. —Keenan tuerce el gesto—. No exactamente.

¿Ha dejado de confiar en él? No tengo la oportunidad de preguntarlo. Delante de nosotros, la caravana sale de en medio a trompicones y la multitud confinada se abalanza hacia delante. En el caos se me cae la capa y los ojos de Keenan se fijan en mi cicatriz. Pienso con tristeza que la marca es prominente, roja y horripilante. ¿Cómo podría no mirar?

—Por diez infiernos. ¿Qué ha pasado?

—La comandante me castigó hace unos días.

—No lo sabía, Laia. —Toda su indiferencia se disuelve mientras observa la cicatriz—. ¿Por qué no me lo dijiste?

—¿Te habría importado? —Sus ojos buscan los míos, sorprendidos—. De todos modos, no es nada comparado con lo que podría haber sido. A Izzi le sacó un ojo. Y deberías ver lo que le hizo a la cocinera. Toda su cara… —Me estremezco—. Sé que es fea, horrible…

—No. —Pronuncia la palabra como si fuera una orden—. No digas eso. Significa que has sobrevivido a ella. Significa que eres valiente.

La multitud pasa a mi alrededor. La gente nos da codazos y mascula. Pero entonces todo se desvanece, porque Keenan me toma la mano y sus ojos se pasean de los míos a mis labios y vuelta atrás, de una manera que no da lugar a malinterpretaciones. Le veo una peca, perfecta y redonda, en la comisura del labio. Me sube un calor lentamente por el cuerpo mientras me acerca a él.

En ese preciso instante, un marinero vestido de cuero avanza dando un empujón y nos separa, y Keenan tuerce la boca en una sonrisa breve y triste. Me estrecha la mano.

—Te veré pronto.

Desaparece entre la multitud, y me apresuro a volver a Risco Negro. Si Izzi conoce una entrada, todavía tengo tiempo de verla por mí misma y volver aquí para pasar la información. La Resistencia puede sacar a Darin, y todo esto habrá terminado. Se acabarán las cicatrices y los azotes. Se acabarán el terror y el miedo. *Y tal vez,* me susurra una pequeña voz, *consiga más tiempo junto a Keenan.*

Encuentro a Izzi en el patio trasero, lavando las sábanas al lado de la bomba de agua.

—Solo conozco el sendero oculto, Laia —me responde—. Y ni siquiera es un secreto. Simplemente es tan peligroso que la mayoría de la gente no lo usa.

Bombeo agua con brío, utilizando el chirrido del metal para ocultar nuestras voces. Izzi está equivocada. Tiene que estarlo.

—¿Y los túneles? O... ¿crees que alguna de las otras esclavas sabrá algo?

—Ya viste cómo fue anoche. Solo pudimos cruzar los túneles porque estaba Veturius. Y lo de los demás esclavos es arriesgado. Algunos espían para la comandante.

No... no... no... Lo que tan solo hace unos minutos parecía una inmensidad de tiempo, ocho días enteros, ahora no es nada. Izzi me pasa una sábana acabada de lavar y la cuelgo en el tendedero con manos impacientes.

—Un mapa, entonces. En algún sitio tiene que haber un mapa de este lugar.

Cuando me oye, el rostro de Izzi se ilumina.

—Tal vez —me dice—. En el despacho de la comandante...

—El único lugar en el que encontraréis un mapa de Risco Negro —interviene una voz rasposa— es en la cabeza de la comandante. Y dudo de que queráis hurgar ahí.

La cocinera se materializa detrás de la sábana que acabo de tender. Ha venido silenciosa como la comandante, y me quedo mirándola con la boca abierta como un pez fuera del agua.

Izzi se levanta de un salto ante la aparición de la cocinera, pero entonces, para mi sorpresa, se cruza de brazos.

—Seguro que hay algo —le dice a la anciana—. ¿Cómo se aprendería el mapa de memoria? Debe de tener algún punto de referencia.

—Cuando se hizo comandante —responde la cocinera—, los augures le dieron un mapa para que lo memorizara y luego lo quemara. Así se ha hecho siempre en Risco Negro. —En cuanto detecta la sorpresa en mi rostro, resopla—. Cuando era más joven y todavía más estúpida que tú, mantenía los ojos y los oídos atentos. Ahora tengo la cabeza llena de conocimiento inútil que no le sirve a nadie.

—Pero no es inútil —le digo—. Debes de conocer algún pasaje secreto para entrar en la escuela…

—No. —Sus cicatrices rojas contrastan con su blanca piel—. Y, aunque lo supiera, no te lo diría.

—Mi hermano está en las celdas de la muerte de la Central. Lo van a ejecutar en cuestión de días, y si no encuentro un pasaje secreto para entrar en Risco Negro…

—Déjame preguntarte una cosa. La Resistencia es quien dice que tu hermano está en prisión, la Resistencia es quien dice que lo van a ejecutar, ¿verdad? Pero ¿cómo lo saben? ¿Y cómo sabes que dicen la verdad? Tu hermano podría estar muerto. Y si está en las celdas de la muerte de la Central, la Resistencia no podrá sacarlo. Una piedra sorda y ciega te lo podría asegurar.

—Si estuviera muerto, me lo habrían dicho. —¿Por qué no quiere ayudarme?—. Confío en ellos, ¿vale? Tengo que confiar en ellos. Además, Mazen dice que tiene un plan…

—Bah —me interrumpe la cocinera—. La próxima vez que veas a ese tal Mazen, le preguntas dónde, exactamente, tienen a tu hermano en la Central. ¿En qué celda? Le preguntas cómo lo sabe y quiénes son sus espías. Le preguntas cómo saber una entrada a Risco Negro lo va a ayudar a infiltrarse en la prisión más fortificada del sur. Después de que te haya respondido, veremos si todavía confías en ese malnacido.

—Pero... —interviene Izzi, pero la anciana se gira hacia ella.

—Ni se te ocurra. No tienes ni idea del lío en el que te estás metiendo. El único motivo por el que no la he delatado ante la comandante eres tú —dice casi escupiéndome—. Tal como están las cosas, no puedo confiar en que esta esclava no dirá tu nombre para que la comandante se apiade de ella.

—Izzi... —Miro hacia mi amiga—. Sin importar lo que me haga la comandante, jamás...

—¿Te crees que por tener el corazón lleno de surcos eres una experta en dolor? —me corta—. ¿Te han torturado alguna vez, chica? ¿Alguna vez te han atado a una mesa mientras las brasas ardían en tu cuello? ¿Alguna vez te han hecho surcos en la piel con un cuchillo desafilado mientras un máscara te echa agua con sal en las heridas?

Me la quedo mirando, petrificada. Ya ve la respuesta.

—No puedes saber si traicionarías a Izzi —añade la cocinera— porque nunca has puesto a prueba tus límites. A la comandante la entrenaron en Kauf; si te interrogara, traicionarías a tu propia madre.

—Mi madre está muerta —respondo.

—Y gracias a los cielos. Quién sabe qué d-d-daño ella y sus rebeldes podrían haber causado si todavía... si todavía estuviera viva.

La miro de soslayo. Otra vez el tartamudeo cuando habla de la Resistencia.

—Cocinera. —Izzi mira directamente a los ojos de la anciana, aunque parece que fuera más alta—. Por favor, ayúdala. Nunca te he pedido nada, ahora te pido esto.

—¿Qué sacas tú de provecho? —La boca de la anciana se tuerce en una mueca, como si hubiera probado algo agrio—. ¿Te ha prometido sacarte de aquí? ¿Salvarte? Niña estúpida. La Resistencia nunca salva a nadie a quien pueda dejar atrás.

—No me ha prometido nada —responde Izzi—. Quiero ayudarla porque es... mi amiga.

Eres mi amiga, dicen los ojos oscuros de la cocinera. Me pregunto, por centésima vez, quién es esta mujer y qué le hicieron la Resistencia y mi madre para que los odie y desconfíe tanto de ellos.

—Solo quiero salvar a Darin —añado—. Solo quiero salir de aquí.

—Todo el mundo quiere salir de aquí, chica. Yo quiero salir. Izzi quiere salir. Incluso los malditos estudiantes quieren salir. Si de verdad quieres marcharte, te sugiero que vayas con tu querida Resistencia y les pidas otra misión. En algún otro lugar en el que no consigas que te maten.

Se va ofendida, y yo debería estar enfadada, pero en vez de eso me repito lo que ha dicho en la cabeza. *Incluso los malditos estudiantes quieren salir. Incluso los malditos estudiantes quieren salir.*

—Izzi. —Me giro hacia mi amiga—. Creo que sé cómo encontrar la manera de salir de Risco Negro.

* * *

Unas horas después, mientras estoy agachada detrás de un seto en el exterior de los barracones de Risco Negro, me pregunto si he cometido un error. Los tambores que marcan el toque de queda suenan y se quedan en silencio. Llevo una hora sentada aquí y las raíces y las rocas se me clavan en las rodillas. Ni un solo estudiante ha salido de los barracones.

Pero en algún punto alguno lo hará. Como ha dicho la cocinera, incluso los estudiantes quieren salir de Risco Negro. Deben de escabullirse. ¿Cómo si no podrían emborracharse e ir a los burdeles? Algunos deben de sobornar a los guardias del portón y los túneles, pero seguro que hay otro camino para salir de aquí.

Cambio de postura, posándome de una rama con pinchos a otra. No puedo acechar en la oscuridad de este arbusto achaparrado durante mucho más. Izzi me está cubriendo, pero si la comandante me llama y no acudo, me castigará. O, peor, podría castigar a Izzi.

¿Te ha prometido sacarte de aquí? ¿Salvarte?

No le he prometido eso, aunque debería. Ahora que la cocinera lo ha sacado a colación, no puedo dejar de pensar en ello. ¿Qué le pasará a Izzi cuando me vaya? La Resistencia me dijo que harían que mi repentina desaparición de Risco Negro pareciese un suicidio, pero la comandante interrogará a Izzi de todas maneras. No se la puede engañar fácilmente.

No puedo dejar que Izzi se enfrente al interrogatorio. Es la primera amiga de verdad que tengo desde Zara. Pero ¿cómo puedo conseguir que la Resistencia la proteja? Si no hubiera sido por Sana, no me habrían ayudado ni a mí.

Tiene que haber una manera. Podría llevarme a Izzi conmigo cuando salga de aquí. La Resistencia no sería tan inhumana como para mandarla de vuelta… No si supieran lo que harían con ella. Mientras lo pienso, centro la vista en los edificios que tengo delante, justo en el momento en el que dos siluetas salen de los barracones de los calaveras. La luz se refleja en el cabello claro de uno, y reconozco los andares furtivos del otro. Marcus y Zak.

Los gemelos dejan atrás el portón principal y las rejillas hacia los túneles más cercanos a los barracones. Se dirigen hacia uno de los edificios de entrenamiento.

Los sigo, lo bastante cerca como para oír lo que dicen, pero lo suficientemente lejos como para que no se percaten de mi presencia. ¿Quién sabe qué me harían si me sorprendieran siguiéndoles?

— … aguanto más esto. —Me llega una voz—. Es como si estuviera controlando mi mente.

—Deja de comportarte como una niña, joder —replica Marcus—. Nos enseña lo que necesitamos para evitar que los augures parasiten nuestra mente. Deberías estar agradecido.

Me acerco un poco más, interesada muy a mi pesar. ¿Estarán hablando de la criatura que había en el despacho de la comandante?

—Cada vez que lo miro a los ojos —continúa Zak—, veo mi propia muerte.

—Al menos estarás preparado.

—No —dice Zak quedamente—. No lo creo.

Marcus gruñe de irritación.

—A mí no me gusta más que a ti. Pero tenemos que ganar, así que échale un par.

Entran en el edificio de entrenamiento, y agarro la recia puerta de roble justo antes de que se cierre, mientras los observo por el resquicio. Linternas de fuego azul iluminan el pasillo tenuemente, y sus pasos resuenan entre los pilares a cada lado. Justo antes de que el edificio gire, desaparecen detrás de una de las columnas. La piedra rechina contra la piedra, y todo se queda en silencio.

Entro en el edificio y presto atención. En el pasillo reina el silencio como en una tumba, pero eso no significa que los Farrar no sigan aquí. Me dirijo a la columna por donde han desaparecido esperando encontrarme con una puerta hacia una sala de entrenamiento.

Pero no hay nada, solo piedra.

Sigo hasta la siguiente sala. Vacía. La siguiente. Vacía. La luz de luna que se filtra por las ventanas tiñe cada habitación de un azul blancuzco fantasmagórico, y todas están vacías. Los Farrar han desaparecido, pero ¿cómo?

Una entrada secreta, estoy segura de ello. Un alivio exaltado me inunda. Lo encontré, he encontrado lo que quiere Mazen. *Todavía no, Laia.* Todavía tengo que descubrir cómo entran y salen los gemelos.

La noche siguiente, a la misma hora tardía, me introduzco en el edificio de entrenamiento, delante del pilar donde he visto que desaparecían los máscaras. Los minutos pasan. Media hora. Una hora. No aparecen.

Al final me voy. No me puedo arriesgar a no acudir cuando me llame la comandante. Me entran ganas de gritar de la frustración. Puede que los Farrar hayan desaparecido por la entrada secreta antes de que yo llegara al edificio o que aparezcan por allí cuando ya estoy en la cama. Sea como fuere, necesito más tiempo para estudiarlo.

—Iré mañana —me dice Izzi cuando nos reunimos en mi habitación al terminar el toque de la campana de las once—. La comandante ha pedido agua y me ha preguntado dónde estabas cuando se la he llevado. Le he dicho que la cocinera te había mandado a un recado tardío, pero esa excusa no funcionará dos veces.

No quiero dejar que Izzi me ayude, pero sé que sin ella no lo conseguiré. Cada vez que se va hacia el edificio de entrenamiento, estoy más decidida a sacarla de Risco Negro. No la dejaré aquí cuando me vaya. No puedo hacerlo.

Alternamos las noches, arriesgándolo todo con la esperanza de ver a los Farrar de nuevo. Pero para nuestra frustración volvemos con nada.

—Si todo lo demás falla —dice Izzi la noche antes de que tenga que dar mi informe—, pídele a la cocinera que te enseñe a hacer un agujero en el muro. Solía hacer explosivos para la Resistencia.

—Quieren una entrada secreta —respondo. Pero sonrío, porque pensar en un agujero gigante y humeante en el muro de Risco Negro me pone contenta.

Izzi sale para buscar a los Farrar, y yo espero a que la comandante me llame. Pero no lo hace, así que me quedo acostada en el catre, mirando a la piedra llena de agujeros del techo mientras me obligo a no imaginarme a Darin sufriendo a manos de los marciales e intentando hallar la manera de explicarle mi fracaso a Mazen.

Entonces, justo antes de la undécima campana, Izzi entra con un revuelo en mi habitación.

—¡Lo he encontrado, Laia! El túnel que los Farrar han estado usando. ¡Lo he encontrado!

XXXII: Elias

Empiezo a perder los combates.

La culpa es de Tristas. Ha plantado la semilla de que Helene está enamorada de mí en mi cabeza, y ahora ha brotado como un infernal hierbajo desgarbado.

Durante el entrenamiento con cimitarra, Zak se abalanza sobre mí con una torpeza inusual, pero en vez de bloquearlo, dejo que me patee el culo porque veo un destello rubio al otro lado del campo. ¿Qué significa este nudo en el estómago?

Cuando el centurión de combate cuerpo a cuerpo me abronca por mi técnica descuidada, apenas lo oigo, porque estoy pensando en qué pasará entre Helene y yo. ¿Se habrá acabado nuestra amistad? Si no le correspondo, ¿me odiará? ¿Cómo se supone que debo tenerla de mi lado en las pruebas si no le puedo dar lo que quiere? Cuántas preguntas, joder. ¿Acaso las chicas piensan así siempre? No me sorprende que me confundan tanto.

La tercera prueba, la Prueba de la Fuerza, tendrá lugar dentro de dos días. Sé que debo centrarme y preparar mi mente y mi cuerpo. Debo ganar.

Pero además de Helene hay alguien que también acapara mis pensamientos: Laia.

Intento durante días no pensar en ella. Al final, dejo de resistirme. La vida ya es lo suficientemente complicada como para tener que andar esquivando rincones de mi propia cabeza.

Me imagino la caída de su pelo y el brillo de su piel. Sonrío cuando recuerdo cómo se reía mientras bailábamos, con una libertad de espíritu que me parecía extraordinario que pudiera existir. Visualizo cómo se le cerraron los ojos cuando le hablé en *sadhese*.

Pero por la noche, cuando mis miedos salen a rastras de los lugares oscuros de mi mente, recuerdo el terror en su cara cuando supo quién era yo. Recuerdo su repugnancia cuando intenté protegerla de la comandante. Debe de odiarme por haberla obligado a pasar por algo tan humillante. Pero fue lo único que me vino a la cabeza para mantenerla a salvo.

Durante la semana pasada, muchas veces he querido ir a su habitación para ver cómo estaba. Pero si demuestro amabilidad con una esclava, la Guardia Negra se me echará encima.

Laia y Helene son muy distintas. Me gusta que Laia diga cosas que sorprenden, que hable de modo muy formal, como si contara una historia. Me gusta que haya desafiado a mi madre para ir al Festival de la Luna, mientras que Helene siempre obedece a la comandante. Laia es como la danza salvaje de un asentamiento tribal, mientras que Helene es el azul frío de la llama de un alquimista.

Pero ¿por qué las comparo? Conozco a Laia desde hace unas semanas y a Helene de toda la vida. No puedo sentir atracción por Helene, es como de mi familia. Más que eso, es parte de mí.

Aun así, no me habla ni me mira. Faltan pocos días para la tercera prueba y lo único que he recibido por su parte son miradas de soslayo e insultos mascullados.

Y en el frente de mi mente hay otra preocupación. Contaba con que Helene ganaría las pruebas y me nombraría Verdugo de Sangre, y que luego me liberaría de mi puesto. No creo que vaya a hacerlo si me aborrece. Y eso significa que, si gano la siguiente prueba y ella gana la última, podría obligarme a ser Verdugo de Sangre contra mi voluntad. Y, si eso ocurre, tendré que huir, y entonces el código exigirá que se me dé caza y me mate.

Además de todo eso, he oído cómo los estudiantes murmuraban que el Emperador está a unos pocos días de Serra y planea su venganza contra los aspirantes y cualquiera que tenga relación con ellos. Los cadetes y los máscaras fingen que no les afecta, pero los novatos no tienen tanta práctica ocultando su miedo. Sería de esperar que la comandante tomara medidas de precaución contra un ataque en Risco Negro, pero no parece importarle. Probablemente porque quiere vernos a todos muertos. O al menos a mí.

Estás jodido, Elias, me dice una voz burlona. *Acéptalo y ya está. Deberías haber huido cuanto tuviste ocasión.*

Mi sucesión de derrotas no pasa desapercibida. Mis amigos están preocupados y Marcus me reta en el terreno de combate cada vez que tiene oportunidad. El abuelo me envía una nota con dos palabras escritas en tinta con tanta fuerza que el pergamino está rasgado: *Siempre victorioso.*

Mientras, Helene me observa y se enfurece más cada vez que me gana en combate o presencia cómo alguien me derrota. Ansía decirme algo, pero su testarudez se lo impide.

Hasta que sorprende a Dex y a Tristas vigilándola de cerca en los barracones dos noches antes de la tercera prueba. Después de interrogarlos, viene en mi busca.

—¿Qué cojones te pasa, Veturius? —Me agarra del brazo fuera de los barracones de los calaveras, a donde me dirigía para descansar un poco antes del turno de guardia en la muralla—. ¿Crees que no me sé defender? ¿Crees que necesito guardaespaldas?

—No, yo solo…

—Tú eres el que necesita protección. Tú eres el que ha estado perdiendo cada combate. Cielos, incluso un perro muerto te ganaría. ¿Por qué no le entregas el Imperio a Marcus ahora mismo?

Un grupo de novatos nos mira con interés hasta que se van corriendo cuando Helene les gruñe.

—He estado distraído —respondo—. Preocupado por ti.

—No tienes que preocuparte por mí. Sé cuidarme solita. Y no quiero que tus... tus secuaces me sigan.

—Son tus amigos, Helene. No van a dejar de serlo solo porque estés enfadada conmigo.

—No los necesito. No os necesito a ninguno.

—No quería que Marcus...

—Que le den a Marcus. Podría hacerle papilla con los ojos cerrados. Y podría derrotarte a ti también. Diles que me dejen en paz.

—No.

Se acerca a mi cara con la rabia irradiando en pulsaciones.

—Díselo.

—No lo haré.

Se cruza de brazos y se mantiene a un palmo de mi cara.

—Te reto. Combate individual, tres peleas. Si ganas, mantienes a los guardaespaldas. Si pierdes, les dices que paren.

—Está bien —accedo. Sé que puedo derrotarla, lo he hecho mil veces antes—. ¿Cuándo?

—Ahora. Quiero acabar con esto.

Se dirige hacia el edificio de entrenamiento más cercano, y la sigo mientras contemplo cómo se mueve: furiosa, se apoya más sobre la pierna derecha; debe de haberse lastimado la izquierda durante el entrenamiento. Va apretando el puño derecho, probablemente porque quiere golpearme con él.

La furia colorea cada uno de sus movimientos. Una furia que no tiene nada que ver con los guardaespaldas y sí conmigo y con la confusión que nos envuelve a los dos.

Esto va a ser interesante.

Helene va hacia la sala de entrenamiento vacía más grande y me lanza un embate nada más atravesar la puerta. Como esperaba, me ataca con un gancho derecho y sisea cuando lo esquivo. Es rápida y vengativa, y durante unos minutos creo que mi reguero de derrotas va a continuar. Pero una imagen de Marcus regodeándose, de Marcus emboscando a Helene, hace que me hierva la sangre, y desato una ofensiva despiadada.

Gano el primer combate, pero Helene empata en el segundo, casi arrancándome la cabeza con un ataque rápido. Veinte minutos después, cuando me arrodillo, ni se preocupa por saborear la victoria.

—Otra vez —me apremia—. Intenta superarte.

Damos vueltas en círculo como gatos cautelosos hasta que me abalanzo hacia ella con la cimitarra en alto. Se mantiene impávida, y nuestras armas chocan en una explosión de chispas.

La batalla me consume. Hay perfección en una confrontación así. Mi cimitarra es una extensión de mi cuerpo y se mueve con tal celeridad que es como si tuviera vida propia. El combate es un baile que conozco tan bien que apenas necesito pensar. Y, aunque el sudor me perla la piel y los músculos me arden desesperados por un descanso, me siento vivo, obscenamente vivo.

Nos bloqueamos cada ataque hasta que le acierto en el brazo derecho. Intenta cambiar la espada de mano, pero le golpeo con la cimitarra la muñeca antes de que pueda bloquearme. Su cimitarra sale volando por los aires y le hago un placaje. Su cabello rubio blanquecino se deshace del moño.

—¡Ríndete! —La inmovilizo en el suelo por las muñecas, pero patalea y libera un brazo, que intenta agarrar la daga que lleva en la cintura. El acero se clava en mis costillas, y unos segundos después, estoy tumbado con una espada que me apunta al cuello.

—¡Ja! —Se agacha sobre mí y su pelo cae a nuestro alrededor como una cortina de plata brillante. El pecho le sube y baja, está cubierta de sudor y el dolor le ensombrece los ojos; sigue siendo tan preciosa que se me hace un nudo en la garganta, y quiero besarla.

Debe de verlo en mis ojos, porque el dolor se torna en confusión mientras nos miramos. Sé que debo tomar una decisión. Una decisión que puede cambiarlo todo.

Bésala y será tuya. Podrás explicárselo todo y lo entenderá, por-que te quiere. Ganará las pruebas, serás el Verdugo de Sangre y, cuando le pidas la libertad, te la concederá.

Pero ¿lo hará? Si tenemos una relación, ¿no complicará eso las cosas? ¿Quiero besarla porque la quiero o porque necesito algo de ella? ¿O por las dos cosas?

Todo esto me pasa por la cabeza en un segundo. *Hazlo*, me sugiere el instinto. *Bésala.*

Envuelvo la mano con su pelo sedoso. Se le corta la respi-ración, y se fusiona conmigo, su cuerpo de repente dócil y embriagador.

Y entonces, mientras acerco su cara a la mía y cerramos los ojos, oímos el grito.

XXXIII: Laia

L a escuela está prácticamente en silencio cuando Izzi y yo salimos de las habitaciones de los esclavos. Algunos estudiantes que todavía no se han retirado se dirigen hacia los barracones en pequeños grupos con los hombros caídos por el cansancio.

—¿Viste entrar a los Farrar? —le pregunto a Izzi mientras nos dirigimos al edificio de entrenamiento.

Niega con la cabeza.

—Estaba sentada observando los pilares, aburrida como una ostra, cuando me di cuenta de que uno de los ladrillos era distinto... Brillante, como si lo hubieran tocado más que a los otros. Y entonces... Bueno, ven, te lo muestro.

Entramos en el edificio y nos da la bienvenida el sonido rítmico del chasqueo entre cimitarras. Delante de nosotras hay una puerta que da a una sala de entrenamiento abierta, y de ella se derrama hacia el pasillo la luz dorada de las antorchas. Un par de máscaras pelea en el interior, y cada uno empuña dos cimitarras delgadas.

—Es Veturius —dice Izzi—. Y Aquilla. Llevan ahí una eternidad.

Mientras observo cómo luchan, me doy cuenta de que estoy conteniendo la respiración. Se mueven como bailarines, dando vueltas adelante y atrás de la estancia con gracia, fluidos y mortíferos. Y tan rápidos como sombras en la superficie de un río. Si no lo estuviera viendo con mis propios ojos, me costaría creer que alguien se pueda mover a esa velocidad.

Veturius desarma a Aquilla de una de las cimitarras y se le pone encima. Sus cuerpos se entremezclan mientras forcejean por el suelo con una violencia extraña e íntima. Él es todo músculo y fuerza, y a pesar de ello veo por la manera como lucha que se está conteniendo. Se niega a desatar toda su fuerza contra ella, pero, aun así, en sus movimientos hay una libertad animal, un caos controlado que hace que el aire a su alrededor resplandezca. Es muy distinto a Keenan, con su semblante severo y su interés frío.

¿Por qué los comparas, de todos modos?

Me giro hacia Izzi.

—Sigamos.

El edificio parece estar vacío, aparte de Veturius y Aquilla, pero Izzi y yo nos pegamos a las paredes y vamos con cuidado por si hay algún estudiante o centurión al acecho. Doblamos la esquina, y reconozco las puertas que los Farrar usaron para entrar aquí la primera vez que los vi, hace casi una semana.

—Aquí, Laia.

Izzi se desliza por detrás de una de las columnas y levanta la mano hacia un ladrillo que a primera vista parece ser como los demás. Lo toca. Con un chirrido suave, un fragmento de piedra se esconde en la oscuridad. La luz de las lámparas ilumina una escalera estrecha que desciende. Miro hacia abajo incrédula por lo que veo y entonces envuelvo a Izzi en un abrazo de gratitud.

—¡Izzi, lo has logrado!

No entiendo por qué no me devuelve la sonrisa hasta que su rostro se queda paralizado y me agarra.

—Shh —dice—. Escucha.

El tono constante de la voz de un máscara retumba por el túnel, y la escalera se ilumina con una luz de antorcha que se acerca.

—¡Ciérrala! —me apremia Izzi—. ¡Rápido, antes de que nos puedan ver!

Pongo la mano en el ladrillo y lo toco frenéticamente.

No ocurre nada.

— … finges que no lo ves, pero no es así. —Una voz familiar nos llega desde el hueco de la escalera mientras aporreo el ladrillo—. Sabes de siempre que siento cosas por ella. ¿Por qué la atormentas? ¿Por qué la odias tanto?

—Es una ilustre pedante. Jamás querría nada contigo.

—Tal vez si la hubieras dejado tranquila, habría tenido alguna oportunidad.

—Es nuestra enemiga, Zak. Morirá, supéralo.

—Entonces, ¿por qué le dijiste que estáis destinados? ¿Por qué me da la sensación de que quieres que ella sea tu Verdugo de Sangre y no yo?

—Estoy jugando con su mente, idiota. Y, por lo que veo, me está yendo tan bien que también te ha afectado a ti.

Ahora reconozco las voces… Marcus y Zak. Izzi me aparta a un lado y golpea con el puño el ladrillo. La entrada es cabezota y permanece abierta.

—¡Da igual! —me dice Izzi—. ¡Vámonos!

Tira de mí, pero la cara de Marcus aparece a los pies de la escalera, y al verme la sube con dos brincos.

—¡Corre! —le grito a Izzi.

Marcus intenta agarrar a Izzi, pero la empujo y su brazo me rodea el cuello y me corta la respiración. Tira de mi cabeza hacia atrás y le miro los ojos amarillos claros.

—¿Qué tenemos aquí? ¿Espiando, criada? ¿Intentando encontrar una manera de salir de la escuela?

Izzi está paralizada en el pasillo, su ojo derecho muy abierto y lleno de terror. No puedo permitir que la atrapen. No después de todo lo que ha hecho por mí.

—¡Ve, Iz! —grito—. ¡Corre!

—Ve a por ella, imbécil —le ruge Marcus a su hermano, que acaba de salir del túnel. Zak hace un esfuerzo desvaído para agarrar a Izzi, pero ella se zafa y corre de vuelta por donde hemos entrado.

—Marcus, venga. —Zak tiene la voz cansada y mira hacia las pesadas puertas de roble que llevan al exterior—. Déjala ir. Tenemos que levantarnos temprano.

—¿No sabes quién es, Zak? —le dice Marcus. Forcejeo e intento darle una patada en la espinilla, pero me levanta del suelo—. Es la muchacha de la comandante.

—Me está esperando —digo sin aire.

—No le importará que llegues tarde. —Marcus sonríe como un chacal—. Te hice una promesa ese día, fuera del despacho, ¿recuerdas? Te dije que una noche estarías sola en un pasillo oscuro y te encontraría. Siempre cumplo mi palabra.

—Marcus... —refunfuña Zak.

—Si quieres comportarte como un eunuco, hermanito —replica Marcus—, entonces piérdete y deja que me entretenga.

Zak se queda mirando a su hermano durante un instante. Acto seguido, suspira y se aleja.

¡No! ¡Vuelve!

—Solos tú y yo, preciosa —me dice—. Te lo habría puesto fácil. Pero me gusta que mis chicas tengan un poco de carácter.

Su puño se dirige silbando hacia mi cara. Tras una eternidad explosiva, mi cabeza impacta contra la piedra que tengo detrás con un golpe demoledor que me hace ver doble.

Defiéndete, Laia. Por Darin. Por Izzi. Por cada académico que ha sido objeto de los abusos de esta bestia. Pelea. Un grito surge de mi interior, y clavo las uñas en la cara de Marcus, pero un puñetazo en el estómago me deja sin aire. Me doblo por la mitad y me vienen arcadas. Su rodilla se encuentra con mi frente, el pasillo da vueltas y me caigo de rodillas. Entonces oigo cómo se ríe, una risa sádica que reaviva mis ganas de hacerle frente. Me lanzo hacia sus piernas. No va a ser como antes, como durante la redada, cuando dejé que el máscara me arrastrara por mi casa como si estuviera muerta. Esta vez, pelearé. Con dientes y uñas, pelearé.

Marcus gruñe sorprendido mientras pierde el equilibrio. Me zafo de él e intento ponerme de pie, pero me agarra del brazo y me abofetea. Golpeo con la cabeza el suelo y entonces me da patadas hasta que me hace picadillo. Cuando dejo de resistirme, se sienta a horcajadas encima de mí y me sujeta los brazos.

Suelto un último grito, pero se convierte en un gemido cuando me pone un dedo en la boca. Se me cierran los ojos por la hinchazón. No puedo ver. No puedo pensar. A lo lejos, las campanas tocan las once.

XXXIV: *Elias*

C uando oigo el grito, salgo de debajo de Helene y me pongo de pie olvidando el beso. Se cae aparatosamente de espaldas. El grito vuelve a resonar, y agarro mi cimitarra. Unos segundos después, ella toma la suya y me sigue hacia el pasillo. Fuera, el campanario repica la campana de las once.

Una chica rubia corre hacia nosotros: Izzi.

—¡Ayuda! —grita—. Por favor... Marcus está... está...

Salgo disparado hacia el pasillo oscuro, y Helene e Izzi me siguen. No tenemos que desplazarnos demasiado. Cuando giramos la esquina, nos topamos con Marcus con la cara desfigurada por la lascivia encorvado sobre un cuerpo boca abajo. No puedo ver quién es, pero es obvio lo que planea hacerle.

No esperaba compañía, y por eso podemos sacarlo de encima de la esclava con facilidad. Lo embisto y le empiezo a asestar puñetazos, y gruño de satisfacción cuando noto que el hueso cruje bajo mis golpes, deleitándome con la sangre que salpica la pared. Cuando la cabeza se le echa atrás, me pongo de pie, desenvaino la cimitarra y apunto el filo a sus costillas entre las placas de su armadura.

Marcus se pone de pie tambaleándose con las manos en el aire.

—¿Vas a matarme, Veturius? —pregunta, todavía con una sonrisa en la cara a pesar de la sangre que le corre por la cara—. ¿Con una cimitarra de entrenamiento?

—Puede que tarde más. —La hundo un poco más en sus costillas—. Pero me servirá.

—Tienes guardia hoy, serpiente —dice Helene—. ¿Qué demonios haces aquí en un pasillo oscuro con una esclava?

—Practicando para ti, Aquilla. —Marcus se lame un poco de la sangre que tiene en el labio antes de girarse hacia mí—. La esclava presenta más batalla que tú, maldito...

—Cállate, Marcus —lo interrumpo—. Hel, comprueba cómo está.

Helene se agacha para ver si la esclava todavía respira... No sería la primera vez que Marcus matara a una. Oigo cómo gimotea.

—Elias...

—¿Qué? —Me estoy enfureciendo cada vez más, casi con la esperanza de que Marcus haga algo más. Una pelea a la antigua usanza con los puños a muerte me sentará bien. Desde las sombras, Izzi nos observa, demasiado asustada como para moverse.

—Suéltalo —dice Helene. Me la quedo mirando perplejo, pero su cara está completamente inexpresiva—. Vete —le dice secamente a Marcus mientras me retira el brazo con el que empuño la espada—. Lárgate de aquí.

Marcus le dedica a Helene esa sonrisita burlona que hace que quiera acabar con su vida a golpes.

—Tú y yo, Aquilla —dice mientras se retira con los ojos ardiendo—. Sabía que al final lo verías.

—Vete, maldita sea. —Helene le lanza un cuchillo, que le pasa junto a la oreja—. ¡Vete!

Cuando la serpiente desaparece por la puerta, me giro hacia Helene.

—Dime que había un motivo para eso.

—Es la esclava de la comandante. Tu... amiga. Laia.

Entonces veo la nube de pelo oscuro y la piel dorada que estaban tapados por el cuerpo de Marcus. Una sensación de mareo me embriaga mientras me agacho a su lado y le doy la vuelta. Tiene la muñeca rota y el hueso le sobresale por debajo de la piel. Los moratones le decoran los brazos y el cuello. Gime e intenta moverse. Tiene el pelo enmarañado y los dos ojos morados e hinchados.

—Voy a matar a Marcus por esto —digo con voz plana y serena, aunque es una serenidad que no siento en realidad—. Tenemos que llevarla a la enfermería.

—A los esclavos se les prohíbe entrar en la enfermería —dice Izzi detrás de nosotros, en un susurro. Había olvidado que estaba allí—. La comandante la castigará por ello. Y a ti. Y al médico.

—La llevaremos a la comandante —propone Helene—. La chica le pertenece. Ella tiene que decidir qué hacer.

—La cocinera puede ayudarla —añade Izzi.

Las dos tienen razón, pero eso no significa que me haga gracia. Levanto a Laia con amabilidad, intentando no hacerle daño. Es liviana, y apoyo su cabeza en mi hombro.

—Estarás bien —le murmuro—. ¿De acuerdo? Te pondrás bien.

Salgo hacia el pasillo con grandes zancadas sin esperar a ver si Helene e Izzi me siguen. ¿Qué habría ocurrido si Helene y yo no hubiésemos estado cerca? Marcus habría violado a Laia y ella habría derramado sobre el frío suelo de piedra la sangre de cualquier vestigio de vida que le quedara. Ese pensamiento aviva la furia que me arde en el interior.

Laia mueve la cabeza y gimotea.

—Maldito...

—Hasta el pozo más profundo del infierno —murmuro. Me pregunto si todavía tendrá la raíz de sanguinaria que le di. *Demasiado daño para raíz de sanguinaria, Elias.*

—Túnel —dice—. Darin... Maz...

—Shhh —respondo—. No hables.

—Todo el mal está aquí —susurra—. Monstruos. Pequeños monstruos y monstruos grandes.

Llegamos a la casa de la comandante, e Izzi abre el portón hacia el pasillo de los sirvientes. Cuando nos ve por la puerta entornada de la cocina, la cocinera suelta la bolsa de especias que tiene en las manos y mira horrorizada a Laia.

—Llama a la comandante —le ordeno—. Dile que su esclava está herida.

—Aquí. —Izzi señala hacia una puerta baja con una cortina atada que la cruza. Coloco a Laia en el catre de dentro con una dolorosa lentitud, cada miembro de uno en uno.

Helene me pasa una manta hecha jirones y la extiendo por encima de la chica, aunque sé que es inútil. Una manta no la va a ayudar.

—¿Qué ha pasado? —me dice la comandante por detrás. Helene y yo salimos al pasillo de los sirvientes donde están Izzi, la cocinera y la comandante.

—Marcus la ha atacado —respondo—. Casi la mata...

—No debería haber salido a estas horas. Le dije que se retirara. Cualquier herida que haya padecido es fruto de su propia temeridad. Dejadla. Tenéis guardia en la muralla esta noche, si no recuerdo mal.

—¿Vas a avisar al médico? ¿Lo voy a buscar?

La comandante se me queda mirando como si hubiera perdido la cabeza.

—La cocinera velará por ella —responde—. Si vive, vive. Si muere... —Mi madre se encoge de hombros—. No es que os incumba. Te acostaste con la chica, Veturius. Eso no significa que sea tuya. Ahora, id a la guardia. —Pone una mano en la fusta—. Si llegas tarde, te arrancaré un trozo de piel por cada minuto de retraso. O... —ladea la cabeza pensativa— de la esclava, si lo prefieres.

—Pero...

Helene me agarra del brazo y tira de mí hacia el pasillo.

—¡Suéltame!

—¿No la has oído? —me dice Helene mientras me arrastra lejos de la casa de la comandante por los campos de entrenamiento de arena—. Si llegas tarde a la guardia, te azotará. La tercera prueba es dentro de dos días. ¿Cómo vas a superarla si no puedes ni ponerte la armadura?

—Pensaba que ya no te importaba lo que me pasara —respondo—. Pensaba que no volverías a hablarme.

—¿Qué ha querido decir —pregunta Helene en voz baja— con que te has acostado con la chica?

—No sabe de lo que habla —le contesto—. No soy así, Helene, ya deberías saberlo. Mira, tengo que encontrar la manera de ayudar a Laia. Por un momento olvida que me odias y quieres que sufra y muera. ¿Se te ocurre alguien que pueda ayudarla? Incluso alguien en la ciudad…

—La comandante no lo permitirá.

—No lo sabrá…

—Lo descubrirá. ¿Qué te pasa? La chica ni siquiera es marcial y ya tiene a una de los suyos para ayudarla. Esa cocinera lleva aquí toda la vida, sabrá qué hacer.

Las palabras de Laia me retumban en la mente. *Todo el mal está aquí. Monstruos. Pequeños monstruos y monstruos grandes.* Tiene razón. ¿Qué es Marcus sino el peor tipo de monstruo? Ha apalizado a Laia con la intención de matarla y ni siquiera lo van a castigar por ello. ¿Qué es Helene cuando menosprecia la idea de ayudar a la chica con tanta naturalidad? ¿Y yo qué soy? Laia va a morir en esa pequeña habitación oscura. Y no estoy haciendo nada para evitarlo.

¿Qué puedes hacer?, me dice una voz pragmática. *Si intentas ayudar, la comandante os castigará a los dos y eso será, por supuesto, el final de la chica.*

—Puedes curarla. —Me doy cuenta de repente, asombrado de que no se me haya ocurrido antes—. Como me curaste a mí.

—No. —Helene se aparta de mí con el cuerpo completamente rígido—. Es un «no» rotundo.

Voy tras ella.

—Puedes hacerlo —insisto—. Solo espera media hora. La comandante no lo sabrá nunca. Métete en la habitación de Laia y…

—No lo haré.

—Por favor, Helene.

—¿Qué más te da a ti? —me pregunta Helene—. ¿Eres...? ¿Sois los dos...?

—Olvídate de eso. Hazlo por mí. No quiero que muera, ¿de acuerdo? Ayúdala. Sé que puedes.

—No lo sabes. Ni yo sé si puedo. Lo que te pasó después de la Prueba del Coraje fue.... extraño..., peculiar. No lo había hecho antes, y me arrebató algo de dentro. No mi fuerza exactamente, pero... olvídalo. No lo volveré a intentar. Nunca.

—Morirá si no lo haces.

—Es una esclava, Elias. Los esclavos mueren todos los días.

Doy un paso atrás. *El mal está aquí. Monstruos...*

—Esto no está bien, Helene.

—Marcus ya ha matado antes...

—No es solo la chica. Esto. —Miro alrededor—. Todo esto.

Los muros de Risco Negro se alzan a nuestro alrededor como impasibles centinelas. Todo está en silencio, aparte del rítmico tintineo metálico de las armaduras de los legionarios que patrullan las murallas. El silencio del lugar y su opresión perturbadora hacen que quiera ponerme a gritar.

—Esta escuela. Los estudiantes que se gradúan en ella. Las cosas que hacemos. Todo está mal.

—Estás cansado y enfadado. Elias, tienes que descansar. Las pruebas... —Intenta ponerme una mano en el hombro, pero me la quito de encima; su contacto me pone malo.

—Al cuerno con las pruebas —le espeto—. Que le den a Risco Negro. Y que te den a ti también.

A continuación, le doy la espalda y me dirijo a hacer la guardia.

XXXV: Laia

Me duele todo: la piel, los huesos, las uñas de los dedos e incluso las raíces del pelo. El cuerpo no parece ser mío. Quiero gritar. Todo cuanto puedo hacer es gemir.

¿Dónde estoy? ¿Qué me ha pasado?

Me vienen imágenes de lo ocurrido. La entrada secreta. Los puños de Marcus. Luego gritos y unos brazos amables. Un olor limpio, como la lluvia en el desierto, y una voz dulce. El aspirante Veturius, que me aparta de mi asesino para que me pueda morir en mi catre de esclava en vez de sobre el suelo de piedra.

Las voces se elevan y callan a mi alrededor… El murmullo ansioso de Izzi y el tono áspero de la cocinera. Creo oír la risotada de un gul. Desparece cuando unas manos frías me abren la boca y me introducen un líquido. Durante unos minutos, el dolor se atenúa. Pero todavía está presente, como un enemigo que espera dando vueltas, impaciente, fuera de las puertas. Y al final explota como un saqueo que me abrasa.

Durante años observé a Pop. Sé lo que significan heridas como estas. Tengo derrames internos. Ningún curandero, por mejor que sea, podrá salvarme. Voy a morir.

Darme cuenta de ello me duele más que las heridas, pues si muero Darin morirá también. Izzi se queda en Risco Negro para siempre. Nada cambia en el Imperio, solo unos cuantos académicos más que se van a la tumba.

El hilo de conciencia que todavía me aferra a la vida se estremece. *Necesito un túnel para Mazen. Keenan espera un informe. Necesito poder darle algo.*

Mi hermano cuenta conmigo. Lo veo a través de la mente, hecho un ovillo en una celda de prisión oscura, con la cara demacrada y temblando. *Vive, Laia,* lo oigo. *Vive, por mí.*

No puedo, Darin. El dolor es como una bestia que me domina. Un escalofrío repentino me cala hasta los huesos, y vuelvo a oír la risa. *Gules. Confróntalos, Laia.*

El cansancio se apodera de mí. Estoy demasiado cansada como para pelear. Y al menos mi familia se reunirá de nuevo. Cuando muera, Darin volverá a mi lado, y veremos a mi padre y a mi madre, a Lis, a Nan y a Pop. Puede que incluso Zara esté. Izzi vendrá después.

El dolor se transforma en un cansancio enorme y cálido que me envuelve. Es muy tentador, como si hubiera estado trabajando bajo el sol y hubiera vuelto a casa para apoltronarme en una cama de plumas, consciente de que nada me va a molestar. Lo dejo entrar. Lo quiero.

—No le haré daño. —El susurro es duro como el hielo y me corta el sueño. Me devuelve al mundo y al dolor—. Pero te haré daño a ti si no te apartas.

Una voz conocida. ¿La comandante? No, alguien más joven.

—Si alguna de las dos dice algo a alguien, estáis muertas. Lo juro.

Un segundo después, la brisa fresca de la noche entra en mi habitación, y abro los ojos para ver la silueta de la aspirante Aquilla, que se recorta en la puerta. Lleva el pelo plateado en un moño desordenado, y en vez de armadura viste un uniforme negro. Tiene los brazos pálidos repletos de moratones. Entra en mi habitación con el rostro enmascarado impávido, aunque su cuerpo la traiciona con una energía nerviosa.

—Aspirante... Aquilla... —digo entre jadeos. Me mira como si oliera a coles podridas. No le caigo bien, es obvio. ¿Por qué está aquí?

—No hables. —Espero que me dé veneno, pero su voz tiembla. Se arrodilla al lado de mi catre—. Estate quieta y... déjame pensar.

¿Pensar qué?

Mi respiración irregular es el único sonido que hay en la habitación. Aquilla está tan silenciosa que parece que se hubiera quedado dormida de pie. Está observándose las manos. Cada pocos minutos, abre la boca como si fuera a hablar. Después, la vuelve a cerrar y aprieta los puños.

Una oleada de dolor me recorre el cuerpo, y toso. El sabor metálico de la sangre me llena la boca y la escupo al suelo, con demasiado dolor como para que me importe lo que pueda pensar Aquilla.

Me agarra de la muñeca y noto sus dedos fríos sobre la piel. Me encojo pensando que quiere hacerme daño. Pero solo me sujeta la mano sin fuerza, como lo haría en el lecho de muerte de un familiar que apenas conociera y me gustara todavía menos.

Empieza a tararear.

Al principio no ocurre nada. Tararea la melodía como un ciego se abre camino en una habitación desconocida. El canturreo se eleva y desciende, explorando y repitiéndose. En ese momento, algo cambia, y el tarareo se convierte en una canción que me envuelve con la dulzura del abrazo de una madre.

Cierro los ojos y me dejo llevar. Aparece la cara de mi madre y, después, la de mi padre. Caminan conmigo en la orilla de un gran mar mientras me balancean entre los dos. Sobre nuestras cabezas, el cielo nocturno brilla como el cristal pulido y su manto de estrellas se refleja en la superficie del agua. Noto la arena fina bajo los pies, parece como si estuviera volando.

Ahora lo entiendo. Aquilla me está matando con un canto. Es una máscara, al fin y al cabo. Y es una muerte dulce. Si hubiera sabido que sería así, no habría estado tan asustada.

La canción aumenta de intensidad, aunque Aquilla mantiene la voz baja como si no quisiera que la oyeran. Una ráfaga de fuego puro me arde desde la coronilla hasta los talones y me saca de la paz de la orilla. Abro los ojos, me falta el aire. *La muerte está aquí,* pienso. *Este es el último dolor antes del final.*

Aquilla me acaricia el pelo y me transmite calor desde sus dedos hasta mi cuerpo, como una sidra especiada en una mañana fría. Me pesan los ojos y los vuelvo a cerrar mientras el fuego retrocede.

Vuelvo a la playa, y esta vez Lis corre delante de mí con el pelo que parece un estandarte negro azulado que brilla en la noche. Observo sus miembros delgados como una caña y sus ojos azul oscuro, y pienso que nunca he visto a un ser vivo tan bonito. *No sabes cuánto te he echado de menos, Lis.* Me devuelve la mirada y su boca se mueve, articula una palabra que canta una y otra vez. No puedo entenderla.

Poco a poco me doy cuenta. Veo a Lis, pero es Aquilla la que habla, es Aquilla quien me ordena, con una palabra repetida en una melodía compleja e infinita.

Vive vive vive vive vive vive vive.

Mis padres desaparecen... ¡No! ¡Madre! ¡Padre! ¡Lis! Quiero volver con ellos, verlos, tocarlos. Quiero caminar por la orilla nocturna, escuchar sus voces y maravillarme por tenerlos cerca. Intento alcanzarlos, pero se han ido, y solo estoy yo y Aquilla y las sofocantes paredes de mi habitación. Y entonces es cuando entiendo que Aquilla no me está llevando a la muerte con su canto.

Me está devolviendo a la vida.

XXXVI: Elias

La mañana siguiente, durante el desayuno, me siento aparte de los demás y no hablo con nadie. Una niebla oscura y fría procedente de las dunas se ha asentado sobre la ciudad. Va a juego con la pesadumbre que siento.

Ya no pienso en la tercera prueba, en los augures ni en Helene. Todo cuanto tengo en la mente es Laia. La imagen de su cara amoratada y su cuerpo roto. Intento idear alguna manera para ayudarla. ¿Sobornar al curandero jefe? No, no tiene las agallas para desafiar a la comandante. ¿Infiltrar a un sanador? ¿Quién se arriesgaría a la furia de la comandante para salvar la vida de una esclava, aunque fuera por una bolsa llena de monedas?

¿Estará viva todavía? Tal vez sus heridas no fueran tan graves como creía. Tal vez la cocinera pueda curarla.

Tal vez los gatos sepan volar, Elias.

Estoy haciendo papilla mi comida cuando Helene entra en el abarrotado comedor. Me sorprenden las ojeras que tiene y su cabello enmarañado. Me localiza y se me acerca. Me yergo y lleno la boca con una cucharada sin intención de mirarla.

—La esclava está mejor —dice en voz baja para que los estudiantes alrededor no puedan oírnos—. Yo... he pasado por ahí. Ha superado la noche. Yo... Mmm... Bueno... Yo...

¿Se va a disculpar? ¿Después de negarse a ayudar a una chica inocente que no ha hecho nada malo aparte de nacer como académica en vez de como marcial?

348

—¿Está mejor? —pregunto—. Debes de estar encantada.

Me levanto y me voy. Helene se queda de piedra, perpleja como si le hubiera asestado un puñetazo, y me invade una sensación salvaje de satisfacción. *Eso es, Aquilla. No soy como tú. No la voy a olvidar solo porque sea una esclava.*

Mando mi agradecimiento en silencio a la cocinera. Si Laia ha sobrevivido, no cabe duda de que ha sido gracias a las atenciones de la anciana. ¿Debería hacerle una visita? ¿Qué le diré? *Me sabe mal que Marcus casi te violara y matara. Me han dicho que estás mejor, por eso.*

No puedo ir a verla. De todos modos, tampoco querrá verme: soy un máscara. Si me odia solo por eso, tiene suficiente motivo.

Pero tal vez pueda pasarme por la casa. La cocinera me dirá cómo está Laia. Puedo llevarle algo, algo pequeño. ¿Flores? Miro alrededor de los terrenos de la escuela. En Risco Negro no hay flores. Tal vez le dé una daga. De esas hay a montones, y solo los cielos saben que necesita una.

—¡Elias! —Helene me ha seguido fuera del comedor, pero la niebla me ayuda a esquivarla. Me meto dentro de un edificio de entrenamiento y la observo desde una ventana hasta que se rinde y se aleja. *A ver si te gusta que te respondan con silencio.*

Unos minutos después, estoy de camino a la casa de la comandante. *Solo una visita rápida. Solo para ver si está bien.*

—Si tu madre se entera de esto, te despellejará vivo —me dice la cocinera desde la puerta de la cocina cuando me cuelo en el pasillo del servicio—. Y a los demás también por haberte dejado entrar.

—¿Está bien?

—No está muerta. Sigue, aspirante. Lárgate. No bromeo con lo de la comandante.

Si una esclava le hablara así a Demetrius o a Dex, estos le darían un bofetón. Pero la cocinera solo hace lo que cree que es mejor para Laia, así que hago lo que me pide.

El resto del día es un borrón de combates perdidos, conversaciones cortas y evasiones a Helene. La niebla se vuelve tan densa que apenas puedo ver lo que tengo delante y hace que el entrenamiento sea más agotador de lo habitual. Cuando suenan los tambores del toque de queda, todo cuanto quiero es dormir. Me dirijo a los barracones, completamente extenuado, cuando Hel me alcanza.

—¿Cómo ha ido el entrenamiento? —Aparece de la niebla silenciosa como un espectro, y aunque no lo quiera doy un salto.

—Espléndido —respondo con voz sombría. Por supuesto, no ha sido espléndido, y Helene lo sabe. Hacía años que no combatía tan mal. La poca concentración que había recuperado durante los combates de anoche con Hel ha desaparecido.

—Faris me ha dicho que esta mañana no has ido al entrenamiento con cimitarras. Me ha dicho que ha visto cómo te dirigías a la casa de la comandante.

—Faris y tú cuchicheáis como colegialas.

—¿Has visto a la chica?

—La cocinera no me ha dejado entrar. Y la chica tiene nombre, se llama Laia.

—Elias… Lo vuestro jamás funcionaría.

La risa que le doy por respuesta hace un eco extraño en la niebla.

—¿Te crees que soy tan idiota? Soy consciente de que no funcionaría. Solo quería saber si estaba bien. ¿Qué problema hay?

—¿Qué problema hay? —Helene me agarra del brazo y tira de mí hasta que me detengo—. Eres un aspirante. Mañana tienes una prueba. Tu vida estará en juego, y solo piensas en una académica. —Se me eriza el vello de la nuca. Helene lo nota y toma aire.

»Lo que te digo es que hay cosas más importantes en las que centrarse. El Emperador estará aquí en cuestión de días y nos quiere ver a todos muertos. La comandante no parece saberlo... o no le importa. Y tengo un mal presentimiento con la tercera prueba, Elias. Esperemos que Marcus quede eliminado. No puede ganar, Elias. No puede. Si gana...

—Lo sé, Helene. —*He apostado todas mis esperanzas en estas malditas pruebas*—. Créeme, lo sé. —Por diez infiernos. Me gustaba más cuando no me hablaba.

—Si lo sabes, ¿por qué dejas que te apalicen en los combates, pues? ¿Cómo vas a ganar la prueba si no tienes la confianza para derrotar a alguien como Zak? ¿No entiendes lo que está en juego?

—Claro que sí.

—Pero ¡no es verdad! ¡Mírate! Estás demasiado atontado con esa esclava...

—No es ella la que me atonta, ¿de acuerdo? Son otras mil cosas. Es... este lugar. Y lo que hacemos aquí. Eres tú...

—¿Yo? —Me mira desconcertada, y eso hace que me enfade más—. ¿Qué he hecho...?

—¡Estás enamorada de mí! —le grito, porque estoy enfadado con ella por quererme, aunque mi parte lógica sabe que estoy siendo injustamente cruel—. Pero yo no te quiero, y me odias por ello. Permitiste que eso arruinase nuestra amistad.

Se me queda mirando, el dolor que hay en su mirada es sincero y creciente. ¿Por qué se tenía que prendar de mí? Si ella hubiera controlado sus emociones, jamás nos habríamos peleado la noche del Festival de la Luna. Habríamos pasado los últimos diez días preparándonos para la tercera prueba en vez de esquivarnos mutuamente.

—Estás enamorada de mí —le repito—, pero yo jamás podría enamorarme de ti, Helene. Nunca. Eres como cualquier otro máscara. Estabas dispuesta a dejar morir a Laia solo porque es una esclava...

—No la he dejado morir —responde en voz baja—. Fui con ella anoche y la curé. Por eso está viva. Le canté, le canté hasta que me quedé sin voz y sentí que me habían absorbido la vida. Canté hasta que se recuperó.

—¿Tú la curaste? Pero...

—Pero ¿qué? ¿No puedes crees que pueda hacer algo amable por otro ser humano? No soy malvada, Elias, digas lo que digas.

—Yo no he dicho...

—Sí lo has dicho. —Ha elevado la voz—. Acabas de decir que soy como cualquier otro máscara. Has dicho que tú jamás podrías... querer... —Se gira, pero después de dar unos pasos, regresa. Mechones de niebla flotan detrás de ella como si llevara un vestido fantasmal—. ¿Crees que quiero sentirme así? Lo odio, Elias. Ver cómo flirteas con chicas ilustres y duermes con esclavas académicas, y que le encuentras el lado bueno a todo el mundo, a todo el mundo menos a mí. —Se le escapa un sollozo; es la primera vez que la veo llorar. Traga con dificultad—. Quererte es lo peor que me ha ocurrido... Es peor que los azotes de la comandante, peor que las pruebas. Es una tortura, Elias. —Se pasa una mano temblorosa por el pelo—. No sabes cómo es. No tienes ni idea de a qué he renunciado por ti, el trato que he hecho...

—¿Qué quieres decir? —pregunto—. ¿Qué trato? ¿Con quién? ¿Para qué?

No me responde. Se aleja... Corre... Huye de mí.

—¡Helene!

La persigo y mis dedos rozan su cara húmeda durante un tentador segundo. En ese preciso instante, la niebla la envuelve, y Helene desaparece.

XXXVII: Laia

—**D**espiértala, maldita. —La orden de la comandante atraviesa la niebla de mi mente y me sobresalta—. No pagué doscientos marcos para que se pasara el día durmiendo.

Siento la mente como de alquitrán y el cuerpo atormentado por un dolor ligero, pero estoy lo suficientemente consciente como para saber que, si no me levanto del catre, estoy muerta de verdad. Mientras agarro la capa, Izzi aparta la cortina de mi habitación.

—Estás despierta —me dice claramente aliviada—. La comandante busca pelea.

—¿Qué... qué día es hoy? —Me estremezco... Hace frío, mucho más frío que lo habitual en verano. Me asalta de repente el miedo de haber estado inconsciente durante semanas, de que hayan pasado las pruebas, de que Darin esté muerto.

—Marcus te atacó anoche —responde Izzi—. La aspirante Aquilla... —Abre mucho el ojo, y sé que no he soñado la presencia de la aspirante... ni el hecho de que me haya curado. *Magia.* Sonrío ante el pensamiento. Darin se reiría, pero no hay otra explicación. Y, a fin de cuentas, si los gules y los genios pasean por el mundo, ¿por qué no también las fuerzas del bien? ¿Por qué no una chica capaz de curar con una canción?—. ¿Puedes mantenerte en pie? —me pregunta Izzi—. Es pasado mediodía. Me he encargado de tus tareas de la mañana y haría las demás, pero la comandante ha insistido bastante en que tú…

—¿Pasado mediodía? —La sonrisa se me desvanece del rostro—. Por los cielos… Izzi, tenía un encuentro con la Resistencia hace dos horas. Tengo que hablarles del túnel. Puede ser que Keenan todavía esté esperando…

—Laia, la comandante ha sellado el túnel.

No. No. Ese túnel es lo único que se interpone entre Darin y la muerte.

—Interrogó a Marcus anoche después de que Veturius te trajera —dice Izzi con voz miserable—. Debió de hablarle del túnel, porque cuando he ido esta mañana los legionarios lo estaban bloqueando.

—¿Te interrogó a ti?

Izzi asiente.

—Y a la cocinera también. Marcus le dijo a la comandante que tú y yo le estábamos espiando, pero yo, bueno… —Se remueve inquieta y mira por encima del hombro—. Mentí.

—Has… ¿mentido? ¿Por mí? —Cielos, cuando la comandante se dé cuenta, matará a Izzi.

No, Laia, me digo. *Izzi no va a morir porque encontrarás una manera de sacarla de aquí antes de que eso ocurra.*

—¿Qué le dijiste? —le pregunto.

—Le dije que la cocinera nos había enviado a buscar hojas de cuervo a la alacena al lado de los barracones y que Marcus nos abordó en el camino de vuelta.

—¿Y te ha creído a ti? ¿Antes que a un máscara?

Izzi se encoge de hombros.

—No le he mentido nunca y la cocinera secundó mi historia… Aseguró que tenía un dolor de espalda terrible y que las hojas de cuervo eran lo único que la ayudaría. Marcus dijo que era una mentirosa, pero entonces la comandante mandó llamar a Zak, y él admitió que cabía la posibilidad de que hubieran dejado la entrada del túnel abierta y nosotras simplemente hubiéramos pasado por delante. La comandante me dejó ir tras oírlo. —Izzi me mira preocupada—. Laia, ¿qué le dirás a Mazen?

Niego con la cabeza. No tengo ni idea.

* * *

La cocinera me manda a la ciudad con un fajo de cartas para el mensajero sin mencionar la paliza que me han dado.

—Apresúrate —me ordena cuando entro en la cocina para retomar mis tareas—. Se aproxima una tormenta, y necesito que tú y la pinche apuntaléis las ventanas antes de que se las lleve el viento.

La ciudad está extrañamente silenciosa, sus calles angostas empedradas se ven más vacías de lo habitual, con sus capiteles envueltos en una niebla poco propia de la época. El olor a pan y a bestias, a humo y a acero, me llega atenuado, como si la niebla aminorase su potencia.

Consciente de que mis piernas se acaban de recuperar, me desplazo con cuidado. Pero después de media hora andando, lo único que me queda de la paliza son unos moratones feos y un dolor amortiguado. Me dirijo primero hacia la oficina de mensajería en la Plaza de la Ejecución, con la esperanza de que la Resistencia todavía me esté esperando. Los rebeldes no me decepcionan. A los pocos segundos de entrar en la plaza, me llega el olor a cedro. Al cabo de unos instantes, Keenan aparece entre la niebla.

—Por aquí. —No hace mención alguna a mis heridas, y me duele su indiferencia. Justo cuando me digo que no me importa, me toma la mano como si fuera la cosa más natural del mundo y me lleva a la estrecha trastienda de una zapatería abandonada.

Keenan enciende una lámpara que cuelga de la pared y, mientras la llama prende, se da la vuelta y me observa bien la cara. La indiferencia desaparece. Durante un segundo, se le cae el velo y sé seguro que detrás de esa frialdad siente algo por mí. Sus ojos son casi negros en tanto examina cada uno de los moratones.

—¿Quién te ha hecho esto? —me pregunta.

—Un aspirante. Por eso no vine al encuentro. Lo siento.

—¿Por qué te disculpas? —me dice, incrédulo—. Mírate... Mira lo que te han hecho. Cielos. Si tu padre estuviera vivo y supiera que he permitido que te pasase esto...

—No has permitido que pasase. —Le pongo una mano en el brazo y me sorprende la firmeza de su cuerpo, como un lobo preparado para pelear—. No es culpa de nadie más que del máscara que lo ha hecho. Ahora estoy mejor.

—No tienes que ser valiente, Laia. —Pronuncia las palabras con una fiereza silenciosa, y de repente me avergüenzo por su presencia. Levanta la mano y me acaricia lentamente los ojos, los labios, la curva de mi cuello con la punta del dedo.

—Llevo varios días pensando en ti. —Posa una mano cálida en mi rostro, y quiero apoyarme en ella—. Con la esperanza de verte en la plaza con una bufanda gris para que todo esto acabe. Para que puedas recuperar a tu hermano. Y, después, podríamos... Tú y yo podríamos...

Se va apagando. Se me agita la respiración, el aire entra y sale en ráfagas cortas y la piel me cosquillea con impaciencia. Se acerca, me levanta la cara y me inmoviliza con los ojos. *Cielos, me va a besar...*

Entonces, de repente, se aparta de mí. Vuelve a tener la mirada reservada y su rostro está vacío de cualquier emoción, más allá de una frialdad profesional. La piel me arde por la vergüenza del rechazo. Un segundo después, lo entiendo.

—Ahí está —exclama una voz áspera desde la puerta, y Mazen entra en la habitación. Miro a Keenan, pero se le ve casi aburrido, y me sorprende cómo sus ojos se pueden enfriar tan rápido como una vela apagada de un soplido.

Es un combatiente, me avisa una voz práctica. *Sabe lo que es importante. Y tú deberías saberlo también. Céntrate en Darin.*

—Te hemos echado de menos esta mañana, Laia —dice Mazen mientras examina mis heridas—. Ahora veo el motivo. Bueno, chica. ¿Tienes lo que quiero? ¿Tienes una entrada?

—Tengo algo. —La mentira me toma desprevenida, así como la naturalidad con la que la digo—. Pero necesito más tiempo. —La sorpresa cruza la cara de Mazen durante un breve instante. ¿Será mi mentira, que lo ha sorprendido con la guardia baja? ¿Mi petición de más tiempo? *Ninguna de las dos*, me dice mi instinto. *Algo distinto.* Me remuevo incómoda mientras recuerdo lo que me dijo la cocinera hace seis días. *Le preguntas dónde, exactamente, tienen a tu hermano en Central. ¿En qué celda?*

Reúno todo mi coraje.

—Yo... Tengo una pregunta para ti. Sabes dónde está Darin, ¿verdad? ¿En qué prisión? ¿En qué celda?

—Por supuesto que sé dónde está. Si no, no estaría empleando todo mi tiempo y mi energía en encontrar el modo de liberarlo, ¿no crees?

—Pero... A ver, Central está muy bien custodiada. ¿Cómo vais a...?

—¿Tienes una entrada a Risco Negro o no?

—¿Para qué necesitas una? —estallo. No responde a mis preguntas, y una parte terca de mí quiere sacarle las respuestas a zarandeos—. ¿Cómo va a ayudaros a liberar a mi hermano de una de las prisiones más fortificada del sur una entrada secreta a Risco Negro?

La mirada de Mazen pasa del recelo a algo parecido al enfado.

—Darin no está en la Prisión Central —responde—. Antes del Festival de la Luna, los marciales lo trasladaron a las celdas de la muerte de la prisión Bekkar. Bekkar provee guardias de apoyo a Risco Negro. Así que cuando lancemos un ataque sorpresa en Risco Negro con la mitad de nuestros efectivos, los soldados saldrán de Bekkar hacia Risco Negro y dejarán la prisión a merced de la otra mitad de nuestras fuerzas.

—Oh. —Me quedo en silencio. Bekkar es una prisión pequeña en el distrito ilustre no demasiado apartada de Risco Negro, pero eso es todo cuanto sé. El plan de Mazen tiene sentido ahora. Tiene sentido del todo. Me siento como una idiota.

—No te he dicho nada a ti, ni a nadie más… —mira con intención a Keenan, porque cuanta más gente conozca el plan, más probable será que se ponga en riesgo. Así que por última vez: ¿tienes algo para mí?

—Hay un túnel. —*Haz tiempo. Di cualquier cosa*—. Pero tengo que descubrir a dónde lleva.

—No es suficiente —me dice Mazen—. Si no tienes nada, entonces esta misión es un fracaso…

—Señor. —La puerta se abre de golpe y entra Sana. Es como si hiciera días que no duerme, y no comparte la sonrisa engreída de los dos hombres que tiene detrás. Cuando me ve, dirige su atención hacia mí—. Laia… Tu cara. —La vista le baja hacia mi cicatriz—. ¿Qué ha pasado…?

—Sana —la interrumpe abruptamente Mazen—. Informa.

Sana vuelve su atención al líder de la Resistencia.

—Es la hora —informa—. Si vamos a hacerlo, tenemos que irnos. Ahora.

¿La hora para qué? Miro a Mazen pensando que les dirá que se esperen un momento, que antes acabará conmigo. Pero en vez de eso cojea hasta la puerta como si yo hubiera dejado de existir.

Sana y Keenan intercambian una mirada, y Sana niega con la cabeza, como advirtiéndole. Keenan la ignora.

—Mazen —dice—. ¿Qué pasa con Laia?

Mazen se detiene para reflexionar, con un claro enojo en la cara.

—Necesitas más tiempo —responde—. Lo tienes. Encuentra algo antes de la medianoche de pasado mañana. Entonces liberaremos a tu hermano y todo este asunto habrá concluido.

Se marcha mientras mantiene una conversación en voz baja con sus hombres e insta a Sana para que lo siga. La mujer le lanza a Keenan una mirada indescifrable antes de salir corriendo.

—No lo entiendo —replico—. Hace un minuto, me ha dicho que se había acabado.

—Algo no está bien. —Keenan se queda mirando hacia la puerta—. Y tengo que averiguar qué es.

—¿Mantendrá su promesa, Keenan? ¿Liberará a Darin?

—La facción de Sana lo ha estado presionando. Creen que ya tendría que haber liberado a Darin. No le van a permitir desdecirse. Pero... —Niega con la cabeza—. Tengo que irme. Cuídate, Laia.

Afuera, la niebla es tan densa que tengo que poner las manos por delante para no chocarme con nada. Es media tarde, pero el cielo se vuelve cada vez más oscuro. Un bando de nubes grueso revolotea encima de Serra como si estuviera reuniendo fuerzas para un asalto.

Mientras vuelvo a Risco Negro, intento encontrarle sentido a lo que acaba de ocurrir. Quiero creer que puedo confiar en Mazen, que cumplirá su palabra. Pero pasa algo raro. He batallado durante días para intentar que me diera más tiempo. No tiene ningún sentido que de repente me lo dé tan fácilmente.

Y hay algo más que me pone de los nervios. Lo rápido que Mazen se ha olvidado de mí cuando Sana ha aparecido. Y que, cuando ha prometido salvar a mi hermano, no me ha mirado a los ojos.

XXXVIII: Elias

L a mañana de la Prueba de la Fuerza, el sonido de un trueno que me sacude hasta los huesos me despierta y me quedo tumbado durante mucho rato en mi habitación, mientras escucho cómo repiquetea la lluvia en el tejado de los barracones. Alguien desliza un pergamino marcado con el sello de diamante de los augures por debajo de la puerta. Lo abro.

Solo se permite el uniforme. La armadura de batalla está prohibida. Quédate en la habitación. Te vendré a buscar.

Cain

Mientras estoy arrugando la nota, se oye cómo rascan la puerta. Un esclavo de aspecto aterrorizado está fuera con una bandeja con gachas grumosas y una oblea de pan duro. Me obligo a tragarme cada bocado. Por más asqueroso que sea, voy a necesitar toda la energía que pueda si tengo que ganar un combate.

Me ato mis armas: las dos cimitarras de Teluman cruzadas a la espalda, una ristra de dagas a través del pecho y un cuchillo amarrado en cada bota. Acto seguido, espero.

Las horas pasan lentamente, más lentas que una guardia nocturna en las torres de vigilancia. Fuera, el viento se enfurece y puedo ver por la ventana cómo zarandea ramas y hojas. Me pregunto si Helene estará en su habitación. ¿Habrá ido Cain ya a por ella?

Finalmente, hacia la última hora de la tarde, llaman a mi puerta. Estoy tan histérico que me dan ganas de rasgar las paredes con las manos desnudas.

—Aspirante Veturius —dice Cain cuando abro la puerta—, ha llegado la hora.

Afuera, el frío me corta la respiración y me atraviesa la ropa ligera que llevo como una guadaña de hielo. Es como si no llevara nada puesto. En verano, en Serra nunca hace tanto frío. Casi nunca hace tanto frío ni en invierno. Miro a Cain de soslayo. Este tiempo debe de ser cosa suya..., suya y de los de su clase. Ese pensamiento me ensombrece el ánimo, ¿hay algo que no puedan hacer?

—Sí, Elias —contesta Cain a mi pregunta—. No podemos morir.

Las empuñaduras de mis cimitarras, frías como el hielo, me golpean el cuello y, a pesar de llevar botas, siento los pies entumecidos. Sigo de cerca a Cain, sin ser capaz de descifrar a dónde nos dirigimos hasta que las altas paredes arqueadas del anfiteatro se alzan por delante de nosotros.

Nos metemos en la armería del anfiteatro, que está llena de hombres vestidos con la armadura de práctica de cuero rojo.

Me seco la lluvia de los ojos y miro incrédulo. ¿*El pelotón rojo?* Dex y Faris están ahí, junto a los demás veintisiete hombres de mi pelotón de batalla, incluido Cyril, un chico robusto que odia que le den órdenes pero que acepta las mías sin reparos, y Darien, que tiene puños como martillos. Debería sentirme aliviado al saber que estos hombres me van a ayudar durante la prueba, pero en vez de eso estoy nervioso. ¿Qué tendrá Cain planeado para nosotros?

Cyril me trae mi armadura de práctica.

—Todos aquí, comandante —dice Dex. Mira al frente, pero se le notan los nervios en la voz. Mientras me pongo la armadura, examino el estado de ánimo del pelotón. Irradian tensión, pero es comprensible. Conocen los detalles de las dos primeras pruebas. Se deben de estar preguntando a qué tipo de horror conjurado por los augures tendrán que enfrentarse.

—Dentro de unos instantes —informa Cain—, saldréis de esta armería y estaréis en la arena del anfiteatro. Allí, iniciaréis una batalla a muerte. La armadura de combate está prohibida, y por eso ya os la hemos quitado. Vuestro objetivo es sencillo: tenéis que matar a tantos enemigos como podáis. La batalla terminará cuando tú, aspirante Veturius, derrotes o seas derrotado por el líder enemigo. Te aviso desde ya que, si muestras clemencia, si dudas antes de matar, habrá consecuencias.

Bien. Por ejemplo, que nos rebane el pescuezo lo que sea que nos esté esperando ahí fuera.

—¿Estáis listos? —pregunta Cain.

Una batalla a muerte. Eso significa que algunos de mis hombres, de mis amigos, podrían morir hoy. Dex me mira a los ojos un instante. Tiene la mirada de un hombre atrapado, de un hombre que guarda un secreto. Le lanza una mirada atemorizada a Cain y baja la vista.

En ese momento, me doy cuenta de cómo le tiemblan las manos a Faris. A su lado, Cyril juguetea nervioso con la daga, frotando el canto contra su dedo. Darien me mira con ojos raros. ¿Qué es lo que veo en sus rostros? ¿Tristeza? ¿Miedo?

Una verdad sombría persigue a mis hombres, algo que no quieren compartir conmigo.

¿Acaso Cain les ha dado motivos para que duden de nuestra victoria? Observo al augur. La duda y el miedo son emociones traicioneras antes de un combate. Juntas, pueden infiltrarse en las mentes de buenos hombres y decidir la batalla antes de que empiece.

Miro la puerta que lleva a la arena del anfiteatro. Sea lo que fuere lo que nos espera allí, tendremos que estar a la altura, o de lo contrario moriremos.

—Estamos listos.

La puerta se abre, y, tras el asentimiento de Cain, lidero mi pelotón hacia el exterior. La lluvia se mezcla con nieve y se me adormecen y entumecen las manos. El retumbar del trueno y de la lluvia sobre el barro amortiguan el sonido de nuestros pasos. El enemigo no va a oír que nos acercamos, pero nosotros tampoco los oiremos a ellos.

—¡Separaos! —le grito a Dex, aunque sé que apenas va a poder entenderme con el barullo de la tormenta—. Cubre el flanco izquierdo. Si encuentras al enemigo, infórmame de inmediato. No iniciéis la pelea.

Pero por primera vez desde que es mi lugarteniente, Dex no hace caso a mis órdenes. No se mueve. Mira por encima de mi hombro hacia la oscura niebla del campo de batalla.

Sigo su mirada, y un movimiento me llama la atención.

Armadura de cuero. El destello de una cimitarra.

¿Uno de mis hombres se ha adelantado para reconocer el terreno? No… Cuento las cabezas rápidamente, y están todos posicionados detrás de mí, esperando órdenes.

Un rayo abre el cielo e ilumina el campo de batalla durante un breve instante.

Entonces, la neblina desciende, densa como una manta, pero antes puedo ver contra quién peleamos, y la conmoción me hiela la sangre y me quedo de piedra.

Busco los ojos de Dex. La verdad está ahí, en su rostro blanco y afligido. Y en el de Faris y Cyril. En cada uno de mis hombres. Lo saben.

En ese instante, una figura vestida de azul con una trenza plateada brillante sale de un salto de la niebla con una agilidad familiar y desciende sobre el pelotón rojo como una estrella caída.

Cuando me ve, se detiene y abre los ojos como platos.

—¿Elias?

Fuerza de brazos, mente y corazón. ¿Para esto? ¿Para matar a mi mejor amiga? ¿Para matar a su pelotón?

—Comandante. —Dex me zarandea—. ¿Órdenes?

Los hombres de Helene emergen de la niebla con las cimitarras desenvainadas. *Demetrius. Leander. Tristas. Ennis.* Conozco a estos hombres. He crecido con ellos, he sufrido con ellos y he sudado con ellos. No daré la orden de matarlos.

Dex me zarandea de nuevo.

—Órdenes, Veturius. Necesitamos órdenes.

Órdenes. Claro. Soy el comandante del pelotón rojo. Me toca a mí decidir. *Si muestras compasión, si no matas a tu enemigo, habrá consecuencias.*

—¡Atacad solo para herir! —grito. Que les den a las consecuencias—. No matéis. ¡No matéis!

Apenas tengo tiempo de dar la orden antes de que el pelotón azul se abalance sobre nosotros con ferocidad, como si fuéramos una tribu de las que saquean junto a la frontera. Oigo a Helene gritar algo, pero no consigo entenderla en medio de la cacofonía de la lluvia que cae y el rechinar de las espadas. Desaparece, perdida en el caos.

Me doy la vuelta para buscarla y localizo a Tristas, que avanza a través de la pelea y se dirige directo hacia mí. Me lanza una daga de sierra al pecho y la desvío con la cimitarra. Se saca su propia cimitarra y viene corriendo a por mí. Me agacho y dejo que me pase por encima antes de propinarle un golpe con el canto desafilado de mi hoja en la parte trasera de las piernas. Pierde el equilibrio y cae en el barro espeso de espaldas, con el cuello expuesto.

Listo para matarlo.

Me doy la vuelta, preparado para desarmar a mi siguiente oponente. Pero mientras lo hago, Faris, que lleva la ventaja en una pelea con otro de los hombres de Helene, empieza a sacudirse. Los ojos le salen de las órbitas, la lanza que lleva le cae de las manos y la cara se le torna azul. Su contrincante, un chico callado llamado Fortis, se seca la nieve de los ojos y mira boquiabierto cómo Faris cae de rodillas mientras araña a un enemigo que nadie más puede ver.

¿Qué le ocurre? Salgo corriendo mientras la mente me grita que haga algo. Pero tan pronto como llego a un paso de distancia, salgo volando hacia atrás como si me empujara una mano invisible. Se me nubla la visión un momento, pero me pongo de pie de nuevo con la esperanza de que ninguno de mis enemigos escoja este momento para atacar. *¿Qué es esto? ¿Qué le ocurre a Faris?*

Tristas se levanta tambaleándose donde lo he dejado, y se le ilumina el rostro con una intensidad aterradora cuando me localiza. Quiere acabar con mi vida.

Los intentos de respirar de Faris ceden. Se está muriendo. *Consecuencias. Habrá consecuencias.*

El tiempo cambia. Los segundos se alargan, cada uno tan largo como una hora mientras observo el caos del campo de batalla. El pelotón rojo sigue mis órdenes de solo herir, y sufrimos por ello. Cyril ha caído. Darien también. Cada vez que uno de mis hombres muestra clemencia al enemigo, uno de sus camaradas cae, su vida succionada por la brujería de los augures.

Consecuencias.

Miro a Faris y a Tristas. Vinieron a Risco Negro a la par que Helene y yo. Tristas, de pelo oscuro y ojos grandes, cubierto de moratones por la brutalidad de la iniciación. Faris, delgaducho y enfermizo, sin atisbo del humor y la fuerza que tendría más adelante. Helene y yo nos hicimos amigos de ellos durante nuestra primera semana y todos nos defendíamos los unos a los otros lo mejor que podíamos contra nuestros compañeros de clase.

Y ahora uno de ellos morirá. Da igual lo que haga yo.

Tristas viene a por mí con regueros de lágrimas en la máscara. Su pelo negro está cubierto de barro y los ojos le arden con el mismo pánico de animal acorralado mientras nos mira a Faris y a mí.

—Lo siento, Elias.

Avanza hacia mí y, de repente, su cuerpo se pone rígido. La cimitarra que empuña se cae al barro mientras mira hacia abajo, hacia la hoja que le sale del pecho. A continuación, se desliza hacia el suelo húmedo con la mirada fija en mí.

Dex está detrás de él, la repulsión le empaña los ojos mientras mira cómo uno de sus mejores amigos muere por su culpa.

No. Tristas, no. Tristas, que lleva prometido con el amor de su vida desde los diecisiete, que me ayudó a entender a Helene, que tiene cuatro hermanas que lo adoran. Observo su cuerpo y el tatuaje en el brazo. *Aelia.*

Tristas, muerto. Muerto.

Faris deja de forcejear. Tose y se pone de pie, tembloroso, y entonces mira hacia el cuerpo de Tristas, conmocionado. Pero tiene tan poco tiempo para lamentarse como yo. Uno de los hombres de Helene lanza una maza que silba hacia su cabeza, y en nada está inmerso en otro combate, estocando y golpeando como si unos minutos antes no hubiera estado colgando al borde del precipicio.

Dex aparece delante de mi cara con los ojos desorbitados.

—¡Tenemos que matarlos! ¡Da la orden!

Mi mente no formula las palabras. Mis labios no las pronuncian. Conozco a estos hombres. Y Helene… No puedo permitir que maten a Helene. Pienso en el campo de batalla de mis pesadillas… Demetrius y Leander y Ennis. *No. No. No.*

A mi alrededor, mis hombres caen asfixiados a medida que se niegan a matar a sus amigos o muertos por las hojas inclementes del pelotón azul.

—¡Darien está muerto, Elias! —Dex me zarandea de nuevo—. Cyril también. Aquilla ya ha dado la orden. Tú también tienes que darla, o estamos acabados. Elias. —Me obliga a mirarlo a los ojos—. Por favor.

Incapaz de hablar, levanto las manos y doy la señal, la piel se me eriza mientras la orden corre por el campo de batalla de soldado a soldado.

Órdenes del comandante rojo. Pelead a muerte. Sin cuartel.

* * *

No hay maldiciones, ni gritos, ni engaños. Estamos todos atrapados en esta espiral de violencia sin fin. Las espadas chasquean y los amigos mueren y la nieve cae sin cesar.

He dado la orden, así que tomo el mando. No muestro ninguna duda, porque si lo hago mis hombres flaquearán. Y, si flaquean, moriremos todos.

Así que mato. La sangre lo tiñe todo. Mi armadura, mi piel, mi máscara, mi pelo.

La empuñadura de mi cimitarra gotea sangre y se me resbala de la mano. Soy la misma muerte y lidero esta carnicería. Algunas de mis víctimas mueren antes de que sus cuerpos toquen el suelo, con una celeridad inclemente.

Otras tardan más.

Una parte miserable de mí quiere hacerlo sigilosamente. Solo escurrirme detrás de ellos y deslizar la cimitarra para no tener que verles los ojos. Pero la batalla es más horrible que eso. Más dura. Más cruel. Miro a la cara a los hombres a los que mato, y aunque la tormenta enmudece los gruñidos, cada muerte se me queda grabada en la memoria, cada una, una herida que jamás se curará.

La muerte lo suplanta todo. La amistad, el amor, la lealtad. Los buenos recuerdos que tengo de estos hombres, de risas sin fin, de apuestas ganadas y bromas tramadas, me los han arrebatado. Todo cuanto puedo recordar son las peores cosas, las más oscuras.

Ennis lloraba como un niño en los brazos de Helene cuando hace seis meses murió su madre. Le rompo el cuello con las manos como una ramita.

Leander y su amor por Helene, que jamás será correspondido. Mi cimitarra le rebana el cuello como un pájaro en un cielo claro. Fácil. Sin esfuerzo.

Demetrius gritó con una rabia inútil mientras veía cómo moría su hermano de seis años bajo los azotes de la comandante por haber desertado. Me sonríe cuando me ve venir, suelta el arma y me espera como si el filo de mi hoja fuera un regalo. ¿Qué ve Demetrius cuando la luz abandona sus ojos? ¿A su hermanito, que lo espera? ¿Una oscuridad infinita?

Continúa la masacre, y, mientras tanto, acechando en un rincón de mi cabeza están las últimas palabras de Cain. *La batalla terminará cuando tú, aspirante Veturius, derrotes o seas derrotado por el líder enemigo.*

He intentado hallar a Helene y terminar con esto rápido, pero es escurridiza. Cuando por fin me encuentra, me siento como si hubiera estado peleando durante días, aunque en verdad no ha sido más de media hora.

—Elias —pronuncia mi nombre, pero con voz débil y reticente. La batalla se va apagando mientras nuestros hombres dejan de atacarse y la niebla amaina lo suficiente como para que nos puedan ver a Helene y a mí. Se reúnen a nuestro alrededor lentamente, formando un semicírculo lleno de espacios vacíos donde deberían estar los hombres caídos.

Hel y yo nos miramos, y deseo tener el poder de los augures para leerle la mente. Su cabello rubio es una maraña de sangre, barro y hielo, y la trenza se le ha soltado y le cae lacia por la espalda. Su pecho sube y baja rápidamente.

Me pregunto a cuántos de mis hombres habrá matado.

La mano se le tensa alrededor de la empuñadura de la cimitarra, un aviso que sabe que no pasaré por alto.

Y, acto seguido, ataca. Aunque pivoto y elevo mi cimitarra para bloquearla, en mi interior estoy paralizado. Estoy pasmado por su vehemencia. Otra parte de mí lo entiende, quiere que esta locura llegue a su fin.

Al principio intento esquivarla, reticente a pasar a la ofensiva. Pero el instinto que llevo una década afilando sin miramientos se rebela ante mi pasividad. Al poco peleo en serio y uso todos los trucos que conozco para sobrevivir a sus embestidas.

La mente me vuela a las técnicas de combate que me enseñó el abuelo, esas que los centuriones de Risco Negro desconocen. Esas contra las cuales Helene no podrá defenderse.

No puedes matar a Hel. No puedes.

Pero ¿qué otra opción hay? Uno de nosotros tiene que matar al otro, o la prueba no acabará.

Déjale que te mate. Déjale ganar.

Como si presintiera mi debilidad, Helene aprieta los dientes y me hace retroceder. Sus ojos claros como un glaciar me retan a que me enfrente a ella. *Déjale que gane, déjale que gane, déjale que gane.* Su cimitarra me hace un corte en el cuello, y contraataco con una estocada rápida justo cuando está a punto de rebanarme la cabeza.

El furor de la batalla me envuelve, y dejo todas las dudas a un lado. De repente, ya no es Helene. Es una enemiga que me quiere muerto. Una enemiga a la que debo sobrevivir.

Lanzo la cimitarra al aire y miro con una satisfacción mercenaria cómo los ojos de Helene se elevan para seguir el rastro del arma. Entonces ataco, abalanzándome sobre ella como un verdugo. Le golpeo el pecho con la rodilla, y oigo el crujido de una costilla y la exhalación sorprendida que suelta, a pesar de la tormenta.

Está debajo de mí, con los ojos azules como el mar, aterrorizados, mientras le sujeto contra el suelo el brazo con el que empuña la cimitarra. Nuestros cuerpos están enredados, entrelazados, pero Helene me parece de repente una desconocida. Saco una daga del pecho y la sangre me ruge cuando los dedos tocan la fría empuñadura. Soy demasiado rápido. Levanto la daga, la rabia me ciega; la sostengo como la nota más alta de una tormenta de montaña.

Y, al final, la bajo.

XXXIX: Laia

En la oscuridad previa al alba, la tormenta que se revuelve encima de Serra ataca con la ira de un ejército conquistador. El pasillo de los sirvientes se inunda con dos palmos de agua y la cocinera y yo la sacamos con escobas de mimbre, mientras Izzi apila sacos de arena sin descanso. La lluvia me golpea la cara como los ojos helados de un fantasma.

—¡Qué día tan horrible para una prueba! —me grita Izzi por encima del aguacero.

No sé en qué consistirá la tercera prueba y no me importa, solo espero que me sirva para distraer al resto de la escuela mientras busco una entrada secreta a Risco Negro.

Nadie más parece compartir mi indiferencia. En Serra, las apuestas sobre el ganador rozan lo obsceno. El pronóstico, según me dice Izzi, se inclina a favor de Marcus en vez de Veturius.

Elias. Susurro su nombre para mis adentros. Recuerdo su rostro sin máscara y el timbre grave y emocionado de su voz cuando me murmuró al oído durante el Festival de la Luna. Recuerdo sus movimientos cuando peleó contra Aquilla con una belleza sensual que me dejó sin aliento. Recuerdo su ira implacable cuando Marcus estuvo a punto de matarme.

Basta, Laia. Basta. Él es un máscara y yo, una esclava, y pensar en él de esta manera está tan mal que durante unos instantes me pregunto si la paliza que me propinó Marcus me habrá revuelto el cerebro.

—Adentro, esclava. —La cocinera agarra mi escoba; su pelo es como un halo salvaje en la tormenta—. Te llama la comandante.

Me afano en subir las escaleras, completamente empapada y tiritando, y encuentro a la comandante paseando por su habitación con una energía violenta y con la cabellera rubia suelta.

—Mi pelo —me dice la mujer cuando entro en sus aposentos—. Rápido, chica, o te despellejo.

Sale de la habitación en cuanto he terminado, recogiendo sus armas de la pared sin preocuparse por darme su letanía de tareas usual.

—Ha salido disparada como un lobo en plena caza —me dice Izzi cuando vuelvo a la cocina—. Se ha ido directa al anfiteatro. Debe de ser donde tiene lugar la prueba. Me pregunto...

—Tú y el resto de la escuela, chica —interviene la cocinera—. No tardaremos en saberlo. Nos tenemos que quedar encerradas hoy. La comandante ha dicho que matarán a cualquier esclavo que esté en los terrenos nada más verlo.

Izzi y yo intercambiamos una mirada. La cocinera nos estuvo preparando para la tormenta hasta pasada la medianoche, y yo tenía planeado buscar una entrada secreta hoy.

—Es demasiado arriesgado, Laia —me advierte Izzi cuando la cocinera se gira—. Todavía te queda mañana. Descansa la mente por un día y la solución puede que venga sola.

El estallido de un trueno secunda su comentario. Suspiro y asiento, y espero que tenga razón.

—A trabajar, vosotras dos. —La cocinera le da un trapo a Izzi—. Pinche, acaba con la cubertería, pule los balaustres, friega el...

Izzi pone los ojos en blanco y deja caer la tela.

—Saca el polvo, cuelga la colada... Lo sé. Puede esperar. La comandante estará fuera todo el día. ¿No podemos aprovecharlo ni un minuto? —La cocinera aprieta los labios en señal de desaprobación, pero Izzi emplea un tono persuasivo—: Cuéntanos una historia. Algo que dé miedo. —Se estremece de la emoción, y la anciana emite un sonido extraño que podría ser tanto un gruñido como una risotada.

—¿La vida no te asusta lo suficiente, chica?

Me sitúo detrás de la mesa de trabajo de la cocina en silencio para planchar el montón infinito de uniformes de la comandante. Hace siglos que no oigo una buena historia, y me muero de ganas de perderme en una. Pero si la cocinera lo descubre, probablemente se quede callada por principios.

La anciana parece ignorarnos. Sus manos, pequeñas y delicadas, recorren los tarros de especias mientras prepara la comida.

—No te vas a rendir, ¿verdad? —Al principio creo que le está hablando a Izzi, pero levanto la vista y la veo mirándome—. Vas a acabar la misión para salvar a tu hermano cueste lo que cueste.

—Debo hacerlo. —Espero a que empiece con otra diatriba contra la Resistencia. Pero al final se limita a asentir, como si no la sorprendiera—. Tengo una historia para ti, entonces. No tiene ningún héroe ni heroína. No tiene final feliz. Pero es una historia que necesitas oír.

Izzi arquea una ceja y recoge el trapo. La cocinera cierra un tarro de especias y abre otro. Y da comienzo a la historia.

—Hace mucho tiempo —empieza a narrar—, cuando el hombre desconocía la ambición y la malicia, y no había tribus ni clanes, los genios paseaban por la Tierra.

La voz de la anciana no se parece en nada a la de una kehanni tribal: es grave, mientras que una cuentacuentos habría sido amable, y todo aristas, cuando las contadoras de historias serían suaves y ondulantes. Pero la cadencia de la anciana me recuerda a los tribales, así que me dejo llevar por el cuento.

—Inmortales eran los genios. —La cocinera tiene la mirada perdida, como si estuviera sumida en una reflexión interna—. Creados de un fuego inmaculado y sin humo, cabalgaban los vientos y leían las estrellas, y su belleza era la belleza de las tierras salvajes.

»Aunque los genios podían manipular las mentes de las criaturas inferiores, eran honorables y se ocupaban del cuidado de sus niños y de la protección de sus secretos. Algunos estaban fascinados con la intemperada raza humana. Pero el líder de los genios, el Rey Sin Nombre, que era el más antiguo y sabio de todos, aconsejó a los suyos que los evitaran. Y así lo hicieron.

»Con el paso de los siglos, los humanos ganaron fuerza. Se aliaron con la raza de los elementales salvajes, los efrits. En su inocencia, los efrits les enseñaron a los humanos los caminos hacia la grandeza y les proporcionaron poderes para la cura y la pelea, para la velocidad y la clarividencia. Los pueblos se convirtieron en ciudades. Las ciudades crecieron en reinos. Los reinos cayeron y se forjaron imperios.

»De este mundo cambiante se erigió el Imperio Académico, el más poderoso de los humanos, dedicado a su credo: *La trascendencia a través del conocimiento*. ¿Y quién tenía más conocimiento que los genios, las criaturas más antiguas de la Tierra?

»En un intento por aprender los secretos de los genios, los académicos enviaron una delegación para negociar con el Rey Sin Nombre. Obtuvieron una respuesta amable pero firme.

»*Somos genios. Nos quedamos al margen.*

»Pero los académicos no habían creado un imperio rindiéndose ante la primera negativa. Enviaron a mensajeros astutos, entrenados en la oratoria igual que los máscaras entrenan para la guerra. Cuando fracasaron, enviaron a hombres sabios y artistas, a conjuradores y políticos, a profesores y sanadores, a miembros de la realeza y plebeyos.

»La respuesta fue la misma. *Somos genios. Nos quedamos al margen.*

»El Imperio Académico tuvo que enfrentarse a tiempos difíciles. La hambruna y las plagas arrasaron ciudades enteras.

La ambición académica se transformó en rencor. El emperador académico enfureció, con la creencia de que, si su pueblo tuviera el conocimiento de los genios, podría volver a prosperar. Reunió a los mejores expertos académicos en un aquelarre y les encomendó una única tarea: controlar a los genios.

»El aquelarre encontró aliados tenebrosos entre las criaturas mágicas: efrits de las cuevas, gules y espectros. Los académicos aprendieron de estas criaturas retorcidas cómo atrapar a los genios con sal, acero y lluvia cálida de verano recién caída del cielo. Atormentaron a esas antiguas criaturas en busca de su fuente de poder. Pero los genios seguían guardando sus secretos con celo.

»Encolerizado por la evasiva de los genios, al aquelarre ya no le importaban los secretos de los seres mágicos. Ahora solo buscaban destruir a los genios. Los efrits, los gules y los espectros abandonaron a los académicos, pues al fin entendían la magnitud de la sed de poder de los humanos. Pero era demasiado tarde. Los seres mágicos habían compartido su conocimiento voluntariamente y sin pedir nada a cambio, y el aquelarre usó ese conocimiento para crear un arma que podría subyugar a los genios para siempre. La llamaron la Estrella.

»Las criaturas mágicas miraron horrorizadas e intentaron detener desesperadas la desolación que habían ayudado a desatar. Pero la Estrella les dio a los humanos un poder sobrenatural, así que las criaturas menores huyeron y se escondieron en lugares recónditos para esperar a que acabara la guerra. Los genios se mantuvieron firmes, pero eran muy pocos. El aquelarre los acorraló y usó la Estrella para encerrarlos para siempre en un bosquecillo, una prisión viva, el único lugar lo suficientemente poderoso para atar a tales criaturas.

»El poder desatado para encarcelarlos destruyó la Estrella y al aquelarre. Pero los académicos se regocijaron, pues los genios habían sido derrotados. Todos menos el más poderoso de ellos.

—El rey —interviene Izzi.

—Sí. El Rey Sin Nombre escapó de la cárcel, pero había fracasado en salvar a su gente, y su fiasco lo volvió loco. Era una locura que llevaba consigo como una nube de ruina. Dondequiera que fuese, caía una oscuridad más profunda que el océano a medianoche. Al rey le dieron al final otro nombre: el Portador de la Noche.

Levanto la cabeza de golpe.

Mi señor Portador de la Noche...

—Durante cientos de años —prosigue la cocinera—, el Portador de la Noche acosó a la humanidad de todos los modos que pudo. Pero nunca era suficiente. Los hombres se escabullían en sus escondites como ratas cuando llegaba. Y como ratas salían cuando se marchaba. Así que empezó a planear. Se alió con el enemigo más antiguo de los académicos, los marciales, un pueblo cruel exiliado en el extremo norte del continente. Les susurró los secretos de la armería y cómo gobernar. Les enseñó a elevarse por encima de sus raíces salvajes. Y luego esperó. Al cabo de unas pocas generaciones, los marciales estaban listos: iniciaron la invasión.

»El Imperio Académico cayó rápidamente y su gente fue esclavizada y rota. Pero todavía viven, así que la sed de venganza del Portador de la Noche sigue insaciable. Ahora vive en las sombras, donde acecha y esclaviza a los menores de sus hermanos: a gules, espectros y efrits de las cuevas, para castigarlos por su traición de hace tanto tiempo. Observa y aguarda hasta que sea el momento oportuno, hasta que pueda completar su venganza.

Mientras el discurso de la anciana se apaga, me doy cuenta de que sostengo la plancha en el aire. Izzi tiene la boca abierta y ha olvidado el trapo. Un relámpago cae fuera y una ráfaga de viento hace traquetear las ventanas y las puertas.

—¿Por qué tengo que saber esta historia? —pregunto.

—Dímelo tú, chica.

Tomo una bocanada de aire.

—Porque es verdadera, ¿no?

La cocinera esboza una sonrisa torcida.

—Supongo que ya has visto al visitante nocturno de la comandante.

—¿Qué visitante? —dice Izzi mirándonos a las dos.

—Le... le llamó Portador de la Noche —respondo—. Pero no puede ser...

—Es exactamente lo que dice ser —rebate la cocinera—. Los académicos quieren cerrar los ojos ante la verdad. Gules, espectros, seres mágicos, genios... Solo son historias. Mitos tribales. Cuentos de acampada. Menuda arrogancia —se burla—. Menudo orgullo. No cometas ese error, chica. Abre los ojos o acabarás como tu madre. El Portador de la Noche estaba justo enfrente de ella, y ni siquiera lo supo.

Bajo la plancha.

—¿A qué te refieres?

La cocinera habla en voz baja, como si tuviera miedo de sus propias palabras.

—Se infiltró en la Resistencia —dice—. Tomó una forma humana y se hi-hizo pasar por un co-combatiente. —Aprieta los dientes y resopla antes de continuar—. Se acercó a tu madre. La manipuló y la usó. —La anciana vuelve a detenerse, tiene la cara enjuta y pálida—. T-tu pa-padre se enteró. El Po-Portador de la Noche... tuvo... ayuda. Un tra-traidor. Fue más li-listo que Jana y... y vendió a tus padres a Keris... No... Yo...

—¿Cocinera? —Izzi se levanta de un salto mientras la anciana se agarra la cabeza con una mano y trastabilla hacia la pared con un gemido—. ¡Cocinera!

—Atrás... —La anciana empuja a Izzi en el pecho y casi la lanza al suelo—. ¡Lárgate!

Izzi levanta las manos y habla con un tono suave, como si estuviera hablando con un animal asustado.

—Cocinera, no pasa nada...

—¡A trabajar! —La anciana se yergue, la breve calma que tenía en los ojos se rompe y es reemplazada por algo parecido a la locura—. ¡Dejadme en paz!

Izzi me saca de la cocina a toda prisa.

—A veces se pone así —me dice en cuanto la anciana no puede oírnos—. Cuando habla del pasado.

—¿Cómo se llama, Izzi?

—Nunca me lo ha dicho. No creo que quiera recordarlo. ¿Crees que es verdad? ¿Lo que ha dicho del Portador de la Noche? ¿Y lo de tu madre?

—No lo sé. ¿Por qué iría tras mis padres el Portador de la Noche? ¿Qué le habían hecho?

Pero mientras pronuncio las palabras, ya sé la respuesta. Si el Portador de la Noche odia a los académicos tanto como dice ella, entonces no es de sorprender que buscara destruir a la Leona y a su lugarteniente. Su causa era la única esperanza que tenían los académicos.

Izzi y yo volvemos al trabajo, cada una en silencio con la cabeza llena de pensamientos sobre gules y espectros y fuegos sin humo. Veo que no puedo dejar de pensar en la cocinera. ¿Quién es? ¿Conocía bien a mis padres? ¿Cómo acabó una mujer que fabricaba explosivos para la Resistencia siendo esclava? ¿Por qué no mandó a la comandante al décimo anillo del infierno con una explosión?

Algo se me ocurre de repente, algo que me hiela la sangre.

¿Y si la cocinera es la traidora?

Mataron a todos los que atraparon junto a mis padres... A cualquiera que pudiera saber algo de la traición. Y, aun así, ella me ha contado cosas de esa época que no había oído antes. ¿Cómo lo iba a saber, si no hubiera estado allí?

Pero ¿por qué iba a ser una esclava en la casa de la comandante si hubiera entregado la mayor captura de Keris?

—Tal vez alguien de la Resistencia sepa quién es la anciana —le comento esa noche a Izzi mientras camino por la habitación de la comandante cargada con cubos y trapos—. Tal vez se acuerden de ella.

—Deberías preguntarle a tu rebelde pelirrojo —dice Izzi—. Parece un tipo listo.

—¿Keenan? Tal vez...

—Lo sabía —grazna Izzi—. Te gusta. Se ve por cómo pronuncias su nombre. Keenan. —Me sonríe, y el rubor me sube por el cuello—. Está muy bueno —opina—. Pero estoy segura de que eso ya lo sabes.

—No tengo tiempo para eso. Tengo otras cosas en mente.

—Oh, venga ya —tercia Izzi—. Eres humana, Laia. Puedes permitirte que te guste un chico. Incluso los máscaras se enamoran. Incluso yo...

Cuando se abre la puerta en el piso de abajo, nos quedamos paralizadas. Se abre el pestillo y el viento entra en la casa con un chillido que llega a los huesos.

—¡Esclava! —La voz de la comandante se adueña de las escaleras—. Ven aquí.

—Ve —Izzi me ayuda a ponerme en pie—. ¡Rápido!

Con el trapo en la mano, me apresuro a bajar las escaleras, donde me espera la comandante flanqueada por dos legionarios. En vez de su repugnancia habitual, su cara plateada parece pensativa mientras me mira, como si de repente me hubiera convertido en algo fascinante.

Y en ese momento me doy cuenta de una cuarta figura que acecha en las sombras detrás de los legionarios. Tiene la piel y el pelo tan pálidos como huesos blanqueados al sol: es un augur.

—¿Y bien? —La comandante le lanza una mirada cautelosa al augur—. ¿Es ella?

El augur me observa con unos ojos negros que nadan en un mar de sangre roja. Los rumores dicen que los augures pueden leer la mente, y las cosas que tengo en la cabeza son suficientes como para que me lleven directa a la horca por traición. Me obligo a pensar en Pop, Nan y Darin. Una pena enorme y familiar me llena los sentidos. *Lee mi mente.* Busco los ojos del augur. *Lee el dolor que tus máscaras me han causado.*

—Es ella. —El augur no aparta la vista, como si estuviera encantado por mi ira—. Traedla.

—¿A dónde me lleváis? —Los legionarios me esposan—. ¿Qué ocurre? —*Sabe que soy una espía. Debe de ser eso.*

—Silencio. —El augur se pone la capucha, y lo seguimos hacia la tormenta. Cuando grito e intento liberarme, uno de los soldados me amordaza y me venda los ojos. Espero que la comandante nos acompañe, pero cierra la puerta de un golpe detrás de nosotros. Al menos no se han llevado a Izzi. Está a salvo, pero ¿por cuánto tiempo?

En cuestión de segundos, estoy empapada hasta los huesos. Forcejeo contra los legionarios, pero todo cuanto consigo es rasgarme el vestido hasta que roza la indecencia. ¿A dónde me llevan? *A los calabozos, Laia. ¿A dónde si no?*

Oigo la voz de la cocinera, que me cuenta la historia del espía de la Resistencia que vino antes de mí. *La comandante lo descubrió y lo torturó en el calabozo de la escuela durante días. Algunas noches podíamos oír cómo gritaba.*

¿Qué me van a hacer? ¿Se llevarán a Izzi también? Las lágrimas se me derraman. Se suponía que tenía que salvarla. Se suponía que tenía que sacarla de Risco Negro.

Después de unos minutos eternos de caminar fatigosamente bajo la tormenta, nos detenemos. Se abre una puerta y, un momento después, salgo volando. Aterrizo con un golpe en un suelo frío de piedra.

Intento ponerme de pie y gritar a través de la mordaza mientras tiro de las esposas atadas a mis muñecas. Intento quitarme la venda para poder ver al menos dónde estoy.

Es en vano. El cerrojo se cierra, los pasos se alejan y me dejan sola para que espere a mi destino.

XL: Elias

Mi hoja corta a través de la armadura de cuero de Helene, y una parte de mí grita: *Elias, ¿qué has hecho? ¿Qué has hecho?*

En ese momento, la daga se hace pedazos y, mientras la estoy mirando incrédulo, una mano poderosa me agarra del hombro y me aparta de Helene.

—Aspirante Aquilla —dice Cain con voz fría mientras abre la parte superior de la túnica de Helene. Debajo brilla la camisa forjada por los augures que Hel ganó en la Prueba de la Astucia, pero que ya no es una pieza separada, sino que, como una máscara, está fundida con ella, como una segunda piel a prueba de cimitarras—. ¿Has olvidado las reglas de la prueba? Las armaduras de combate están prohibidas. Quedas descalificada.

El furor de la batalla remite y me deja como si me hubieran sacado las entrañas. Miro hacia la cara paralizada de Helene, con la nieve cuajada a nuestro alrededor y el aullido del viento que no logra acallar el sonido de la muerte; sé que esta imagen me va a perseguir para siempre.

Casi la matas, Elias. Casi matas a tu mejor amiga.

Helene no habla. Se me queda mirando y se lleva una mano al corazón, como si todavía pudiera notar la daga que se le abalanza.

—No pensó en quitársela —dice una voz por detrás. Una figura frágil emerge de la niebla: una augur. La siguen otras sombras y forman un círculo alrededor de Hel y de mí—. No lo pensó en absoluto —añade la augur—. La lleva puesta desde el día que se la dimos. Se ha unido a ella, como la máscara. Un error sin intención, Cain.

—Pero un error, al fin y al cabo. Ha renunciado a la victoria, y, aunque no lo hubiera hecho...

Yo habría ganado de todos modos, porque la habría matado.

La nieve pasa a una llovizna y la niebla del campo de batalla amaina, dejando a la vista la carnicería. El anfiteatro está en un silencio extraño, y me doy cuenta entonces de que las gradas están llenas de estudiantes y centuriones, generales y políticos. Mi madre observa desde la primera fila, inexpresiva como siempre. Mi abuelo está unas filas más atrás con la mano apretada en su cimitarra. Las caras de mi pelotón son un borrón. ¿Quién ha sobrevivido? ¿Quién ha muerto?

Tristas, Demetrius, Leander: muertos. Cyril, Darien, Fortis: muertos.

Me caigo al suelo, al lado de Helene. Pronuncio su nombre.

Siento haber intentado matarte. Siento haber dado la orden de matar a tu pelotón. Lo siento. Lo siento. Las palabras no me salen. Solo su nombre susurrado una y otra vez con la esperanza de que me oiga, de que me entienda. Ella mira al cielo agitado detrás de mi rostro como si no estuviera.

—Aspirante Veturius —dice Cain—, levántate.

Monstruo, asesino, diablo. Criatura oscura y malvada. Te odio. Te odio. ¿Le estoy hablando al augur? ¿A mí mismo? No lo sé. Pero sí sé que la libertad no vale este sacrificio. Nada vale este sacrificio.

Debería haber dejado que Helene me matara.

Cain no dice nada de la algarabía de mi mente. Tal vez, en un campo de batalla ahogado en los pensamientos atormentados de hombres rotos, no pueda oír los míos.

—Aspirante Veturius —prosigue—. Como Aquilla ha renunciado y tú eres el que tiene a más hombres vivos de todos los aspirantes, nosotros, los augures, te nombramos ganador de la Prueba de la Fuerza. Enhorabuena.

Ganador.

La palabra golpea el suelo como una cimitarra que cae de una mano muerta.

* * *

Doce hombres de mi pelotón sobreviven. Los otros dieciocho están tumbados en la habitación trasera de la enfermería, fríos bajo finas sábanas blancas. Al pelotón de Helene le ha ido peor y solo quedan diez supervivientes. Antes, Marcus y Zak combatieron el uno contra el otro, pero nadie parece saber mucho sobre esa batalla.

Los hombres de los pelotones sabían quién iba a ser su enemigo. Todos sabían en qué consistiría esta prueba... Todos menos los aspirantes. Faris me lo cuenta. O tal vez sea Dex.

No recuerdo cómo llego a la enfermería. El lugar es un completo caos; el médico jefe y sus aprendices están saturados mientras intentan salvar a hombres heridos. No deberían molestarse. Los tajos que hemos lanzado eran mortales.

Los sanadores se dan cuenta enseguida. Para cuando cae la noche, la enfermería está en silencio, solo ocupada por cadáveres y fantasmas.

La mayoría de los supervivientes se han ido, convertidos también en medio fantasmas. Se llevan a Helene a una habitación privada. Espero en la puerta y lanzo miradas sombrías a los aprendices que intentan hacer que me vaya. Tengo que hablar con ella. Tengo que saber si está bien.

—No la has matado.

Marcus. No desenvaino ningún arma cuando oigo su voz, aunque tengo una docena a mano. Si Marcus decide matarme ahora, no haré nada para evitarlo. Pero por una vez habla sin veneno. Lleva la armadura manchada de sangre y barro, como la mía, pero él parece distinto. Empequeñecido, como si le hubieran arrancado algo vital.

—No —respondo—. No la he matado.

—Era tu enemiga en el campo de batalla. No es una victoria hasta que derrotas a tu enemigo. Eso fue lo que dijeron los augures. Eso me dijeron. Se suponía que tenías que matarla.

—Pues no lo he hecho.

—Ha muerto tan fácilmente. —La desazón es evidente en los ojos de Marcus, su falta de malicia es tan aparente que apenas lo reconozco. Me pregunto si en realidad me ve a mí o solo a un cuerpo, a alguien vivo que lo escucha—. La cimitarra... Lo he traspasado con ella —sigue Marcus—. Quería detenerlo. Lo he intentado, pero ha sido demasiado rápido. Mi nombre fue la primera palabra que dijo, ¿lo sabías? Y... la última. Justo antes del final, la dijo. «Marcus», dijo.

Por fin lo comprendo todo. No he visto a Zak entre los supervivientes. No he oído a nadie nombrarlo.

—Lo has matado —digo en voz baja—. Has matado a tu hermano.

—Han dicho que tenía que derrotar al comandante enemigo. —Marcus levanta la mirada y me mira a los ojos. Parece confundido—. Todos estaban muriendo. Nuestros amigos. Me pidió que le pusiera fin. Que lo parara. Me lo suplicó. Mi hermano. Mi hermanito.

El asco me sube por la garganta como si fuera bilis. Me he pasado años detestándolo, pensando que no era más que una serpiente. Y ahora solo me puede dar pena, aunque ninguno de los dos la merezcamos. Somo asesinos de nuestros propios hombres, de nuestra propia sangre... No soy mejor que él. He mirado y no he hecho nada mientras moría Tristas. He matado a Demetrius, a Ennis, a Leander y a muchos más. Si Helene no hubiera quebrantado las normas de la prueba sin querer, la habría matado también.

La puerta de la habitación de Helene se abre y me levanto, pero el médico niega con la cabeza.

—No, Veturius. —Está pálido y apagado, sin rastro de su fanfarronería—. No puede recibir visitas. Vete, muchacho. Ve a descansar.

Casi me río. Descansar.

Cuando me vuelvo a girar hacia Marcus, ha desaparecido. Debería encontrar a mis hombres y saber cómo están. Pero no me atrevo. Y sé que ellos no van a querer verme. Jamás nos perdonaremos por lo que hemos hecho hoy.

—Voy a ver al aspirante Veturius. —Una voz beligerante me llega por el pasillo de la enfermería—. Es mi nieto, y por narices quiero asegurarme de que… ¡Elias!

Mi abuelo empuja a un aprendiz mientras salgo por la puerta de la enfermería y tira de mí hacia sus fuertes brazos.

—Pensaba que estabas muerto, mi chico —me dice con la boca pegada a mi pelo—. Aquilla tiene más agallas de lo que me imaginaba.

—Casi la mato. Y a los demás. Los he matado. A muchos. No quería. Yo…

Me siento mareado. Me aparto de él y vomito allí mismo, sobre el suelo de la enfermería, y no me detengo hasta que no me queda nada dentro.

El abuelo pide un vaso de agua y espera pacientemente hasta que me lo bebo, con la mano posada en todo momento en mi hombro.

—Abuelo —le digo—. Ojalá…

—Los muertos están muertos, chico, y los has matado tú. —No quiero oír esas palabras, pero las necesito, pues son mi verdad. Cualquier otra cosa sería un insulto a los hombres a los que he matado—. Aunque lo desees, nada va a cambiar eso. Te perseguirán los fantasmas, como al resto de nosotros.

Suspiro y me miro las manos. No puedo evitar que tiemblen.

—Tengo que volver a mi habitación. Tengo que… que limpiarme.

—Puedo acompañarte…

—No es necesario. —Cain aparece de las sombras, tan bienvenido como una plaga—. Ven, aspirante. Deseo hablar contigo.

Sigo al augur con pasos lentos. ¿Qué hago? ¿Qué le digo a una criatura a la que no le importan nada la lealtad, la amistad o la vida?

—Me cuesta creer —digo en voz baja— que no se diera cuenta de que Helene llevaba puesta una armadura contra cimitarras.

—Por supuesto que nos dimos cuenta. ¿Por qué te piensas que se la dimos? Las pruebas no siempre consisten en la acción. A veces, tratan sobre un propósito. No estabas destinado a matar a la aspirante Aquilla. Solo queríamos saber si lo harías. —Me mira la mano que estoy llevando hacia la cimitarra inconscientemente—. Ya te lo he dicho, aspirante. No podemos morir. Además, ¿no has tenido ya suficiente muerte?

—Zak. Y Marcus. —Apenas puedo hablar—. Le han hecho matar a su propio hermano.

—Ah, Zacharias. —La tristeza cruza el rostro de Cain, lo que me hace enfurecer más—. Zacharias era distinto, Elias. Él tenía que morir.

—Podrían haber escogido a cualquiera... Cualquier cosa contra la que pelear. —No lo miro. No quiero volver a tener arcadas—. Efrits o criaturas. Bárbaros. Pero nos han hecho luchar entre nosotros. ¿Por qué?

—No teníamos otra opción, aspirante Veturius.

—Otra opción. —Me consume una ira terrible, virulenta como una enfermedad. Y, aunque tiene razón, aunque ya he tenido suficiente muerte, en este momento todo cuanto quiero es clavar mi cimitarra en el corazón negro de Cain—. Ustedes crearon estas pruebas. Claro que tenían otra opción. —Los ojos de Cain se iluminan.

—No hables de cosas que no entiendes, niño. Lo que hacemos, lo hacemos por razones que van más allá de tu comprensión.

—Ha hecho que matase a mis amigos. Casi mato a Helene. Y Marcus... ha matado a su hermano, a su gemelo..., por su culpa.

—Harás cosas mucho peores antes de que esto acabe.

—¿Peores? ¿Acaso puede ser peor? ¿Qué voy a tener que hacer en la cuarta prueba? ¿Matar a niños?

—No estoy hablando de las pruebas —responde Cain—. Hablo de la guerra.

Me detengo a medio paso.

—¿Qué guerra?

—La que nos aparece en sueños. —Cain sigue andando mientras me hace gestos para que lo siga—. Las sombras se reúnen, Elias, y no podemos detenerlas. La oscuridad crece en el corazón del Imperio, y crecerá todavía más, hasta que cubra toda esta tierra. La guerra se acerca. Y así debe ser, pues una gran ofensa debe ser compensada, una ofensa que se hace mayor con cada vida destruida. La guerra es la única manera, y tienes que estar preparado.

Acertijos, siempre acertijos con los augures.

—Una ofensa —digo entre dientes—. ¿Qué ofensa? ¿Cuándo? ¿Cómo la va a reparar una guerra?

—Algún día, Elias Veturius, estos misterios serán desvelados. Pero no será hoy.

Ralentiza el paso mientras entramos en los barracones. Todas las puertas están cerradas. No oigo maldiciones, sollozos ni ronquidos; nada. ¿Dónde están mis hombres?

—Duermen —aclara Cain—. Esta noche no soñarán. Los muertos no perseguirán su sueño. Una recompensa por su valor.

Un gesto insignificante. Todavía tienen la noche de mañana para despertarse gritando. Y todas las noches que sigan.

—No nos has preguntado por tu premio —apunta Cain— por haber ganado la prueba.

—No quiero ningún premio. No por esto.

—De todos modos —me dice el augur mientras alcanzamos mi habitación—, lo tendrás. Tu puerta estará sellada hasta el alba. Nadie te molestará, ni siquiera la comandante.

Se va por la puerta de los barracones, y miro cómo se aleja, recordando con inquietud lo que ha dicho sobre la guerra, las sombras y la oscuridad.

Estoy demasiado cansado como para pensar mucho en ello. Me duele todo el cuerpo. Solo quiero dormir y olvidar que todo esto ha ocurrido, aunque solo sea durante unas horas. Aparto las preguntas de mi cabeza, abro la puerta y entro en mi habitación.

XLI: Laia

Cuando se abre la puerta de mi celda, echo a correr hacia el sonido con la determinación de escapar hacia el pasillo. Pero el frío de la habitación me ha calado hasta los huesos, las piernas me pesan demasiado y una mano me atrapa fácilmente por la cintura.

—La puerta está sellada por un augur. —La mano me suelta—. Te harás daño.

Me quitan la venda de los ojos y veo ante mí a un máscara. Lo reconozco al instante: Veturius. Sus dedos me rozan las muñecas y el cuello mientras me desata las manos y me quita la mordaza. Por un momento estoy desconcertada. ¿Me salvó la vida todas esas veces para poder interrogarme ahora? Me doy cuenta de que una pequeña parte inocente de mí tenía la esperanza de que fuera mejor que esto. No necesariamente bueno. Simplemente, no malvado. *Lo sabías, Laia,* me dice una voz. *Sabías que estaba jugando a algo enfermizo.*

Veturius se ajusta el cuello de manera extraña y entonces me doy cuenta de que su armadura de cuero está cubierta de sangre y porquería. Tiene moratones y cortes por todas partes, y su uniforme cae en tiras lacias y raídas. Baja la vista hacia mí y sus ojos brillan un instante con una furia abrasadora antes de enfriarse con otra emoción... ¿Conmoción?, ¿tristeza?

—No te diré nada. —Mi voz suena alta y débil, y aprieto los dientes. *Sé como tu madre. No muestres miedo.* Me toco el brazalete con la mano—. No he hecho nada malo, así que me puedes torturar todo lo que quieras, que no te va a servir de nada.

Veturius se aclara la garganta.

—Ese no es el motivo por el que estás aquí. —Está clavado al suelo de piedra, observándome como si fuera un rompecabezas.

Le devuelvo la mirada.

—¿Por qué me ha traído esa… esa cosa de ojos rojos a esta celda, si no es para interrogarme?

—Una cosa de ojos rojos. —Asiente con la cabeza—. Es una buena descripción. —Mira alrededor de la habitación como si la viera por primera vez—. No es una celda, es mi habitación.

Miro hacia el catre estrecho, la silla, la chimenea, una cómoda negra amenazante, los ganchos en la pared… Creía que servían para torturar. Es más grande que mi habitación, pero igual de austera.

—¿Por qué estoy en tu habitación?

El máscara va hacia la cómoda y revuelve los cajones. Me tenso… ¿Qué habrá ahí?

—Eres un premio —me dice—. Mi premio de victoria por haber ganado la tercera prueba.

—¿Un premio? —respondo—. ¿Por qué iba a ser…?

La realidad me invade al instante y niego con la cabeza, como si eso fuera a cambiar algo. Me percato de la cantidad de piel que muestro con mi vestido roto e intento juntar los restos de tela. Doy un paso atrás y me topo con la fría y rugosa pared de piedra. Es todo lo que me puedo apartar, pero no es suficiente. He visto pelear a Veturius. Es demasiado rápido, grande y fuerte.

—No te voy a hacer daño. —Se gira desde la cómoda y me mira con una extraña simpatía en los ojos—. No soy así. —Me ofrece una capa negra limpia—. Toma… Hace mucho frío.

Miro la capa. Tengo mucho frío. He tenido frío desde que el augur me metió aquí, hace horas ya. Pero no puedo aceptar algo de Veturius. Seguro que hay un truco. Debe de haberlo. ¿Por qué me han escogido como su premio si no es por eso? Después de unos instantes, deja la capa en el catre. Desprende aroma a lluvia y a algo más oscuro. A muerte.

En silencio, enciende un fuego en la chimenea. Le tiemblan las manos.

—Estás temblando —le digo.

—Tengo frío.

La madera prende y él alimenta el fuego con paciencia. Está absorto en la tarea. Lleva dos cimitarras atadas a la espalda, solo a unos metros de distancia. Puedo agarrar una si soy lo bastante rápida.

¡Hazlo! ¡Ahora, mientras está distraído! Me inclino hacia adelante, pero justo cuando voy a saltar se gira. Me quedo petrificada y me balanceo ridículamente.

—Toma esto. —Veturius busca una daga en su bota y me la pasa antes de volverse hacia las llamas—. Al menos está limpia.

El mango cálido es agradable en mi mano, y pruebo el filo en el pulgar. Afilado. Me pego a la pared y lo miro con recelo.

El fuego se come el frío de la habitación. Cuando llamea con intensidad, Veturius se desabrocha las cimitarras y las apoya en la pared, a mi alcance.

—Estaré allí. —Señala con la cabeza hacia una puerta cerrada en la esquina de la habitación, una que había pensado que llevaba a una sala de tortura—. La capa no muerde, ¿sabes? Vas a estar aquí hasta el alba, así que puedes ponerte cómoda.

Abre la puerta y desaparece en la cámara de baño que hay detrás. Al cabo de unos segundos, oigo cómo el agua se vierte en una bañera.

La seda de mi vestido humea con el calor del fuego, y sin despegar los ojos de la puerta del baño dejo que su calor me embriague. Pienso en la capa de Veturius. Mi falda está rasgada hasta la cintura y la manga de mi camisa cuelga de unos pocos hilos. Los lazos de mi corpiño están desgarrados y muestran demasiado de mi cuerpo. Miro hacia el baño, desconfiada. Acabará pronto.

Al final, agarro la capa y me envuelvo con ella. Está hecha de una tela gruesa y es más suave de lo que esperaba. Reconozco el olor, su olor, a especias y a lluvia. Tomo una bocanada de aire antes de despegar la nariz de golpe cuando la puerta traquetea y Veturius sale con la armadura ensangrentada y las armas.

Se ha frotado el barro de la piel y se ha puesto un uniforme limpio.

—Te vas a cansar si te quedas de pie toda la noche —me dice—. Puedes sentarte en la cama. O usar la silla. —Suelta un suspiro cuando me quedo quieta—. No confías en mí, lo entiendo. Pero si quisiera hacerte daño, ya te lo habría hecho. Por favor, siéntate.

—Me quedo el cuchillo.

—Puedes quedarte una cimitarra también. Tengo un montón de armas que no quiero volver a ver. Tómalas todas.

Se deja caer en la silla y empieza a limpiarse las grebas. Me siento erguida en la cama, preparada por si tengo que usar el cuchillo. Está al alcance de mi mano.

No dice nada durante un buen rato, y sus movimientos son lentos y cansados. Bajo la sombra de su máscara, su boca se ve tensa y apretada. Pero recuerdo su rostro del festival. Es una cara atractiva, y ni la máscara puede ocultar eso. El tatuaje con forma de diamante de Risco Negro es una sombra oscura en su nuca con partes teñidas de plata donde el metal de la máscara se le clava en la piel.

Levanta la cabeza, sintiendo mi mirada, y aparta la vista de inmediato. Pero no antes de que pueda ver el rojo delator de sus ojos.

Aflojo el agarre del cuchillo. ¿Qué podría entristecer a un máscara, a un aspirante, como para provocarle lágrimas?

—Lo que me comentaste de vivir en el Distrito Académico —me dice para romper el silencio de la habitación—, con tus abuelos y tu hermano. Eso en su día fue verdad.

—Hasta hace unas semanas. El Imperio nos hizo una redada y vino un máscara. Mató a mis abuelos y se llevó a mi hermano.

—¿Y tus padres?

—Muertos. Ya hace mucho. Mi hermano es el único que me queda, pero está en las celdas de la muerte de la prisión de Bekkar.

Veturius levanta la mirada.

—Bekkar no tiene celdas de la muerte.

El comentario es tan inesperado e imprevisto que tardo unos instantes en asimilarlo. Vuelve la vista a la tarea, sin percatarse del impacto que han tenido sus palabras en mí.

—¿Quién te ha dicho que está en una celda de la muerte? ¿Y quién te ha dicho que está en Bekkar?

—Yo... oí un rumor. —*Idiota, Laia. Has caído*—. De un... amigo.

—Tu amigo se equivoca. O se confunde. Las únicas celdas de la muerte de Serra están en la Central. Bekkar es mucho más pequeña y normalmente está llena de mercaderes estafadores y borrachos plebeyos. No es como Kauf, eso seguro. Lo sé a ciencia cierta, he montado guardia en las dos.

—Pero si, digamos, atacaran Risco Negro... —Mi mente da vueltas a toda velocidad mientras pienso en lo que me dijo Mazen—. ¿No es Bekkar quien provee vuestra... seguridad?

Veturius se ríe entre dientes sin sonreír.

—¿Bekkar, proteger Risco Negro? Que no te oiga mi madre. Risco Negro tiene tres mil estudiantes criados para la guerra, Laia. Algunos son jóvenes, pero a menos que estén verdes, son peligrosos. La escuela no necesita refuerzos, y mucho menos de un puñado de auxiliares que se pasan los días apostando en carreras de cucarachas.

¿Podría haber malinterpretado a Mazen? No, dijo que Darin estaba en las celdas de la muerte de Bekkar y que la prisión proveía a Risco Negro con refuerzos de seguridad; y Veturius me lo acaba de negar. ¿Estará equivocada la información de Mazen o me está engañando? Hace un tiempo, le habría concedido el beneficio de la duda, pero las conjeturas de la cocinera... y de Keenan... y las mías propias empiezan a calar. ¿Por qué me mentiría Mazen? ¿Dónde está Darin, en realidad? ¿Acaso seguirá vivo?

Está vivo. Tiene que estarlo. Yo lo sabría, si mi hermano estuviera muerto. Lo sentiría.

—Te he puesto triste —murmura Veturius—, lo siento. Pero si tu hermano está en Bekkar, saldrá pronto. Nadie pasa allí más de unas pocas semanas.

—Claro. —Me aclaro la garganta e intento borrarme la confusión de la cara. Los máscaras pueden oler las mentiras. Pueden sentir el engaño. Debo actuar lo más natural que pueda—. Solo era un rumor.

Me lanza una mirada fugaz, y contengo la respiración ante la idea de que me haga más preguntas. Pero solo asiente y levanta sus grebas de cuero a la luz del fuego ahora que están limpias, y acto seguido las cuelga de uno de los ganchos de la pared.

Así que para eso son los ganchos.

¿Cabe la posibilidad de que no me haga daño? Ha evitado tantas veces que yo muriera... ¿Por qué lo haría si quisiera lastimarme?

—¿Por qué me ayudaste? —exploto—. En las dunas, cuando la comandante me hizo la marca, y en el Festival de la Luna, y cuando Marcus me atacó... En cada ocasión podrías haberte dado la vuelta. ¿Por qué no lo hiciste?

Mira hacia el techo, pensativo.

—La primera vez me sentí mal. Dejé que Marcus te hiciera daño el día que te conocí, fuera del despacho de la comandante. Quería recompensártelo.

Se me escapa un ruidito de sorpresa. Ni siquiera pensé que se hubiera percatado de mi presencia ese día.

—Y después, en el Festival de la Luna y con Marcus… —Se encoge de hombros—. Mi madre te hubiera matado. Y Marcus también. No podía dejar que murieras.

—Muchos máscaras se han quedado de brazos cruzados mientras veían morir a un académico, pero tú no.

—No disfruto con el dolor ajeno —responde—. Tal vez por eso siempre he odiado Risco Negro. Iba a desertar, ¿sabes? —Su sonrisa es afilada como una cimitarra y tiene la misma falta de alegría—. Lo tenía todo planeado. Cavé un camino que sale de esa chimenea —apunta— hasta la entrada del ramal oeste de los túneles. La única entrada secreta en todo Risco Negro. Tracé la ruta en un mapa para salir de aquí. Pensaba usar los túneles que el Imperio cree que se han derrumbado o están inundados. Robé comida, ropa y provisiones. Saqué toda mi herencia para poder comprar lo que necesitara por el camino. Planeaba escapar a través de las tierras tribales y tomar un barco hacia el sur desde Sadh. Iba a liberarme… de la comandante, de Risco Negro, del Imperio. Qué estúpido. Como si algún día pudiera liberarme de este sitio.

Casi dejo de respirar cuando las palabras me calan. *La única entrada secreta en todo Risco Negro.*

Elias Veturius me acaba de dar la libertad de Darin.

Siempre y cuando Mazen me esté diciendo la verdad. Ya no estoy tan segura. Me entran ganas de reírme de lo absurdo de la situación: Veturius me da la llave para la libertad de mi hermano y, al mismo tiempo, me doy cuenta de que esa información puede no valerme para nada.

Llevo demasiado rato callada. *Di algo.*

—Creía que ser elegido para Risco Negro era un honor.

—No para mí —me asegura—. Venir a Risco Negro no fue elección mía. Los augures me trajeron aquí cuando tenía seis años. —Recoge su cimitarra y la limpia lentamente con un trapo.

Reconozco los grabados intrincados… Es una hoja de Teluman—. Antes vivía con las tribus. No había conocido a mi madre, ni siquiera había oído el nombre de Veturius.

—Pero ¿cómo…?

Veturius de pequeño. Jamás lo había pensado. Nunca me he preguntado si conoció a su padre o si la comandante lo crio con amor. Nunca me lo he preguntado porque para mí nunca ha sido más que un máscara.

—Soy un hijo bastardo —explica Veturius—. El único error que ha cometido Keris Veturia. Me dio a luz y me abandonó en el desierto tribal, donde tenía la base. Ese debería haber sido mi final, pero un grupo de exploración tribal pasaba por allí. Los hombres tribales creen que los bebés varones traen buena suerte, incluso los abandonados. La tribu Saif me adoptó, y me criaron como a uno de los suyos. Me enseñaron su lengua y sus historias, y me vistieron con sus ropas. Incluso me dieron mi nombre. Ilyaas. Mi abuelo lo cambió cuando vine a Risco Negro. Lo transformó en algo más apropiado para un hijo de la Gens Veturia.

De repente, me queda muy clara la tensión que existe entre Veturius y su madre. La mujer nunca lo quiso. Su crueldad me deja atónita. Ayudé a Pop a traer al mundo a decenas de bebés. ¿Qué clase de persona podría dejar que algo tan pequeño y precioso muriera por el calor o el hambre?

La misma persona que puede marcar una «K» en una chica por haber abierto una carta. La misma persona que vaciaría el ojo de una niña de cinco años con un atizador.

—¿Qué recuerdas de esa época? —le pregunto—. ¿De cuando eras niño? ¿De antes de Risco Negro?

Veturius frunce el ceño y se lleva una mano a la sien. La máscara emite un extraño brillo cuando la toca, como una piscina que hace ondas cuando le cae una gota de lluvia.

—Lo recuerdo todo. La caravana era como una pequeña ciudad; la tribu Saif está compuesta por decenas de familias. Me adoptó la kehanni de la tribu, Mamie Rila.

Habla durante mucho tiempo y sus palabras tejen una vida tras mis ojos, la vida de un niño de pelo oscuro y ojos curiosos que se escapaba de clase para poder irse a la aventura, que esperaba con impaciencia en la linde del campamento a que volvieran los hombres de la tribu de sus incursiones mercantes. Un niño que se peleaba con su hermano, pero que al minuto siguiente se reía junto a él. Un niño sin miedo, hasta que los augures fueron en su busca y lo lanzaron a un mundo dominado por el terror. Pero bien podría estar hablando de Darin o de mí.

Cuando se queda en silencio, es como si una neblina dorada y cálida se hubiera instalado en la habitación. Tiene el talento de una kehanni para contar historias. Levanto la vista hacia él y me sorprendo al ver no al chico sino al hombre en el que se ha convertido. Máscara. Aspirante. Enemigo.

—Te he aburrido —me dice.

—No, para nada. Tú… eras como yo. Eras un niño. Un niño normal. Y te lo arrebataron.

—¿Te importa?

—Bueno, hace más difícil que te odie.

—Ver al enemigo como a un ser humano. La peor pesadilla de un general.

—Los augures te trajeron a Risco Negro. ¿Cómo ocurrió?

Esta vez se queda en silencio más rato, un tiempo que pesa, mancillado por un recuerdo que vale más no recordar.

—Era otoño… Los augures siempre traen a una nueva remesa de novatos cuando los vientos del desierto son más peligrosos. La noche que vinieron al campamento de los Saif, la tribu estaba contenta. Nuestro jefe acababa de volver de un trato exitoso, y teníamos ropas nuevas y zapatos, incluso libros. Los cocineros mataron dos cabras y las asaron. Los tambores sonaban, las chicas cantaban y Mamie Rila nos llenó de historias durante horas.

»Celebramos hasta entrada la noche, pero al final todo el mundo se fue a dormir. Todos menos yo. Tenía una extraña sensación desde hacía horas… Creía que se cernía algún tipo de oscuridad. Vi sombras fuera de la carreta, sombras que rodeaban el campamento. Miré fuera del carro donde estaba durmiendo y vi a ese… a ese hombre. Ropa negra, ojos rojos y piel sin ningún color. Un augur. Pronunció mi nombre. Recuerdo haber pensado que debía de ser un reptil, porque su voz salió como un silbido. Y eso fue todo. Me encadenaron al Imperio. Fui elegido.

—¿Tenías miedo?

—Estaba aterrorizado. Sabía que el augur había ido hasta allí para llevarme con él. Y no sabía a dónde ni por qué. Me trajeron a Risco Negro. Me cortaron el pelo, me quitaron la ropa y me metieron en una jaula en el exterior con los demás para seleccionarnos. Los soldados nos echaban pan mohoso y cecina una vez al día, pero por entonces no era demasiado grande, así que nunca conseguía demasiado. Hacia la mitad del tercer día, estaba seguro de que iba a morir, así que me escabullí de la jaula y robé algo de comida de los guardias. La compartí con mi vigilante. Bueno… —Levanta la mirada, pensativo—. Digo «compartir», pero en realidad ella se lo comió prácticamente todo. En todo caso, al cabo de siete días, los augures abrieron la jaula, y a los que seguíamos vivos nos dijeron que, si peleábamos con bravura, seríamos guardianes del Imperio y, si no, moriríamos.

Puedo verlos. Los cuerpos pequeños de aquellos a los que dejaron atrás. El miedo en los ojos de los que sobrevivieron. Veturius de niño, asustado y hambriento, pero con la determinación de no morir.

—Sobreviviste.

—Ojalá no lo hubiera logrado. Si hubieras visto la tercera prueba, si supieras lo que he hecho… —Pule la misma mancha de la cimitarra una y otra vez.

—¿Qué ha pasado? —pregunto en voz baja. Se queda en silencio tanto tiempo que creo que le he hecho enfadar, que me he pasado de la raya. Y al final me lo cuenta. Hace pausas con frecuencia, y su voz tanto se quiebra como se mantiene neutra. Sigue trabajando en el arma, puliéndola y afilándola con una piedra hasta que brilla.

Cuando ha acabado de hablar, cuelga la cimitarra. Los regueros que le caen por debajo de la máscara se iluminan con el fuego, y entonces entiendo por qué estaba temblando cuando entró y por qué sus ojos parecen tan turbados.

—Así que ya ves —añade—, soy como el máscara que mató a tus abuelos. Soy como Marcus. Peor, de hecho, porque ese tipo de hombres considera que su deber es matar; yo sé que no, pero lo he hecho igualmente.

—Los augures no te han dejado opción. No podías encontrar a Aquilla para acabar con la prueba, y si no hubieras peleado habrías muerto.

—Entonces, debería haber muerto.

—Nan siempre decía que, mientras haya vida, hay esperanza. Si te hubieras negado a dar la orden, tus hombres estarían muertos ahora, ya sea a manos de los augures o por las hojas del pelotón de Aquilla. No lo olvides: ella eligió la vida para sí misma y para sus hombres. De cualquier modo, te habrías culpado a ti mismo. De cualquier modo, habrían sufrido personas a las que quieres.

—No importa.

—Pero sí importa. Por supuesto que importa. Porque no eres malvado. —Comprenderlo es una relevación tan abrumadora que quiero con todas mis fuerzas que él también lo vea—. No eres como los demás. Tú mataste para salvar y antepusiste a los demás. No… no como yo.

No me atrevo a mirar a Veturius.

—Cuando el máscara llegó, salí corriendo. —Las palabras me salen a borbotones, como un río revuelto que he contenido demasiado tiempo—. Mis abuelos estaban muertos y el máscara tenía a mi hermano, Darin. Darin me dijo que huyera, aunque me necesitaba. Debería haberlo ayudado, pero no pude. No… —Me clavo las uñas en las piernas—. No lo hice.

Elegí irme. Escogí huir, como una cobarde. Todavía no lo entiendo. Debería haberme quedado, aunque eso significara la muerte.

Mis ojos se pegan al suelo, avergonzados. Pero me pone la mano en la barbilla y me levanta la cara. Su aroma me embriaga.

—Como tú dices, Laia —me obliga a mirarlo a los ojos—, en la vida hay esperanza. Si no hubieras huido, estarías muerta. Y Darin también. —Me suelta y se sienta—. A los máscaras no les gusta que los desafíen. Te lo habría hecho pagar.

—No importa.

Veturius esboza esa sonrisa puntiaguda.

—Míranos —me dice—. Una esclava académica y un máscara que intentan convencer al otro de que no son malvados. Los augures tienen sentido del humor, ¿verdad?

Tengo los dedos aferrados al mango de la daga que me ha dado Veturius, y una ira abrasadora crece en mi interior, dirigida a los augures por haberme hecho pensar que me iban a interrogar. A la comandante, por haber abandonado a su hijo para que tuviera una muerte tortuosa, y a Risco Negro, por haber entrenado a ese niño para que fuera un asesino. A mis padres, por haber muerto, y a mi hermano, por haberse hecho aprendiz de un marcial. A Mazen por sus peticiones y secretos, y al Imperio y su control total sobre cada aspecto de nuestras vidas.

Quiero desafiarlos a todos: al Imperio, a la comandante, a la Resistencia. Me pregunto de dónde viene esa aversión, y de repente noto el brazalete cálido. Tal vez haya más de mi madre en mí de lo que creía.

—Quizá no tengamos que ser una esclava académica y un máscara. —Bajo la daga—. Por una noche quizá podamos ser simplemente Laia y Elias.

Envalentonada, dirijo la mano hacia el borde de su máscara, que nunca me ha parecido que fuera parte de él. Se resiste, pero quiero quitársela. Quiero ver la cara del chico con el que llevo hablando toda la noche, no el máscara que creía que era.

Tiro con más fuerza, y la máscara me cae en las manos con un silbido. El reverso tiene unos pinchos manchados de sangre fresca. El tatuaje de su cuello brilla con una docena de pequeñas heridas.

—Lo siento mucho —le digo—. No sabía…

Me mira a los ojos, y algo que no consigo definir arde en su mirada, una ráfaga de emoción que hace que un tipo distinto de fuego me recorra la piel.

—Me alegro de que me la hayas quitado.

Debería apartar la mirada, pero no puedo. Sus ojos no se parecen en nada a los de su madre. Ella los tiene del gris apagado del cristal roto, pero los de Elias, envueltos por unas pestañas oscuras, son de una tonalidad más profunda, como el corazón de una nube de tormenta. Me absorben, me hipnotizan y se niegan a liberarme. Tiendo una mano indecisa hacia su piel. Su mejilla me raspa la palma con la barba incipiente.

La cara de Keenan me cruza la mente y se desvanece de inmediato. Está lejos, distante, dedicado exclusivamente a la Resistencia. Elias está aquí, delante de mí, cálido, precioso y roto.

Es un marcial. Un máscara.

Pero no aquí. No esta noche, en esta habitación. Aquí, ahora, solo somos Elias y Laia, y a los dos nos falta el aire.

—Laia…

Hay súplica en su voz y en sus ojos. ¿Qué significa? ¿Quiere que me eche atrás? ¿Quiere que me acerque más?

Me pongo de puntillas y su cara desciende al mismo tiempo. Sus labios son suaves, más suaves de lo que había imaginado, pero hay cierta desesperación profunda detrás de ellos, cierta necesidad. El beso habla. Suplica. *Déjame olvidar, olvidar, olvidar.*

Su capa se desliza hasta el suelo y mi cuerpo se pega al suyo. Tira de mí hacia su pecho, y con las manos me recorre la espalda, me abraza la pierna y me arrastra más y más cerca. Me arqueo hacia él, maravillada ante su fuerza, ante su fuego; la alquimia que hay entre los dos se retuerce, arde y se funde hasta que parece que sea oro.

En ese momento, estira las manos y me aparta de él.

—Lo siento —se disculpa—. Lo siento mucho. No era mi intención. Soy un máscara y tú una esclava y no debería...

—Está bien. —Los labios me arden—. Soy yo la que lo ha.... empezado.

Nos quedamos contemplándonos, y su mirada está confundida, tan enfadado consigo mismo que sonrío mientras la tristeza, la vergüenza y el deseo me embargan por dentro. Recoge su capa del suelo y me la ofrece desviando la vista.

—¿Te quieres sentar? —pregunto vacilante mientras me cubro de nuevo—. Mañana yo seré una esclava y tu un máscara, y podremos odiarnos como se supone que debemos hacerlo. Pero por ahora...

Se sienta a mi lado, relajado, a una distancia prudencial. Esa alquimia nos atrae, nos llama, arde. Pero tiene la mandíbula y las manos apretadas como si cada una fuera una cuerda salvavidas para la otra. A regañadientes, pongo un poco más de distancia entre nosotros.

—Cuéntame más —le pido—. ¿Cómo fue ser un quinto? ¿Estabas contento de poder salir de Risco Negro?

Se calma un poco y lo persuado para que me cuente sus recuerdos como hacía Pop con sus pacientes asustados. La noche pasa llena de historias de Risco Negro y las tribus, y de cuentos de pacientes y del distrito. No volvemos a hablar de la redada ni de las pruebas. No hablamos del beso ni de las chispas que todavía revolotean a nuestro alrededor.

Antes de que me dé cuenta, el cielo empieza a clarear.

—El alba —dice—. Es la hora de volver a odiarnos.

Se pone la máscara y el rostro se le paraliza mientras se une a ella. A continuación, me levanta y me pone en pie. Miro nuestras manos: mis dedos finos entrelazados con los suyos grandes, sus antebrazos musculados y surcados de venas, los huesos delgados de mi muñeca y el calor de su piel contra la mía. De algún modo, parece reveladora, su mano con la mía. Levanto la cara y me sorprende lo cerca que está de mí, y se me acelera el corazón cuando veo el fuego y la vida que desprende su mirada. Pero entonces me suelta la mano y retrocede.

Le ofrezco su capa y su daga, pero niega con la cabeza.

—Quédatelas. Todavía tienes que hacer el camino de vuelta hasta la escuela y... —Su mirada desciende hacia mi vestido raído y mi piel expuesta, y vuelve a levantarla de golpe—. Quédate el cuchillo también. Una chica académica debería llevar siempre un arma consigo, no importa lo que digan las normas. —Saca una tira de cuero de la cómoda—. Es una funda para la pierna. Mantendrá la hoja protegida y fuera de la vista.

Lo vuelvo a mirar y por fin lo veo por quien es.

—Si pudieras ser quien eres en este lugar —le coloco la palma encima del corazón—, en vez de quien te han hecho ser, serías un magnífico Emperador. —Noto sus pulsaciones en los dedos—. Pero no te dejarán, ¿verdad? No te dejarán que tengas compasión ni amabilidad. No permitirán que conserves tu alma.

—Mi alma se ha ido. —Desvía la mirada—. La maté ayer en ese campo de batalla.

Pienso en Spiro Teluman y en lo que me dijo la última vez que lo vi.

—Hay dos tipos de culpa —le digo con suavidad—. La que es una carga y la que te da un propósito. Que tu culpa sea tu motivación. Deja que te recuerde quién quieres ser. Traza una línea en tu mente y no la vuelvas a cruzar. Tienes alma. Está dañada, pero está ahí. No permitas que te la quiten, Elias.

Sus ojos se encuentran con los míos cuando pronuncio su nombre y levanto una mano para tocarle la máscara. Es suave y cálida, como la roca pulida por el agua que luego se seca al sol.

Bajo el brazo. Acto seguido, salgo de la habitación, me encamino hacia las puertas de los barracones y avanzo bajo el sol, que empieza a salir.

XLII: Elias

Después de que las puertas de los barracones se cerrasen detrás de Laia, todavía puedo sentir el tacto liviano de las puntas de sus dedos en mi cara. Veo la expresión de sus ojos mientras me acariciaba, una mirada curiosa y delicada que me ha quitado el aliento.

Y ese beso. Por los cielos ardientes, sentirla cerca, cómo se ha arqueado hacia mí, cómo quería estar conmigo. Unos momentos únicos de libertad de quién soy, de lo que soy. Cierro los ojos al recordarlo, pero se abren paso otros recuerdos. Recuerdos oscuros. Ella los ha mantenido a raya durante horas, los ha ahuyentado sin siquiera saberlo. Pero ahora están aquí, y no puedo ignorarlos.

He llevado a mis hombres a una masacre.

He asesinado a mis amigos.

Casi mato a Helene.

Helene. Tengo que ir a buscarla. Tengo que arreglar las cosas con ella. Nuestra enemistad ha durado demasiado. Tal vez, después de esta pesadilla que hemos desatado, podamos encontrar una manera de seguir adelante juntos. Debe de estar igual de horrorizada que yo por lo ocurrido. Igual de harta.

Recojo las cimitarras de la pared. El recuerdo de lo que he hecho con ellas provoca que me entren ganas de tirarlas a las dunas, sean hojas de Teluman o no. Pero estoy demasiado acostumbrado a llevar armas a la espalda y, sin ellas, me siento desnudo.

El sol brilla cuando salgo de los barracones, impertérrito en un cielo sin nubes.

De algún modo, parece grosero que el mundo esté limpio y el aire cálido cuando montones de hombres jóvenes yacen fríos en sus ataúdes esperando volver a la tierra.

Los tambores que anuncian el alba suenan y citan los nombres de los muertos. Cada nombre invoca una imagen en mi cabeza, una cara, una voz o una forma, hasta que siento que mis camaradas caídos se levantan a mi alrededor como una falange de fantasmas.

Cyril Antonius. Silas Eburian. Tristas Equitius. Demetrius Galerius. Ennis Medalus. Darien Titius. Leander Vissan.

Los tambores siguen. A esta hora, las familias ya habrán recogido los cuerpos. Risco Negro no tiene cementerio; dentro de estas paredes, todo lo que queda de los caídos es el vacío de donde caminaron y el silencio donde sonaron sus voces.

En el patio del campanario, los cadetes atacan y bloquean con palos mientras un centurión da vueltas a su alrededor. Debería haber sabido que la comandante no cancelaría las clases, ni siquiera para honrar la muerte de decenas de sus estudiantes.

El centurión asiente cuando paso por su lado, y me confunde su falta de repugnancia. ¿No sabe que soy un asesino? ¿No lo vio ayer?

¿Cómo puedes ignorarlo?, quiero gritar. *¿Cómo puedes fingir que no ha ocurrido?*

Me dirijo a los riscos. Helene estará abajo en las dunas, donde siempre hemos llorado a nuestros caídos. En el camino, veo a Faris y a Dex. Sin Tristas, Demetrius y Leander a su lado, se les ve extraños, como un animal al que le faltan las patas.

Creo que van a pasar de largo. O me atacarán por haber dado la orden que arrebató sus almas. En vez de eso, se detienen delante de mí callados y abatidos. Sus ojos están tan rojos como los míos.

Dex se masajea el cuello y hace círculos con el pulgar sin parar por encima del tatuaje de Risco Negro.

—No paro de ver sus caras —me dice—, de oírlos.

Durante un largo momento, nos quedamos en silencio. Pero es egoísta por mi parte compartir ese dolor, consolarme sabiendo que sienten el mismo odio hacia sí mismos que yo. Yo soy la razón de su aflicción.

—Seguisteis órdenes —intento reconfortarlos. Esta carga, al menos, puedo llevarla—. Órdenes que yo di. Sus muertes no son cosa vuestra. Son cosa mía.

Faris me mira a los ojos, no es más que una sombra del chico grande y bromista que fue.

—Ahora son libres —dice—. Libres de los augures, de Risco Negro. No como nosotros.

Cuando Dex y Faris se van, me deslizo hasta el suelo del desierto, donde Helene está sentada con las piernas cruzadas y los pies enterrados hasta el tobillo, a la sombra de los riscos. Su pelo ondea con el viento y suelta destellos dorados como la curva de una duna iluminada por el sol. Me acerco a ella como si fuera un caballo encabritado.

—No hace falta que te acerques con tanta precaución —comenta cuando estoy a unos pasos de ella—. No voy armada.

Me siento a su lado.

—¿Estás bien?

—Estoy viva.

—Lo siento, Helene. Sé que no puedes perdonarme, pero…

—Basta. No teníamos opción, Elias. Si hubiera tenido la ventaja, habría hecho exactamente lo mismo que tú. Maté a Cyril. Maté a Silas y a Lyris. Casi mato a Dex, pero se retiró y no conseguí volverlo a encontrar. —Su rostro plateado no muestra ninguna emoción, como si estuviera esculpido en mármol. *¿Quién es esta persona?*—. Si nos hubiéramos negado a pelear, nuestros amigos habrían muerto. ¿Qué se supone que debíamos hacer?

—Maté a Demetrius. —Busco su rostro para ver la rabia. Ella y Demetrius se hicieron muy amigos después de que su hermano muriera… Ella era la única que siempre sabía qué decirle—. Y… y a Leander.

—Hiciste lo que tenías que hacer. Igual que yo hice lo que tenía que hacer. Igual que Faris y Dex y todos los demás que han sobrevivido hicieron lo que tenían que hacer.

—Sé que hicieron lo que tenían que hacer, pero siguieron una orden que di yo. Una orden que debería haber sido lo suficientemente fuerte como para no dar.

—Habrías muerto, Elias. —No me mira. Intenta con todas sus fuerzas convencerse de que está bien. De que hicimos lo que era necesario—. Tus hombres habrían muerto.

La batalla terminará cuando tú, aspirante Veturius, derrotes o seas derrotado por el líder enemigo.

—Si me hubiese ofrecido a morir primero, Tristas todavía estaría vivo. Y Leander. Y Demetrius. Todo ellos, Helene. Zak lo sabía… Le suplicó a Marcus que lo matara. Debería haber hecho lo mismo. Serías nombrada Emperatriz…

—O los augures nombrarían a Marcus, y yo sería su… su esclava…

—Dimos la orden a nuestros hombres de matar. —¿Por qué no lo entiende? ¿Por qué no quiere enfrentarse a ello?—. Dimos la orden. Nosotros mismos la seguimos. Es imperdonable.

—¿Qué creías que iba a pasar? —Helene se pone en pie y la imito—. ¿Creías que las pruebas iban a ser más fáciles? ¿No sabías que esto iba a ocurrir? Nos han hecho vivir nuestros mayores miedos. Nos han lanzado a la merced de criaturas que no deberían ni existir. Después, nos han hecho enfrentarnos entre nosotros. *Fuerza de brazos, mente y corazón.* ¿Te sorprende? Eres un ingenuo, eso es lo que eres. Un bobo.

—Hel, no sabes lo que dices. Casi te mato…

—¡Gracias a los cielos por ello! —Está delante de mí tan cerca que varios mechones de su pelo largo me acarician el rostro con el viento—. Te defendiste. Después de haber perdido tantos combates de entrenamiento, no tenía claro si lo harías. Tenía tanto miedo… Pensaba que te matarían…

—Estás enferma. —Me aparto de ella—. ¿No te arrepientes de nada? ¿No tienes ningún remordimiento? Esos a los que hemos matado eran nuestros amigos.

—Eran soldados —me responde Helene—. Soldados imperiales que murieron en la batalla, que murieron con honor. Lo celebraré y los lloraré. Pero no me arrepentiré de lo que he hecho, pues lo he hecho por el Imperio. Lo he hecho por mi gente. —Camina hacia adelante y hacia atrás—. ¿No lo ves, Elias? Las pruebas son más importantes que tú o que yo, más importantes que nuestra culpa o nuestra humillación. Somos la respuesta a una pregunta de hace quinientos años. Cuando el linaje de Taius acabe, ¿quién guiará el Imperio? ¿Quién cabalgará al frente de un ejército de medio millón de soldados? ¿Quién controlará los destinos de cuarenta millones de almas?

—¿Y qué pasa con nuestros destinos y nuestras almas?

—Nos arrebataron las almas hace mucho tiempo, Elias.

—No, Hel. —Las palabras de Laia retumban en mi cabeza, unas palabras que quiero creer. Unas palabras que necesito creer. *Tienes alma. No permitas que te la arrebaten*—. Te equivocas. Jamás podré enmendar lo que hice ayer, pero cuando venga la cuarta prueba, no…

—No lo hagas, Elias. —Helene me pone los dedos en la boca, y su enfado se convierte en algo parecido a la desesperación—. No hagas promesas cuando no puedes saber lo que te van a costar.

—Ayer crucé una línea, Helene. No la volveré a cruzar.

—No digas eso. —Su pelo aletea por todas partes. Me mira con ojos penetrantes—. ¿Cómo te vas a convertir en Emperador si piensas así? ¿Cómo vas a ganar las pruebas si…?

—No quiero ganar las pruebas —la interrumpo—. Nunca he querido ganarlas. Ni siquiera quería participar. Iba a desertar, Helene. Después de la graduación, cuando todo el mundo estuviera celebrándolo, iba a huir.

Niega con la cabeza y extiende las manos como para protegerse de mis palabras. Pero no me detengo, tiene que oírlo. Tiene que saber quién soy en realidad.

—No hui porque Cain me dijo que la única oportunidad que tenía para ser libre de verdad era competir en las pruebas. Quiero que tú ganes las pruebas, Hel. Quiero que me nombres Verdugo de Sangre, y entonces quiero que me liberes.

—¿Que te libere? ¡Que te libere! ¡Esto es la libertad, Elias! ¿Cuándo vas a entenderlo? Somos máscaras. Nuestro destino es el poder, la muerte y la violencia. Es lo que somos. Si no tienes eso, ¿cómo vas a ser libre?

Está delirando. Intento comprender esta terrible realidad cuando oigo que se acercan pasos. Hel también lo oye y nos giramos para ver a Cain, que dobla una esquina en los riscos. Un escuadrón de ocho legionarios lo acompaña. No dice nada de la pelea que mantenemos Helene y yo, aunque debe de haber oído al menos una parte.

—Vendrás con nosotros.

Los legionarios se separan y cuatro me retienen a mí y otros cuatro agarran a Helene.

—¿Qué ocurre? —Intento sacudírmelos de encima, pero son unos tipos enormes, más grandes que yo, y no se mueven—. ¿Qué es esto?

—Esto, aspirante Veturius, es la Prueba de la Lealtad.

XLIII: Laia

Cuando entro en la cocina de la comandante, Izzi se abalanza sobre mí. Su ojo está sombrío, y tiene el pelo rubio hecho una maraña, como si no hubiera dormido en toda la noche.

—¡Estás viva! Estás... ¡Estás aquí! Pensábamos...

—¿Te han hecho daño, chica? —La cocinera viene detrás de Izzi, y me deja atónita ver que ella también está despeinada y con los ojos rojos. Agarra mi capa y, cuando ve mi vestido, le ordena a Izzi que me traiga otro—. ¿Estás bien?

—Estoy bien. —¿Qué otra cosa podría decir? Todavía le estoy intentando encontrar el sentido a lo ocurrido. Al mismo tiempo, recuerdo lo que Elias ha dicho sobre la prisión de Bekkar, y una cosa tengo clara: debo salir de aquí y encontrar a la Resistencia. Debo descubrir dónde está Darin y qué está pasando en realidad.

—¿A dónde te llevaron, Laia? —Izzi vuelve con un vestido, y me cambio rápidamente mientras oculto la daga que llevo en la pierna lo mejor que puedo. Soy reacia a contarles lo que ha sucedido, pero no les mentiré, no cuando es evidente que han pasado toda la noche con temor por mi vida.

—Me entregaron a Veturius como premio por haber ganado la tercera prueba. —Cuando veo el horror reflejado en sus rostros, me apresuro a añadir—: Pero no me ha hecho daño. No ha ocurrido nada.

—No me digas. —La voz de la comandante me hiela la sangre, y las tres nos giramos a la vez hacia la puerta de la cocina—. No ha ocurrido nada, dices. —Ladea la cabeza—. De lo más interesante. Ven conmigo.

La sigo hasta su despacho con pasos de plomo. Una vez dentro, mis ojos se dirigen hacia la pared de combatientes muertos. Es como estar en una sala de fantasmas.

La comandante cierra la puerta del estudio y da vueltas a mi alrededor.

—Has pasado la noche con el aspirante Veturius —afirma.

—Sí, señora.

—¿Te ha violado?

Así de directa pregunta algo tan aberrante, como si me preguntara la edad o el nombre.

—No, señora.

—¿Y por qué será, si la otra noche tenía tanto interés en ti? No podía quitarte las manos de encima.

Me doy cuenta de que habla de la noche del Festival de la Luna. Como si pudiera oler mi miedo, se me acerca un paso.

—Yo... no lo sé.

—¿Podría ser que el chico se preocupa de verdad por ti? Sé que te ha ayudado... El día que te trajo en brazos desde las dunas y hace unas cuantas noches con Marcus. —Da un paso más hacia mí—. Pero la noche que os encontré a los dos en el pasillo de los sirvientes... Esa es la noche que me he estado cuestionando. ¿Qué hacíais juntos? ¿Trama algo contigo? ¿Nos ha traicionado?

—No... no estoy segura de qué...

—¿Creías que me podías engañar? ¿Creías que no lo sabría?

Oh, cielos. No puede ser.

—Yo también tengo espías, esclava. Entre los marineros y los tribales. —Ahora la tengo a centímetros de mí, y su sonrisa es como un garrote fino alrededor de mi cuello—. Incluso en la Resistencia. Te sorprendería saber hasta dónde tengo ojos.

Esas ratas académicas saben solo lo que yo quiero que sepan. ¿Qué tramaban la última vez que los viste? ¿Planeaban algo importante? ¿Algo que afectará a muchos hombres? Tal vez te preguntes qué era. Lo sabrás pronto.

Me agarra el cuello con la mano antes de que pueda pensar en esquivarla. Pataleo y me sujeta con mayor firmeza. Los músculos de sus brazos se tensan, pero su mirada es tan inexpresiva y letal como siempre.

—¿Sabes lo que les hago a los espías?

—Yo... no... no... —No puedo respirar. No puedo pensar.

—Les enseño una lección. A ellos y a todos sus aliados. A la pinche, por ejemplo. —*No, a Izzi no, a Izzi no.* Justo cuando empiezo a ver puntos que palpitan en el límite de mi visión, alguien llama a la puerta. La comandante me suelta y deja que me desplome en el suelo. De manera natural, como si no hubiera estado a punto de matar a una esclava, abre la puerta.

—Comandante. —Una augur espera fuera, una mujer pequeña y etérea. Espero ver legionarios detrás de ella como antes, pero está sola—. He venido a por la chica.

—No os la podéis llevar —dice la comandante—. Es una delincuente y...

—He venido a por la chica. —La augur endurece el rostro, y ella y la comandante se quedan mirando en una batalla feroz y silenciosa de voluntades—. Dámela y ven. Se nos requiere en el anfiteatro.

—Es una espía...

—Y se la castigará como es debido. —La augur se gira hacia mí, y no puedo apartar la mirada. Por un momento, me veo reflejada en el pozo oscuro que son sus ojos, con el corazón detenido y sin vida en la cara. Como si me hubiera metido esa realidad en la cabeza, me percato de que la augur me lleva al Verdugo, que mi muerte está cerca... Más cerca que durante la redada, incluso más cerca que cuando me apalizó Marcus.

—No permita que me lleve —empiezo a suplicarle a la comandante—. Por favor, no...

La augur no me deja terminar.

—No te interpongas en el camino de los augures, Keris Veturia. Fracasarás. Puedes acompañarme hasta el anfiteatro por voluntad propia o por la fuerza. ¿Qué escoges?

La comandante vacila, y la augur espera como una roca en un río, paciente e inamovible. Finalmente, la comandante asiente y sale por la puerta. Por segunda vez en un mismo día, me amordazan y me atan. A continuación, la augur sale por donde ha ido la comandante, y me llevan a rastras.

XLIV: Elias

—**M**e dejo llevar —les digo a los soldados mientras nos atan y nos vendan los ojos a Helene y a mí—. Pero quitadme vuestras malditas manos de encima. —Como respuesta, uno de ellos me amordaza y me arrebata las cimitarras.

Los legionarios nos conducen hasta arriba de los ricos y hacia la escuela. Oigo sonidos de botas que se arrastran y pisan a mi alrededor, los centuriones gritan órdenes y capto «anfiteatro» y «cuarta prueba». Se me tensa todo el cuerpo. No quiero volver al lugar donde maté a mis amigos. No quiero volver a poner un pie allí.

Cain está completamente silencioso. ¿Me está leyendo? ¿Está leyendo a Helene? *No importa.* Intento olvidarlo y pensar como si no estuviera aquí.

Lealtad para quebrar el alma. Las palabras son demasiado parecidas a las que dijo Laia. *Tienes alma. No permitas que te la quiten.* Eso exactamente es lo que creo que quieren hacer los augures, así que trazo la línea de la que habló Laia, un surco profundo en la tierra de mi mente. *No la cruzaré. No importa lo que esté en juego. No lo haré.*

Noto a Helene a mi lado. Irradia un miedo que hiela el aire a nuestro alrededor y me pone los nervios de punta.

—Elias. —Los legionarios no la han amordazado, probablemente porque ha tenido la sensatez de mantener la boca callada—. Escúchame. Sea lo que fuere lo que los augures te pidan que hagas, debes hacerlo, ¿lo entiendes? Quien gane esta prueba será Emperador... Los augures dijeron que no habría empate. Sé fuerte, Elias. Si no ganas, todo está perdido.

Su voz tiene un tono urgente, y en sus palabras hay una advertencia que va más allá de lo obvio. Espero que diga algo más, pero o la han amordazado o Cain la ha mandado callar. Unos instantes después, cientos de voces reverberan a mi alrededor y me llenan el cuerpo entero. Hemos llegado al anfiteatro.

Los legionarios me hacen subir dos escalones antes de obligarme a ponerme de rodillas. Helene baja a mi lado y nos quitan las ataduras, las vendas y la mordaza.

—Veo que te han puesto un bozal, cretino. Es una pena que no lo hayan hecho para siempre.

Marcus está arrodillado al lado de Helene y me mira con un odio que le sale por todos los poros. Tiene el cuerpo encorvado como una serpiente lista para atacar. No lleva ningún arma más allá de una daga colgada al cinturón. Toda su serenidad de la tercera prueba se ha transformado en un ácido venenoso. Zak siempre pareció el gemelo débil, pero al menos intentaba mantener a raya a la serpiente. Sin la voz tranquila de su hermano, Marcus se asemeja a un salvaje.

Lo ignoro e intento prepararme para lo que sea que esté por llegar. Los legionarios nos han dejado en una tarima detrás de Cain, que mira hacia la entrada del anfiteatro como si estuviera esperando algo. Una docena más de augures están esparcidos alrededor de la tarima, sombras harapientas que oscurecen el estadio con su presencia. Los vuelvo a contar: trece, incluyendo a Cain. Y eso significa que falta uno.

El resto del anfiteatro está abarrotado. Veo al gobernador y el resto de los consejeros de la ciudad. El abuelo está sentado unas cuantas filas detrás el pabellón de la comandante con un grupo de su guardia personal y me mira.

—La comandante llega tarde. —Hel señala con la cabeza hacia el asiento vacío de mi madre.

—Te equivocas, Aquilla —interviene Marcus—, llega justo a tiempo. —Mientras habla, mi madre pasa a través de las puertas del anfiteatro. La augur número catorce va detrás de ella, y pese a su fragilidad consigue tirar de una chica amordazada. Veo una melena de cabello negro caer suelto y el corazón se me detiene... Es Laia. ¿Qué hace aquí? ¿Por qué está atada?

La comandante toma asiento mientras la augur deja a Laia en la tarima al lado de Cain. La esclava intenta hablar a través de la mordaza, pero está apretada demasiado fuerte.

—Aspirantes. —Nada más pronunciar la palabra, el estadio se queda en silencio. Una bandada de aves marinas chilla por encima de nuestras cabezas. En la ciudad, un vendedor grita sus productos y el sonsonete de su voz llega hasta aquí—. La prueba final es la Prueba de la Lealtad. El Imperio ha decretado que esta esclava debe morir. —Cain hace un gesto hacia Laia, y mi estómago se me encoge como si hubiera saltado desde un punto alto. *No. Es inocente. No ha hecho nada malo.*

Laia abre los ojos como platos. Intenta retroceder a gatas, pero la misma augur que la ha dejado en la tarima se arrodilla detrás de ella y la sujeta con un agarre de hierro, como un carnicero que aferra un cabrito para sacrificarlo.

—Cuando os diga que prosigáis —dice Cain con tranquilidad, como si no estuviera hablando de matar a una chica de diecisiete años—, todos intentaréis ejecutarla a la vez. Quien consiga llevar a cabo la orden será declarado vencedor de la prueba.

—Esto es un error, Cain —exploto—. El Imperio no tiene ningún motivo para matarla.

—El motivo no importa, aspirante Veturius. Solo la lealtad. Si te opones a la orden, fracasarás en la prueba. El castigo por fracasar es la muerte.

Pienso en el campo de batalla de pesadilla, y la sangre se me hiela ante el recuerdo. Leander, Demetrius, Ennis... Todos estaban allí. Los he matado a todos.

Laia también estaba allí también, con el cuello rebanado, los ojos apagados y el pelo como una nube húmeda alrededor de su cabeza.

Pero todavía no lo he hecho, pienso con desesperación. *No la he matado.*

El augur nos mira uno a uno antes de tomar una cimitarra de los legionarios, una de las mías, y la deja en el suelo de la tarima a una distancia equidistante entre Marcus, Helene y yo.

—Proceded.

Mi cuerpo sabe lo que hacer antes que mi mente, y me pongo enfrente de Laia. Si me puedo situar entre ella y los demás, tal vez la esclava pueda tener una oportunidad.

Porque no me importa lo que vi en ese campo de batalla de pesadilla. No la mataré. Y no voy a permitir que nadie la mate.

Llego hasta ella antes que Helene o Marcus, me agacho y me doy la vuelta, esperando un ataque de cualquiera de los dos. Pero en vez de ir a por Laia, Helene salta hacia Marcus y lo golpea con el puño en la sien. Se desploma, claramente no se esperaba el ataque, y ella lo lanza fuera de la tarima. Entonces, me pasa mi cimitarra con el pie.

—¡Hazlo, Elias! —me dice—. ¡Antes de que lo haga Marcus!

En ese momento, se da cuenta de que estoy protegiendo a la chica en vez de matarla, y emite un extraño sonido ahogado. La multitud guarda silencio mientras aguanta la respiración.

—No lo hagas, Elias —me apremia—, no ahora. Casi estamos. Serás Emperador. El profetizado. Por favor, Elias, piensa en lo que podrías hacer por... por el Imperio...

—Te dije que hay una línea que no voy a cruzar. —Siento una extraña calma cuando lo digo, más tranquilo de lo que he estado en semanas. Los ojos de Laia pasan de Helene a mí en un instante—. Esta es esa línea. No la mataré.

Helene recoge la cimitarra.

—Entonces, hazte a un lado —me dice—. Yo lo haré. Lo haré rápido. —Se dirige hacia mí lentamente con los ojos anclados en mi rostro—. Elias —añade—, va a morir hagas lo que hagas. El Imperio lo ha decretado. Si no lo hacemos tú o yo, lo hará Marcus... En algún momento recuperará la conciencia. Podemos terminar con esto antes de que lo haga él. Si ella tiene que morir, al menos algo bueno traerá su muerte. Yo seré la Emperatriz y tú, el Verdugo de Sangre. —Da un paso más.

»Sé que no quieres gobernar —dice en voz queda—. Ni ser el señor de la Guardia Negra. No lo entendía antes. Pero ahora... ahora sí. Así que, si me dejas ocuparme de esto, te prometo, por mi sangre y mis huesos, que en el momento en que me nombren Emperatriz, te liberaré de tus obligaciones para con el Imperio. Podrás ir a donde quieras. Hacer lo que quieras. No tendrás que responder ante nadie. Serás libre.

Estoy analizando su cuerpo, a la espera de que sus músculos se tensen para preparar el ataque, pero ahora mis ojos saltan a los suyos. *Serás libre.* Lo único que siempre he querido y me lo está sirviendo en bandeja de plata con una promesa que sé que no romperá.

Durante un instante breve y terrible, lo considero. Lo deseo más que cualquier cosa que haya deseado en mi vida. Me veo partiendo en barco desde el puerto de Navium con dirección a los reinos sureños, donde nadie ni nada tiene propiedad sobre mi cuerpo ni sobre mi alma.

Bueno, al menos sobre mi cuerpo. Porque si dejo que Helene mate a Laia, no me quedará alma.

—Si quieres matarla —le digo a Helene—, tendrás que matarme a mí primero.

Una lágrima le recorre la cara, y durante un segundo puedo ver a través de sus ojos. Ansía esto con muchas ganas, y no es un enemigo quien se lo está impidiendo. Soy yo.

Los dos lo somos todo para el otro. Y la estoy volviendo a traicionar.

En ese momento, oigo un sonido sordo... El inconfundible sonido del metal hundiéndose en la piel. Detrás de mí, Laia sale despedida hacia delante tan de repente que la augur cae con ella, sujetándole todavía los brazos lacios. El pelo de Laia se arremolina a su alrededor, pero no puedo verle la cara ni los ojos.

—¡No! ¡Laia! —Me arrodillo a su lado y la zarandeo intentando darle la vuelta. Pero no puedo liberarla de la maldita augur, porque la mujer está temblando aterrorizada con sus ropas revueltas con la falda de Laia. Ella está en silencio y su cuerpo, inerte como el de una muñeca de trapo.

Veo la empuñadura de una daga que ha caído en la tarima y la mancha de sangre que se ensancha rápidamente en su cuerpo. Nadie puede perder tanta sangre y vivir.

Marcus.

Lo veo de pie detrás de la tarima, demasiado tarde. Demasiado tarde me doy cuenta de que Helene y yo lo tendríamos que haber matado, que no deberíamos habernos arriesgado a que despertara.

La explosión de sonido que sigue a la muerte de Laia me deja atónito. Miles de voces gritan a la vez. Mi abuelo berrea más alto que un toro furioso.

Marcus sube de un salto a la tarima, y sé que viene a por mí. Quiero que venga. Quiero quitarle la vida a golpes por lo que ha hecho.

Noto la mano de Cain, que me retiene agarrándome el brazo. En ese momento, las puertas del anfiteatro se abren de golpe. Marcus gira la cabeza y se queda paralizado cuando ve a un semental que babea galopando a través de las puertas del estadio. El legionario que lo monta se desliza hasta el suelo y aterriza mientras la bestia corcovea detrás de él.

—El Emperador... —dice el legionario—. ¡El Emperador está muerto! ¡La Gens Taia ha caído!

—¿Cuándo? —interrumpe la comandante, aunque no hay ni una pizca de sorpresa en su cara—. ¿Cómo?

—Un ataque de la Resistencia, señora. Lo han matado mientras se dirigía a Serra, a solo un día de la ciudad. A él y a todos los que lo acompañaban. Incluso… incluso a los niños.

Vides al acecho rodean y ahogan al roble. El camino se hace claro, justo antes del final. Esa era la profecía de la que habló hace semanas la comandante en su despacho, y ahora tiene sentido. Las vides son la Resistencia y el roble es el Emperador.

—Sed testigos, hombres y mujeres del Imperio, estudiantes de Risco Negro y aspirantes. —Cain me suelta el brazo, y su voz retumba haciendo temblar los cimientos del anfiteatro y silenciando el pánico que se ha desatado—. Así es como la visión de los augures se cumple. El Emperador está muerto, y un nuevo poder debe erigirse para que el Imperio no sea destruido.

»Aspirante Veturius —prosigue Cain—, se te ha brindado la oportunidad de probar tu lealtad. Pero en vez de matar a la chica, la has defendido. En vez de seguir mi orden, la has desafiado.

—¡Por supuesto que la desafío! —Esto no puede estar ocurriendo—. Esta no era una prueba de lealtad para nadie menos para mí. Soy el único que se preocupaba por ella. Esta prueba ha sido una artimaña…

—Esta prueba nos ha dicho lo que necesitábamos saber: que no eres digno de ser Emperador. Quedas revocado de tu nombre y rango. Morirás mañana al alba decapitado ante el campanario de Risco Negro. Los que han sido tus compañeros serán testigos de tu deshonra.

Dos augures me atan con cadenas las manos y las muñecas. No las había visto. ¿Las han conjurado del aire? Estoy demasiado mareado como para pelear. La augur que retenía a Laia levanta el cuerpo de la chica con dificultad y baja de la tarima tambaleándose.

—Aspirante Aquilla —dice Cain—. Estabas preparada para atacar al enemigo, pero has vacilado cuando has tenido que enfrentarte a Veturius, detenida por sus deseos. Esa lealtad a un compañero es admirable, pero no para un emperador. De los tres aspirantes, solo el aspirante Farrar ha intentado llevar a cabo mi orden sin cuestionarla, con una lealtad inquebrantable hacia el Imperio. Así, lo nombro ganador de la cuarta prueba.

La cara de Helene está blanca como la cal y su mente, como la mía, no puede asimilar la farsa que ocurre delante de sus ojos.

—Aspirante Aquilla. —Cain saca la cimitarra de Hel de sus ropas—. ¿Recuerdas tu juramento?

—Pero no puedes decir...

—Mantendré mi juramento, aspirante Aquilla. ¿Mantendrás tú el tuyo?

Helene mira al augur como lo haría con un amante traicionero y toma la cimitarra cuando se la ofrece.

—Lo haré.

—Entonces, arrodíllate y jura lealtad, pues nosotros, los augures, nombramos a Marcus Antonius Farrar Emperador, el que fue profetizado, comandante en jefe del ejército marcial, Emperador Invicto, Señor del Reino. Y tú, aspirante Aquilla, eres nombrada su Verdugo de Sangre, su segunda al mando, y la espada que lleva a cabo su voluntad. Tu lealtad no puede romperse salvo por la muerte. Júralo.

—¡No! —rujo—. ¡Helene, no lo hagas!

Se gira hacia mí, y la mirada de sus ojos es como un cuchillo que gira en mi interior. *Has escogido, Elias,* dicen sus ojos claros. *La has escogido a ella.*

—Mañana —sigue Cain—, después de la ejecución de Veturius, coronaremos al profetizado. —Mira hacia la serpiente—. El Imperio es tuyo, Marcus.

Marcus mira por encima del hombro con una sonrisa, y me doy cuenta de que es un gesto que le he visto hacer cientos de veces. Es la mirada que le hubiera echado a su hermano cuando insultaba a un enemigo, cuando ganaba una batalla o cuando quería presumir. Pero la sonrisa se le desvanece porque Zak ya no está ahí.

El rostro se le vuelve inexpresivo y mira hacia Helene sin arrogancia ni triunfo. Su completa falta de sentimientos me hiela la sangre.

—Tu lealtad, Aquilla —dice en voz queda—. Estoy esperando.

—Cain —lo llamo—. Él no es el adecuado. Sabes que no. Está loco. Destruirá el Imperio.

Nadie me escucha. Ni Cain, ni Helene, ni siquiera Marcus.

Cuando Helene habla, lo hace como un auténtico máscara: calmada, compuesta e impasible.

—Juro lealtad a Marcus Antonius Farrar —dice—, al Emperador, el que fue profetizado, comandante en jefe del ejército marcial, Emperador Invicto, Señor del Reino. Seré su Verdugo de Sangre, su segunda al mando, la espada que lleve a cabo su voluntad hasta la muerte. Lo juro.

Acto seguido, inclina la cabeza y le ofrece su espada a la serpiente.

TERCERA PARTE

CUERPO Y ALMA

XLV: Laia

—Si quieres sobrevivir, chica, haz que piensen que estás muerta.

Apenas oigo el susurro jadeante de la augur por encima del estruendo del público. Me quedo desconcertada y en silencio por la estupefacción de que una mujer santa marcial quiera ayudarme. Mientras su peso me aplasta contra la tarima, la daga que Marcus le ha clavado en el costado cae al suelo. La sangre corre por la plataforma y me estremezco al recordar la muerte de Nan, en un charco de sangre igual a este.

—No te muevas —me dice la augur—. Pase lo que pase.

Hago lo que me dice, incluso cuando Elias grita mi nombre e intenta quitármela de encima. El mensajero anuncia el asesinato del Emperador y sentencian a Elias a muerte y lo encadenan. Durante todo el proceso, me quedo quieta. Pero cuando el augur llamado Cain anuncia la coronación, ahogo un grito. Después de la coronación, ejecutarán a los prisioneros de las celdas de la muerte, lo que significa que, a menos que la Resistencia lo saque de la cárcel, Darin morirá mañana.

Quiero gritar de frustración. Necesito aclarar las ideas. El único que puede ayudarme es Mazen, y la única manera de encontrarlo es salir de aquí. Pero precisamente no puedo ponerme de pie y salir corriendo. Todos piensan que estoy muerta. Incluso aunque pudiera escapar, Elias acaba de sacrificar su vida por la mía. No puedo abandonarlo.

Me quedo tumbada sin saber qué hacer, hasta que la augur toma la decisión por mí.

—Si te mueves ahora, morirás —me advierte mientras tira de mí hacia sí. Cuando todos los ojos están fijos en la escena a nuestro lado, me levanta y salimos tambaleándonos por la puerta del anfiteatro.

Muerta. Muerta. Prácticamente puedo oír a la mujer en mi cabeza. *Finge que estás muerta.* Las brazos y piernas se sacuden y la cabeza se balancea. Mantengo los ojos cerrados, pero cuando la augur se salta un escalón y casi nos caemos, se me abren sin querer. Nadie se da cuenta, pero durante un instante, mientras Aquilla jura lealtad, puedo ver apenas el rostro de Elias. Aunque he presenciado cómo se llevaban a mi hermano y mataban a mis abuelos, aunque he padecido palizas y torturas, y he visitado las orillas oscuras del reino de la muerte, sé que nunca he sentido el tipo de desolación y desesperanza que veo en los ojos de Elias en este momento.

La augur se pone recta. Dos de sus compañeros se colocan a su lado, del mismo modo que los hermanos flanquean a una hermana pequeña en una multitud furiosa. Su sangre se confunde en la seda negra y me empapa la ropa. Ha perdido tanta que no entiendo cómo reúne las fuerzas para poder andar.

—Los augures no podemos morir —me dice entre dientes—, pero sí sangrar.

Llegamos a las puertas del anfiteatro y, en cuanto las pasamos, me deja en el suelo de una alcoba. Espero que me explique por qué ha decidido tomar esa daga en mi lugar, pero solo se va cojeando mientras sus hermanos la sujetan.

Vuelvo la mirada a las puertas del anfiteatro donde Elias está encadenado y de rodillas. La cabeza me dice que no puedo hacer nada por él, que si intento ayudarlo moriré. Pero no puedo huir.

—No estás herida. —Cain se ha escabullido del anfiteatro abarrotado sin que se dé cuenta la muchedumbre que grita—. Bien. Sígueme. —Se percata de la mirada que le lanzo a Elias y niega con la cabeza—. Ahora no puedes ayudarlo —dice Cain—. Ha sellado su destino.

—¿Y ya está? —Me horroriza su frialdad—. Elias se niega a matarme, ¿y muere por ello? ¿Lo vais a castigar por haber mostrado piedad?

—Las pruebas tienen normas —dice Cain—. El aspirante Veturius las ha roto.

—Vuestras normas son retorcidas. Además, Elias no es el único que ha quebrantado vuestras instrucciones. Se suponía que Marcus debía matarme, pero no lo ha hecho y, aun así, lo habéis nombrado emperador.

—Él piensa que te ha matado —responde Cain—. Y se deleita pensándolo. Eso es lo que importa. Ven, debes abandonar la escuela. Si la comandante descubre que has sobrevivido, tu vida está perdida.

Me digo que el augur tiene razón y que no puedo hacer nada por Elias. Pero no me siento bien. Ya he pasado por esto antes: dejar a alguien atrás y vivir para arrepentirme cada momento que sigue.

—Si no vienes conmigo, tu hermano morirá. —El augur nota el conflicto en mí y me presiona—. ¿Es eso lo que quieres?

Se dirige hacia las puertas, y, después de unos terribles momentos de indecisión, le doy la espalda a Veturius y lo sigo. Elias tiene ingenio… Todavía es posible que encuentre la manera de esquivar a la muerte. *Pero yo no, Laia*, oigo la voz de Darin. *No a menos que me ayudes.*

Los legionarios que montan guardia en las puertas de Risco Negro parecen no vernos mientras salimos de la escuela, y me pregunto si Cain habrá utilizado algún tipo de brujería augur. ¿Por qué me ayuda? ¿Qué quiere a cambio?

Si puede leer mis recelos, no lo muestra, sino que se limita a guiarme rápidamente por el distrito ilustre y nos adentramos en las sofocantes calles de Serra. Toma una ruta tan errática que durante un rato parece como si no tuviera ninguna dirección en mente. Nadie nos mira dos veces y nadie habla de la muerte del Emperador ni de la coronación de Marcus. Las noticias todavía no se han filtrado.

El silencio que se instala entre Cain y yo se alarga hasta que creo que el cielo va a caerse y a romperse en mil pedazos. ¿Cómo voy a librarme de él y a encontrar a la Resistencia? Expulso ese pensamiento de mi cabeza, no vaya a ser que el augur lo identifique; pero, bueno, ya lo he pensado, así que debe de ser demasiado tarde. Le dirijo una mirada interrogante. ¿Estará leyéndome? ¿Podrá oír cada pensamiento?

—En realidad, no leemos la mente —murmura Cain, y me envuelvo con los brazos y me aparto, aunque sé que eso no va a proteger mejor mis pensamientos—. Los pensamientos son complejos —explica—. Desordenados. Están enredados como una jungla de vides e intercalados en capas como los sedimentos de un cañón. Tenemos que tejer a través de las vides y rastrear el sedimento. Tenemos que traducir y descifrar.

Diez infiernos. ¿Qué sabe de mí? ¿Todo? ¿Nada?

—¿Por dónde empiezo, Laia? Sé que todos tus nervios están puestos en encontrar y salvar a tu hermano. Sé que tus padres eran los líderes más poderosos que la Resistencia ha tenido nunca. Sé que te estás enamorando de un combatiente de la Resistencia que se llama Keenan, pero que no crees que te vaya a corresponder. Sé que eres una espía de la Resistencia.

—Pero si sabes que soy una espía…

—Lo sé —dice Cain—, pero no importa. —Una tristeza antigua destella en sus ojos, como si estuviera recordando a alguien que murió hace tiempo—. Hay otros pensamientos en el fondo de tu corazón que describen mejor quién eres, qué eres. Por la noche, la soledad te embarga, como si el mismo cielo se abalanzara sobre ti para asfixiarte con sus brazos fríos…

—Eso no es… Yo…

Pero Cain me ignora. Tiene los ojos rojos desenfocados y la voz distante, como si estuviera hablando de sus secretos más íntimos, en vez de los míos.

—Tienes miedo de no ser nunca tan valiente como tu madre. Tienes miedo de que tu cobardía signifique la perdición para tu hermano. Te mueres de ganas de saber por qué tus padres pusieron la Resistencia en primer lugar y no a sus hijos. Tu corazón quiere a Keenan, y, aun así, tu cuerpo se ilumina cuando Elias Veturius está cerca. Tu...

—Basta. —No puedo soportar que alguien que no soy yo sepa tanto de mí.

—Estás llena, Laia. Llena de vida y de oscuridad y de fuerza y de espíritu. Estás en nuestros sueños. Arderás, pues eres una llama entre cenizas. Ese es tu destino. Ser una espía de la Resistencia es una insignificante parte de ti. No es nada.

Intento encontrar las palabras sin éxito. No está bien que sepa tanto de mí y yo nada de él.

—No hay nada de mí que valga la pena, Laia —continúa el augur—. Soy un fallo, un error. Soy fracaso y malicia, avaricia y odio. Soy culpable. Somos, todos los augures, culpables.

Suspira al ver mi confusión. Sus ojos negros se encuentran con los míos y la descripción suya y de los suyos que me acaba de dar desaparece de mi mente como un sueño al despertar.

—Hemos llegado —anuncia.

Miro alrededor, dubitativa. Una calle silenciosa se extiende delante de mí con una hilera de casas idénticas a cada lado. ¿Es el Distrito Mercante? ¿O el Distrito Extranjero? No lo sé. Las pocas personas que hay en la calle están demasiado lejos como para discernirlas.

—¿Qué... qué estamos haciendo aquí?

—Si quieres salvar a tu hermano, tienes que hablar con la Resistencia, así que te he traído con ellos. —Señala con la cabeza hacia la calle que tengo delante—. La séptima casa a la derecha. En el sótano. La puerta está abierta.

—¿Por qué me ayudas? —le pregunto—. ¿Qué truco...?

—No hay ningún truco, Laia. No puedo responder a tus preguntas, tan solo puedo decirte que por ahora tenemos los mismos intereses. Te prometo por mi sangre y mis huesos que no te estoy engañando. Ahora ve, rápido. El tiempo no te va a esperar, y me temo que el que te queda ya es exiguo.

A pesar de su expresión calmada, la urgencia que desprende su voz no da lugar a equivocación. Hace que se avive mi malestar. Asiento a modo de agradecimiento y me voy, asombrada por lo extraños que han sido estos últimos minutos.

* * *

Como ha predicho el augur, la puerta trasera del sótano de la casa está abierta. Bajo dos peldaños de la escalera antes de que la punta de una cimitarra me toque el cuello.

—¿Laia? —La cimitarra baja y Keenan se mueve hacia la luz. Su pelo rojo despunta en ángulos extraños, y lleva un destartalado vendaje alrededor del bíceps manchado de sangre. Sus pecas destacan sobre el color blanco enfermizo de su piel—. ¿Cómo nos has encontrado? No deberías estar aquí. No estás segura. Rápido —me dice mientras mira por encima del hombre—, antes de que Mazen te vea... ¡Vete!

—He descubierto una entrada a Risco Negro, tengo que decírselo. Y hay algo más... Un espía...

—No, Laia —responde Keenan—. No puedes...

—¿Quién anda ahí, Keenan? —Unos pasos se acercan, y un segundo después Mazen asoma la cabeza por el hueco de la escalera—. Ah, Laia. Nos has seguido. —El hombre le lanza una mirada a Keenan como si fuera responsable de tal eventualidad—. Tráela.

El tono de su voz hace que se me erice el vello de la nuca, y por el agujero del bolsillo de mi falda busco la daga que me dio Elias.

—Laia, escúchame —me susurra Keenan mientras me escolta escaleras abajo—. Diga lo que diga, yo...

—Vamos —lo interrumpe Mazen mientras entramos al sótano—, no tengo todo el día.

El sótano está lleno y tiene cajas con mercancías amontonadas en una esquina y una mesa redonda en el centro. Hay dos hombres de mirada fría y serios sentados a la mesa: Eran y Haider.

Me pregunto si uno de ellos es el espía de la comandante.

Mazen me acerca una silla desvencijada de una patada en una invitación obvia para que me siente.

Keenan se queda detrás de mí y cambia el peso de un pie al otro, como un animal nervioso. Intento no mirarlo.

—¿Y bien, Laia? —dice Mazen mientras me siento—. ¿Alguna información para nosotros? Más allá de que el Emperador está muerto.

—¿Cómo lo...?

—Porque yo soy quien lo ha matado. Dime, ¿han nombrado ya a un nuevo emperador?

—Sí. —¿*Mazen ha matado al Emperador?* Quiero que me cuente más, pero veo su impaciencia—. Han nombrado a Marcus. La coronación será mañana.

Mazen intercambia una mirada con sus hombres y se pone en pie.

—Eran, envía a los mensajeros. Haider, prepara a los hombres. Keenan, encárgate de la chica.

—¡Espera! —Yo también me levanto—. Hay más... Hay una entrada a Risco Negro. Por eso he venido, para que podáis liberar a Darin. Y hay algo más que deberías saber... —Quiero hablarle sobre el espía, pero no me deja.

—No hay ninguna entrada secreta a Risco Negro, Laia. Y, aunque la hubiera, no sería tan estúpido como para intentar atacar una escuela de máscaras.

—Entonces, ¿cómo...?

—¿Cómo? —masculla—. Buena pregunta. ¿Cómo te deshaces de una chica que aparece en tu escondite en el momento más inoportuno y dice ser la hija perdida de la Leona? ¿Cómo apaciguas a una facción esencial de la Resistencia cuando te insisten estúpidamente en que la ayudes a salvar a su hermano? ¿Cómo finges que la estás ayudando cuando en realidad no tienes ni el tiempo ni los hombres para hacerlo?

La boca se me seca.

—Te diré cómo —prosigue Mazen—. Le das a la chica una misión de la cual no volverá. La mandas a Risco Negro, el hogar de la asesina de sus padres. Le das tareas imposibles, como espiar a la mujer más peligrosa de todo el Imperio o averiguar cómo son las pruebas antes incluso de que tengan lugar.

—Tú... tú sabías que la comandante había matado...

—No es nada personal, chica. Sana me había amenazado con retirar a sus hombres de la Resistencia por ti. Estaba buscando una excusa, y cuando llegaste la tuvo, pero yo los necesitaba a ella y a sus hombres más que nunca. Me he pasado años reconstruyendo lo que el Imperio destruyó cuando mataron a tu madre. No podía dejar que lo arruinaras todo.

»Esperaba que la comandante se deshiciese de ti en cuestión de días u horas. Pero sobreviviste. Cuando me trajiste información real en el Festival de la Luna, mis hombres me advirtieron que Sana y su facción querrían cumplir nuestra parte del trato. Me pedirían que sacara a tu hermano de la Central. El único problema era que me acababas de decir precisamente lo que me hacía imposible enviar a mis hombres a hacerlo.

Pienso en el momento.

—La llegada del Emperador a Serra.

—Cuando me lo contaste, supe que necesitaría hasta el último combatiente de la Resistencia que tuviéramos si queríamos asesinarlo. Una causa de mucho más valor que rescatar a tu hermano, ¿no crees?

Recuerdo lo que me ha dicho la comandante. *Esas ratas académicas saben solo lo que yo quiero que sepan. ¿Qué tramaban la última vez que los viste? ¿Planeaban algo importante?*

Darme cuenta es como un puñetazo. La Resistencia ni siquiera sabe que ha sido un títere en manos de la comandante. Keris Veturia quería al Emperador muerto. La Resistencia ha matado al Emperador y a los miembros más importantes de su casa, Marcus ocupará su lugar y ahora no habrá ninguna guerra civil, ninguna refriega entre la Gens Taia y Risco Negro.

¡Iluso!, quiero gritar. *¡Has caído en su trampa!*

—Tenía que mantener contenta a la facción de Sana —prosigue Mazen—. Y tenía que mantenerte lejos de ellos, así que te envié a Risco Negro con una tarea todavía más imposible: encontrar una entrada secreta al fuerte marcial mejor protegido después de la prisión de Kauf. Le dije a Sana que la huida de tu hermano dependía de ello... y que darle más detalles pondría en peligro el rescate. Y luego les di a ella y a los demás combatientes una misión más importante que una chica tonta y su hermano: la revolución.

Se inclina hacia adelante con un brillo apasionado en los ojos.

—Solo es cuestión de tiempo hasta que se sepa que Taius está muerto. Cuando eso ocurra..., llegará el caos, la incertidumbre. Es lo que hemos estado esperando. Ojalá tu madre estuviera aquí para verlo.

—No hables de mi madre. —Llena de furia, me olvido de advertirle sobre el espía. Me olvido de decirle que la comandante estará al corriente de su gran plan—. Vivió bajo la Izzat, y ahora traicionas a su hija, cretino. ¿También la traicionaste a ella?

Mazen rodea la mesa mientras se le hincha una vena del cuello.

—Habría seguido a la Leona hasta el fuego. La habría seguido hasta el infierno. Pero no eres como tu madre, Laia. Eres como tu padre, y tu padre era débil. Y sobre la Izzat... Eres una niña. No tienes ni idea de lo que significa.

Se me entrecorta la respiración, y alargo una mano hacia la mesa para estabilizarme. Miro hacia Keenan, pero me rehúye.

Traidor. ¿Sabía desde un principio que Mazen no quería ayudarme? ¿Me había observado y se había reído con la niñita estúpida que se iba a una misión imposible?

La cocinera tenía razón desde el principio. No debería haber confiado en Mazen. No debería haber confiado en ninguno de ellos. Darin lo supo ver. Quería cambiar las cosas, pero descubrió que no podía hacerlo con los rebeldes. Se dio cuenta de que no se podía confiar en ellos.

—Mi hermano —le digo a Mazen—. No está en Bekkar, ¿verdad? ¿Está vivo?

Mazen suspira.

—Nadie puede saber dónde metieron los marciales a tu hermano. Ríndete ya, chica. No puedes salvarlo.

Las lágrimas amenazan con bajar por mis mejillas, pero las contengo.

—Solo dime dónde está. —Intento hablar con voz firme—. ¿Está en la ciudad? ¿En la Central? Lo sabes. Dímelo.

—Keenan. Deshazte de ella —le ordena Mazen—. En otro sitio —añade como si lo pensara después—. Un cadáver no pasará desapercibido en este barrio.

Me siento como se debe de haber sentido Elias no hace mucho. Traicionada. Desolada. El miedo y el pánico amenazan con estrangularme; los anudo y los aparto.

Keenan intenta agarrarme del brazo, pero lo esquivo y saco la daga de Elias. Los hombres de Mazen se abalanzan, pero yo estoy más cerca y no son lo suficientemente rápidos. En un instante, sujeto la hoja contra el cuello del líder de la Resistencia.

—¡Atrás! —les grito a los rebeldes. Bajan las armas poco a poco. El pulso me late en las sienes, y no siento miedo, solo ira por todo lo que me ha hecho pasar Mazen—. Dime dónde está mi hermano, hijo de puta mentiroso. —Cuando Mazen se queda callado, clavo un poco más la hoja, y le brota una fina línea de sangre—. Dímelo o te rebano el cuello aquí y ahora.

—Te lo diré —carraspea—, para lo que te va a servir. Está en Kauf, chica. Lo trasladaron allí el día después del Festival de la Luna.

Kauf. Kauf. Kauf. Me obligo a creerle. A enfrentarme a ello. Kauf, donde torturaron a mis padres y a mi hermana, y los ejecutaron. Kauf, donde envían solo a los peores delincuentes para que sufran, se pudran y mueran.

Se acabó, me doy cuenta. Nada de lo que he padecido —los azotes, la marca, las palizas—, nada importa. La Resistencia va a matarme. Darin morirá en la cárcel. No hay nada que pueda hacer para evitarlo.

Todavía sostengo el cuchillo contra el cuello de Mazen.

—Pagarás por esto —le digo—. Lo juro por los cielos y por las estrellas. Lo pagarás.

—Lo dudo bastante, Laia. —Sus ojos se dirigen hacia detrás de mi hombro y me doy la vuelta… demasiado tarde. Veo un destello de pelo rojo y unos ojos marrones antes de que el dolor me estalle en la sien y caiga en la oscuridad.

* * *

Cuando recobro la conciencia, lo primero que siento es alivio por no estar muerta. Lo segundo es una ira desorbitante e incontenible cuando enfoco la cara de Keenan. *¡Traidor! ¡Embustero! ¡Mentiroso!*

—Gracias a los cielos —dice—. Pensaba que te había golpeado demasiado fuerte. No… Espera… —Busco a tientas mi cuchillo, cada segundo de conciencia me hace más lúcida, y con ello más asesina—. No voy a hacerte daño, Laia. Por favor… Escúchame.

Mi cuchillo ha desaparecido y lo busco alrededor, histérica. Me va a matar. Estamos en algún tipo de cabaña grande; la luz del sol se cuela por entre los resquicios de los tablones de madera torcidos y hay una colección de herramientas de jardinería apoyadas contra la pared.

Si consigo escapar, podré ocultarme en la ciudad. La comandante cree que estoy muerta, así que, si puedo deshacerme de las pulseras de esclava, tal vez pueda abandonar Serra. ¿Y luego qué? ¿Regreso a Risco Negro a por Izzi para que la comandante no la torture? ¿Intento ayudar a Elias? ¿Intento llegar a Kauf y liberar a Darin? La prisión está a más de mil millas y no tengo ni idea de cómo llegar hasta allí. No tengo posibilidad de sobrevivir en un país abarrotado de patrullas marciales. Si por algún milagro consiguiera llegar allí, ¿cómo entraría? ¿Cómo saldría? Darin ya podría estar muerto para entonces. Podría estar muerto ya.

No está muerto. Si estuviera muerto, yo lo sabría.

Todos estos pensamientos me recorren la mente en un instante. Me pongo de pie de un salto y me abalanzo sobre un rastrillo; ahora mismo, lo que más importa es alejarme de Keenan.

—Laia, no. —Me agarra los brazos y me obliga a bajarlos a los lados—. No te voy a matar —insiste—, te lo juro. Solo escúchame.

Me quedo mirando sus ojos negros y me odio por lo débil y estúpida que me siento.

—Lo sabías, Keenan. Sabías que Mazen no quería ayudarme. Y me dijiste que mi hermano estaba en las celdas de la muerte. Me usaste….

—No lo sabía…

—Si no lo sabías, ¿por qué me has golpeado en el sótano? ¿Por qué te has quedado de brazos cruzados cuando Mazen te ha ordenado que me mataras?

—Si no le hubiera hecho caso, te habría matado él mismo. —La angustia en los ojos de Keenan hace que lo escuche. Por primera vez, no se guarda nada para sí—. Mazen ha encerrado a todos los que cree que están en su contra. «Confinados», según él, por su propio bien. Sana está completamente vigilada. No podía dejar que hiciera lo mismo conmigo… No si quería ayudarte.

—¿Sabías que habían trasladado a Darin a Kauf?

—Nadie lo sabía. Mazen lo ha planeado demasiado en secreto. No nos dejaba oír los informes de los espías de la prisión. Nunca nos dio detalles de su plan para liberar a Darin. Me ordenó que te dijera que tu hermano estaba en las celdas de la muerte… Tal vez tenía la esperanza de incitarte a que tomaras riesgos que consiguieran matarte. —Keenan me suelta—. Confiaba en él, Laia. Ha dirigido a la Resistencia durante una década. Su visión, su dedicación… eran lo único que nos mantenían unidos.

—Solo porque sea un buen líder no significa que sea buena persona. Te mintió.

—Y fui un estúpido por no verlo. Sana sospechaba que ocultaba algo. Cuando vio que tú y yo éramos… amigos, me contó sus conjeturas. Yo estaba seguro de que se equivocaba. Pero en la última reunión Mazen dijo que tu hermano estaba en Bekkar. Y no tenía ningún sentido, porque Bekkar es una cárcel pequeña. Si tu hermano estuviera allí, hace mucho que habríamos sobornado a alguien para sacarlo. No sé por qué lo dijo, quizá pensó que no me daría cuenta. O entró en pánico cuando vio que no te conformarías solo con su palabra.

Keenan me seca una lágrima de la cara.

—Le conté a Sana lo que me había dicho Mazen de Bekkar, pero esa noche cabalgamos para atacar al Emperador. No se enfrentó a Mazen hasta después, y me obligó a quedarme a un lado. Algo bueno. Ella creía que su facción la apoyaría, pero la abandonaron cuando Mazen los persuadió de que ella era un obstáculo para la revolución.

—La revolución no funcionará. La comandante sabía desde un principio que yo era una espía. Sabía que la Resistencia iba a atacar al Emperador. Alguien de la Resistencia le está pasando información.

La cara de Keenan empalidece.

—Sabía que el ataque al Emperador fue demasiado sencillo. Intenté decírselo a Mazen, pero hizo oídos sordos. Y todo este tiempo la comandante quería que atacáramos. Quería quitarse a Taius de en medio. Estará preparada para la revolución de Mazen, Keenan. Aplastará a la Resistencia.

Keenan rebusca en sus bolsillos.

—Tengo que sacar a Sana. Tengo que decirle lo del espía. Si puede llegar hasta Tariq y los demás líderes de su facción, tal vez pueda detenerlos antes de que caigan en una trampa. Pero primero... —Saca un paquete de papel pequeño y un cuadrado de piel, y me los pasa—. Ácido, para romper las esposas. —Me explica cómo usarlas y me hace repetir las instrucciones dos veces. —No cometas errores con esto... Hay muy poco y cuesta mucho encontrarlo.

»Pasa desapercibida esta noche. Mañana por la mañana, cuando suene la cuarta campana, ve al muelle del río. Busca una galera llamada *Malgato*. Diles que tienes un envío de gemas para los joyeros de Silas. No digas tu nombre, ni el mío ni nada más. Te ocultarán en la bodega. Viajarás por el río durante tres semanas hasta Silas. Me reuniré contigo allí y veremos qué podemos hacer por Darin.

—Morirá en Kauf, Keenan. Puede que no sobreviva ni al viaje hasta allí.

—Sobrevivirá. Los marciales saben cómo mantener a alguien con vida cuando les interesa. Y llevan a los prisioneros a Kauf para que sufran, no para que mueran. La mayoría de los prisioneros aguantan durante meses, algunos incluso años.

Donde hay vida, solía decir Nan, *hay esperanza.* Mi propia esperanza se ilumina como una vela en la oscuridad. Keenan me va a sacar. Me va a salvar de Risco Negro. Me ayudará a salvar a Darin.

—Mi amiga Izzi me ha ayudado y la comandante sabe que hablamos. Tengo que salvarla, me juré que lo haría.

—Lo siento, Laia. Puedo sacarte a ti..., pero a nadie más.

—Gracias —susurro—. Por favor, considera tu deuda con mi padre saldada...

—¿Crees que lo hago por él? ¿Por su recuerdo? —Keenan se inclina hacia adelante con sus intensos ojos oscuros. Tiene la cara tan cerca que puedo notar su aliento en mi mejilla—. Tal vez empezó así, pero no ahora. Ya no. Tú y yo, Laia, somos iguales. Por primera vez desde que tengo uso de razón, no me siento solo. Gracias a ti. No puedo… no puedo parar de pensar en ti. He intentado no hacerlo. He intentado apartarte…

La mano de Keenan me recorre muy lentamente los brazos hasta llegar a mi cara. Su otra mano me resigue la curva de la cadera. Me aparta el pelo mientras busca mi rostro como si se le hubiera perdido algo.

Y acto seguido me aprieta contra la pared con la mano apoyada en mi lumbar. Me besa… Un gesto hambriento y un deseo obstinado. Un beso que lleva guardado días, que me ha estado acechando impacientemente, que ha estado esperando para que lo liberaran.

Durante unos segundos, me quedo paralizada, y la cara de Elias y la voz del augur revolotean dentro de mi cabeza. *Tu corazón quiere a Keenan, y, aun así, tu cuerpo se ilumina cuando Elias Veturius está cerca.* Aparto las palabras. *Quiero esto. Quiero a Keenan, y él me corresponde.* Intento perderme en la sensación que me provoca su mano entrelazada con la mía, en su pelo sedoso entre mis dedos. Pero sigo viendo a Elias en mi mente, y cuando Keenan se aparta soy incapaz de mirarlo a los ojos.

—Necesitarás esto. —Me entrega la daga de Elias—. Te encontraré en Silas. Hallaré la manera de dar con Darin. Me encargaré de todo, te lo prometo.

Me obliga a asentir mientras me pregunto por qué las palabras me preocupan tanto. Unos segundos más tarde, sale por la puerta de la cabaña y me quedo mirando el paquetito de ácido que me ha dado.

Mi futuro, mi libertad, ambos en un pequeño paquete que me liberará de estas ataduras.

¿Qué le habrá costado a Keenan? ¿Cuánto le habrá costado el pasaje del barco? ¿Y cuando Mazen se dé cuenta de que su lugarteniente lo ha traicionado? ¿Qué le costará eso a Keenan?

Solo quiere ayudarme. Aun así, no me reconfortan sus palabras: *Te encontraré en Silas. Hallaré la manera de dar con Darin. Me encargaré de todo, te lo prometo.*

Hace tiempo, es lo que habría querido. Habría querido que alguien me dijera qué hacer y que lo solucionara todo. Hace tiempo, quería que me salvaran.

Pero ¿a dónde me ha llevado eso? A la traición. Al fracaso. No basta con esperar que Keenan tenga todas las respuestas. No cuando pienso en Izzi, que incluso ahora puede estar sufriendo a manos de la comandante porque escogió la amistad antes que su propio bienestar. No cuando pienso en Elias, que ha perdido la vida por la mía.

De repente, la cabaña se me echa encima caliente y sofocante, y salgo. Ideo un plan incierto, excéntrico y lo suficientemente disparatado como para que funcione. Cruzo la ciudad como una exhalación, atravieso la Plaza de la Ejecución, el muelle y bajo hacia el Distrito de Armas. Hacia las forjas. Debo encontrar a Spiro Teluman.

XLVI: *Elias*

Pasan las horas. O tal vez días. No tengo manera de saberlo. Las campanas de Risco Negro no llegan hasta los calabozos. No puedo oír ni los tambores. Las paredes de granito de mi celda sin ventana tienen un palmo de grosor y las barras de hierro miden cinco centímetros. No hay guardias. No hace falta.

Es extraño haber sobrevivido a los Grandes Páramos, haber combatido contra criaturas sobrenaturales, haber caído tan bajo como para matar a mis propios amigos, todo para morir ahora... encadenado, enmascarado, despojado de mi nombre y marcado como traidor. Desgraciado... Un bastardo indeseado, un fracaso de nieto, un asesino. Un nadie. Un hombre cuya vida no significa nada.

Qué esperanza tan absurda haber pensado que, a pesar de haber crecido rodeado de violencia, algún día a lo mejor podría liberarme de ella. Después de años de azotes, abusos y sangre, debería haberlo visto. No debería haber escuchado a Caín. Tendría que haber desertado de Risco Negro cuando tuve la oportunidad. Quizá me buscarían y me darían caza, pero al menos Laia estaría viva. Al menos Demetrius, Leander y Tristas seguirían vivos.

Ya es demasiado tarde. Laia está muerta. Marcus es Emperador. Helene es su Verdugo de Sangre. Y pronto estaré muerto. *Perdido como una hoja al viento.*

Ese pensamiento es como un demonio que me roe la mente. ¿Cómo he llegado a esto? ¿Cómo ha podido Marcus, ese loco depravado, ser jefe supremo del Imperio? Veo a Cain nombrándolo Emperador, veo a Helene inclinarse frente a él jurándole lealtad como su señor, y golpeo con la cabeza las barras en un intento inútil y doloroso por quitarme esas imágenes de la cabeza.

Ha triunfado donde tú fallaste. Mostró fuerza donde tú mostraste debilidad.

¿Debería haber matado a Laia? Sería Emperador si lo hubiera hecho. Al final murió de todos modos. Paseo por la celda de la prisión. Cinco pasos hacia un lado, seis hacia el otro. Ojalá nunca hubiera cargado con Laia hacia arriba de los riscos después de que mi madre la marcara. Ojalá nunca hubiera bailado con ella o hablado con ella, ojalá no la hubiese visto. Desearía no haber permitido que mi maldito cerebro de hombre se enfocara en cada detalle de ella. Fue lo que hizo que los augures se fijaran en ella, lo que hizo que la escogieran como premio de la tercera prueba y víctima de la cuarta. Está muerta, y es porque yo la señalé.

Todo por no perder el alma.

Me río, y el sonido hace eco en el calabozo como un cristal roto. ¿Qué creía que iba a ocurrir? Cain fue muy claro: quien matara a la chica ganaría la prueba. Yo no quería creer que para gobernar el Imperio usaríamos algo tan brutal. *Eres un ingenuo, eso es lo que eres. Un bobo.* Las palabras que Helene me ha dicho hace solo unas horas me vuelven a la mente.

No podría estar más de acuerdo, Hel.

Intento descansar, pero en vez de eso caigo en la pesadilla del campo de batalla. Leander, Ennis, Demetrius, Laia... Cadáveres por doquier, muerte por todos lados. Los ojos de mis víctimas están abiertos y me observan, y el sueño es tan real que puedo oler la sangre. Pienso durante mucho tiempo que debo de estar muerto, que estoy caminando por algún lugar del infierno.

Unas horas, o unos minutos, más tarde me despierto. Sé de inmediato que no estoy solo.

—¿Una pesadilla?

Mi madre está fuera de mi celda y me pregunto cuánto rato lleva observándome.

—Yo también las tengo. —Dirige la mano hacia el tatuaje del cuello.

—Tu tatuaje. —Llevo años queriendo preguntarle sobre esas espirales azules, y, como voy a morir de todos modos, supongo que no tengo nada que perder—. ¿Qué es? —No espero que me responda, pero para mi sorpresa se desabotona la chaqueta del uniforme y se levanta la camisa de debajo para mostrar una piel pálida. Las marcas que confundía con dibujos son en realidad letras que se entrelazan en su torso como una espiral de belladona: SIEMPRE VICTORIOSO.

Arqueo una ceja; no me esperaba que Keris Veturia llevara el lema de su casa con tanto orgullo, sobre todo habida cuenta de su relación con el abuelo. Algunas de las letras son más recientes que otras. La primera «S» está desgastada, como si la hubieran tatuado hace años. La segunda «S», sin embargo, parece tener solo unos días.

—¿Te quedaste sin tinta? —le pregunto.

—Algo así.

No le pregunto nada más… Ya ha dicho todo cuanto iba a decir. Me observa en silencio, y me pregunto qué estará pensando. Se supone que los máscaras son capaces de leer a las personas, de entenderlas con tan solo mirarlas. Puedo saber si alguien está nervioso o tiene miedo, si dice la verdad o miente con tan solo observarlo durante unos segundos. Pero mi propia madre es un misterio para mí, con esa cara tan muerta y remota como una estrella.

Unas preguntas brotan en mi mente, preguntas que creía que ya no me importaban. *¿Quién es mi padre? ¿Por qué me abandonaste? ¿Por qué no me querías?* Es demasiado tarde para formularlas. Demasiado tarde para que las respuestas signifiquen algo.

—Desde el momento en que supe de tu existencia —dice en voz baja—, te odié.

Sin poder evitarlo, levanto la vista. No sé nada de mi concepción ni de mi nacimiento. Mamie Rila solo me contó que, si la tribu Saif no me hubiera encontrado en el desierto, habría muerto. Mi madre rodea las barras de mi celda con los dedos. Sus manos son muy pequeñas.

—Intenté sacarte de mis entrañas —me dice—, utilicé flagelo de vida, madera nocturna y otra docena de hierbas. Nada funcionó. Creciste y te llevaste mi salud. Me pasé meses enferma. Pero me las ingenié para que mi comandante me mandara a una misión yo sola para cazar rebeldes tribales. Así que nadie lo supo. Nadie sospechó.

»Creciste y creciste. Te hiciste tan grande que no podía montar a caballo ni usar la espada. No podía dormir. No podía hacer nada más que esperar a que nacieras y así matarte y acabar con eso.

Apoya la frente en las barras, pero sus ojos no se despegan de los míos.

—Encontré a una comadrona tribal. Después de haberla ayudado en unas cuantas decenas de partos y aprender lo que necesitaba, la envenené.

»Entonces, una mañana de invierno sentí el dolor. Todo estaba preparado. Una cueva. Un fuego. Agua caliente, toallas y telas. No tenía miedo. Conocía bien el sufrimiento y la sangre. La soledad era una antigua amiga. La ira… La usé para aguantar.

»Unas horas más tarde, cuando saliste, no quería tocarte. —Suelta los barrotes y camina por el exterior de mi celda—. Necesitaba cuidarme y asegurarme de que no hubiera peligro ni ninguna infección. No pensaba permitir que el hijo me matara después de que el padre hubiera fracasado.

»Pero me alcanzó algún tipo de debilidad, algún instinto de bestia antiguo. De repente, te estaba limpiando la cara y la boca. Vi que tenías los ojos abiertos. Y eran mis ojos.

»No lloraste. De ser así, habría sido más fácil. Te habría roto el cuello igual que a una gallina o a un académico. En vez de eso, te envolví, te tuve en brazos y te alimenté. Te posé en el recodo de mi brazo y te observé mientras dormías. Era bien entrada la noche, el momento de la noche que no parece real. Ese momento que parece un sueño.

»Cuando llegó el alba siguiente y ya podía andar, monté en mi caballo y te llevé al campamento tribal más cercano. Los observé durante un rato y vi a una mujer que me gustó. Levantaba a los niños como sacos de grano y llevaba consigo un palo largo dondequiera que fuera. Y, aunque era joven, no parecía tener hijos propios.

Mamie Rila.

—Esperé hasta la noche y te abandoné en su tienda, en su cama. Y luego me alejé. Pero después de unas horas, volví. Tenía que encontrarte y matarte. Nadie podía saber de tu existencia. Eras un error, un símbolo de mi fracaso.

»Para cuando regresé, la caravana ya se había ido. Peor, se habían separado. Estaba débil y cansada, y no tenía manera de localizarte. Así que te dejé ir. Ya había cometido un error. ¿Por qué no uno más?

»Seis años después, los augures te llevaron a Risco Negro. Mi padre me ordenó que volviera de la misión en la que estaba. Ay, Elias...

Me sorprendo. Nunca había pronunciado mi nombre.

—Deberías haber oído lo que me dijo. *Puta. Ramera. Fulana. ¿Qué dirán nuestros enemigos? ¿O nuestros aliados?* Al final, no dijeron nada. Se aseguró de ello.

»Cuando sobreviviste al primer año en la escuela, cuando vio su propia fuerza en ti, eras lo único de lo que podía hablar. Después de años de decepciones, el gran Quin Veturius tenía un heredero del que estar orgulloso. ¿Sabías, hijo, que yo fui la mejor estudiante que esta escuela ha visto en generaciones? La más rápida. La más fuerte. Cuando dejé la escuela, abatí a más chusma de la Resistencia yo sola que todo el resto de mi clase juntos. Derroté a la mismísima Leona. Nada de eso le importó a mi padre. No antes de que nacieras y mucho menos una vez que apareciste. Cuando llegó el momento de nombrar a su heredero, ni siquiera me tuvo en consideración. Te nombró a ti. A un bastardo. A un error.

»Lo odié por ello. Y a ti también, por supuesto. Pero me odié más a mí misma que a vosotros dos. Por haber sido tan débil. Por no haberte matado cuando tuve la oportunidad. Me juré que nunca más volvería a cometer ese error. Nunca más mostraría debilidad.

Vuelve a los barrotes y me clava la mirada.

—Sé qué pasa por tu mente —continúa—. Remordimientos. Ira. En tu cabeza vuelves atrás y te ves matando a la chica académica, igual que yo me imaginé matándote a ti. Tus remordimientos te pesan como si tuvieras plomo en la sangre... ¡Si lo hubieras hecho! ¡Si hubieras tenido la fuerza! Una equivocación y acabas con tu vida. ¿No es así? ¿No es una tortura?

Siento una mezcla extraña de asco y simpatía por ella, mientras me doy cuenta de que es lo más cerca que estará nunca de mí. Interpreta mi silencio como un asentimiento. Por primera vez, y probablemente la única vez en mi vida, veo algo parecido a la tristeza en sus ojos.

—Es una realidad dura, pero ya no hay vuelta atrás. Mañana morirás. Nada puede impedirlo. Ni yo, ni tú, ni siquiera mi indomable padre, aunque lo haya intentado. Alíviate sabiendo que tu muerte le dará paz a tu madre. Que la sensación continua de haberlo hecho mal que me ha perseguido durante veinte años se esfumará. Seré libre.

Durante unos segundos, no logro responder. ¿Ya está? ¿Me dirijo a la muerte y todo lo que me va a decir es lo que ya sé? ¿Que me odia? ¿Que soy el error más atroz que ha cometido?

No, eso no es cierto. Me ha dicho que una vez fue humana. Que había mostrado clemencia. No me abandonó como siempre me habían dicho. Cuando me dejó con Mamie Rila, estaba intentando salvarme la vida.

Pero cuando esa breve clemencia desapareció, cuando renunció a su humanidad en favor de sus propios deseos, se convirtió en lo que es ahora. Un ser insensible. Indiferente. Un monstruo.

—Si siento remordimientos —le respondo—, es por no haber querido morir antes. Por no haber querido cortarme el cuello en la tercera prueba en vez de matar a los hombres que conocía desde hacía años. —Me pongo de pie y me acerco a ella—. No me arrepiento de no haber matado a Laia. Jamás me arrepentiré de eso.

Pienso en lo que me dijo Cain la noche que estábamos los dos en la torre de vigilancia y mirábamos hacia las dunas. *Tienes la oportunidad de obtener la libertad verdadera... de cuerpo y alma.*

Y, de pronto, no me siento apabullado o derrotado. Esto... Esto... es de lo que hablaba Cain: la libertad de poder ir hacia mi muerte con la certeza de que es por una buena razón. La libertad de tener mi propia alma. La libertad de salvaguardar algo de bondad al negarme a convertirme en mi madre, al morir por algo por lo que vale la pena morir.

—No sé qué te ocurrió —le digo—. No sé quién era mi padre ni por qué lo odias tanto. Pero sé que mi muerte no te liberará. No te traerá paz. No eres tú quien me mata. Soy yo quien decide morir. Porque prefiero morir antes que convertirme en alguien como tú. Prefiero morir antes que vivir sin clemencia ni honor, sin alma.

Agarro los barrotes y la miro a los ojos. Durante un segundo veo un resquicio de confusión en su rostro, una grieta minúscula en su armadura. Entonces su mirada se vuelve de acero. No importa. Lo único que siento por ella en este instante es pena.

—Mañana yo seré el que será libre. No tú.

Suelto los barrotes y me voy al fondo de la celda. Acto seguido, me deslizo hasta el suelo y cierro los ojos. No veo su cara cuando se va. No la oigo. No me importa.

El golpe de gracia es mi liberación.

La muerte viene a por mí. La muerte ya casi está aquí.

Estoy preparado.

XLVII: *Laia*

Observo a Teluman durante unos minutos a través de la puerta abierta mientras trabaja antes de reunir el coraje para entrar. Golpea con un martillo una tira de metal caliente con golpes precisos y cuidadosos. Sus brazos tatuados brillan con el sudor del esfuerzo.

—Darin está en Kauf.

Detiene el martillo en el aire y se gira. La alarma que sube a sus ojos al oírme es extrañamente reconfortante. Al menos hay una persona a la que le importa el destino de mi hermano tanto como a mí.

—Lo trasladaron allí hace diez días —continúo—. Justo después del Festival de la Luna. —Levanto las muñecas, que todavía están esposadas—. Tengo que ir a por él.

Aguanto la respiración mientras lo medita. Que Teluman me ayude es el primer paso de un plan que depende casi por completo de que otra gente haga lo que les pida.

—Cierra la puerta —responde.

Le lleva casi tres horas romper mis esposas, y se queda prácticamente callado todo ese rato menos para preguntarme si necesito algo. Cuando me libera, me ofrece un ungüento para mis muñecas irritadas y desaparece en la trastienda. Un momento después, aparece con una cimitarra con decoraciones exquisitas, la misma hoja que usó para asustar a los gules el día que lo conocí.

—Esta es la primera espada auténtica de Teluman que hice con Darin —me dice—. Llévasela. Cuando lo liberes, dile que Spiro Teluman estará esperándolo en las Tierras Libres. Dile que tenemos trabajo que hacer.

—Tengo miedo —susurro—. Tengo miedo de fracasar. Tengo miedo de morir.

En ese preciso instante, el miedo me consume, como si hablar de él le hubiera insuflado vida. Las sombras se reúnen y se amontonan al lado de la puerta. Gules.

Laia, me llaman. *Laia*.

—El miedo solo es tu enemigo si se lo permites. —Teluman me pasa la espada de Darin y asiente hacia los gules. Me doy la vuelta y, mientras Teluman habla, avanzo hacia ellos—. Demasiado miedo y te quedas paralizada —prosigue. Los gules no se amedrantan todavía. Levanto la cimitarra—. Demasiado poco miedo y eres arrogante. —Ataco al gul más cercano. Silba y se escurre por debajo de la puerta. Algunos de sus compañeros retroceden, pero hay otros que se abalanzan hacia mí. Me obligo a mantener la postura y darles la bienvenida con el filo de la espada. Un momento después, los pocos que han sido lo bastante valientes como para atacar huyen con un siseo iracundo. Me doy la vuelta hacia Teluman y nuestras miradas se cruzan—. El miedo puede ser bueno, Laia. Puede mantenerte con vida. Pero no permitas que te controle. No le permitas sembrar la duda en ti. Cuando el miedo toma el control, utiliza lo único que es más poderoso e indestructible para combatirlo: tu espíritu. Tu corazón.

El cielo está oscuro cuando salgo de la forja con la cimitarra de Darin escondida bajo la falda. Los pelotones marciales patrullan las calles en bloque, pero los esquivo fácilmente gracias al vestido negro que me permite camuflarme en la noche como un espíritu.

Mientras camino, recuerdo cómo Darin intentó defenderme del máscara durante la redada, incluso cuando el hombre le dio la oportunidad de huir. Visualizo a Izzi, pequeña y asustada y, aun así, decidida a hacerse mi amiga, aunque sabía bien cuál sería el precio. Y pienso en Elias, que podría estar muy lejos de Risco Negro ahora, libre como siempre había querido, si tan solo hubiese dejado que Aquilla me matara.

Darin, Izzi y Elias me antepusieron. Nadie los obligó. Lo hicieron porque sintieron que era lo adecuado. Porque sepan o no lo que es la Izzat, viven bajo su código. Porque son valientes.

Me toca a mí hacer las cosas bien, me dice una voz en la cabeza. Ya no son las palabras de Darin, sino las mías propias. Esa voz siempre ha sido la mía. *Me toca a mí vivir bajo la Izzat.* Mazen me dijo que yo no sabía lo que era la Izzat. Pero lo entiendo mejor de lo que él lo hará nunca.

Para cuando circulo por el traicionero pasaje escondido y llego al patio de la comandante, la escuela está en completo silencio. Las luces del estudio de la comandante estás encendidas, y me llegan voces por la ventana abierta, aunque demasiado bajas como para oírlas. Me va perfecto; ni la comandante puede estar en dos sitios a la vez.

Los aposentos de los esclavos están iluminados por una sola luz. Oigo un sollozo ahogado. Gracias a los cielos. La comandante no se la ha llevado para interrogarla todavía. Me asomo por la cortina de su habitación. No está sola.

—Izzi, cocinera.

Las dos están sentadas en el catre y la cocinera abraza a Izzi por los hombros. Cuando hablo, ambas levantan la cabeza y sus rostros se ponen pálidos como si hubieran visto a un fantasma. Los ojos la cocinera están rojos, la cara mojada, y cuando me ve suelta un grito. Izzi se lanza en un abrazo tan estrecho que pienso que me va a romper una costilla.

—¿Por qué, chica? —La cocinera se seca las lágrimas casi con enfado—. ¿Por qué has vuelto? Podrías haber huido. Todos piensan que estás muerta. No queda nada aquí para ti.

—Pero hay algo aquí. —Les cuento a la cocinera y a Izzi todo lo que ha ocurrido desde esta mañana. Les digo la verdad sobre Spiro Teluman y sobre Darin y sobre lo que ambos intentaban hacer. Les anuncio la traición de Mazen. Y después les explico mi plan.

Cuando he acabado, se quedan sentadas en silencio. Izzi juguetea con su parche. Una parte de mí quiere agarrarla por los hombros y rogarle que me ayude, pero no puedo obligarla a aceptarlo. Tiene que ser elección suya. Elección de la cocinera.

—No sé, Laia. —Izzi niega con la cabeza—. Es peligroso…

—Lo sé —respondo—. Te pido demasiado. Si la comandante nos descubre…

—Al contrario de lo que puedas pensar, chica —dice la cocinera—, la comandante no es todopoderosa. Te ha subestimado, para empezar. Ha malinterpretado a Spiro Teluman; es un hombre, así que, en su mente, solo es capaz de tener las necesidades básicas de uno. No te ha relacionado con tus padres. Comete errores, como todos. La única diferencia es que no comete el mismo error dos veces. Tenlo presente, y tal vez puedas ser más lista que ella.

La anciana se queda pensativa unos instantes.

—Puedo obtener lo que necesitamos de la armería de la escuela. Está bien surtida. —Se levanta, y cuando Izzi y yo nos la quedamos mirando, arquea las cejas—. Bueno, no os quedéis ahí paradas como estafermos. —Me da una patada, y grito—. Moveos.

* * *

Unas horas después, la cocinera me despierta con una mano en el hombro. Está agachada a mi lado y su cara apenas se ve en la penumbra previa al alba.

—Levántate, chica.

Pienso en otra alba, en la que mataron a mis abuelos y se llevaron a Darin. Ese día, creía que mi mundo se había acabado. De alguna manera, tenía razón. Ahora ha llegado el momento de rehacer el mundo. El momento de rehacer mi final. Acaricio mi brazalete. Esta vez, no desfalleceré.

La cocinera se apoya en la entrada de mi habitación y se pasa una mano por los ojos. Ha estado despierta prácticamente toda la noche, como yo. No quería dormir, pero al final me insistió.

—Sin descanso no hay ingenio —me dijo mientras me obligaba a irme a mi catre hace solo una hora—. Y necesitarás todo tu ingenio si quieres salir de Serra con vida.

Con las manos temblorosas, me pongo las botas de combate y el uniforme que Izzi ha birlado de los armarios de la escuela. Enfundo la cimitarra de Darin en el cinturón que la cocinera ha improvisado y me pongo la falda por encima de todo. El cuchillo de Elias sigue atado a la cinta de mi muslo. El brazalete de mi madre está oculto bajo una túnica holgada de manga larga. Al principio se me ocurre llevar una bufanda para tapar la marca de la comandante, pero al final me lo repienso. Aunque llegué a odiar ver la cicatriz, ahora la miro con algo de orgullo. Como dijo Keenan, significa que he sobrevivido.

Debajo de la túnica, hay una bolsa de cuero fino impermeable atada en diagonal a través de mi pecho, llena de pan, frutos secos y fruta, además de una cantimplora con agua. Otro paquete contiene gasas, hierbas y aceites para curar. Me echo la capa de Elias por encima de todo.

—¿E Izzi? —le pregunto a la cocinera, que me observa en silencio desde la puerta.

—De camino.

—¿No vas a cambiar de opinión? ¿No vendrás?

El silencio es su respuesta. La miro a los ojos azules, distantes y familiares a la vez. Tengo muchas preguntas que hacerle. ¿Cómo se llama? ¿Qué ocurrió con la Resistencia que fuera tan terrible como para que no pueda hablar de ello sin tartamudear y convulsionarse? ¿Por qué odia tanto a mi madre? ¿Quién es esta mujer que está más cerrada en sí misma incluso que la comandante? A menos que se lo pregunte ahora, jamás sabré las respuestas. Después de esto, dudo que la vuelva a ver.

—Cocinera…

—No.

La palabra, aunque dicha en voz baja, es como una puerta que se me cierra en las narices.

—¿Estás preparada? —pregunta.

Las campanas repican. Dentro de dos horas sonarán los tambores del alba.

—No importa si estoy preparada —respondo—, es la hora.

XLVIII: *Elias*

Cuando la puerta del calabozo traquetea, se me eriza la piel, y sé incluso antes de abrir los ojos quién me va a escoltar hasta el patíbulo.

—Buenos días, serpiente —le saludo.

—Levántate, bastardo —responde Marcus—. Ya casi ha llegado el alba y tienes una cita.

Cuatro máscaras que no conozco y un pelotón de legionarios están detrás de él. Marcus me mira como si fuera una cucaracha, pero para mi sorpresa no me importa. He dormido profundamente y sin sueños, y me levanto poco a poco, estirándome cuando quedo a la altura de sus ojos.

—Encadenadlo —ordena Marcus.

—¿Acaso no tiene el Emperador nada mejor que hacer que escoltar a un insignificante delincuente hasta el patíbulo? —pregunto. Los guardias me colocan un cepo alrededor del cuello y me atan las piernas—. ¿No deberías estar por ahí asustando a niños pequeños o matando a tus parientes?

El rostro de Marcus se ensombrece, pero no se deja llevar por la provocación.

—No me perdería esto por nada del mundo. —Sus ojos amarillos centellean—. Habría levantado el hacha yo mismo, pero la comandante lo ha creído inapropiado. Además, prefiero ver cómo lo hace mi Verdugo de Sangre.

Tardo unos instantes en darme cuenta de que se refiere a que me matará Helene. Me observa, esperando ver mi repugnancia, pero no llega. Saber que Helene me quitará la vida es extrañamente reconfortante. Prefiero morir por ella que por un verdugo desconocido. Lo hará rápido y limpio.

—Todavía haces caso a lo que te dice mi vieja, ¿eh? —le digo—. Supongo que siempre serás su perrito faldero.

La rabia cruza el rostro de Marcus, y sonrío. Así que los problemas ya han empezado. Excelente.

—La comandante es sabia —responde Marcus—. Escucho sus consejos, y así será mientras me vaya bien. —Deja atrás el posado formal y se acerca, recubriéndose de una petulancia tan gruesa que temo ahogarme en ella—. Me ayudó con las pruebas desde el principio. Tu propia madre me dijo lo que iba a ocurrir, y los augures ni siquiera lo supieron.

—Es decir, que has hecho trampas y, aun así, conseguiste ganar por los pelos. —Aplaudo despacio y las cadenas tintinean—. Bien hecho.

Marcus me agarra del cuello de la camisa y me estampa la cabeza contra la pared. Gruño antes de poder contenerme, sintiéndome como si me hubiera caído un gran fragmento de roca en la cabeza. Los guardias descargan una tunda de puñetazos en mi estómago, y me caigo de rodillas. Pero cuando se retiran, satisfechos con haberme reducido, me inclino hacia adelante y embisto a Marcus por la cintura. Todavía está balbuciendo cuando agarro una daga de su cinturón y la sostengo contra su cuello.

Cuatro cimitarras salen de sus vainas y ocho arcos cargados me apuntan.

—No te voy a matar —le digo mientras aprieto el cuchillo contra su cuello—. Solo quería que supieras que puedo hacerlo. Ahora llévame a mi ejecución, Emperador.

Suelto el cuchillo. Si voy a morir, que sea porque me negué a matar a una chica, no por haberle rebanado el cuello al Emperador.

Marcus me da un empujón mientras aprieta los dientes con rabia.

—Levantadlo, idiotas —les ruge a los guardias. No puedo reprimir una carcajada, y se va de la celda furioso. Los máscaras bajan sus cimitarras y me ponen en pie. *Libre, Elias. Ya casi eres libre.*

Afuera, el alba acaricia las piedras de Risco Negro, y el aire fresco se calienta rápido, con la promesa de un día abrasador. Un viento salvaje corre por entre las dunas y se rompe contra el granito de la escuela. Puede que no eche de menos estos muros cuando esté muerto, pero echaré de menos el viento y los aromas que trae consigo de lugares lejanos donde se puede encontrar la libertad en la vida, en vez de en la muerte.

Al cabo de unos minutos, llegamos al patio del campanario, donde han erigido una plataforma para mi decapitación.

El patio está lleno de estudiantes de Risco Negro, pero también hay otras caras. Veo a Cain al lado de la comandante y al gobernador Tanalius. Detrás de ellos, los representantes de las casas ilustres de Serra están hombro con hombro junto a los mandamases militares. Mi abuelo no está aquí, y me pregunto si la comandante habrá ido a por él ya. En algún punto lo hará. Lleva años ansiando liderar la Gens Veturia.

Enderezo los hombros y mantengo la cabeza alta. Cuando el hacha descienda, moriré como mi abuelo querría: con orgullo, como un Veturius. *Siempre victorioso.*

Centro mi atención en la plataforma, donde la muerte me espera en forma de un hacha pulida que sujeta mi mejor amiga. Brilla con su uniforme ceremonial con aspecto más de emperatriz que de Verdugo de Sangre.

Marcus se adelanta y la multitud se aparta mientras se mueve para dirigirse al lado de la comandante. Los cuatro máscaras me guían hasta las escaleras de la plataforma. Me parece ver movimiento debajo del patíbulo, pero antes de que pueda volver a mirar, ya estoy en la plataforma al lado de

Helene. Las pocas personas que hablaban se callan mientras Hel me gira para que encare a la multitud.

—Mírame —susurro, con una necesidad repentina de ver sus ojos. Los augures la obligaron a jurar lealtad a Marcus. Lo entiendo. Es una consecuencia de mi fracaso. Pero ahora, mientras me prepara para la muerte, tiene los ojos fríos y crueles.

Ni una lágrima. ¿Acaso nunca nos reímos juntos como novatos? ¿Acaso nunca combatimos para salir de un campamento bárbaro, caímos en una risa histérica tras haber robado con éxito nuestra primera granja ni nos llevamos en brazos cuando alguno de los dos estaba demasiado débil para continuar? ¿Acaso nunca nos quisimos?

Me ignora, y me obligo a desviar la mirada y centrarme en la muchedumbre. Marcus se inclina hacia el gobernador mientras escucha algo que le dice. Es extraño no ver a Zak detrás de él. Me pregunto si el nuevo Emperador echará de menos a su gemelo. Me pregunto si gobernar le compensa la muerte del único ser humano que lo ha entendido.

Al otro lado del patio, Faris sobresale entre la concurrencia, con los ojos confundidos como los de un niño perdido. Dex está a su lado, y me sorprende ver el reguero de lágrimas que recorre su mandíbula apretada.

Mi madre, mientras tanto, parece estar más relajada que nunca. ¿Y por qué no? Ha ganado.

A su lado, Cain me observa con la capucha echada hacia atrás. *Perdido*, me dijo hace solo unas semanas, *como una hoja al viento*. Y así estoy. No le perdonaré la tercera prueba. Pero puedo agradecerle que me haya ayudado a entender lo que es la verdadera libertad. Asiente en reconocimiento, leyéndome los pensamientos por última vez.

Helene me libera del collar de metal.

—De rodillas —me ordena.

Mi mente vuelve a la plataforma, y hago caso a lo que me pide.

—¿Así es como acaba, Helene? —Me sorprende lo educada que suena mi voz, como si le preguntara por un libro que ha leído pero que yo no he acabado todavía.

Pestañea, así que sé que me ha oído. No responde nada, solo comprueba las cadenas de mis piernas y brazos, y entonces asiente hacia la comandante. Mi madre lee los cargos que se me imputan, a los que no presto demasiada atención, y declara el castigo, que también ignoro. La muerte es la muerte, da igual cómo ocurra.

Helene da un paso adelante y levanta el hacha. Será un tajo limpio, de izquierda a derecha. Aire. Cuello. Aire. Elias muerto.

Ahora me golpeará. Ya está. Es el final. La tradición marcial dice que un soldado que muere en condiciones baila entre las estrellas y combate contra los enemigos durante toda la eternidad. ¿Eso es lo que me espera? ¿O caeré en la oscuridad sin fin, inquebrantable y silenciosa?

El desasosiego me embarga, como si hubiera estado esperando a la vuelta de la esquina todo este tiempo y solo ahora tuviera las agallas de salir. ¿A dónde miro? ¿A la gente? ¿Al cielo? Quiero estar cómodo, pero sé que no voy a poder.

Vuelvo a mirar a Helene. ¿Quién más hay ahí? Está a solo dos pasos con las manos relajadas alrededor del mango del hacha.

Mírame. No me dejes enfrentarme a esto solo.

Como si hubiera oído mis pensamientos, sus ojos se encuentran con los míos, ese azul claro conocido me ofrece alivio, incluso mientras levanta el hacha. Pienso en la primera vez que miré esos ojos, cuando era un niño de seis años helado al que apaleaban en la jaula. *Te cubriré las espaldas*, me dijo, con toda la seriedad de un cadete. *Si tú cubres las mías. Podemos lograrlo si permanecemos juntos.*

¿Se acordará de ese día? ¿Se acordará de todos los demás días a partir de entonces?

Jamás lo sabré. La miro a los ojos, y baja el hacha. Oigo el silbido mientras corta el aire y siento el ardor del metal que me muerde el cuello.

XLIX: Laia

El patio del campanario se llena lentamente; primero llega un grupo de estudiantes jóvenes, seguidos por los cadetes y, por último, por los calaveras. Forman en el centro del patio enfrente del escenario, como me ha dicho la cocinera. Algunos de los novatos miran hacia la plataforma de ejecución con una fascinación teñida de miedo. Sin embargo, la mayoría no mira. Mantiene la vista al suelo o clavada en los muros negros que se alzan por encima de ellos.

Me pregunto si los augures vendrán, mientras los líderes ilustres de la ciudad van llegando.

—Mejor será que no —me dijo la cocinera anoche cuando expresé mi preocupación en voz alta—. Si oyen lo que estás pensando, estás muerta.

Para cuando los tambores marcan el alba, el patio está lleno. Los legionarios están apostados en las murallas y algunos arqueros patrullan los tejados de Risco Negro, pero más allá de eso, la seguridad es escasa.

La comandante llega con Aquilla de las últimas y se detiene frente a la multitud, al lado del gobernador, con expresión seria bajo la luz gris del alba. A estas alturas, no debería sorprenderme su completa falta de emoción, pero no puedo evitar observarla desde donde me oculto debajo de la tarima de ejecución. ¿No le importa que sea su hijo quien va a morir hoy?

Aquilla, de pie en el escenario, parece calmada y casi serena... Algo extraño para la chica que empuña el hacha que va a decapitar a su mejor amigo. La miro a través de una grieta en la madera. ¿Alguna vez se preocupó por Veturius? ¿Su amistad, que parecía tan preciada para él, llegó a ser real para ella? ¿O lo ha traicionado del mismo modo que Mazen me ha traicionado a mí?

Los tambores que marcan el alba se detienen y se oyen pasos que marchan al unísono hacia el patio, acompañados del tintineo de cadenas. La multitud se abre paso mientras cuatro máscaras que desconozco escoltan a Elias a través del patio. Marcus los lidera y vira para quedarse al lado de la comandante. Me clavo las uñas en las palmas al ver la satisfacción que tiene en el rostro. *Ya te llegará la hora, cerdo.*

A pesar de los grilletes que lleva en las manos y en los tobillos, Elias tiene los hombros echados hacia atrás y mantiene la cabeza erguida con orgullo. No puedo verle la cara. ¿Tiene miedo? ¿Estará enfadado? ¿Desearía haberme matado? De algún modo, lo dudo.

Los máscaras dejan a Elias en el escenario y se posicionan detrás. Los observo, nerviosa... No esperaba que se quedaran tan cerca. Uno de ellos me resulta familiar.

Extrañamente familiar.

Miro más de cerca, y el estómago se me encoge. Es el máscara que asedió mi casa y la quemó hasta los cimientos. El máscara que mató a mis abuelos.

De pronto, doy un paso hacia él mientras busco la cimitarra bajo mi camisa. Me detengo. *Darin. Izzi. Elias.* Tengo cosas más importantes de las que preocuparme que de la venganza.

Por centésima vez miro abajo, hacia las velas que se queman detrás de un biombo a mis pies. La cocinera me ha dado cuatro, además de yesca y pedernal.

—La llama no se puede apagar —me ha dicho—. Si se apaga, estás acabada.

Mientras espero, me pregunto si Izzi habrá llegado al *Malgato*. ¿Habrá funcionado el ácido con las pulseras de Izzi? ¿Recordará qué debe decir? ¿La dejará subir la tripulación sin preguntar? ¿Y qué dirá Keenan cuando vaya a Silas y se dé cuenta de que le he cedido mi oportunidad de ser libre a una amiga?

Lo entenderá. Sé que lo hará. Si no, Izzi se lo explicará. Sonrío. Incluso si nada del resto del plan funciona, no habrá sido en balde. He sacado a Izzi. He salvado a mi amiga. La comandante lee los cargos que le imputan a Veturius. Me agacho y paso la mano por encima de las velas. *Es la hora.*

—El momento —me dijo la cocinera anoche— tiene que ser perfecto. Cuando la comandante empiece a leer los cargos, mira hacia la torre del reloj. No despegues los ojos de ella. No importa lo que pase, tienes que esperar la señal. Cuando la veas, muévete. Ni antes ni después.

Cuando me dio la orden, parecía que iba a ser fácil seguirla. Pero ahora los segundos se escurren y me pongo ansiosa al oír la voz monótona de la comandante. Miro al campanario a través de una grieta en la madera de la base del patíbulo intentando no pestañear. ¿Y si uno de los legionarios atrapa a la cocinera? ¿Y si no recuerda la fórmula? ¿Y si comete un error? ¿Y si yo cometo un error?

Entonces lo veo. Un resplandor se escabulle por la cara del reloj más rápido que las alas de un colibrí. Agarro una vela y enciendo el detonador en la parte trasera del escenario.

Prende de inmediato y empieza a arder con más furia y ruido de lo que esperaba. Los máscaras lo verán. Lo oirán.

Pero nadie se mueve. Nadie mira. Y recuerdo algo más que dijo la cocinera.

No te olvides de ponerte a cubierto. A menos que quieras que te vuele la cabeza. Me apresuro hacia el final del escenario lo más lejos posible del detonador y me cubro el cuello y la cabeza con los brazos y las manos mientras espero. Todo depende de esto. Si La cocinera recuerda mal la fórmula, si no llega a sus detonadores a tiempo, si descubren mi detonador o lo quitan, todo habrá acabado. No hay plan «B».

Encima de mí, el escenario cruje. El detonador sisea mientras arde.

Y entonces…

BUM. El escenario explota. Pedazos de madera y fragmentos salen disparados por los aires. Una explosión más grande le sigue, y otra, y otra. El patio se llena de repente con nubes de polvo. Las explosiones no están en ningún sitio y en todos a la vez, arrancando hacia el aire miles de gritos y dejándome momentáneamente sorda.

Tienen que ser inofensivas, le dije a la cocinera decenas de veces. *Para distraer y confundir. Lo suficientemente fuertes como para derribar a la gente, pero no tanto como para matar. No quiero que nadie muera por mi culpa.*

Déjamelo a mí, me dijo. *No tengo ninguna intención de matar niños.*

Me asomo por debajo del escenario, pero me cuesta ver a través del polvo. Es como si las paredes del campanario hubieran reventado, pero la verdad es que el polvo proviene de más de doscientas bolsas de arena que Izzi y yo hemos estado llenando durante toda la noche y transportando hasta el patio. La cocinera puso una carga en cada una de ellas y las conectó todas. El resultado es espectacular.

Detrás de mí, toda la parte trasera del escenario ha salido volando y los máscaras que estaban detrás yacen inconscientes en el suelo, incluido el que mató a mi familia. Los legionarios entran en pánico y corren, gritan e intentan escapar. Los estudiantes desaparecen del patio; los mayores, medio arrastrando y medio cargando a los novatos. Unas explosiones más grandes se oyen un poco más lejos. El comedor y algunas aulas, todas vacías a esta hora, y muy probablemente derrumbándose en este preciso instante. Una sonrisa de regocijo se me extiende por los labios. La cocinera no se ha olvidado de nada.

Los tambores golpean en un ritmo frenético, y no me hace falta entender su extraño lenguaje para saber que es una alarma de asalto. Risco Negro es un completo caos, peor de lo que había imaginado. Más de lo que podía esperar. Es perfecto.

No dudo. No vacilo. Soy la hija de la Leona y tengo la fuerza de la Leona.

—Voy a por ti, Darin —le digo al viento, con la esperanza de que lleve mi mensaje—. Mantente con vida. Ya voy, y nada va a detenerme.

Salgo de mi escondite y me encaramo al escenario de ejecución. Ha llegado el momento de liberar a Elias Veturius.

L: Elias

¿Esto es lo que le ocurre a todo el mundo cuando muere? Un momento estás vivo, al siguiente estás muerto, y luego una explosión estruendosa parte incluso el aire. Una bienvenida violenta a la otra vida, aunque al menos hay una.

Los oídos se me llenan de gritos. Abro los ojos y veo que no estoy, de hecho, tumbado en una pradera del inframundo. En vez de eso, estoy tumbado sobre la espalda encima de la misma plataforma donde se suponía que tenía que morir. El aire está lleno de humo y polvo. Me toco el cuello, que me arde como un demonio. Las manos se me llenan de sangre oscura. ¿Significa esto que estaré decapitado en la otra vida?, me pregunto. Me parece un poco injusto...

Un par de ojos dorados conocidos aparecen por encima de mi cara.

—¿Tú también estás aquí? —pregunto—. Creía que los académicos tenían otra vida después de la muerte.

—No estás muerto. Al menos no aún. Y yo tampoco. Te estoy liberando. Siéntate.

Me pasa los brazos por debajo de los hombros y me ayuda a ponerme en pie. Estamos debajo de la tarima de ejecución; debe de haberme arrastrado hasta aquí. Toda la parte trasera del escenario ha desaparecido y a través del polvo apenas puedo distinguir la figura de cuatro máscaras. Cuando lo que veo empieza a calar en mí, entiendo poco a poco que todavía estoy vivo. Ha habido una explosión. Múltiples explosiones. El patio es un caos.

—¿Ha atacado la Resistencia?

—Yo he atacado —responde Laia—. Los augures engañaron a todos para hacerles creer que morí ayer. Te lo explicaré luego. Lo importante es que te estoy liberando... a cambio de algo.

—¿De qué? —Noto acero que me roza el cuello y miro hacia abajo. Empuña el cuchillo que le di contra mi cuello. Se quita dos horquillas del pelo y las mantiene fuera de mi alcance.

—Estas horquillas son tuyas. Puedes deshacerte de los grilletes. Usar la confusión para salir de aquí. Abandonar Risco Negro para siempre, como querías. Con una condición.

—¿Que es...?

—Me sacas de Risco Negro. Me guías hasta la prisión de Kauf y me ayudas a sacar a mi hermano de allí.

Eso son tres condiciones.

—Creía que tu hermano estaba en...

—No. Está en Kauf, y eres la única persona que conozco que haya estado allí. Tienes las habilidades para ayudarme a superar el viaje hacia el norte. Tú túnel... Nadie sabe de su existencia. Podemos usarlo para escapar.

Por diez infiernos ardientes. Por supuesto que no me dejaría escapar sin más. Por el caos que nos rodea, está claro que se ha tomado muchas molestias para preparar esto.

—Decide, Elias. —Las nubes de polvo que nos ocultan se van disipando poco a poco—. No queda tiempo.

Tardo unos segundos. Me ofrece la libertad sin darse cuenta de que incluso encadenado, incluso ante mi ejecución, mi alma ya está libre. Se liberó cuando rechacé la manera retorcida de pensar de mi madre. Se liberó cuando decidí que valía la pena morir por mis creencias.

Libertad verdadera... de cuerpo y alma.

Lo que ocurrió en mi celda de la prisión fue la libertad de mi alma. Pero esto... esto es la libertad de mi cuerpo. Esto es Cain, que cumple su promesa.

—Está bien —digo—. Te ayudaré. —No sé cómo, pero eso es un detalle insignificante ahora mismo—. Dámelas. —Intento agarrar las horquillas, pero las mantiene fuera de mi alcance.

—¡Júralo!

—Juro por mi sangre, huesos, honor y nombre que te ayudaré a escapar de Risco Negro, te ayudaré a llegar a Kauf y te ayudaré a salvar a tu hermano. Horquillas. Ahora.

Unos segundos después, mis esposas están sueltas y le siguen las de los tobillos. Detrás del escenario, los máscaras se estiran. Helene todavía está tumbada boca abajo, pero empieza a murmurar mientras vuelve en sí.

En el patio, mi madre se pone en pie mientras escrudiña el patíbulo a través del humo y el polvo. Incluso cuando el mundo explota a su alrededor, su mayor preocupación es si estoy muerto. Muy pronto tendré a toda la maldita escuela detrás de mí.

—Vamos.

Tomo a Laia de la mano y la saco de debajo del escenario. Se detiene y observa la forma inerte de uno de los máscaras, uno de los que me ha escoltado hasta el patio. Levanta la daga que le di y le tiembla la mano.

—Mató a mis abuelos —me dice—. Quemó mi casa.

—Comprendo por completo el deseo de apuñalar al asesino de tu familia —le digo mientras echo una mirada hacia mi madre—. Pero créeme, nada de lo que puedas hacerle será comparable con el tormento que sufrirá cuando la comandante le ponga las manos encima. Me estaba custodiando. Ha fracasado. Mi madre odia el fracaso.

Laia mira al máscara un segundo más antes de asentir secamente. Mientras pasamos por debajo de los arcos de la base del campanario, miro por encima del hombro. Se me encoge el estómago. Hel me está mirando directamente. Nuestros ojos se encuentran durante un momento.

Acto seguido, me doy la vuelta y abro de un empujón las puertas de un edificio de aulas. Los estudiantes corren por los pasillos, pero la mayoría son novatos y ninguno de ellos se gira para mirarnos. La estructura retumba, siniestra.

—¿Qué narices le has hecho a este sitio?

—Poner cargas en sacos de arena por todo el patio. Y... y puede que haya más explosivos en otros lugares. Como en el comedor. Y en el anfiteatro. Y en la casa de la comandante —dice, y añade rápidamente—, todos vacíos. No quería matar a nadie, solo generar una distracción. Además, siento haberte apuntado con el cuchillo. —Parece avergonzada—. Quería asegurarme de que dijeras que sí.

—No lo sientas. —Miro alrededor en busca de la salida más despejada, pero la mayoría están anegadas de estudiantes—. Apuntarás con el cuchillo a más de un cuello antes de que esto haya acabado. Tendrás que practicar la técnica, eso sí. Podría haberte desarmado...

—¿Elias?

Es Dex. Faris está detrás con la boca abierta, desconcertado al ver que estoy vivo, sin cadenas y tomado de la mano de una chica académica. Durante un segundo, creo que voy a tener que pelear con ellos. Pero entonces Faris agarra a Dex y usa su corpulencia para darle la vuelta y empujarlo hacia la multitud y lejos de mí. Mira por encima del hombro una vez y creo que lo veo sonreír.

Laia y yo salimos del edificio y nos deslizamos por una pendiente cubierta de hierba. Me dirijo hacia las puertas de un edificio de entrenamiento, pero ella tira de mí.

—Otro camino. —Su pecho sube y baja acelerado por tanto correr—. Ese edificio...

Me agarra del brazo mientras el suelo a nuestros pies tiembla. El edificio se zarandea y se desploma. Las llamas salen de su interior y envían columnas de humo negro al cielo.

—Espero que no haya nadie dentro —digo.

—Ni un alma. —Laia me suelta el brazo—. Las puertas estaban selladas con antelación.

—¿Quién te está ayudando?

Es imposible que haya hecho todo esto ella sola. ¿Aquel chico pelirrojo del Festival de la Luna, tal vez? Parecía un rebelde.

—¡Ahora no importa!

Corremos alrededor de lo que queda del edificio de entrenamiento y Laia empieza a rezagarse. La arrastro sin miramientos. No podemos detenernos ahora. No me permito pensar en lo cerca que estoy de la libertad o lo cerca que he estado de la muerte. Solo pienso en el siguiente paso, en la siguiente esquina, en el siguiente movimiento.

Los barracones de los calaveras se erigen delante de nosotros, y nos metemos dentro. Miro hacia atrás... No hay rastro de Helene.

—Entra. —Empujo la puerta de mi habitación y la cierro cuando estamos dentro—. Levanta el centro del hogar —le indico a Laia—. La entrada está debajo. Solo necesito recoger algunas cosas.

No tengo tiempo de ponerme la armadura completa, pero me coloco la placa del pecho y los brazales. Después encuentro una capa y me ato mis cuchillos. Mis hojas de Teluman han desaparecido, olvidadas en la tarima del anfiteatro. Siento una punzada por la pérdida. La comandante seguramente se habrá quedado con ellas.

Saco de la cómoda el regalo de madera que me dio Afya Ara-Nur. Significa que me debe un favor, y Laia y yo vamos a necesitar todos los favores que podamos en los días venideros. Cuando me lo meto en el bolsillo, alguien golpea a la puerta.

—Elias —dice la voz de Helene en tono bajo—, sé que estás ahí. Abre, estoy sola.

Me quedo mirando a la puerta. Le juró lealtad a Marcus. Casi me decapita hace unos minutos. Y por lo rápido que ha llegado hasta aquí está claro que me ha perseguido como un perro a un zorro. ¿Por qué? ¿Por qué le importo tan poco, después de todo lo que hemos vivido?

Laia ha levantado el hogar. Pasa la mirada entre la puerta y yo.

—No la abras. —Ha presentido mi indecisión—. No la has visto antes de tu ejecución, Elias. Estaba tranquila. Como... como si quisiera hacerlo.

—Tengo que preguntarle por qué. —Cuando pronuncio las palabras, sé que lo que ocurra ahora será para mí cuestión de vida o muerte—. Es mi amiga de siempre. Tengo que entenderlo.

—Abre. —Helene golpea a la puerta de nuevo—. En el nombre del Emperador...

—¿El Emperador? —Abro la puerta de golpe con la daga en la mano—. ¿Te refieres al asesino violador de baja cuna que lleva semanas intentando matarnos?

—Ese mismo —dice Helene. Se desliza por debajo de mi brazo con las cimitarras todavía enfundadas y me da, para mi sorpresa, las hojas de Teluman—. ¿Sabes? Suenas igual que tu abuelo. Incluso mientras lo sacaba de la maldita ciudad a escondidas, lo único que podía refunfuñar era el hecho de que Marcus fuera un plebeyo.

¿Ha sacado a mi abuelo de la ciudad?

—¿Dónde está ahora? ¿Cómo las has conseguido? —le digo mientras levanto las cimitarras.

—Alguien las dejó en mi habitación anoche. Un augur, supongo. En cuanto a tu abuelo, está a salvo. Probablemente haciéndole la vida imposible a un posadero mientras hablamos. Quería dirigir un ataque a Risco Negro para liberarte, pero lo convencí de pasar desapercibido durante un tiempo. Es lo suficientemente listo como para mantener las riendas de la Gens Veturia incluso mientras se esconde. Olvídalo y escúchame. Tengo que explicarme...

En ese momento, Laia carraspea con intención y Helene saca su cimitarra.

—Pensaba que esta estaba muerta.

Laia agarra su daga con más fuerza.

—Esta está viva y bien, gracias. Esta lo ha liberado. Que es más de lo que se puede decir de ti. Elias, tenemos que irnos.

—Vamos a huir. —Le sostengo la mirada a Helene—. Juntos.

—Disponéis de unos minutos —dice Helene—. He enviado a los legionarios en dirección contraria.

—Ven con nosotros —le ofrezco—. Rompe tu juramento. Escaparemos de Marcus juntos. —Laia suelta un sonido de protesta…. Esto no forma parte de su plan. Continúo de todos modos—: Pensaremos cómo destronarlo juntos.

—Quiero —dice Hel— y no sabes cuánto. Pero no puedo. El problema no es el juramento con Marcus. Hice otra promesa, una diferente, una que no puedo romper…

—Hel…

—Escúchame. Justo después de la graduación, Cain vino a verme. Me dijo que la muerte iba a por ti, Elias, pero que yo podía detenerla. Podía asegurarme de que vivieras. Todo cuanto tenía que hacer era jurar lealtad a quien ganara las pruebas… y mantenerme firme a ese juramento sin importar el precio. Eso significaba que, si tú ganabas, te juraría lealtad a ti. Si no…

—¿Y si hubieras ganado tú?

—Él sabía que no ganaría yo. Me dijo que no era mi destino. Y Zak nunca fue lo bastante fuerte como para enfrentarse a su hermano. Siempre ha estado entre Marcus y tú. —Se estremece—. He soñado con Marcus, Elias. Durante meses. Crees que solo lo odio, pero yo… yo le tengo miedo. Miedo de lo que me haga hacer, ahora que no puedo negarle nada. Miedo de lo que hará al Imperio, a los académicos, a las tribus—. Por eso intenté que Elias te matara en la Prueba de la Lealtad. —Hel mira a Laia—. Por eso casi te mato yo misma. Habrías sido una vida contra la oscuridad del reinado de Marcus.

Todas las acciones de Helene de las semanas pasadas cobran sentido de pronto. Ha estado desesperada por que yo ganara porque sabía qué ocurriría si no lo hacía. Marcus se erigiría y desataría su locura en el mundo, y ella se convertiría en su esclava. Pienso en la Prueba del Coraje. *No puede morir,* dijo. *Tiene que vivir.* Para que pudiera salvarme. Pienso en la noche antes a la Prueba de la Fuerza. *No tienes ni idea de a qué he renunciado por ti, el trato que he hecho.*

—¿Por qué, Helene? ¿Por qué no me lo contaste?

—¿Crees que los augures me lo habrían permitido? Además, te conozco, Elias. No la habrías matado, aun sabiéndolo.

—No deberías haber hecho esa promesa —susurro—, no valgo la pena. Cain...

—Cain ha cumplido con su palabra. Me dijo que, si juraba lealtad y la mantenía, tú vivirías. Marcus me ordenó que jurara lealtad, y así lo hice. Me ordenó que te decapitara con el hacha. Y así lo hice. Y aquí estás. Todavía vivo.

Me toco la herida del cuello... Unos cuantos centímetros más y estaría muerto. Ha confiado en los augures con todo, con su vida y con la mía. Pero así es Helene: su fe es inalterable. Su lealtad. Su fuerza. *Siempre me subestiman.* Yo la he subestimado más que nadie.

Cain y los demás augures lo vieron todo. Cuando me dijo que tendría la oportunidad de liberar mi cuerpo y mi alma, sabía que me obligaría a escoger entre mantener mi alma o perderla. Vio lo que haría, que Laia me liberaría, que escaparíamos. Y sabía que al final Helene le juraría lealtad a Marcus. El alcance de esta revelación me deja atónito. Por primera vez, puedo entrever una pequeña parte de la carga con la que los augures deben de vivir.

No hay tiempo para maravillarse con esas cosas. Las puertas de los barracones se abren con un crujido, y alguien vocifera órdenes. Son legionarios con la tarea de barrer la escuela.

—Después de mi huida —le digo—, rompe la promesa.

—No, Elias. Cain mantuvo su promesa. Yo mantendré la mía.

—Elias —me advierte Laia en voz baja.

—Te has olvidado de algo.

Helene levanta las manos y tira de mi máscara. Se agarra con tenacidad, como si supiera que una vez que la haya sacado, no volverá a tener la oportunidad de aferrarse a mí de nuevo. Lentamente, Hel tira de ella, y se desgarra la piel de mi cuello a medida que el metal se separa. La sangre me cae por la espalda, pero apenas me doy cuenta.

Los pasos se oyen en el pasillo. Una mano blindada golpea la puerta. Tengo tanto que decirle.

—Vete. —Me empuja hacia Laia—. Te cubriré por última vez. Pero después le perteneceré a él. Recuérdalo, Elias. Después, seremos enemigos.

Marcus la enviará a darme caza. Tal vez no de inmediato, no hasta que se gane su confianza. Pero al final lo hará. Los dos lo sabemos.

Laia se mete en el túnel y la sigo. Helene agarra el hogar para ponerlo encima de mí y la sujeto del brazo. Quiero darle las gracias, disculparme y pedirle perdón. Quiero arrastrarla conmigo.

—Suéltame, Elias. —Me acaricia el rostro con los dedos suaves y esboza una sonrisa triste y dulce que es solo para mí—. Suéltame.

—No lo olvides, Helene —le digo—. No nos olvides. No te conviertas en él.

Asiente una vez, y espero que sea una promesa. A continuación, agarra la piedra y cierra el hogar.

Delante de mí, Laia se inclina hacia el frente con la mano extendida mientras se abre camino en la oscuridad. Unos segundos después, cae del túnel hacia las catacumbas con un grito de sorpresa.

Por ahora, Helene puede cubrirnos. Pero cuando se haya restaurado el orden en Risco Negro, cerrarán los puertos de Serra, los legionarios sellarán las puertas de la ciudad y las calles y los túneles estarán abarrotados de soldados. Los tambores sonarán desde aquí hasta Antium, alertando a cada casa de guardia y a cada guarnición de que he escapado. Se ofrecerán recompensas, se formarán partidas de caza; barcos, carretas, caravanas..., todo será registrado. Conozco a Marcus y a mi madre. Ninguno de los dos se detendrá hasta tener mi cabeza.

—¿Elias? —Laia no parece asustada, solo precavida.

Las catacumbas están oscuras como un sepulcro, pero sé dónde estamos: en un nicho que no ha sido patrullado durante años. Delante de nosotros se abren tres entradas, dos bloqueadas y una tercera que solo lo parece.

—Estoy aquí, Laia. —La tomo de la mano, y me la aprieta.

Hago un paso con Laia a mi lado. Luego otro. Mi mente deambula y planea nuestros siguientes movimientos: escapar de Serra. Sobrevivir a la ruta hacia el norte. Colarnos en Kauf. Salvar al hermano de Laia.

Habrá muchas cosas entre medio. Mucha incertidumbre. No sé si vamos a sobrevivir a las catacumbas, mucho menos a todo el resto.

Pero no importa. Por ahora, estos pasos son suficientes. Estos primeros pasos valiosos en la oscuridad. Hacia lo desconocido.

Hacia la libertad.

AGRADECIMIENTOS

Mi más ferviente gratitud, siempre en primer lugar, a mis padres: a mi madre, mi Estrella Polar, mi lugar seguro, por ser lo opuesto a la comandante; y a mi padre, que me enseñó lo que son la constancia y la fe, y que jamás ha dudado de mí.

A mi marido, Kashi, por ser mi mayor defensor y el hombre más valiente que conozco. Gracias por animarme a escalar esta montaña y por llevarme a cuestas cuando me caía. A mis hijos, que son mi inspiración: espero que, cuando crezcáis, tengáis el valor de Elias, la determinación de Laia y la capacidad de Helene para amar.

A Haroon, precursor y proveedor de buena música, gracias por cubrirme las espaldas como nadie y por recordarme lo que significa la familia. A Amer, mi Gandalf personal y mi humano perfecto, gracias por mil cosas, pero, por encima de todo, por enseñarme a tener fe en mí.

Mi más profundo agradecimiento a Alexandra Machinist, mi agente ninja, destructora de dudas y sufridora de 32 101 preguntas; me asombras. Gracias por tu fe inquebrantable en este libro. A Cathy Yardley, cuya orientación me ha cambiado la vida. Es un honor tenerte como mentora y amiga. A Stephanie Koven, mi incansable campeona internacional. Gracias por ayudar a difundir mi libro al mundo; y a Kathleen Miller, cuya amistad es un preciado tesoro.

No me puedo imaginar una editorial mejor que Penguin. Mi agradecimiento a Don Weisberg, Ben Schrank, Gillian

Levinson (que me quiere aunque le mande catorce correos al día), Shanta Newlin, Erin Berger, Emily Romero, Felicia Frazier, Emily Osborne, Casey McIntyre, Jessica Shoffel, Lindsay Boggs, y a las excepcionales personas de ventas, *marketing* y publicidad que han apostado por este libro.

Por su fe inquebrantable en mí, estoy en deuda con el resto de mi familia: mi tío y mi tía Tahir; Heelah, Imaan y Armaan Saleem; Tala Abbasi y Lilly, Zoey y Bobby.

Gracias de corazón a Saul Jaeger, Stacey LaFreniere, Connor Nunley y Jason Roldan por servir a su país y por mostrarme lo que significa tener el alma de un guerrero.

Por sus ánimos y por ser increíbles en general, quiero darles las gracias a Andrea Walker, Sarah Balkin, Elizabeth Ward, Mark Johnson, Holly Goldberg Sloan, Tom Williams, Sally Wilcox, Kathy Wenner, Jeff Miller, Shannon Casey, Abigail Wen, Stacey Lee, Kelly Loy Gilbert, Renee Ahdieh y a la comunidad Writer Unboxed.

Mi más sincero agradecimiento a Angels and Airwaves por «The Adventure», a Sea Wolf por «Wicked Blood» y a M83 por «Outro». Sin esas canciones, este libro no existiría. Por último (pero solo porque sé que a Él no le importa), doy las gracias al que siempre ha estado conmigo desde el principio. Busco tus sietes por todos lados. Sin ti no soy nada.